헐리우드 키드의 20세기 영화 그리고 문학과 역사

정복의 길

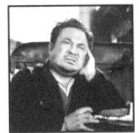

헐리우드 키드의 20세기 영화 그리고 문학과 역사

정복의 길 ⓒ 안정효 2002

초판 1쇄 발행일 | 2002년 9월 23일

지 은 이 | 안정효
펴 낸 이 | 이정원

펴 낸 곳 | 도서출판 들녘
등록일자 | 1987년 12월 12일 | 등록번호 10-156
주   소 | 서울시 마포구 합정동 366-2 삼주빌딩 3층
전   화 | 편집 (02) 323-7366 / 마케팅 (02) 323-7849 / 팩스 (02) 338-9640
홈페이지 | www.ddd21.co.kr

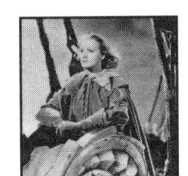

헐리우드 키드의 20세기 영화
그리고 문학과 역사

정복의 길

안정효 지음

들녘

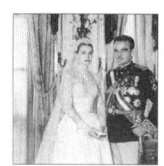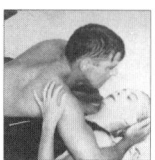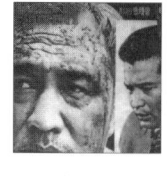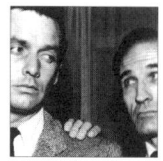

정복의 길

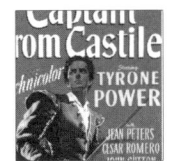

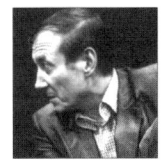

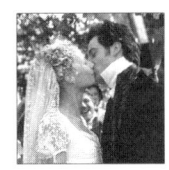

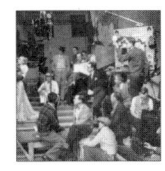

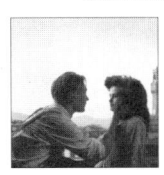

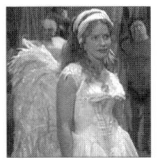

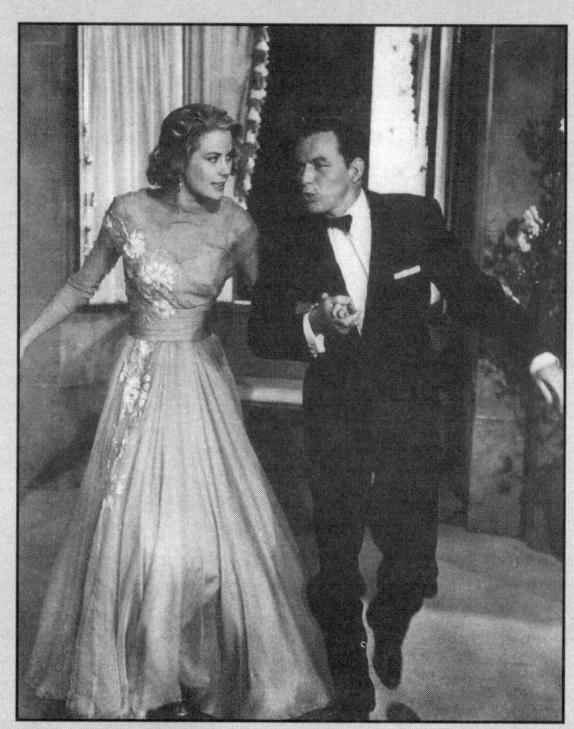

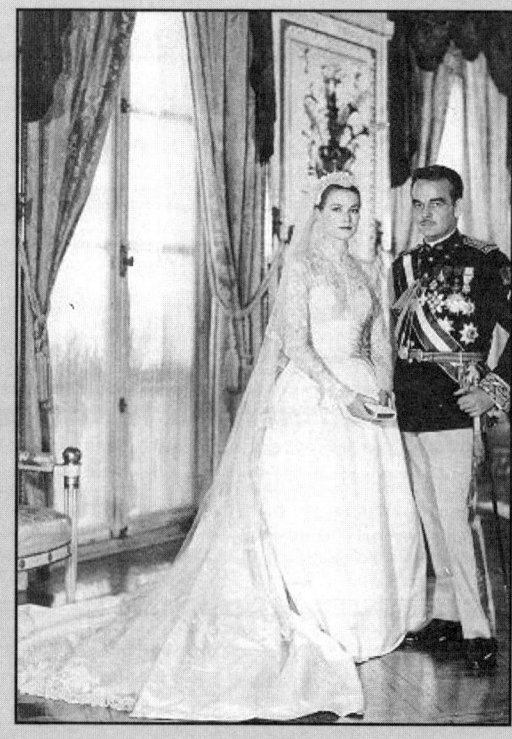

1956년 「상류사회」(위)와 「백조」에서 주연한 그녀의 모습을 보고 레이니에 공이 사랑에 빠져 결혼했기 때문에 그레이스 켈리가 모나코의 왕비가 되었다는 전설의 뒤에는 경제적인 배경이 따로 있었다.

사극의 유형

문학에서도 마찬가지이지만, 영화는 고유분야(genre)를 따지려면 때로는 여러 요소와 속성이 중첩되어 복잡한 양상을 띠는 경우가 많다. 예를 들면 로빈 후드 얘기는 역사적인 배경으로 인해서 분명히 사극이지만, 성격상 활극이라고 해야 옳겠다. 그런가 하면 아더왕의 전설이 얽힌 영화는 활극이면서도 궁중 사극에 포함시켜도 문제가 되지 않는다.

보다 구체적인 예를 들자면, 「성의(聖衣, The Robe, 1953)」는 분명히 사극이지만, 종교영화로서의 색채가 더 강하기 때문에 "문학과 역사"를 정리하는 일곱 권의 책에서는 다루지를 않았다. 그리고 중세의 기사들이 주인공인 수많은 영화가 사극이면서도 의상극이고, 「누구를 위하여 종은 울리나」는 에스파냐의 내란이 배경이기 때문에 전쟁영화가 분명하며, 근세사를 다루었으므로 역사물이라고 해도 되겠지만, 대부분의 사람들은 그것이 '사랑 이야기'가 담긴 감상적인 통속극(melodrama)이라고 인식한다.

또한 「네 날개(The Four Feathers)」는 전쟁영화이고 사극이기도 하며, 사극 중에는 희극도 많고, 「남태평양」은 음악극이면서 사랑 이야기에 전쟁영화이기도 하다. 그리고 서부극은 미국의 건국신화를 기둥으로 삼은 사극이기도 하며, 사극 중에는 문예물도 부지기수로 많다.

　이런 의미에서 보면 "전설의 시대"나 "신화와 역사의 건널목"에서 살펴본 모든 영화가 사극이라고 하겠다. 그리고 헐리우드 키드의 20세기 영화에서 제3권에 해당되는 "정복의 길" 역시 계속해서 역사물을 다루게 된다.

　그러면 이제는 '사극(historic film)'이라고 통칭하는 역사물의 대표적인 몇 가지 유형을 잠깐 살펴보기로 하자. 사극(史劇)이라는 개념은 '역사'와 '연극'의 결합체로서, 월터 스코트가 역사소설에 대해서 내린 정의나 마찬가지로, 역사적인 시대와 사실에는 비교적 충실하면서 인물 설정은 흔히 낭만적 상상력에 의존한 고유분야이다.

　역사물의 분류 방법은 여러 가지이겠으나, '역사'라는 말 자체가 실존했던 제왕(諸王)과 그들의 통치 기록이고 보면, 문학에서의 역사소설이라는 고유분야에서나 마찬가지로 영화에서는 역시 왕족에 얽힌 내용이 두드러지게 많아진다. 문학에서는 대표적으로 셰익스피어의 희곡이 그러하며, 우리나라 영화에서는 궁중 사극이 여기에 해당되겠다.

　유럽의 궁중 사극에 해당되는 예를 찾아본다면, 거의 30 편의 희곡을 써서 세계적인 명성을 얻은 헝가리의 극작가 훼렌쯔 몰나르(Ference Molnár, 1878~1952)가 바람둥이 앨버트 공(Prince Albert)과 평민 두 남자로부터 사랑을 받는 공주에 관한 삼각 관계 얘기를 담은 희곡 「백조」가 유명하다. 1925년에 이미 무성영화로 만들어졌고, 같은 작품이 5 년 후에는 「낭만적인 하룻밤」이라는 릴리언 기시의 첫 유성영화가 선을 보인다.

　기시(본명 Lillian de Guiche, 1896~1993)는 사라 베르나르의 뉴요크

공연(1905)에서 춤을 추었고, D. W. 그리피드의 영화로 무성시대(無聲時代)부터 헐리우드에서 명성을 얻은 다음, 당시로서는 획기적인 80만 달러를 받고 MGM과 전속계약을 맺고는 「낭만적인 하룻밤」에서 주연했다. 유성영화 시대에도 기시의 활동은 빛을 잃지 않아서, 1946년에는 「백주의 결투(Duel in the Sun)」로 아카데미 여우조연상 후보에 올랐으며, 1984년 평생공로상(Life Achievement Award)을 받았다. 화려했던 그녀의 은막 활동에 대해서 기시는 이런 유명한 말을 남겼다.

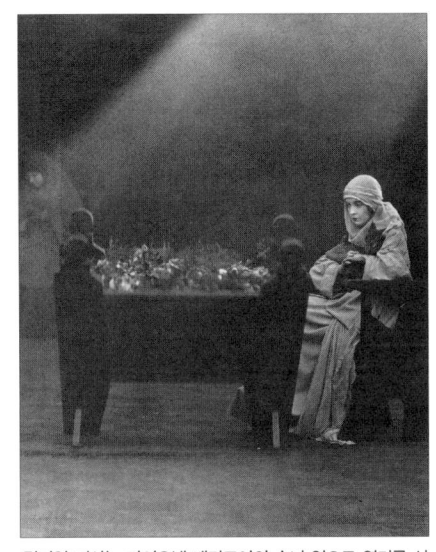

릴리언 기시는 라이오넬 배리모어의 손녀 역으로 연기를 시작하여, 나이를 먹으며 배리모어의 딸과 아내 역도 해냈다.

"내가 처음 영화를 시작했을 땐 라이오넬 배리모어가 나의 할아버지 역을 했어요. 나중에 그는 나의 아버지, 그리고 결국 남편 역을 맡았죠. 더 오래 살았더라면 틀림없이 난 그의 어머니 역도 했을 거예요."

정말로 그렇게 되었더라면 우리는 움직이는 역사와 정지된 역사가 교차하는 묘한 수학적 현상을 보게 되었겠지만, 현실은 꼭 상상처럼 돌아가지는 않는다. 그러한 환상이 현실로 이루어지기도 해서, 영화를 보고 얻은 환상을 실천으로 옮긴 '왕' 때문에 생겨난 역사가 태어나고, 그 역사가 영화로 기록된 예도 있다. 1956년 「백조」에서 알렉산드라 역을 맡은 그레이스 켈리의 모습을 보고 사랑에 빠졌다는 모나코의 레이니에 대공(Prince Ranier III)과의 결혼을 놓고 당시 사람들은 신데렐라 얘기가 현실로 이루어졌다며 전세계가 떠들썩했고, 결혼식은 프랑스에서 기록영화("Le Marriage de Monaco," 영어 제목 "The Wedding in Monaco")로 제작되어 우리나라에서는 「세기의 왕비」라는 제목으로

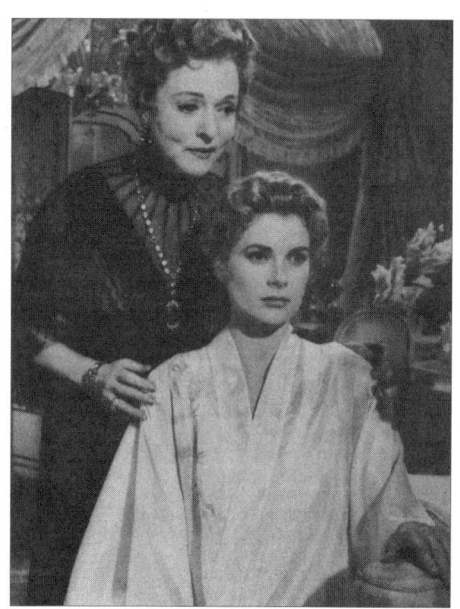
「백조」에서 알렉산드라 역을 맡은 그레이스 켈리의 모습

극장에 걸리기도 했었다.

훗날 다이아나 황태자비의 결혼식만큼이나 사람들의 환상을 자극했던 그레이스 켈리의 결혼은, 나중에 어느 다른 기록영화에서 밝힌 바에 의하면, 몰락해 가는 도박 왕국 모나코의 경제난 해결을 위해 전세계의 이목을 집중시킬 만한 '사건'을 만들려는 계산과 복선의 정략(政略)이 배경에 깔렸었다고 하는데, 역시 환상과 현실에는 거리가 있게 마련인 모양이다.

현실에서는 사랑하는 여인을 위해 왕위를 버린 남자의 애기가 세상을 놀라게 하기도 했지만, 거꾸로 '유럽에서 가장 유서깊은 가문의 황녀'이며 왕위 계승자인 여인이 평민과 맺어지는 영화 「백조」도 있었으며, 방세가 두 달치나 밀린 가난한 미국인 로마 주재 통신사 특파원을 등장시켜 같은 주제를 다시 살려낸 영화가, 비록 사극은 아니지만, 「로마의 휴일」이었다.

공적인 삶이 시키는 대로 판박이 일정을 살아가는 데 지친 황녀 앤(Princess Anne)이 세상구경을 하려고 탈출하여 로마에서 '휴일'을 즐기고, 도망친 황녀에 대한 생애 최고의 특종을 사진기자와 함께 추적하던 주인공은 뉴요크 본사로의 영전보다는 앤에게 아름다운 추억을 선물하는 우정을 선택한다는 내용이 담긴 불후의 명작 「로마의 휴일」은 본디 「스파르타쿠스」와 「빠삐용」 등의 각본을 썼던 달튼 트럼보(Dalton Trumbo, 1905~76)가 원작자이다. 그러나 매카티 선풍 당시 '헐리우드의 감시 대상 10인(the Hollywood Ten)' 가운데 한 사람이었

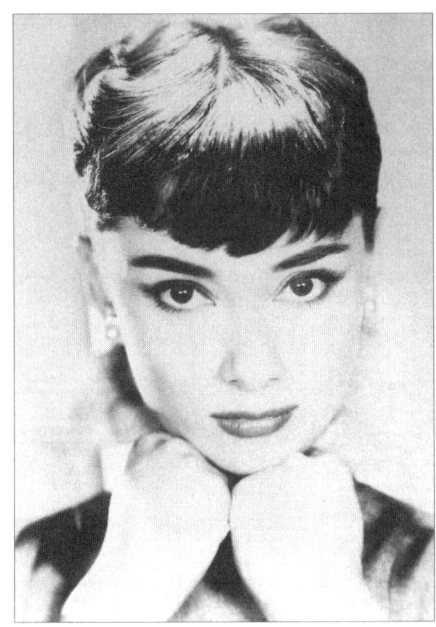

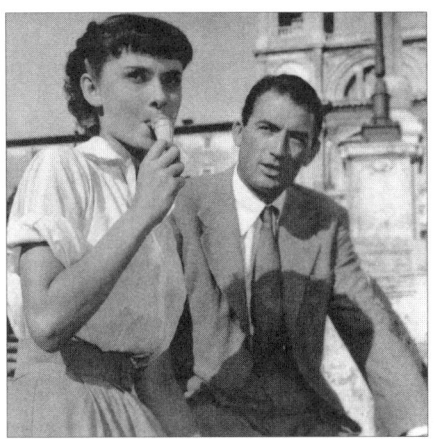

「백조」의 주제를 재해석한 「로마의 휴일」은 정치적인 이유로 해서 무려 40 년 동안 '원작자'가 빛을 보지 못했다. 오드리 헵번은 「로마의 휴일」에서 머리를 시원스럽게 잘라 버리고 길바닥에서 아이스크림을 먹는 황녀(Princess Anne) 역을 맡아 전세계 여성의 머리 모양을 바꿔놓고 남성 관객을 매료시키면서 단숨에 세계적인 인기 여배우가 되었다.

던 트럼보는 공개적인 활동을 할 수가 없었고, 그래서 40 년 동안 이 영화는 트럼보의 '가짜 얼굴(front)' 노릇을 했던 이안 맥릴란 헌터(Ian McLellan Hunter)의 원작으로 세상에 알려졌었다. 물론 아카데미 각본상도 헌터가 가져가야 했다. 이런 비극적인 배경은 마틴 리트 감독에 우디 앨런이 주연한 「프론트(The Front, 1976)」와 텔레비전 영화 「시민 콘(Citizen Cohn, 1992, 비디오 제목 "권력자 콘")」에서 잘 나타난다.

「로마의 휴일」은 1987년에 캐더린 옥슨버그(Catherine Oxenberg)와 톰 콘티(Tom Conti) 주연으로 다시 텔레비전 영화로 만들어졌다.

벨기에 태생의 오드리 헵번(본명 Edda van Heemstra Hepburn-Ruston)은 영화 「지지(Gigi)」의 레슬리 캐론이나 마찬가지로 발레리나 출신으로서, 몇 편의 영국 영화에서 단역을 한 다음 브로드웨이의 「지지」에서 주연으로 발탁되었고, 헐리우드의 첫 영화 「로마의 휴일」의 성공으로 그레이스 켈리보다 3 년 전에 '세계적인 신데렐라'가 되었다. 당시 머리를 짧게 자른 헵번의 사진은 우리나라의 미장원에는 거의 어디에나 내걸릴 정도였는데, 헵번의 짧은 머리 못지않게 비슷한 시기에 화제가 되었던 것은 모나 리사의 미소만큼이나 신비하다고 알려졌던 「크리스티나 여왕」의 마지막 장면에서 그레타 가르보가 보여주었던 심오하고도 몽환적인 무표정이었다.

사랑하는 남자를 위해 왕위를 포기하는 여왕이 주인공인 이 영화는 가르보의 최고 작품으로 꼽히는데, 뱃전에 서서 크리스티나가 상념에 잠기는 마지막 장면에서 루벤 마물리안 감독은 "연기를 하지 말고 아무 생각도 하지 않으면서 그냥 서 있기만 하라"는 역사적인 '명연출'을 했다고 한다.

스웨덴 여왕 크리스티나(1626~89)의 일생은 물론 가르보의 영화에서보다는 훨씬 비극적이었다. 여섯 살에 왕위를 물려받은 그녀는 12년 동안 섭정을 거쳤으며, 1644년 왕위에 오른 다음에는 30년전쟁을 치르며 의회와 충돌했고, 몇 차례의 반란 시도 끝에 1654년 결국 왕권을 포기하기에 이른다. 이듬해 천주교로 개종하고는 빠리로 가서 살며 두 차례 왕권을 되찾으려는 시도를 하지만 실패하고, 로마에서 세상을 떠난다.

영국 영화 「사랑과 영욕의 세월」은 크리스티나가 왕위를 내놓고 개종하는 과정에서 그녀의 신앙심을 시험하던 주교(피터 핀치)와 사랑에 빠진다는 내용인데, 노르웨이 여배우 리브 울만이 비운의 크리스티나 역을 맡았다.

「대왕 알프레드」는 9세기 잉글랜드 지도자의 무용담이고, 「그늘 속의 왕」은 1760년대 스웨덴이 시간적인 무대이고, 나서기를 좋아하는 어마마마가 뒤에서 조종하는 궁중 음모 때문에 신경쇠약에 걸릴 만큼 시달리는 왕이 주인공이다.

오스트리아 여배우 로미 슈나이더(본명 Rosemarie Magdalena

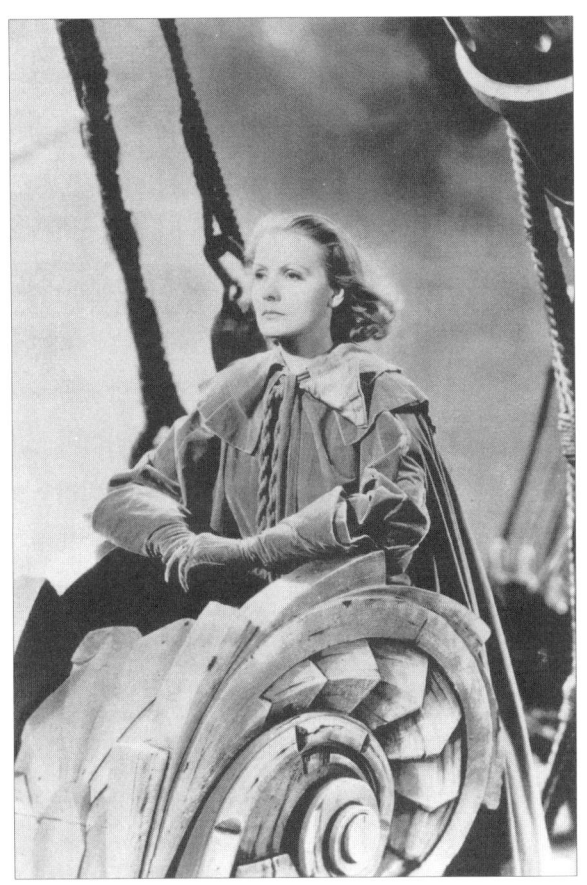

「크리스티나 여왕」에서 그레타 가르보가
보여준 이 '명연기'의 비결은 연기를 할
생각을 말고 아무 생각도 하지 말고 그
냥 멍하니 서 있기만 하라는 루벤 마물
리안 감독의 기막힌 연출이었다. 그리고
문제의 장면은 바다에서 배를 타고 찍은
것이 아니라 아래 사진에서처럼 촬영소
안에서 만들어낸 작품이었다.

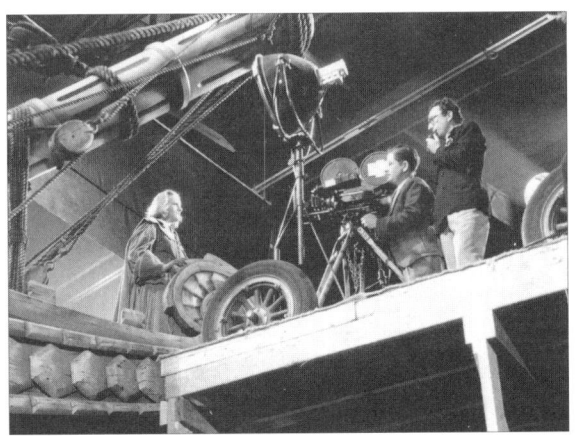

Albach-Retty)가 주연한 「내 사랑 영원히」는 오스트리아의 황제 프란츠 요제프와 엘리자베트 황후가 주인공이다. 이 말랑드라마는 본디 영국의 다이아나 황태자비처럼 미모와 매력 때문에 백성들로부터 많은 사랑을 받았으나 이탈리아의 무정부주의자에게 암살을 당한 엘리자베트(Elisabeth Amalie Eugenie, 1837~98) 황후의 생애를 다룬 「지지(Sissi, 1956)」, 「젊은 황후 지지(Sissi—die junge Kaiserin, 1957)」, 「지지 황후의 전성시대(Sissi—Schichsjahre einer Kaiserin, 1958)」 이렇게 '지지 3부작'으로 제작되었다가 한 편으로 편집한 대작 영화이다. 지지 3부작은 어렵기는 해도 우리나라에서 구해 볼 수가 있다.

영국에서는 황태자가 왕위를 버리고 이혼 경력까지 있는 미국 여자와의 결혼에 성공했지만, 오스트리아에서는 사정이 달라서, 평민을 사랑했던 황태자 루돌프(Rudolf)는 아버지의 반대를 이기지 못해 결국 수많은 사람들이 극장에서 눈물을 흘리게 만들었던 비극적인 사랑으로 끝맺는다. 이런 실화를 담은 두 편의 영화에서 제목 노릇을 하는 「마예를링」은 왕족의 사냥터가 자리잡았던 어느 마을의 지명이다. 이곳에서는 1889년 1월 30일 황태자 루돌프와 그의 연인이 나란히 시체로 발견되었다.

찾아보기 ●--

▌「낭만적인 하룻밤(One Romantic Night, 1930, 미국, 71분)」, 감/Paul L. Stein, 출/Lillian Gish, Rod La Rocque, Conrad Nagel, Marie Dressler, Albert Conti

▌「백조(The Swan, 1956, 미국, 112분)」, 감/Charles Vidor, 출/Grace Kelly, Alec Guiness, Louis Jourdan, Agnes Moorehead, Jesse Royce Landis

▌「로마의 휴일(Roman Holiday, 1953, 미국, 119분)」, 감/William Wyler, 출/Audrey Hepburn, Gregory Peck, Eddie Albert, Tullio Carminati

▌「크리스티나 여왕(Queen Christina, 1933, 미국, 97분)」, 감/Rouben Mamoulian, 출/Greta Garbo, John Gilbert, Ian Keith, Lewis Stone, C. Aubrey Smith, Gustav von Seyffertitz, Reginald Owen, Elizabeth Young

▌「사랑과 영욕의 세월(The Abdication, 1974, 영국, 103분)」, 감/Anthony Harvey, 출/Peter Finch, Liv Ullmann, Cyril Cusack, Paul Rogers

▌「대왕 알프레드(Alfred the Great, 1969, 영국, 122분)」, 감/Clive Donner, 출/David Hemmings, Michael York, Prunella Ransome, Colin Blakeley

▌「그늘 속의 왕(King in Shadow, 1956, 독일, 87분)」, 감/Harald Braun, 출/O. W. Fischer, Horst Buchholz, Odie Versois, Gunther Hadank

▌「내 사랑 영원히(Forever My Love, 1962, 독일, 147분)」, 감/Ernst Marischka, 출/Romy Schneider, Karl Boehm, Magda Schneider, Vilma Degischer

▌「마예를링(Mayerling, 1936, 프랑스, 89분)」, 감/Anatole Litvak, 출/Charles Boyer, Danielle Darrieux, Suzy Prim, Jean Dax, Vladimir Sokoloff

▌「마예를링(Mayerling, 1968, 영국, 140분)」, 감/Terence Young, Omar Sharif, Catherine Deneuve, James Mason, Ava Gardner, James Robertson Justice, Genevieve Page

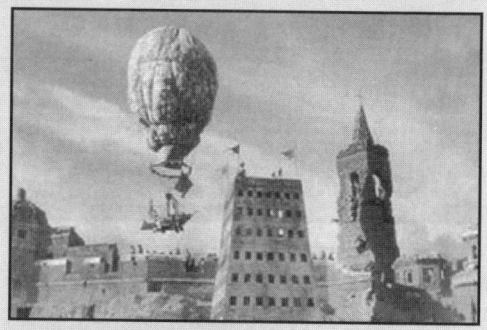

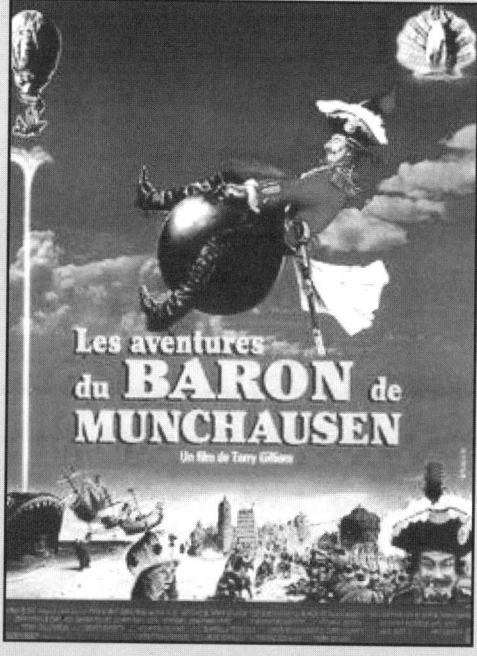

화려하고도 황당무계한 '뮌히하우젠 남작'의 여행기는 책
과 영화로 수많은 사람들의 상상력을 자극했다.

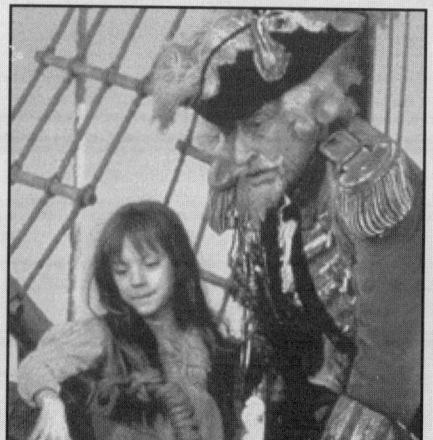

서사극(epic pictures)

우리는 앞에서 서양의 '궁중 사극'부터 살펴보았지만, 따지고 보면 사극의 원조는 그냥 '사극'이라고 하면 저절로 머리에 떠오르는 서사극이 주류이겠다. 흔히 '스펙터클'이라는 영어 단어를 동원하여 선전하던 대부분의 사극이 여기에 해당되는데, 성격상으로 구조는 서사시의 형태를 취하고, 주인공은 위대한 인물이나 호걸로서, 사랑도 열렬히 하기가 보통이다. 대표적 서사극으로는 「벤허(Ben Hur, 1926, Fred Niblo 감독)」, 세실 B. 드밀과 D. W. 그리피트의 대작들, 「아라비아의 로렌스」, 그리고 MGM 대형 사극(epics) 따위를 꼽는다.

이런 영웅 서사시적 작품으로서는 「뮌히하우젠 남작」을 주인공으로 삼은 영화가 좋은 표본이다. 러시아, 터키, 베네치아 등지를 휩쓸고 돌아다니며 아름다운 공주들이나 황후들과 뮌히하우젠이 사랑을 나눈다는 현실도피적 내용이지만, 이 영화가 태어난 배경이 흥미있다.

『뮌히하우젠 남작 여행기(The Travels of Baron Munchausen)』는 원작자가 누구이며 집필 동기가 무엇이었느냐에 관한 설이 분분하지만,

1793년 런던에서 출판된 책(제7판)은 물론 주인공 뮌히하우젠이 '필자'로 되어 있다. 한때는 아비시니아(이디오피아의 옛 이름) 여행가의 허무맹랑한 얘기(tale tales)를 비꼬기 위해서 지어낸 모험담이라는 설이 유력했었지만, 아비시니아 인(Mr. Bruce, the Abyssinian traveller)의 책보다 뮌히하우젠 여행기의 초판이 먼저(1786년) 나왔다고 나중에 밝혀졌기 때문에 신빙성이 없는 얘기가 되었다.

어쨌든 『걸리버 여행기』와 아비시니아 인의 흉내작으로 여겨지는 뮌히하우젠 모험기는 아프리카와 남 아메리카는 물론이요, 주인공이 얼음섬(Island of Ice) 같은 온갖 환상적인 곳을 돌아다니며, 아프리카에서 영국으로 이어진 다리와 물고기여인(Fish-woman)같은 온갖 희한한 구경거리도 접하게 해주어서, 책과 영화로 수많은 서양인들의 상상을 자극해 왔다.

국내에서는 독일 민족의 정신을 앙양하고 대외적으로는 민족영화를 통해 국가의 위상을 높이기 위해 설립된 UFA(Universum Film Aktien Gesellschaft) 영화사 창립 25주년을 맞아 히틀러의 선전상 괴벨스의 지시로 뮌히하우젠 얘기가 독일에서 영화로 제작되었을 때는 주

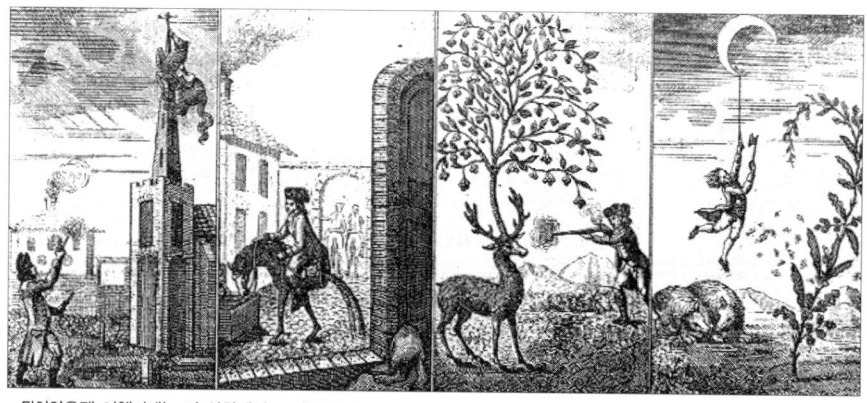

뮌히하우젠 여행기에는 이 삽화에서 보여 주듯이 나무 한 그루가 통째로 뿔처럼 돋아난 사슴이나 하반신이 없는 말, 그리고 달나라와 개나라의 이상한 동물도 등장한다.

인공이 국가에 충성하며 용감무쌍한 독일의 영웅을 상징하는 인물로
제시되었다.

기록영화의 예술성이 정점에 이르렀다는 평을 듣는 레니 리펜슈탈
(Leni Riefenstahl)의 베를린 올림픽 영화와 러시아 에이쩬쉬테인(Sergei
Eisenstein)의 혁명 찬양 작품들도 마찬가지였지만, 국가의 어용 선전
수단으로 이용되었던 영화 예술의 운명이 안타깝다. 그나마 독일은
비록 위상 높이기 작업의 일환이기는 했어도 국가 주도로 신 독일 영
화(New German Cinema) 운동이 이루어지기도 했다는 사실은 영화
예술을 키워서 이용하는 대신 무작정 탄압만 하고 고사시켰던 박정희
군사정권에 비하면 히틀러의 문화 정책이 훨씬 앞선 셈이다. 자동차
를 조립하는 방식으로 분업화하여 영화를 만들어내던 영화사 체제
(studio system)와 유명배우 앞세우기(star system)를 결합하여 세계 영
상 산업을 지배하는 공식을 창출했던 헐리우드의 상업주의에 대항해
서, 제2차 세계대전 패전 후에 4강의 점령하에서 무방비 상태였던 독
일이 국가 주도로 신 영화 운동에 성공했던 까닭을 우리는 이러한 맥
락에서도 이해가 가능하다.

뮌히하우젠 주제는「쥘 베르느의 환상적인 세계」를 만든 체코 감독
의 손을 거쳐 고래의 몸 속에서부터 달나라까지 종횡무진 활약을 벌이
는「뮌히하우젠의 환상적인 모험」으로 탈바꿈한다. 우리나라에서는
「바론의 대모험」이라는 제목으로 비디오가 출시된 미국판「뮌히하우
젠 남작의 모험」은 투르크족의 공격을 받는 영국 도시를 달나라와 화
산나라와 물고기 뱃속에서 찾아낸 부하들과 함께 격퇴한다는 내용인
데, 영화 속에 연극 무대를 설정하고 특수효과를 동원하여 화려한 현대
적 해석을 가미한다.

바바리아(Bavaria)의 '미치광이 왕(the Mad King)'이 주인공으로 등
장하는 영화「루드비히」는 4 시간 6 분이라는 상영시간말고도, 감독

에서부터 기라성 같은 국제적 출연진에 빼어난 현장 촬영에 이르기까지, 정말로 초호화판 영화이지만, 관객이 공감하지 않는 주인공을 내세웠을 때는 반응이 얼마나 냉담한지를 증명하는 본보기가 되었다. 그러나 이탈리아 사극은 계속해서 꿋꿋함을 보여 주었다.

이탈리아 사극은 독일의 영웅 뮌히하우젠을 무찌르는 데서 그치지 않고, 뮌히하우젠 영화뿐 아니라 「뒤 바리 부인(Madame Du Barry, 영어 제목 Passion, 1919, Ernst Lubitsch 감독)」, 프릿츠 랑의 「니벨룽겐」 같은 대작 사극을 만들어낸 UFA 영화사까지도 이겨낸다. 이러한 이탈리아 사극에 등장하는 손꼽을 만한 영웅은 이미 앞에서 소개했듯이 시인이며 소설가인 다눈찌오(Gabriele D'Annunzio)가 자막 대본을 썼던 「까비리아(Cabiria, 1914)」의 주인공 '마치스떼(Maciste)'였다.

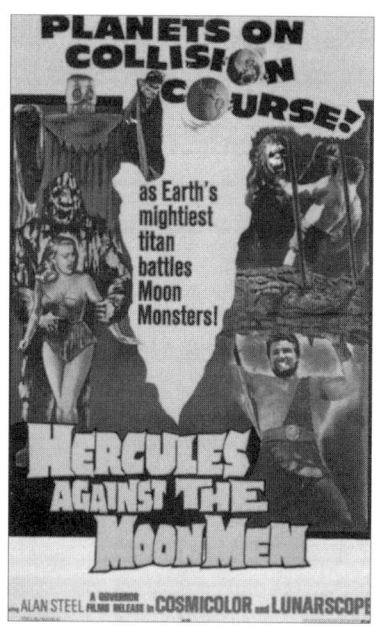

샌들을 신고 칼을 휘두르는 주인공이 워낙 많았던 터라 이탈리아 사극은 '샌들과 검(sandal and sword) 영화'라는 소리를 들었는데, 이런 영화를 영어로 덧녹음할 때는 '근육남(筋肉男)' 마치스떼를 흔히 '삼손(Samson)'이나 '골리앗'이라고 옮겼다. 그래서 우리나라 사람들은 모르고 지나간 경우가 많았지만, 마치스떼는 정말로 한국의 극장을 자주 드나들었다.

헤라클레스 단골의 스티브 리브스보다 앞 세대에 제작된 「까비리아」를 위시하여 1928년까지 여러 작품에서 마치스떼 역을 맡았던 배우는 바르똘로메오 빠가노(Bartolomeo Pagano, 1888~1947)였으며,

괴력을 지닌 지구의 거인이 달나라의 괴물들과 맞서 싸운다는 1964년 영화 「달나라 사람들과 싸우는 헤라클레스」에서처럼, 영어 제목에 '헤라클레스'나 '삼손'이나 '골리아트(골리앗)'라는 이름이 등장하면, 주인공이 마치스떼일 경우가 많다.

60년대에는 남 아프리카의 레그 파크(Reg Park) 그리고 '타잔' 고든 스코트와 다른 미국 배우들(Reg Lewis, Mark Forrest, Gordon Mitchell)이 뒤를 이었다.

　마치스떼 영화로는 고대 이집트에서 야만적인 페르샤인들과 싸우는 「위대한 마치스떼」, 제목이 모든 내용을 설명하는 「골리앗과 흡혈귀」, 「퀴클롭스 나라의 아틀라스(Maciste nella Terra dei Ciclopi, 1961)」, 「삼손과 노예 여왕」, 「삼손과 일곱 가지 기적(Maciste alla Corte Gran Khan, 영어 제목 Samson and the Seven Miracles of the World, 1962)」, 「골리앗과 바빌론(Maciste, I'Eroe Piu Grande del Mondo, 영어 제목 Goliath and the Sins of Babylon, 1963)」, 「석인(石人)과 싸우는 마치스떼(Maciste contro gli Uomini Luna, 영어 제목 Maciste vs. the Stone Men, 1964)」, 「스파르타의 검투사 마치스떼(Machiste, Gladiatore di Sparta, 영어 제목 Maciste and the Hundred Gladiators, 1965)」, 바다의 괴물과 아마존이 등장하는 「거인과 싸우는 골리앗」, 그리고 결국은 「골리앗과 야만족」을 위시한 스티브 리브스의 여러 영화로 이어진다.

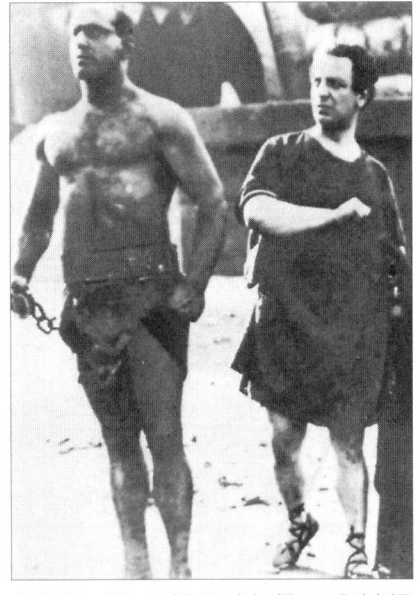

헤라클레스, 삼손, 골리앗 등 여러 이름으로 우리나라를 다녀간 온갖 마치스떼 가운데 원조는 이탈리아 영화 「까비리아」의 장사(壯士)였다.

　근육대회(Mr. World, Mr. Universe) 출신으로서 처음부터 워낙 이탈리아 영화에만 많이 나와 당시 한국에서는 많은 사람들이 이탈리아 배우로 알았던 미국인 스티브 리브스는 60년대 말 캘리포니아의 농장으로 은퇴하기 얼마 전에 "배우 노릇은 너무 신경이 쓰여서 전혀 재미가 없었다"라고 고백했는데,

요즈음의 비디오 게임 수준인 멍청영화에서 총체적인 파괴에 전념하는 주인공들의 선배격인 리브스와 다른 마치스떼 배우들에게서 기대할 만한 예술성을 참으로 잘 설명해 주는 한 마디가 아니었나 생각된다.

샌들과 검 계열의 마치스떼 사극에 주술적인 요소가 가미되면 마법과 검(sword and sorcery)으로 분류되는데, 이 분야는 앞에서 이미 자세히 살펴보았으므로 여기에서는 견우직녀적 구성이 특이했던 영화 「레이디호크」 한 편만 소개하겠다. 영국 감독 클라이브 도너가 만든 「바그다드의 도적」이나 마찬가지로 소매치기가 주인공인 미국 감독 리처드 도너의 「레이디호크」는 종교의 폭력이 지배하던 중세의 공포 분위기 속에서, 사랑하는 남녀가 아퀼라의 사악한 주교로 인해서 저주를 받아, 기사 나바르(Navarre)는 해가 지면 늑대로 변신하고 이사보(Isabeau)는 해가 뜨면 매로 변하는 바람에 인간으로서는 서로 만나지를 못한다. 그들은 지하감옥에서 탈옥한 도둑 '생쥐' 필리프를 통해 겨우 밤낮을 연결하고, 천신만고 끝에 낮이 밤이고 밤이 낮인 일식(日蝕)에 겨우 저주가 풀려 인간으로서의 사랑을 계속한다. 종교 지도자가 악역으로 등장하는 마법(sorcery) 영화 가운데 하나라고 하겠다.

검과 마법 사극과 유사한 동양의 무협 사극은 다시 서양의 검객 사극 계열의 활극으로 이어진다. 본디 '호걸'이나 '쾌걸'을 뜻하던 말인 'swashbuckler'는 자연스럽게 '검객영화'라는 말로 쓰이게 되었으며, 앞에서 살펴본 해적영화도 여기에 포함되고, 쾌걸영화 단골 배우로는 더글라스 페어뱅크스, 에롤 플린, 타이론 파워, 코넬 와일드, 루돌프 발렌티노, 토니 커티스, 스튜어트 그레인저, 루이스 헤이워드를 꼽는다.

역사물 가운데 쾌걸활극으로는 나라를 위해서 목숨을 바치는 프랑스 난봉꾼이 주인공인 「불확실한 영광」, 살인 혐의를 받는 여자가 얽힌 해양물 「페이비언 선장의 모험」, 에롤 플린 최후의 검객영화 「백년

전쟁」, 18세기에 실제로 존재했던 지옥불 클럽(the Hellfire Club)에서 벌어지는 상속다툼을 그린 「지옥의 정염」, 망명중인 왕이 평민 아가씨와 사랑을 나누는 「망명객」, 프랑스에서 왕을 몰아내는 투쟁과정이 담긴 「결전(決戰)」, 프랑스 장군을 음모로부터 구출해 내는 「용감한 검객」, 아버지의 복수를 하는 13세기 젊은이가 주인공인 「사라센 검객」, 16세기가 시간적 무대인 「장미와 검」, 가짜 프러시

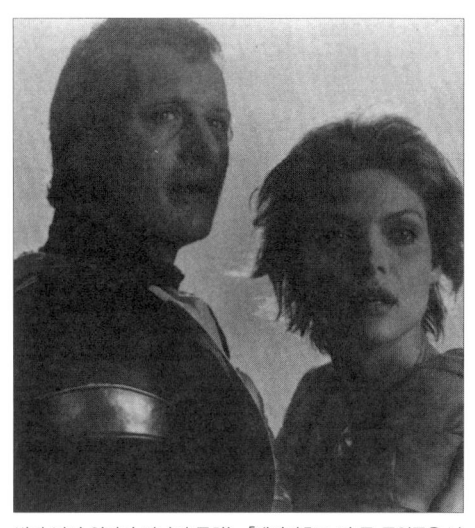

밤과 낮이 엇갈려 만나지 못하는 「레이디호크」의 두 주인공은 낮이 밤이고 밤이 낮인 일식에 만나서 저주를 이겨낸다.

아 귀족 행세를 하는 주인공을 둘러싼 희극 「귀하신 몸」, 17세기 프랑스에서 벌어지는 음모와 사랑과 검술이 주인공의 이름(panache, 프랑스어로 軍帽에 다는 깃털 장식을 뜻함)만큼이나 경쾌하고 멋진 텔레비전영화 「빠나시」, 쾌걸영화를 풍자하기 위해 어마어마한 출연진을 동원했지만 소기의 목적을 별로 달성하지 못한 「쾌걸」, 그리고도 수많은 비슷비슷한 영화가 나왔다.

근육질이나 서사극은 아니지만, 14세기 프랑스를 무대로 하여 역사의 격랑 속에서 사랑을 나누는 남녀의 영화 「사랑과 죽음」은 감독이 딸을 주연시켰고, 아버지 감독이 우정출연도 한다.

백년전쟁을 배경으로 삼은 「베아트리쓰」에서는 아버지가 전선에서 돌아와서는 나약한 아들을 괴롭히고 딸에게 근친상간을 시키는 등, 때로는 혐오스럽기까지 한 폭력적 '작가정신'이 두드러진다.

흔히 아무런 설명도 없이 '사극'이라고만 해도 일반인들이 쉽게 알아듣는 서양 작품이라면, 왕과 기사를 주인공으로 삼아 사랑과 모험

을 엮어내는 낭만적인 내용을 담은 의상극(衣裳劇, 영어 명칭은 다양하게 costume drama, costume film, costume movie, costume play, costumer)이기가 쉽다.

요즈음 공상과학영화나 컴퓨터 그래픽 작업에 쏟아붓는 그런 규모의 막대한 제작비를 배경 장치와 수많은 단역배우에 아낌없이 투입했던 의상극은 이탈리아와 독일뿐 아니라 헐리우드에서도 1930년대와 40년대 영화 산업의 주류를 이루었고, 고증을 열심히 했던 화려한 의상은 여자들의 벌거벗은 몸뚱어리보다 훨씬 좋은 눈요기가 된다는 사실을 증명하기도 했다. 무대극에서처럼 아름다운 의상을 걸치고 화면에서 벌이는 이런 낭만(roman)을 영국의 영화학자들은 "현실도피의 한 가지 형태(a type of escapism)"라는 주장도 내놓았다.

의상극 분야의 두드러진 감독으로는, 무성영화 시대 희극배우 출신으로서 히틀러 시절에 미국으로 건너가 독특한 희극의 경지(the

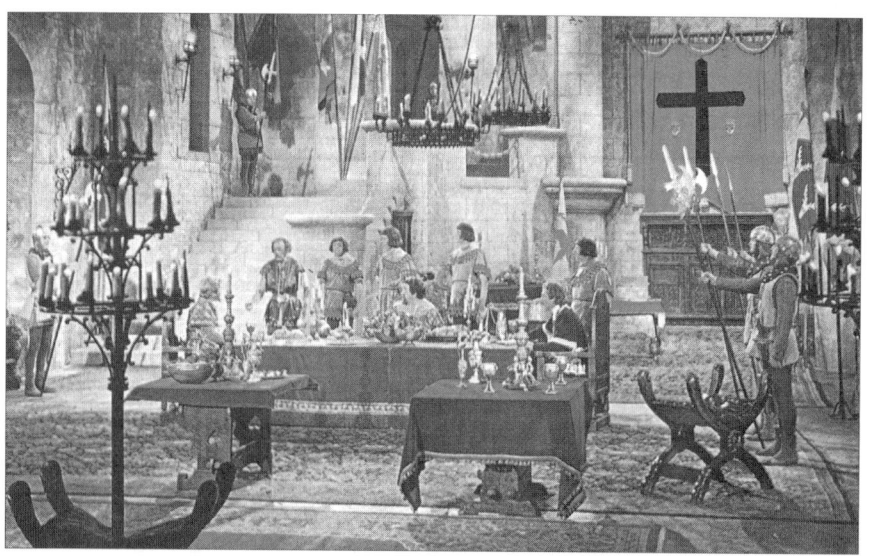

'의상극'은 사극 중에서도 화려한 의상이 가장 큰 구경거리이다. 1948년 존 홀이 주연한 로빈 후드 영화 「도적떼의 왕자(The Prince of Thieves)」의 이 장면을 찍기 위해서는 몇 달의 고증과 색채 선별의 과정을 거쳐야 했다.

Lubitsch touch)를 확립했던 독일의 에른스트 루비치(1892~1947)를 위시하여, 세실 B. 드밀, 루돌프 마테, 라울 월시, 헨리 킹 등이 유명했고, 이 분야의 영화로는 「왼손잡이 권총 (The Left-Handed Gun, 1958)」 등의 작업을 맡았던 시나리오 작가이며 극작가이기도 했던 레슬리 스티븐(Leslie Stevens)의 원작 『사랑하는 사람들(The Lovers)』을 영화로 만들어서 결혼식 날 남의 신부를 먼저 봉건 영주가 차지한다는 '법'을 세상에 널리 알린 「대장군」, 나쁜 마법사에게 납치된 예쁜 공주를 젊은 기사가 구해 내는 「마법의 검」, 중세 폴란드를 튜톤 기사들이 줄기차게 괴롭히는 「흑십자가」, 도둑의 도움을 받아가며 지하에서

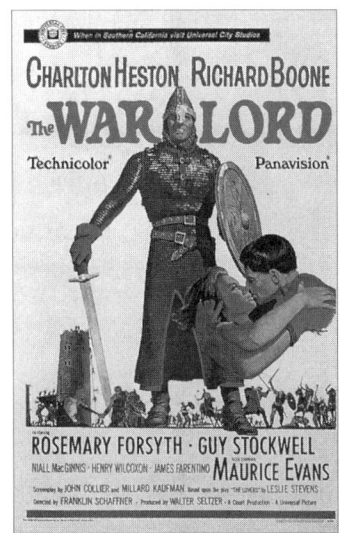

'서사극'이라고도 알려진 대작 사극의 표본인 「대장군」에서 주연을 맡은 찰톤 헤스톤은 빅터 머튜어(Victor Mature) 이후의 대표적인 역사물 전문 배우가 되었다.

살아가는 이상한 왕자가 주인공인 「무지개 도둑」, 공주와 그녀의 애인이 목숨을 걸고 탈출하는 「카스바의 포로」, 1780년대 하인의 아들이 다른 사람들의 질시 속에서 사랑의 역경을 헤쳐 나간다는 프랭크 슬로터(Frank Slaughter)의 역사소설을 50년대의 전형적인 싸구려(kitsch) 3-D 입체영화로 만든 「상가리」, 형제가 적이 되어 싸우는 「흑창기병의 공격」, 귀족 집안의 나쁜 아저씨 때문에 조카가 무인도로 가서 복수를 준비하는 「황금 콘돌의 보물」, 중세의 사랑 이야기 「다이안느」, 나뽈레옹 시대 프랑스에서 세탁부였던 여자가 미모와 재치로 귀족의 신분으로 상승하는 「마담」, 그리고 「마담」과 비슷한 내용이지만, 18세기 잉글랜드의 빈민굴 아가씨가 몰락한 난봉꾼의 도움을 받아 귀부인으로 출세한다는 「키티」도 있다.

　의상극이란 본디 사전적 의미가 "화려하고 때로는 실재했던 의상을

걸친 등장인물들을 내세우고 역사의 한 시대를 배경으로 한 영화(A film set in some historical period that features characters dressed in colorful and sometimes authentic costumes. —The Complete Film Dictionary by Ira Konigsberg)"이기 때문에 흔히 '(역)사극'과 동의어로 생각하는 사람들도 적지 않지만, 사극의 또 다른 고유분야인 '시대극'이나 마찬가지로, 그리고 궁중극이나 서사극 같은 다른 계열의 사극과는 달리, 시대적인 경계가 불확실해서 여러 다른 고유분야를 아슬아슬하게 넘나드는 경우가 많다.

예를 들어 왕의 주치의(궁정의)로 가장하여 사교계로 진출하려는 주인공들을 내세우고 과장된 동작과 음악까지 곁들인 「못말리는 사나이들」만 하더라도 별 문제가 되지는 않겠지만, 주변 모든 사람의 인생을 자기 마음대로 해 보려는 정신이상자를 주인공으로 삼은 「악인」이나 남자를 죽이는 전설적인 「낯선 여인」이나 「제제벨의 죄」처럼 범죄성 양상을 띠는 경우도 이미 '사극'이라고 하기는 어렵겠으며, 아버지가 살해를 당한 다음 가문의 명예를 위해 복수를 해야 하는 여인의 얘기를 하워드 휴스가 많은 돈을 쏟아부어 만든 「벤데타」라든가, 심지어는 남편 빼앗기 주제의 「회색 옷을 입은 남자」에 이르면, '사극'의 자취는 찾아보기 힘들 정도로 희석된다.

사극에서 의상이 '역사'의 울타리를 이렇게 벗어나 독립하는 현상과 같은 맥락이었지만, 의상이 영화 예술에서 당당한 독립 분야로서의 중요성을 인정받은 결과로 1948년부터 의상 부문에 오스카 상을 주기 시작했는데, 지금까지 전세계 영화계에서 의상 분야의 독보적인 존재는, 영화계에서 최고의 영예라고 알려진 아카데미 상을 가장 많이 받은 인물 가운데 한 사람인 이더트 헤드(Edith Head, 1907~81)이다.

1920년대에 영화 의상을 만들기 시작한 그녀는 「사랑아 나는 통곡

한다(The Heiress, 1949)」, 「젊은 이의 양지(A Place in the Sun, 1951)」, 「로마의 휴일(Roman Holiday, 1953)」, 「사브리나 (Sabrina, 1954)」, 「인생의 진실 (The Facts of Life, 1960)」, 「스팅 (The Sting, 1973)」으로 여섯 개의 아카데미 의상상을 수상했으며, 특히 1950년에는 흑백 부문에서 「이브의 모든 것(All About Eve)」 그리고 천연색 부문에서 「삼손과 들릴라(Samson and Delilah)」로 동시에 두 개의 상을 같은 분야에서 받았다는 기록도 세웠다. 이제

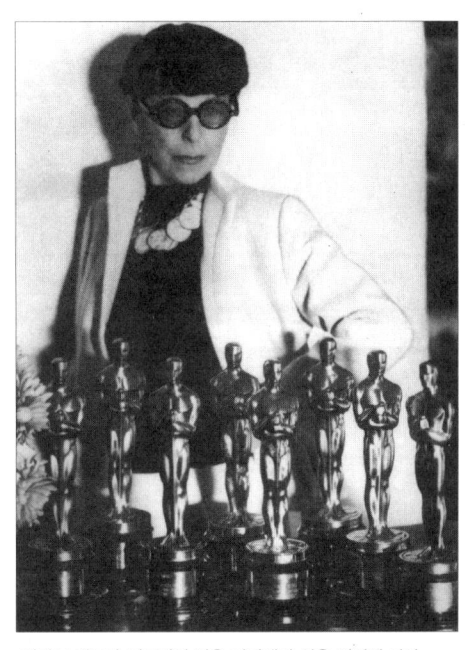

이더트 헤드가 지금까지 받은 아카데미 상은 이렇게 많다.

부터라도 의상에 관심을 갖고 과거의 영화들을 눈여겨본다면 이더트 헤드라는 이름이 얼마나 자주 눈에 띄는지 틀림없이 놀라게 될 텐데, 우리나라에서 그와 비슷한 경우를 찾아본다면 어느 영화제에서 미술 부문의 후보에 오른 작품 네 편이 모두 그의 손을 거쳤었다는 기록을 세운 조용삼이 아닐까 생각된다.

이더트 헤드가 특별출연한 영화 「루씨 갤런트」의 주인공은 석유를 생산하는 서부의 어느 소도시에서 성공을 위해 정진하느라고 남자 따 위는 거들떠보지도 않는 여성으로서, 이더트 헤드와 같은 종류의 직업에 종사한다.

▌「백년전쟁(The Dark Avenger, 미국 제목 The Warriors, 1955, 영국, 85분)」, 감
/Henry Levin, 출/Errol Flynn, Joanne Dru, Peter Finch, Patrick Holt, Yvonne
Furneaux, Christopher Lee, Michael Hordern

▌「지옥의 정염(The Hellfire Club, 1961, 영국, 93분 또는 86분)」, 감/Robert S.
Baker, 출/Monty Berman, Keith Mitchell, Adrienne Corri, Peter Cushing,
Peter Arne, Kai Fischer, David Lodge, Martin Stephens

▌「망명객(The Exile, 1947, 미국, 95분)」, 감/Max Ophuls, 출/Douglas Fairbanks,
Jr., Maria Montez, Paul Corset, Nigel Bruce, Robert Coote

▌「결전(Clash of Steel, 1962, 프랑스, 79분)」, 감/Bernard Borderie, 출/Gerard
Barray, Gianna Maria Canale, Michele Grellier, Jean Topart

▌「용감한 검객(The Gallant Blade, 1948, 미국, 81분)」, 감/Henry Levin, 출/Larry
Parks, Marguerite Chapman, Victor Jory, George Macready

▌「사라센 검객(The Saracen Blade, 1954, 미국, 76분)」, 감/William Castle, 출
/Ricardo Montalban, Betta St. John, Rick Jason, Carolyn Jones

▌「장미와 검(The Rose and the Sword 또는 Flesh + Blood, 1985, 미국, 126분)」,
감/Paul Verhoeven, 출/Rutger Hauer, Jennifer Jason Leigh, Tom Burlinson,
Jack Thompson, Susan Tyrrell, Ronald Lacey, Bruno Kirby

▌「귀하신 몸(Royal Flash, 1975, 영국, 98분)」, 감/Richard Lester, 출/Malcolm
McDowell, Alan Bates, Florinda Bolkan, Oliver Reed, Britt Ekland, Lionel
Jeffries, Tom Bell, Slastair Sim, Bob Hoskins

▌「빠나시(Panache, 1976, 미국, 78분)」, 감/Gary Nelson, 출/Rene Auberjonios,
David Healy, Charles Frank, Charles Siebert, Amy Irving, Joseph Ruskin

▌「쾌걸(Swashbuckler, 1976, 미국, 101분)」, 감/James Goldstone, 출/Robert
Shaw, James Earl Jones, Peter Boyle, Genevieve Bujold, Beau Bridges

▌「사랑과 죽음(Walk With Love and Death, 1969, 미국, 90분)」, 감/John Huston,
출/Anjelica Huston, Assaf Dayan, Anthony Corian, John Hallam, Robert
Lang, Michael Gough, (John Huston)

▌「베아트리쓰(Beatrice, 또는 The Passion of Beatrice, 1988, 프랑스, 128분)」, 감
/Bertrand Tavernier, 출/Bernard Pierre Donnadieu, Julie Delpy, Nils
Tavernier, Monique Chaumette, Robert Dhery, Michele Gleizer

▌「대장군(The War Lord, 1965, 미국, 123분)」, 감/Franklin Schaffner, 출/Charlton
Heston, Rosemary Forsyth, Richard Boone, Maurice Evans, Guy Stockwell,
James Farentino, Henry Wilcoxon, Niall McGinnis

▌「마법의 검(The Magic Sword, 1962, 미국, 80분)」, 감/Bert Gordon, 출/Basil

Rathbone, Estelle Winwood, Gary Lockwood, Anne Helm, Liam Sullivan

▌「흑십자가(Balck Cross 또는 Knights of the Teutonic Order, 1960, 폴란드, 175분)」, 감/Aleksandr Ford, 출/Urszula Modrzynska, Grazyna Staniszewska, Andrzej Szalawski, Henryk Borowski

▌「무지개 도둑(The Rainbow Thief, 1990, 미국, 92분)」, 감/Alexandro Jodorowsky, 출/Peter O'Toole, Omar Sharif, Christopher Lee, Jude Anderson

▌「카스바의 포로(Prisoners of the Casbah, 1953, 미국, 89분)」, 감/Richard Bare, 출/Gloria Grahame, Turhan Bey, Cesar Romero, Nestor Paiva

▌「상가리(Sangaree, 1953, 미국, 94분)」, 감/Edward Ludwig, 출/Fernando Lamas, Arlene Dahl, Patricia Medina, Francis L. Sullivan, Tom Drake

▌「흑창기병의 공격(Charge of the Black Lancers, 1961, 이탈리아, 97분)」, 감/Giacomo Gentilomo, 출/Mel Ferrer, Yvonne Furneaux, Jean Claudio

▌「황금 콘돌의 보물(Treasure of the Golden Condor 또는 Son of Fury, 1942, 미국, 98분)」, 감/John Cromwell, 출/Tyrone Power, Gene Tierney, George Sanders, Frances Farmer, Roddy McDowell, John Carradine, Elsa Lanchester

▌「다이안느(Diane, 1956, 미국, 110분)」, 감/David Miller, 출/Lana Turner, Pedro Armendariz, Roger Moore, Marisa Pavan, Sir Cedric Hardwicke

▌「마담(Madame, 1561, 프랑스, 104분, 1925년 작품은 제목이 "Madame Sangene"임)」, 감/Christian-Jaque, 출/Sophia Loren, Robert Hossein, Julien Bertheau, Marina Berti

▌「키티(Kitty, 1945, 미국, 104분)」, 감/Mitchell Leisen, 출/Paulette Goddard, Ray Milland, Patric Knowles, Reginald Owen, Cecil Kellaway

▌「못말리는 사나이들(Cockeyed Cavaliers, 1934, 미국, 72분)」, 감/Mark Sandrich, 출/Bert Wheeler, Robert Woolsey, Thelma Todd, Noah Beery

▌「악인(Man of Evil, 1944, 영국, 90분)」, 감/Anthony Asquith, 출/Phyllis Calvert, James Mason, Stewart Granger, Wilfrid Lawson, Jean Kent

▌「낯선 여인(The Strange Woman, 1946, 미국, 100분)」, 감/Edgar G. Ulmer, 출/Hedy Lamarr, George Sanders, Louis Hayward, Gene Lockhart

▌「제제벨의 죄(Sins of Jezebel, 1953, 미국, 74분)」, 감/Reginald Le Borg, 출/Paulette Goddard, George Nader, John Hoyt, Eduard Franz

▌「벤데타(Vendetta, 1950, 미국, 84분)」, 감/Mel Ferrer, 출/Faith Domergue, George Dolenz, Hillary Brooke, Nigel Bruce, Joseph Calleia, Hugo Haas

▮「회색 옷을 입은 남자(The Man in Grey, 1943, 영국, 116분, 미국판은 93분)」, 감/Leslie Arliss, 출/Margaret Lockwood, James Mason, Phyllis Calvert, Stewart Granger, Helen Haye, Martita Hunt

▮「루씨 갤런트(Lucy Gallant, 1955, 미국, 104분)」, 감/Robert Parrish, 출/Charlton Heston, Jane Wyman, Thelma Ritter, Claire Trevor, William Demarest, Wallace Ford

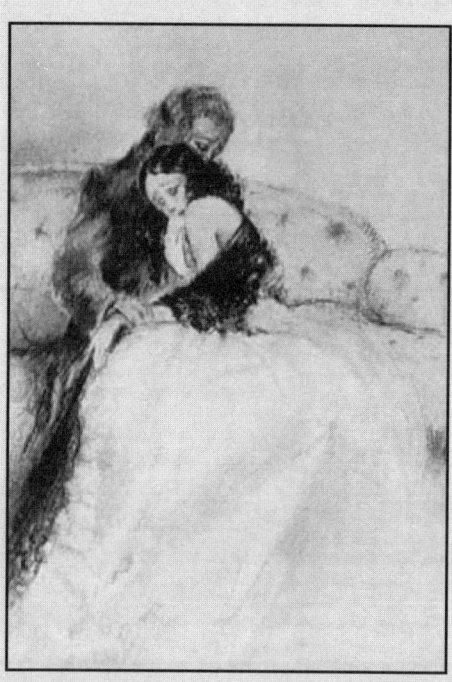

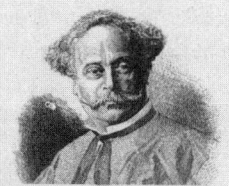

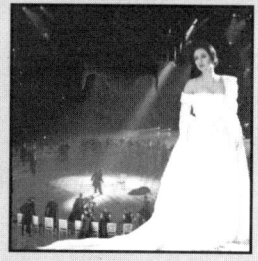

「춘희」의 작가 알렉상드르 뒤마(위)
와 「춘희」가 원작인 가극 「라 트라
비아타」(아래)

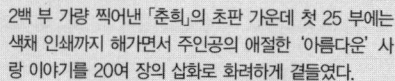

2백 부 가량 찍어낸 「춘희」의 초판 가운데 첫 25 부에는
색채 인쇄까지 해가면서 주인공의 애절한 '아름다운' 사
랑 이야기를 20여 장의 삽화로 화려하게 곁들였다.

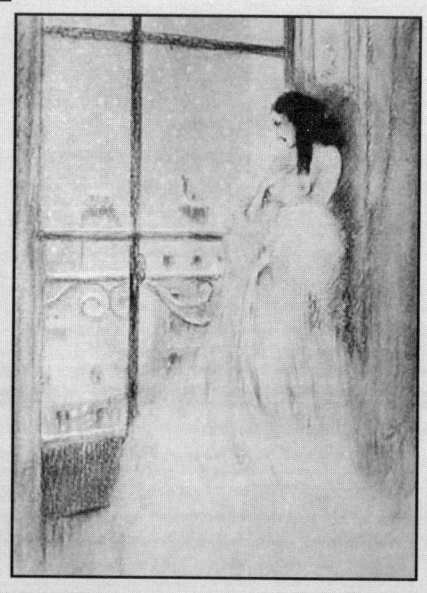

운명의 여인들

『삼총사』와 『철가면』과 『콜시카의 형제』 말고도 영화거리가 될 만한 소설을 여러 편 발표한 아버지 알렉상드르 뒤마가 극작가로 시작해서 소설가로 성공한 반면에, 그의 사생아로 태어난 아들 뒤마(1824~95)는 낭만적인 시를 쓰기 시작해서 소설을 거쳐 거꾸로 극작가로서 크게 성공했다. 아들 뒤마는 상류층의 도덕적 경제적 부패상을 사실적으로 그려 사회악을 지적했으며, 『돈 문제(La Question d'argent, 1857)』나 『사생아(Le Fils naturel, 1858)』 같은 작품들로도 필명을 드날렸다. 그러나 우리나라에서는 『춘희(La Dame aux camélias)』 한 작품만이 널리 알려졌다.

'춘희'라니까 사람들은 얼핏 듣고 '봄처녀(春姬)' 쯤으로 잘못 알기가 쉬운데, 옆에 나무 목(木) 변이 붙으면 '동백(椿)'이라는 뜻이 된다. 따라서 춘희는 이미자의 노래에 등장하는 주인공 "동백 아가씨"와 같은 이름이다.

1848년에 소설로 먼저 발표했다가 1852년에 희곡으로 고쳐 쓴 『춘희』의 내용은 동백꽃을 좋아하는 고급 매춘부(courtesan) 마르그리뜨 고띠에(Marguerite Gauthier 영어 이름은 Camille)가 옛날 우리나라 화류계 여자들이 '아빠(늙은 기둥서방)'를 두었듯이 부유한 드 바르비유(de Varville) 백작에 빌붙어 사치스러운 생활을 하다가 젊은 남자 아르망 뒤발(Armand Duval)과 사랑에 빠져 시골로 도망간다. 그러나 수입원이 끊어지자 사랑만으로는 살 길이 없어 마르그리뜨는 화려한 빠리의 창녀생활로 되돌아가 결국 지병인 폐결핵으로 피를 토하며 죽는다는 얘기이다. 말하자면 애인은 많아도 참된 사랑에 굶주린 창녀의 고독, 또는 "소속감이 없는 자유의 외로움"이나 "댄서의 순정"을 내세우는 주제인 셈이다.

헐리우드 키드 시대에는 한국에서도 폐결핵이 사망 원인 제1위였고, 19세기와 20세기 초반의 많은 예술 작품에서는 병약하고 가련한 여주인공이 핏기가 없는 창백한 얼굴로 각혈하며 쓰러져 죽는 애절한 모습이 유행했는데, 에릭 시갈의 『러브 스토리』를 계기로 백혈병이 한참 유행하기 시작해서 「선샤인」 식의 영화가 쏟아져 나오더니, 얼마 후에는 한국에서도 덩달아 백혈병 영화가 심심치 않게 나타났고, 이제는 에이즈 시대로 넘어왔다. 르누아르의 화폭을 가득 채우던 피둥피둥한 여인들은 아마도 병들고 연약한 19세기 여자들에 대한 욕구불만의 표현이었는지도 모르겠다.

『춘희』를 가극으로 만든 작품이 베르디의 「라 트라비아타」이고, 테레사 스트라타스와 플라씨도 도밍고를 주연으로 해서 프랑코 제페렐리가 만든 1982년 이탈리아 제작 오페라 영화 「라 트라비아타」는 대단한 걸작으로 꼽힌다.

춘희가 미국인들에게 널리 알려진 것은 전설적인 프랑스 여배우 사라 베르나르의 1880~82년 순회 공연을 통해서였고, 우리나라에서는 1937년 서월영, 남궁선, 맹만식, 복혜숙 등이 중심으로 1937년에 조직된 극단 중앙무대가 공연했다.

영화 「춘희(Camille)」는 무성시대에 1915년 클라라 킴볼 영(Clara Kimball Young), 1917년에는 남자에 굶주린 흡혈귀 같은 인상 때문에 뱀프(vamp)라는 별명이 붙었던 테다 바라(Theda Bara, 1890~1955, 본명 Theodosia Goodman), 1917년에는 스타니슬라브스키 밑에서 작업을 했던 러시아 무대 배우 출신의 알라 나지모바(Alla Nazimova)와 루돌프 발렌티노를 주연으로, 그리고 유성시대로 들어선 다음에는 1936년 조지 쿠코어 감독이 그레타 가르보, 로버트 테일러, 라이오넬 배리모어를 주연으로 명작을 만들어냈다.

「춘희」에서 남자 주인공 아르망 역을 맡았을 때의 로버트 테일러를 보면 왜 그가 오랫동안 '미남 배우' 소리를 들었는지 쉽게 이해가 간다. 참고로, 존 휴스턴 감독의 「고아 애니(Annie, 1982)」에서 앨버트 휘니가 애니를 데리고 극장에 갔을 때, 옆에 앉은 캐롤 버네트가 감동해서 훌쩍훌쩍 울면서 보던 영화가 바로 쿠코어의 「춘희」이다.

「춘희」는 1984년 그레타 스카치(Greta Scacchi) 주연의 텔레비전 영화도 나왔으며 우리나라에서는 일찍이 1928년 평양키네마좌에서 5천 원의 제작비를 들여 8권짜리 무성영화로 만들었다. 물론 줄거리는 한국화(韓國化)해서, "사랑을 위해

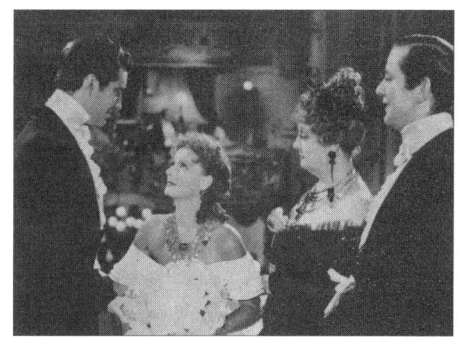

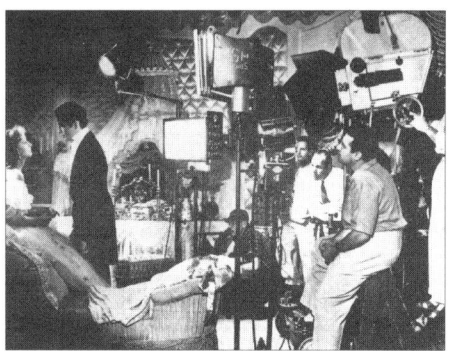

당대 최고의 미남배우 로버트 테일러와 그레타 가르보가 주연한 헐리우드 판 「춘희」는 존 휴스톤의 「고아 애니」에도 한 장면이 삽입되었다. 아래 사진은 「춘희」의 촬영 현장. 촬영기 밑에 있는 사람이 조지 쿠코어 감독이다.

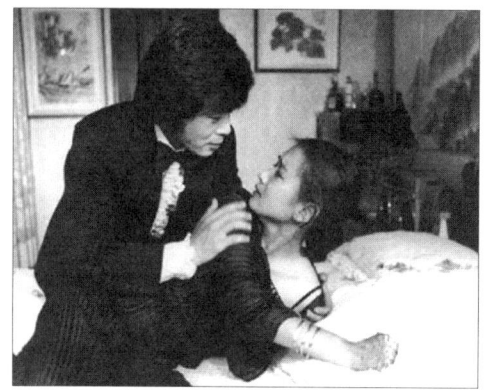
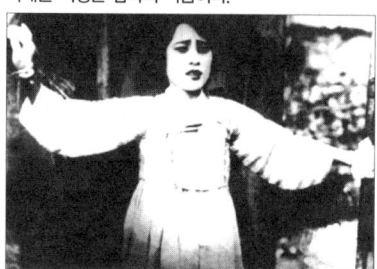

「춘희」는 우리나라에서도 여러 차례 영화가 나왔다. 왼쪽 영화에서는 정윤희가 '동백 아가씨(椿姬)'이고, 아래는 이경손 감독의 작품이다.

사랑을 단념하는" 순정의 술집 여자가 폐결핵으로 세상을 등진다는 내용이다. 1959년에는 신상옥 감독의 「춘희」가 현대영화사에서 제작되었는데, 신감독은 1975년에도 다시 오수미를 주연으로 써서 「춘희 '75」를 만들었다. 1967년 판 한국 「춘희」에서는 김지미가 폐결핵으로 죽는다.

우리나라에서 다섯 번째로 나온 「춘희」에서는 장래가 촉망되는 수재인 남자 주인공이 재벌의 딸과 약혼한 사이면서도 제대를 앞두고 창녀 정윤희를 진심으로 사랑하게 되어 돈과 명예를 모두 버린다는 식으로 얘기가 전개되는데, 20세기 말 1982년에도 우리나라에서는 이런 멜랑드라마가 사람들의 심금을 울렸다.

「춘희」의 여주인공은 실존했던 고급 매춘부 마리 뒤프레시(1824~47)가 모델이라고 하는데, 프랑스에서 고몽(Gaumont)사가 만든 볼로니니 감독의 영화에서는 "당신을 사랑할 만큼 부자가 아니어서" 알퐁신이라는 거지 출신의 화류계 여자한테 실연을 당한 아들 뒤마(Alexandre Dumas fils)가 그녀를 마르그리뜨의 모델로 삼아 『춘희』를 썼다는 내용으로 풀어 나간다. 여성의 생리를 상징하는 빨간 제라늄을 꽂고 돈 많은 남자에게 성의 노예로 팔려 갔다가 아편을 피우는 페레고 백작과 벼락 결혼을 해서 가짜 귀족이 된 다음 아들 뒤마와 정신적인 사랑을 나누는 알퐁신 역을 맡은 이사벨 위뻬르는 이 영화에서 단 한 번도 웃지 않고 시종일관 똑같은 표정만 짓는 병든 창녀 역으로 1978년 깐느 영화제에서 주연여우상을 받았다. 1960년대까지만 해도 우리나라에서 창녀를 "봄을 파는 여자"인 '매춘부(賣春婦)'나 "웃음을 파는 여자"라는 뜻의 '매소부(賣笑婦)'라는 명칭으로 불렀던 사실을 생각해 보면 웃을 줄 모르는 위뻬르의 '연기'에 대해서 이의를 제기해도 될 법하다. 그리고 몸을 팔아 귀족 흉내를 내고 사치하게 살아가면서 '품위 유지비' 지출이 너무 많아 늘 빚에 쪼들리는 알퐁신의 모습은 요즈음 '일부 연예

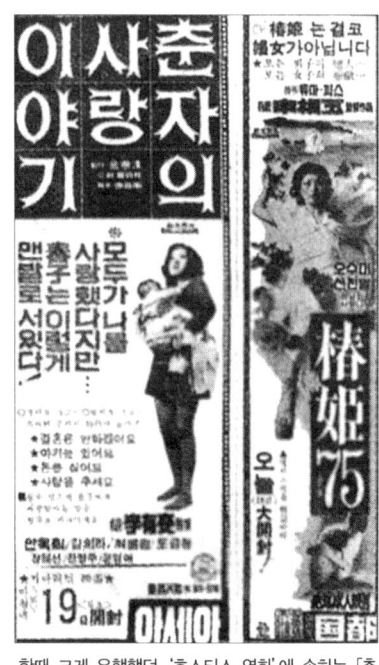

한때 크게 유행했던 '호스티스 영화'에 속하는 「춘자의 사랑 이야기」와 함께 '우리 영화' 「춘희」를 선전하는 광고가 신문에 나란히 실렸다.

인'이나 '원조교제'에 나선 어린 창녀들을 연상시키기도 한다.

　적어도 다섯 명의 귀족을 고정 손님('아빠')으로 확보해야 빠리에서 사치한 생활의 유지가 가능했다는 프랑스의 고급 매춘부(courtesan) 영화로는 마르틴 캐롤(Martine Carol, 본명 Maryse Mourer, 1922~1967)의 「뒤 바리 부인(Madame Du Barry)」이 손꼽힌다. 실존 인물이었던 뒤 바리 백작부인(Comtesse Du Barry, Marie Jeanne Bécu, 1743~93)은 수도원 학교에서 교육을 받고 의상점에서 점원 노릇을 하다가 군수품을 납품하던 뒤 바리 백작의 정부가 되어 본처가 멀쩡히 살았는데도 가짜 '뒤 바리 백작부인' 행세를 했다고 한다. 그녀는 여러 남자를 거친 다음 결국 루이 15세의 눈에 들어 1764년 마담 드 뽕빠두르가 사망한 다음 궁정으로까지 진출한다. 루이 16세가 왕위에 오른 다음 궁을 나와

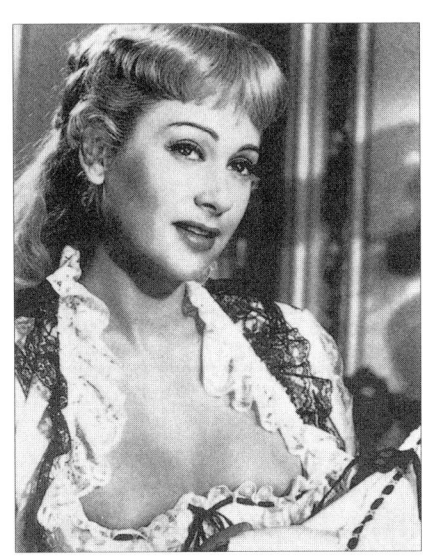

「까롤린느」의 마르틴 캐롤은 이름이 영어식이지만, 사실은 프랑스 배우이며, 고급 매춘부 역을 맡아서 영화에 나올 때마다 젖꼭지를 한 번씩은 꼭 노출시키기로 유명했었다.

드 브리삭(de Brissac)과 살던 그녀는 프랑스 혁명 이후 영국과의 내통이라는 죄목으로 1793년 처형된다.

뒤 바리 부인 역을 맡았던 마르틴 캐롤은 프랑스 영화 「까롤린느(Caroline Chérie, 1950)」와 숀 코너리의 데뷔작 「그리운 양지(Action of the Tiger, 1957)」 등 1950년대에 주로 활동했는데, 출연한 모든 영화에서 젖꼭지를 보여 주었다고 알려졌을 만큼 잘 벗기로 유명했던 여배우였고, 아벨 강쓰의 나뽈레옹 영화 「아우스텔리츠」에서도 유감없이 풍만한 가슴을 구경시킨다.

매혹적인 창녀로서 사치스러운 생활 방식과 부도덕한 마음 때문에 장래가 촉망되는 철학도를 사랑의 파멸로 몰고 가는 문학의 여주인공으로는 마농 레스꼬도 유명하다. 처음에는 군대 생활로 시작하여 베네딕트회의 성직자가 되어 지금까지도 프레보 신부(Abbé Prévost)로 알려진 앙뜨완 프레보(Antoine François Prévost, 1697~1763)는 수도원을 탈출하여 영국과 네덜란드로 도망다니며 파란의 삶을 살았고, 관능적인 여인들의 숙명적 사랑을 자전적인 소설로 엮어 『어느 귀인(貴人)의 회상록(Mémoires et aventures d'un homme de qualite)』 여덟 권을 써냈는데, 제7권 『마농 레스꼬(L'Histoire du Chevalier des Grieux et de Manon Lescaut, 1731)』만이 불후의 염정소설로 남아 마쓰네(Massenet)의 가극 「마농(1884)」과 푸치니의 「마농 레스꼬(1893)」를 낳았다.

우리나라에 소개된 가장 고전적인 「마농 레스꼬」는 미리암 브루

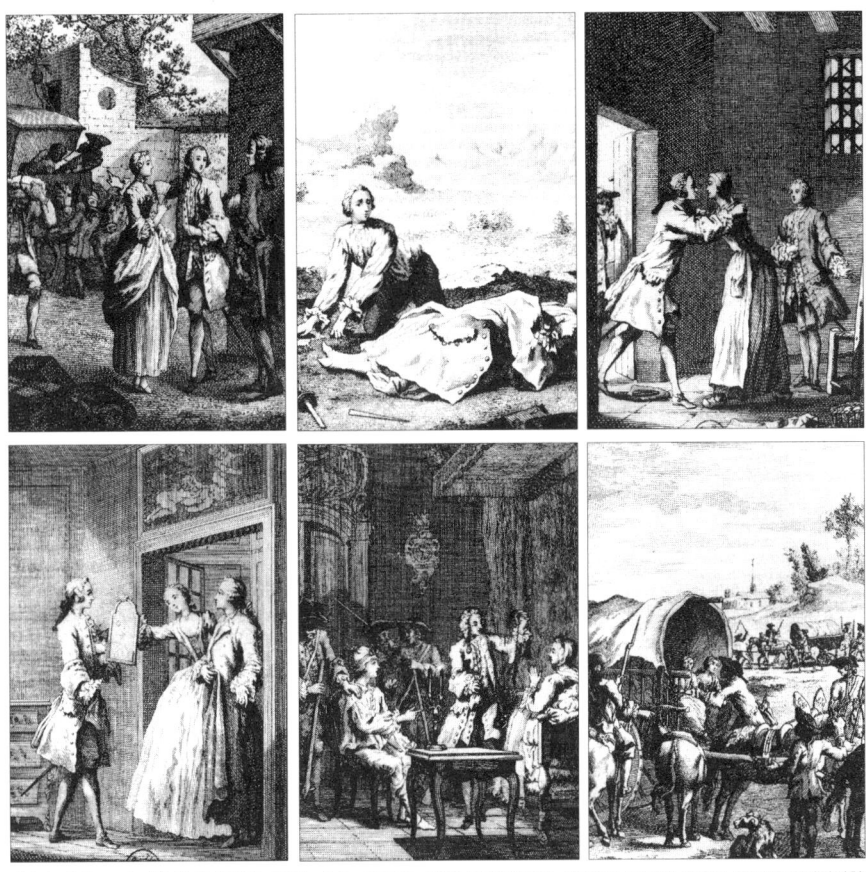

'창녀 명작'으로는 「춘희」와 쌍벽을 이루는 「마농 레스꼬」 역시 1753년 판에 섬세하고 화려한 삽화를 곁들여 파란만장한 여인의 농염한 생애를 생생하게 보여 준다.

(Myriam Bru)가 주연했던 영화이지만, 프랑스에서는 「춘희」와 쌍벽을 이루는 '창녀 명작'이라고 할 만한 이 소설을 현대적으로 재해석한 작품들도 여럿 나타났다.

그 첫 번째인 「정부(情婦) 마농」은 훗날 「공포의 보수(Le Salaire de la peur, 1952)」로 세계적인 명성을 얻은 앙리-조르주 끌루조(Henri-Georges Clouzot, 1907~60)가, 미셸 오끌레르와 쎄실 오브리를 주연시켜, 미국 흑색영화(film noir) 분위기를 차용하면서 밑바닥 인생을 강렬하게 그려낸 작품으로 유명하다. 줄거리는 1944년 레지스땅스 활동을 벌이던 로베르가 도덕적인 관념이 없는 타락한 여인 마농의 야성적인 매력에 끌려 열렬히 사랑하다가, 돈을 밝히는 그녀의 오빠 레옹이 부유한 미국 남자를 여동생과 맺어 주려고 획책하게 되고, 이에 분노한 로베르가 레옹을 죽인 다음 두 남녀가 비극을 맞는다는 내용이다.

「정부 마농」은 1962년에 다시 영화로 만들어졌고, 세 번째로 프랑스에서 현대적인 해석을 내린 「마농 '70」을 보면, 도대체 여주인공 마농 레스꼬의 애정관(愛情觀)을 어떻게 해석해야 좋을지 당혹스러워진다. 마오쩌둥의 중국 혁명을 취재하고 귀국길에 오른 특파원 프랑쑤아는, 남자와 동행인 마농과 하네다 공항에서 눈이 맞고, 빠리에 도착하자 공항에서 동행 남자를 따돌리고 줄행랑을 놓고는 (이런 경우도 '사랑'이라는 말이 적용되는지 잘 모르겠지만) 곧장 육체관계를 시작한다.

그러나 얼마 안 가서 뚜쟁이 노릇을 하며 마농에게 빌붙어 먹고 사는 오빠 장-뽈이 나타나 시몽이라는 부자를 소개하자 마농은 당장 시몽을 만나고, 두 남자 사이를 오락가락하기 시작한다. 시몽과의 관계가 끝나고 돈이 필요해지자 마농은 다시 부유한 석유상과 관계를 맺는다. 그러면서 마농은 모든 남자에게 "당신만을 사랑한다"고 말한다.

「춘희」의 여주인공처럼 1970년의 마농은 돈많은 남자에게 기생하여 화려하고 사치스러운 생활을 즐기면서, 젊은 남자 프랑쑤아에게서는 "순수한 사랑"을 맛보려고 한다. 다른 남자의 돈으로 푸랑쑤아와 멋지게 살고 싶어하는 마농은 이렇게 말한다. "내가 이러는 건 다 우리 두 사람을 위해서예요. 그 남자는 돈이 많아요. 나에게 남자가 몇이었느냐는 중요하지 않아요. 난 내일에 대해서는 생각하지 않으니까요. 난 너무 사랑하기 때문에 당신하고는 결혼을 못 해요. 내가 사랑

하는 사람은 당신뿐이지만, 우
리처럼 경제적인 어려움 속에
서 계속하는 사랑은 어리석은
미덕일 따름이죠."

그리고 장-뽈은 프랑쑤아에
게 여동생을 이렇게 설명한다.
"마농은 생각이 내키는 대로,
마음대로 살아요. 한 남자로는
만족하지 못하고요. 마농이 무

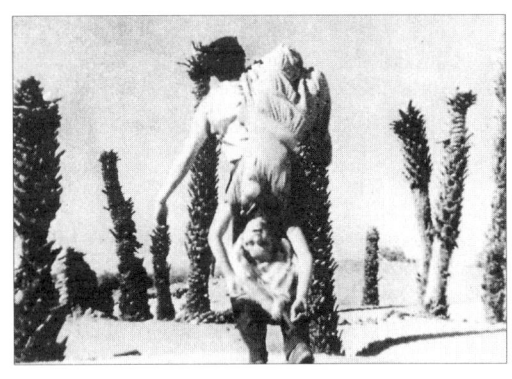

끌루조 감독의 「정부 마농」(사진)은 마농 레스꼬 얘기를 현대적인 시
각으로 해석한 영화이며, 이런 재해석은 계속해서 반복된다.

슨 짓을 하건 그런 문제는 별로 중요하지 않아요. 마농은 원하는 바가
많지만, 당신은 사랑밖에 주지 못했어요. 우리 술값과 마농이 쓰는 엄
청난 비용은 그 작자가 모두 내니까 그냥 즐기기만 해요. 질투는 구식
이죠."

그리고 이렇게 혼란스러운 '사랑'의 개념을 가장 잘 보여 주는 장면
이 시몽의 요트에서 벌어지는데, 시몽과 마농이 함께 놀러 나간 요트
에 같이 탄 시몽의 아내는 갑판에서 다른 젊은 남자와 놀아난다. 그러
는 사이에 스톡홀름으로 취재를 간 프랑쑤아가 스웨덴 여자와 호텔방
에서 같이 시간을 보내고, 갑자기 프랑쑤아가 그리워진 마농이 요트
를 떠나 호텔까지 찾아가서 두 남녀의 침실로 들이닥치고, 그러자 스
웨덴 여자는 옷을 입고, "오늘이 만난 지 1주년 되는 날"이라면서 애
인과 약속한 장소로 간다.

그러나 우리나라에서 만든 마농 레스꼬 영화는 훨씬 순정적으로
바뀐다.

비구니가 되려다가 도망쳐서 갑부의 정부 노릇을 하며 젊은 '오빠'
를 열렬히 사랑하지만 돈 많은 가발회사의 사장과 결혼하려다가 결국
절벽에서 정사를 한다는 줄거리로 바뀌어 한국 영화로 등장한 1968년

합동영화사의 「정부 마농」에서는 사막에서 연인의 품에 안겨 기진맥진 죽어가는 운명의 여인 마농 레스꼬 역을 남정임이 맡았으며, 유럽 영화에서 같은 역을 맡았던 미리암 브루는 다시 「부활」에서 비운의 카튜샤가 된다.

톨스토이의 『부활(Voskreseniye, 1899)』은 젊은 시절 부활절 밤에 귀족 네흘류도프(Nekhlyudov)가 무책임하게 농락한 하녀 카튜샤(Katyusha Maslova)를 버리고 떠나면서 상황이 설정된다. 그리고 카튜샤가 창녀로 전락하여 독살 혐의로 법정에 서게 되었을 때 배심원으로 나간 네흘류도프는 우연히 다시 그녀를 만나고, 순간적인 쾌락을 위해 저지른 자신의 불장난이 한 여인의 삶을 얼마나 비참하게 만들어 놓았는지를 깨닫고는 유형지 시베리아까지 따라나선다는 내용인데, 법의 정의, 교회, 정부에 관한 사회적 및 정치적 분석이 크게 뒷받침한 고발적 소설이다. 하지만 그런 고발적 내용보다는 불쌍한 카튜샤의 운명이 우리나라에서는 크게 공감을 불러일으켜 신극단 토월회(土月會)에서 1920년에 공연한 바가 있고, 예성좌(藝星座, 1916)와 조선연극사(1930) 그리고 유치진 편극으로 극예술연구회(1937)에서도 무대에 올렸으며, 해방 후에는 극단 민예(民藝, 1946)가 다시 제작했다.

독일과 프랑스 등 유럽 영화가 한참 대한민국에 활발히 소개되던 시절 우리는 롤프 한센의 독일 영화 「부활」을 접했으며, 한국 영화에서는 김지미가 "사랑하면서도 사랑을 받아들이지 못하고 끝내 순정 때문에 연약한 생명마저 바쳐야만 하는 불행한 여성의 애달픈 사랑 이야기"에서 주인공 노릇을 했다. 카튜샤에 대한 한국인의 사랑은 각별해서, 그녀에 관한 슬픈 노래가 오랫동안 유행하기도 했으며, 미군부대에서 파견 근무를 하는 한국 군인들을 뜻하는 KATUSA(Korean Augumentation Troops to U. S. Army)도 대부분의 사람들이 지금까지도 '카투사'가 아니라 '카츄샤'라고 부른다.

우리의 정서와 잘 맞기 때문이었겠지만 60년대에 두 차례나 '한국' 영화로 만들어진 프랑스 원작『여자의 일생』을 보면, 19세기에는 끝없이 손해만 보면서 시달리는 여성의 삶이 동양이나 서양이나 청승맞음이 별로 차이가 나지 않았음을 느끼게 된다.

멍청할 정도로 순진하고 세상물정 모르는 부잣집 딸 잔느는 과묵한 쥘리앙을 멋진 남자라고 생각해서 원무곡(圓舞曲, waltz) 같은 행복감에 넘쳐 결혼하지만, 그의 과묵함은 알고 보면 무뚝뚝함에 지나지 않고, 한국의 노름꾼 남편처럼 빚에 쫓기면서도 무위도식하는 무일푼 백수 건달의 본성이 신혼 초에 밝혀진다. 이기적이고 비열하고 안하무인이고 마차까지 내다 팔아먹고 몇 달 만에 각방을 쓰기 시작한 철면피 쥘리앙은 아내를 구박하고 괴롭히던 틈틈이 하녀 로잘리를 임신시킨다. 그래도 잔느는 바람 찬 한겨울 돼지우리에서 딸을 낳은 로잘리를 너그럽게 거두어 주고, 남편이 다시 친구의 아내와 간통을 해도 동양 여성처럼 참기만 한다. 못된 남자 앞에서 관객이 화가 날 정도로 무기력한 여주인공 잔느는 나쁜 남편이 죽은 다음, 참으로 초연한 결론을 내린다.

"인생이란 사람들이 생각하는 만큼 그렇게 좋지도 않고, 또 그처럼

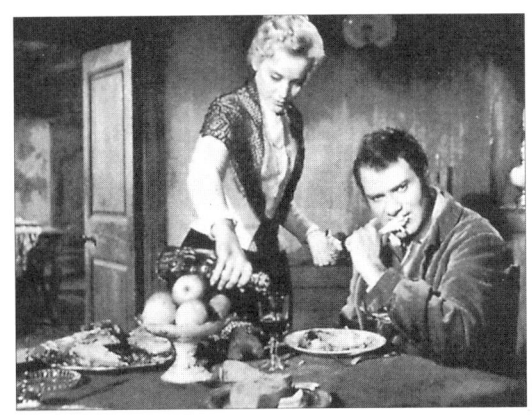

「여자의 일생」의 여주인공 잔느는 화가 날 지경으로 무기력한 인물이다.

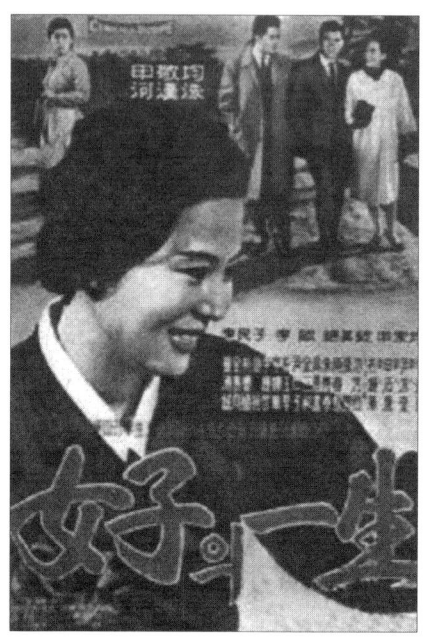

신경균 감독이 만든 「여자의 일생」(포스터 사진)뿐 아니라, 6년 후에 신필림에서 다시 만든 영화도 동남아에 '한국' 영화로 수출되었다.

나쁘지도 않다."

어쩌면 제목까지도 그렇게 한국적인 『여자의 일생』은 우리나라에서도 1962년에 제작되었다. 이민자가 젊어서 남편의 학대와 굴욕 속에 살다가 늙어서는 자식들에게마저 버림을 받고는 옛날 하인의 집에 얹혀 사는 슬픈 종말을 맞는다는 내용의 "국산 영화"로 둔갑해서 동남아에 수출까지 되었으며, 6년 후에도 신필림에서 다시 한국 영화로 만들어 국내에서 흥행에 성공했을 뿐 아니라, 다시 동남아에 수출했다.

프랑스와 독일 그리고 이탈리아 합작 영화로 만들어진 「여자의 일생」은 알렉상드르 아스트뤽 감독에 마리아 셸, 앙또넬라 뤼알디, 이반 데니스, 빠스깔 쁘띠가 출연했으며, 1인칭 화자를 내세워 대단히 빠른 템포로 전개되고, 꽃이 만발한 언덕과 바닷가와 황금빛 들판과 쇠라의 점묘법 그림 "그랑드 자뜨의 오후"를 그대로 옮겨놓은 듯한 뱃놀이 등의 풍경이 매우 아름다웠다. 촬영은 끌로드 르누아르(Claude Renoir)가 맡았고, 이 영화에서는 한국판과는 달리, 소설에서 아들까지 주색잡기에 빠져 자식을 낳아놓고는 여자하고 줄행랑을 놓아 속을 썩이는 후반부 얘기가 생략되었다.

『일생』의 작가 기 드 모파상(Henri René Albert Guy de Maupassant, 1850~93)은 1950~60년대 우리나라에서 최고의 인기를 누린 프랑스 소설가여서 지금까지 번역된 그의 작품이 수십 권에 이르기는 하지만, 그의 인지도가 높았던 까닭은 한국에서는 단편이 문학의 주종을 이루는데 모파상은 "목걸이"니 "비계덩어리" 같은 소품으로 마치 세계 최고의 문학가처럼 당시에 교과서에서 소개했기 때문이 아니었나 생각된다.

모파상은 어머니와 친구였던 플로베르에게서 7년간 제자로서 문학수업을 받은 자연주의 작가였고, 염세주의가 강해서 평생 독신으로 지내다가 다작으로 인한 과로와 청년시절에 얻은 병으로, 1892년 1월 1일에 발광하여, 자살미수를 거쳐, 빠리 정신병원에서 사망했다.

모파상의 스승이었던 귀스따브 플로베르(Gustave Flaubert, 1821~80)는 12살 때부터 시와 소설과 희곡을 쓰기 시작했고, 건강이 나빠 병고(病苦)와 죽음의 음산한 분위기에서 깊은 영향을 받았으며, 예술의 절대적인 가치와 형식의 완벽성을 믿어 정확한 관찰, 극단적인 객관성, 문체의 정밀함을 신봉해서 '정확한 단어(le mot juste)' 하나를 찾기 위해 한 문장의 리듬과 음악에 매달려 몇 시간씩이나 고뇌했다.

근대 소설에서 사실주의를 확립하고 자연주의를 위한 길을 닦아놓은 그의 대표작 『보봐리 부인(Madame Bovary, 1857)』은 꿈과 현실의 차이를 알지 못해서, 예를 들면 옷을 사기 위해서는 돈이 필요하고 돈이 없을 때 카드를 긁으면 언젠가는 그 돈을 꼭 갚아야 한다는 기초적인 감각이 결여된 또 하나의 전형을 주인공으로 삼은 소설로서, 어떤 면에서는 대단히 진부한 비극적 여자의

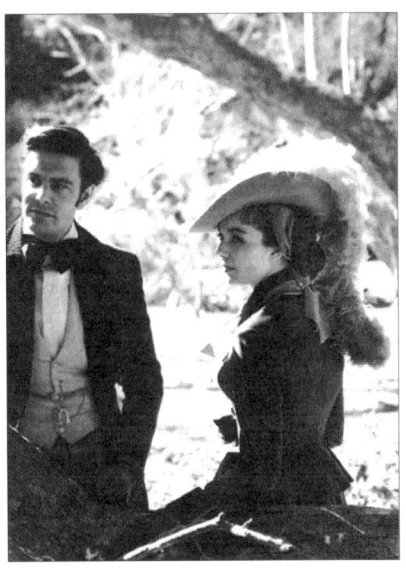

의무는 싫어하고 권리를 누리기만 원하는 유형의 인물인 보봐리 부인은 영화에서 자주 인물 탐구의 대상으로 등장했다. 사진은 1949년 미국 영화 「보봐리 부인」에 출연한 제니퍼 존스와 루이 주르당

일생을 그려낸다.

"시골 풍속(Moeurs de province)"이라는 부제가 달린 『보봐리 부인』은 노르망디 농부의 딸 에마가 시골 의사와 결혼하지만, 몽상적이고 사치를 좋아하는 성격인지라 착하기는 해도 멍청한 남편과의 단조로운 생활에서 필연적인 권태를 느껴 이 남자 저 남자와 간통하면서 낭만적인 사랑에 대한 욕구를 충족시키려고 하지만 결국 재산만 탕진하고 자살한다는 내용으로서, 플로베르가 대단히 존경했던 예술지상주의자 고띠에(Théophile Guatier, 1811~72)는 자신에 대한 과대망상증에서 헛것을 추구하는 여성의 이런 속성을 '보봐리즘(bovarysme)'이라고 이름지었다.

"운전은 하지만 차는 모른다"라고 어느 광고에서 자랑하던 한심한 여자나 마찬가지로, "음악은 좋아하지만 악보를 읽는 건 딱 질색"이라던 에마는 "웃음과 꿈과 갈등이 모자라는 일상"에 불만을 느끼며 도대체 왜 결혼 따위를 했는지 회의에 빠지고, 아무하고나 놀던 처녀 시절이 아쉬워지고, 살림은 싫고 무도회만 즐거우며, "아침마다 눈을 뜨면 사건이 일어나기를 기다리고, 아무 일도 안 일어나면 다시 내일에 기대를 거는" 생활을 계속하다가, "시골 생활은 답답하고 헌신적인 남편은 맥이 풀린다"는 생각에, 「위험한 관계」의 발몽처럼 여자의 반응을 계산해 가면서 전술적으로 유혹하는 남자 블랑제의 능수능란한 말솜씨에 홀려 바람이 나고, 그러다가 버림을 받고는 40일 동안 앓고 난 다음 다시 사랑의 시를 잘 읊어 주던 공증인의 서기와도 정을 통한다.

바느질도 하기 싫고, 자신이 낳은 딸도 보기 싫고, 유리창에 흘러내리는 빗물을 물끄러미 쳐다보기만 하다가 사치와 낭비 때문에 빚에 몰리는 모습을 보면 정말로 통속적인 인물이구나 싶지만, 영화의 주인공으로는 「춘희」의 마르그리뜨 고띠에만큼이나 인기가 높다.

프랑스에서는 장 르누아르 감독이 1934년에 그의 형 삐에르 르누아르와 무대 배우 발랑면 떼시에를 주연으로 세 시간짜리 대작으로 「보봐리 부인」을 만들었지만, 나중에 지금의 길이로 재편집했다.

최근(1991년)에 프랑스에서 만든 끌로드 샤브롤 감독의 「보봐리 부인」에서는 「춘희」에서 마르그리뜨 역을 맡았던 이사벨 위뻬르가 다시 비극적인 여자의 일생을 연기했다. 「나체의 보봐리(The Naked Bovary, 1969, 감/Hans Schott-Schöbinger, 출/Edwige Fenech)」는 제목에서도 나타나듯이 선정적인 쪽으로 기울어진 영화이고, 인도에서는 현대 인도를 무대로 한 보봐리 「마야(Maya, 1992, 감/Ketan Mehta, 출/Deepa Sahi)」가 나왔으며, 심지어는 러시아 판(Alexandr Sokhurov 감독, Cecile Zervoudaki 주연, 1994)도 있지만, 「춘희」나 「여자의 일생」과는 달리 아직 한국 보봐리 부인 영화는 아무도 만들거나 동남아에 수출한 기록이 없다.

1937년 독일 감독 게르하르트 람프레히트(Gerhard Lemprecht)가 만든 「보봐리 부인」에서 주연을 맡았던 폴라 네그리(Pola Negri, 본명 Appolonia Chalupek, 1897~1987)는 영화의 주인공만큼이나 사연이 많았던 여배우이다. 폴란드 태생인 그녀는 바르샤바에서 바이얼린 연주와 춤으로 무대 활동을 하다가 1913년 배우로 전향, 독일의 무성영화와 연극계에서 활동하던 중 1920년대 헐리우드로 건너가 대단한 인기를 누렸지만, 유성영화의 등장과 더불어 목소리가 나빠 몰락한 많은 여

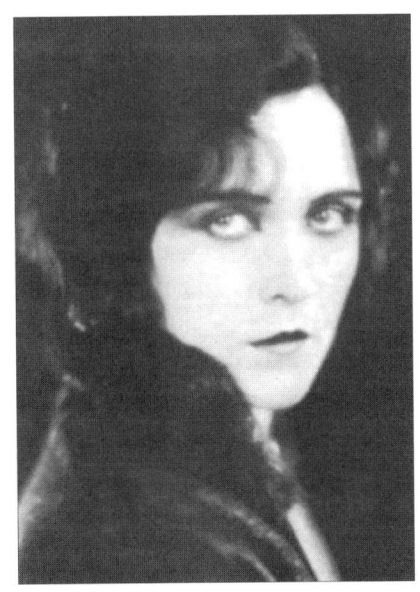

1937년 「보봐리 부인」의 폴라 네그리

배우들 가운데 한 사람이 되었다. 찰리 차플린과 루돌프 발렌티노의 연인이기도 했던 그녀는 발렌티노의 장례식에 검은 상복 차림으로 참석하여 화제가 되기도 했다. 「보봐리 부인」은 그녀의 재기작이었으며, 30년대에 유럽으로 돌아가서 한때 아돌프 히틀러의 연인으로 지냈다는 소문도 났다.

헐리우드에서는 1932년 앨버트 레이(Albert Ray) 감독이 무성영화 시대의 인기 여배우 라일라 리(Lila Lee)에게 보봐리 부인 역을 맡겨 「아름답지 못한 사랑(Unholy Love)」이라는 제목으로 영상화했으며, 빈센트 미넬리 감독의 영화 「보봐리 부인」이 만들어진 것은 1949년인데, 간음이 매력적으로 보이도록 묘사해서는 안 된다고 검열 당국이 제동을 걸었고, 그래서 작가 플로베르의 도덕성을 심판하는 장치가 영화의 앞뒤로 첨가되기도 했다.

찾아보기 ●--

▌「라 트라비아타(La Traviata, 1982, 이탈리아, 112분)」, 감/Franco Zeffirelli, 출
  /Teresa Stratas, Placido Domingo, Cornell MacNeil, Alan Monk, Axelle Gail
▌「춘희(Camille, 1937, 미국, 108분)」, 감/George Cukor, 출/Greta Garbo, Robert
  Taylor, Lionel Barrymore, Elizabeth Allan, Laura Hope Crews, Henry Daniell,
  Joan Brodel
▌「춘희(椿姬, 1928, 한국, 8권)」, 감/李慶孫, 출/鄭基澤, 金一松, 林雲鶴, 金애리스
▌「춘희(1959, 한국, 10권)」, 감/申相玉, 출/金石薰, 최은희, 김진규, 한은진
▌「춘희 '75(1975, 한국)」, 감/신상옥, 출/오수미, 신진일
▌「춘희(1967, 한국, 9권)」, 감/정진우, 출/오영일, 김지미, 최남현
▌「춘희(1982, 한국, 90분)」, 감/김재형, 출/정윤희, 최윤석, 김지수, 최불암
▌「춘희(La Dame aux camélias, 1978, 프랑스, 100분)」, 감/Mauro Bolognini, 출
  /Isabelle Huppert, Gian Maria Volonte, Bruno Ganz, Fabrizio Bentivoglio, Clio
  Goldsmith, Fernando Rey, Jann Babilee, Carla Fracci, Mario Maranzana
▌「마농 '70(Manon '70, 1970, 프랑스, 94분)」, 감/Jean Aurel, 출/Catherine

Deneuve, Elsa Martinelli, Sami Frey, Claude Genia, Jean Gorini, Kristina Ohlson, Jean Martin, Christea Avram, Dante Posani, Robert Webber, Paul Hubschmid, Jean Claude Brialy

▌「정부 마농(1968, 한국, 9권)」, 감/정진우, 출/신성일, 남정임, 최남현
▌「부활(Auferstehung 영어 제목 Resurrection, 1958, 독일, 102분)」, 감/Rolf Hansen, 출/Horst Buchholz, Myriam Bru, Edith Mill, Marisa Merlini
▌「카쥬샤(1960, 한국, 11권)」, 감/劉斗演, 출/김지미, 최무룡, 김동원, 황정순
▌「여자의 일생(Une Vie, 영어 제목 End of Desire, 독일어 제목 Ein Frauenleben, 1958, 독일-프랑스-이탈리아, 86분)」, 감/Alexandre Astruc, 출/Maria Schell, Christian Marquand, Pascal Petit, Antonella Lualdi, Ivan Desny
▌「여자의 일생(1962, 한국, 10권)」, 감/申敬均, 출/이민자, 신영균, 이민, 조미령
▌「여자의 일생(1968, 한국, 9권)」, 감/신상옥, 출/최은희, 남궁원, 도금봉, 김동원
▌「보봐리 부인(Madam Bovary, 1934, 프랑스, 102분)」, 감/Jean Renoir, 출/Valentine Tessier, Pierre Renoir, Max Dearly, Daniel Lecourtois, Fernand Fabre, Alice Tissot, Helena Manson
▌「보봐리 부인(Madam Bovary, 1991, 프랑스, 130분)」, 감/Claude Chabrol, 출/Isabelle Huppert, Jean-François Balmer, Christopher Malavoy, Jean Yanne, Lucas Belvaux, Jean-Claude Bouilland
▌「보봐리 부인(Madam Bovary, 1949, 미국, 115분)」, 감/Vincent Minneli, 출/Jennifer Jones, James Mason, Van Heflin, Louis Jourdan, Christopher Kent, Gene Lockhart, Gladys Cooper

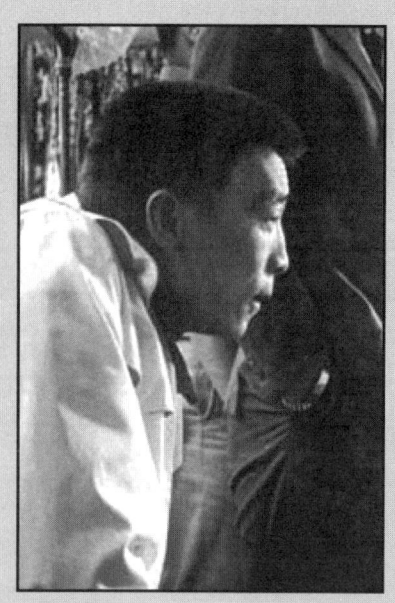

아무리 봐도 모범적인 반공영화 「7인의 여포로」(아래)를 만든 죄로
이만희 감독(왼쪽)은 중앙정보부로 끌려가서 심한 고문을 당했다.
이런 폭력정치로 인해서 우리나라의 영화는 예술로서 제대로 발전
하기가 힘들었다.

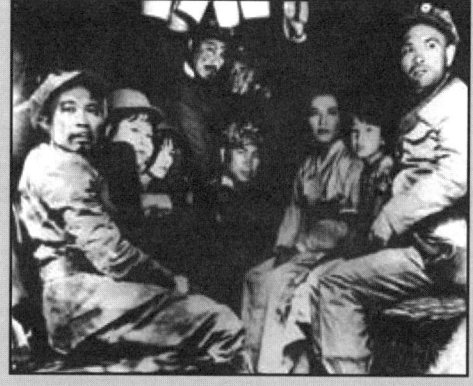

'검열의 잣대'

노래하는 청춘배우 주디 갈란드(Judy Garland)의 남편이요, 가수이 며 배우인 라이자(Liza) 미넬리의 아버지였던 빈센트 미넬리(Vincente Minnelli, 1910~86)는, 아역 배우로 영화 활동을 시작하여 「차와 동정 (Tea and Sympathy)」, 「비운(悲運, The 4 Horsemen of the Apocalypse)」, 「아름다운 질투(Designing Woman)」처럼 지극히 건전하고 나긋나긋하 고 모범적인 영화를 전문적으로 연출했지만, 1949년 「보봐리 부인」을 극장에 내걸 때는 검열의 제약을 피하기 위해 앞뒤로 안전장치를 해야 했는데, 이런 사실은 요즈음의 난잡한 영화들을 견주어 보면 정말로 한국의 젊은 세대에게는 상상하기도 어렵겠다는 생각이다. 그러나 우 리나라에서 자행되었던 검열의 형태는 훨씬 더 한심하고도 어처구니 가 없을 정도로 가혹했었다.

냉전(冷戰)이 차갑기(冷)는커녕 대단히 뜨겁던 시절, 영화에서 가시 적으로 드러난 연출자의 애국심과 반공정신이 어찌나 투철한지, 마치 군사독재 박정희 정권을 위한 국가홍보용 영상극이나 마찬가지로 여겨질 정도였던 「돌아오지 않는 해병」을 1962년에 발표한 이만희 감독 (1931~75)은, 3년 후에 지금의 국가정보원인 중앙정보부로 끌려가 모진 고문을 받았다. 담요로 둘둘 말고 어찌나 심하게 두들겨 팼는지 두 무릎을 못 쓰게 되었다고 한다. 이만희 감독이 그렇게 심한 고문을 당한 까닭은 그가 만든 영화 「7인의 여포로」가 "적을 지나치게 인간 적으로 묘사" 했기 때문이었다.

1965년이라면 아직도 우리 영화는 군의 사기를 진작하고 반공정신 을 함양하는 데 대단히 적극적이었던 시기여서, 그 해에 나온 군사-이념 영화를 찾아보면, 해병에서 제대한 영웅 중대장이 지게벌이로 근근히 살아가는 모습을 보고 옛 부하들이 힘을 모아 생활 터전을 마 련해 준다는 「화이트 크리스마스」와 비슷한 내용의 「신화를 남긴 해 병」, 유엔군의 군사 기밀을 탐지하기 위해 아군 부대에 잠입했던 여간 첩이 남한 정보장교의 진실한 사랑에 감격하여 자신의 정체를 밝히는 「인천 상륙 작전」, 1개 소대 병력으로 막강한 적군 전초 기지를 점령 한 다음 아예 그 여세를 몰아 적의 후방까지 깊이 침투하여 막중한 임 무를 수행하고 당당하게 귀국하는 「해병 특공대」, 적진 깊숙이 투입 되어 제1 목표인 보급창고를 폭파한 다음, 포로수용소에서 미군 조종 사를 구출하는 두 번째 임무에도 성공하지만, 치열한 전투 끝에 대장 혼자서만 살아서 돌아오는 「특전대」, 당시 홍보 내용에 의하면 "북괴 의 정치적인 책략으로 단 5분 간이라는 제한된 시간의 면회"를 하고 이산의 아픔을 당해야 했던 분단영화 「돌아오라 내 딸 금단(金丹)아」, 그리고 전쟁영화 대목에서 다시 다루게 될 「남과 북」이 눈에 띈다.

그렇다면 「7인의 여포로」는 어떤 이적 표현(利敵表現) 때문에 감독 을 붙잡아다 그렇게 고문까지 했어야 할까? 영화진흥조합에서 펴낸 『한국 영화 총서(韓國映畵叢書)』에는 「7인의 여포로」의 작품 성격을 이렇게 소개했다.

●작품 개요―"포로가 된 국군 간호장교들을 호송하는 북괴군 장교가 호송 도중 중공군을 만난다. 중공군이 여포로들을 겁탈하러 들자 이에 분개한 북괴군 장교는 그들을 전멸시키고 인솔해 가던 간호장교들을 대동하고 그의 부하들과 함께 자유대한의 품으로 귀순한다."

●특기 사항―"용공 시비로 많은 물의를 일으킨 작품으로서 연출자 이만희 감독은 반공법에 의하여 구속되었다가 집행 유예 선고를 받고 풀려 나왔으며, 동 작품은 많은 부분을 삭제하고 수정 촬영하여 「돌아온 여군」으로 제목을 바꾸어 상영되었다."

고문을 당하고 나와서 그 작품을 수정 촬영해야 했던 영화감독의 모습이 얼마나 초라했을까, 지금 생각해도 마음이 아픈 우리의 현실이었다. 그리고 이만희뿐 아니라 당시에는 많은 예술인과 문인과 언론인이 '남산'이라고 일컬어지던 중앙정보부의 '제6부(第肉部)'로 끌려가 몸(肉)이 만신창이가 되어서 나왔으며, 희극배우 김희갑까지도

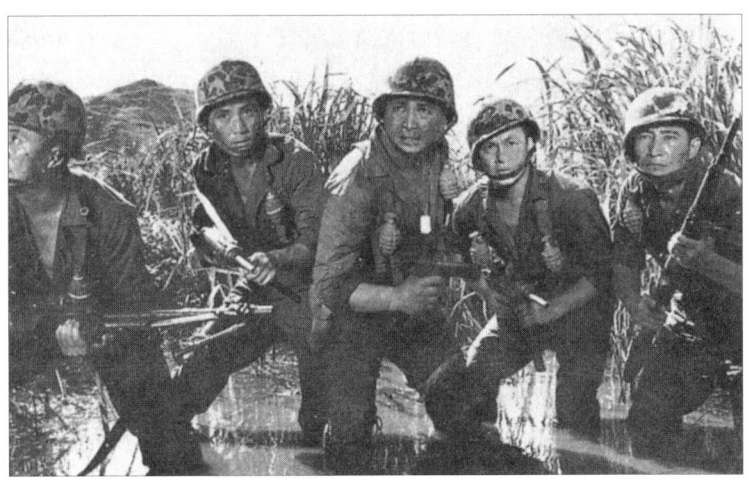

한때 우리나라의 '전쟁영화'는 국방부 홍보 영화처럼 국군이 인민군을 무찌르고 태극기를 휘날리는 내용이 거의 전부였고, 진정한 의미의 전쟁영화는 별로 없었다. 그런 사정은 문학도 마찬가지였다. 김기덕 감독이 만든 「5인의 해병」 역시 예외가 아니었다.

당국의 손에 갈비뼈가 부러지는 불상사를 당했다.

이토록 살벌한 현실에서 영화를 만드는 틈틈이, 반공 집회가 열릴 때마다 단골로 동원되어 유명배우들이 어깨에 띠를 두르고는 '멸공통일'을 외치는 동안, '요원'이나 '기관원'이라고 통칭되던 중앙정보부원들은 날마다 신문사로 출근하여 편집국의 동태를 직접 감시했고, '빨갱이 신경증(Red Complex)'에 걸린 문화공보부에서는 국내외에서 일어난 사건들 가운데 무엇은 보도하지 말고, 식목일에 육영수 여사가 나무를 심는 사진을 크게 찍어 어디에다 실어야 하고, 어떤 외신 기사는 눈에 잘 띄지 않게 어느 면에다 1단으로 밑에 까는 정도로만 보도하고, 모든 신문은 신년호 1면에 (전체주의 국가에서나 하는 짓이지만) 박정희 대통령 내외의 사진을 큼직하게 색채 인쇄로 실어야 한다는 둥, 일일 보도 지침을 내려보내고는 했다.

지침을 어기면 그날로 기관원들이나 형사들이 나타났고, 안의섭 화백이 만화를 '잘못' 그려서 중정으로 끌려가던 날은 "병자의 몸인데 이렇게 끌려갔으니 혹시 죽어서 나오는 건 아닌지 모르겠다"고 걱정하던 〈한국일보〉 이성표 편집국장의 어두운 표정도 생생하게 기억난다. 그리고 지극히 온건한 잡지 〈샘터〉의 표지에 그린 농부의 얼굴이 레닌을 닮았다고 해서 끌려가 두들겨 맞은 화가도 생각나고, 김지하가 "왜 빨갱이인가"를 그가 쓴 산문과 시에서 구절구절 발췌하여 중앙정보부에서 분석하여 언론기관에 배포한 책자도 생각난다. 그리고 『엔싸이클로피디어 브리태니커』에서 인공기와 호지명의 얼굴을 까만 잉크로 지워 버려야만 판매가 허락되었고, 미국의 석학 로버트 헛친스(Robert Maynard Hutchins)와 모티머 애들러(Mortimer J. Adler)가 선정한 『서양의 고전(Great Books of the Western World)』도 우리나라에서만은 공산당 선언문이 포함된 마르크스와 엥겔스의 저서(제50권)를 빼지 않으면 판매를 할 수가 없었다.

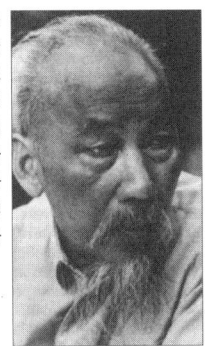
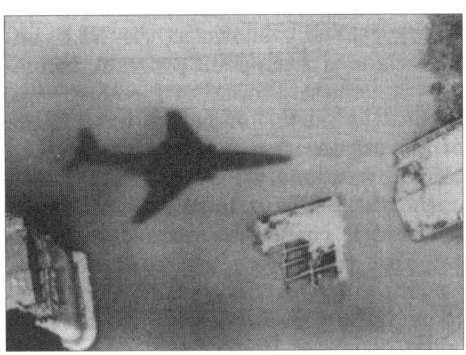

세계적인 권위를 자랑하는 '대영백과사전' 『엔싸이클로피디어 브리태니커』도 한때는 한국 정부의 검열을 받아서, '베트남' 항의 이 사진들 가운데 '적성 국가의 괴수'인 호치민의 사진을 인쇄 잉크로 시커멓게 지워 버리지 않으면 국내 판매를 할 수가 없었다.

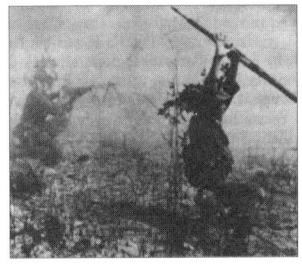
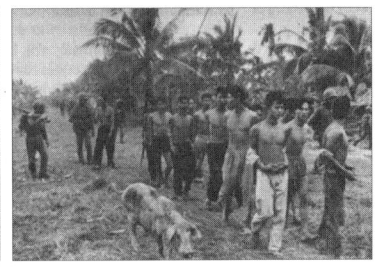

　영화, 문학, 미술, 언론, 만화뿐 아니라, 음악도 심한 간섭을 받았다. 지구레코드에서는 세계 고전 음악 100선을 RCA사로부터 들여오려고 했는데, 1백 명의 지휘자 가운데 소련 음악가가 포함되었기 때문에 문화공보부에서 수입 허가를 내주지 않았다. 그래서 임정수 사장이 회사로 돌아가서 하던 말도 생생하게 기억난다. "차이코프스키는 왜 판금을 안 시켜? 차이코프스키는 소련 사람 아닌가?"

　그리고 또 어느 출판사에서는 이런 해괴한 사건도 벌어졌다. 프랑수아즈 사강의 일기에다 베르나르 뷔페(Bernard Buffet)가 삽화를 그린 『독약(Toxique)』이 한국에서 발간되었을 때, 출판사에서는 검열에 걸려 판금이라도 당할까 봐 지레 걱정이 되어 초판에서는 여인의 나상(裸像)에서 국부에 속옷을 입히는 작업을 거쳐야 했다. 프랑스의 화가 뷔페가 만일 이런 사실을 알았더라면 얼마나 분개하고, 한국을 얼마나 야만적인 국가로 알았을까 낯이 뜨거워지던 사건이었다. 출판사

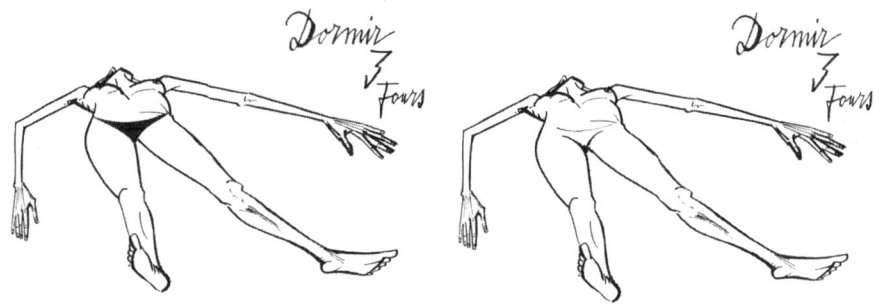

프랑수아즈 사강의 일기에다 삽화를 붙인 뷔페의 그림이 우리나라에서는 왼쪽에서처럼 속옷을 걸치지 않으면 안 되었던 시절도 엄연한 대한민국의 역사적 사실이다.

에서도 이것만은 너무 심하다는 생각이 들어서였는지 여인들의 옷을 재판에서부터는 도로 벗겨 주었지만 말이다.

하지만 한국의 검열만 한심했던 것은 아니다. 자유를 만끽하는 국가로 소문난 아메리카 합중국에서도, 앞에서 언급했듯이, 1949년 빈센트 미넬리 감독의 보봐리 부인 영화("Unholy Love")가 간음을 매력적으로 보이도록 묘사했다고 검열 당국이 제동을 걸자 작가 플로베르의 도덕성을 심판하는 사족을 영화의 앞뒤로 땜질을 해야만 했다.

미국의 검열 문제로 가장 화젯거리였던 작품은 아마도 「바람과 함께 사라지다」일 듯싶다. 이 영화의 마지막 장면에서는 변덕이 죽끓 듯하는 스칼레트 오하라에게 시달릴 만큼 시달린 레트 버틀러(Rhett Butler)가 책임감이나 진실성은 없이 얼굴만 예쁜 스칼레트 오하라에게서 정나미가 떨어져 집을 나가 버리는데, 정확히 표현을 하자면 "너무 잘난 체만 하다가 소박을 맞게 된" 스칼레트가 뒤늦게 정신을 차리고 그에게 매달리려고 하자, "솔직히 얘기해서, 나 이젠 관심없어(Frankly my dear, I don't give a damn)"라는 말 한 마디를 남기고 돌아서서 가 버린다. 이 말에 나오는 단어 'damn'이 문제였다.

하느님의 이름으로 맹세하거나(swear) 욕하지(swear) 말라, 그러니

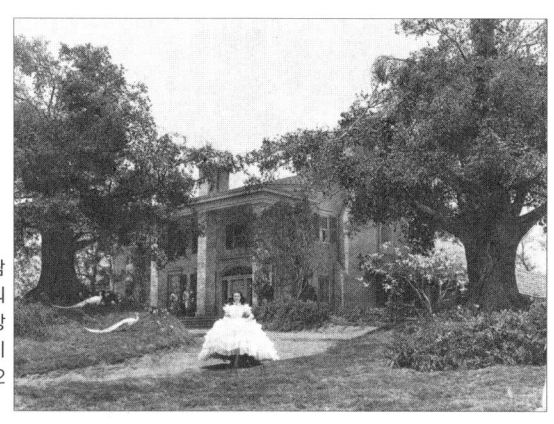

이렇게 화려한 장면으로 시작된 영화 「바람과 함께 사라지다」는 하마터면 "망할놈의 (damn)" 단어 하나 때문에 마지막 극적인 장면이 잘려 나가 용두사미가 될 뻔했다. 데이비드 셀즈니크는 그 단어를 살려내기 위해 2년 동안 법정 투쟁을 벌였다.

까 하느님을 욕되게 하지 말라는 종교적인 계명으로 인해서, 본디 '저주하다'라는 종교적인 표현을 단순히 강조하는 의미로 사용하는 단어 (damn)가 영화에 나와서는 안 된다는 검열 당국의 고집에 제작자 데이비드 O. 셀즈니크는 "원작의 내용을 그대로 살리겠다"며 소송을 제기했고, 2년에 걸친 재판 끝에 제작자가 승소하여 그 단어를 살려내기에 이른다.

　자유분방한 나라이리라고 여겨지는 미국에서 왜 영화 검열에 그토록 경직된 기준을 적용했는지를 이해하려면 그들의 건국(建國) 배경부터 알아야 한다. 영화 「사선(死線)을 넘어서」를 보면, 헨리 8세가 세운 영국교회(聖公會)의 박해를 받지 않고 종교의 자유를 누리기 위해서 청교도들이 1620년에 메이플라워(the Mayflower, 5월에 피는 꽃)를 타고 신대륙으로 가기 위해 대서양을 횡단하는 내용이다. 갖은 고생 끝에 아메리카 땅을 밟자 그들은 두고 온 고향의 이름 그대로 플리머드(Plymouth)라는 마을을 세우고 정착한다. 플리머드 항구에 가 보면 메이플라워 호를 실제 크기 그대로 복제(replica)한 돛배를 정박시켜 놓았는데, 어떻게 저토록 작은 배에 102명이 타고 머나먼 항해를 해 냈을까 크게 놀란다. 종교의 자유란 그토록 귀중한 모양이라는 깨달

음도 새삼스러워진다.

  이렇듯 미국은 종교적인 동기가 크게 작용하는 국가이다. 더구나 처음 신대륙으로 건너온 사람들은 청교도였다. 그래서 미국 화폐 뒷면에는 모두 "우리는 하느님을 믿는다(In God We Trust)"라는 말이 인쇄되어, 그들이 기독교국(基督敎國)임을 만방에 알린다. 술을 팔지 못하게 국가에서 금지하는 바람에, "전설의 시대"에서 언급했듯이, 폭력 조직들과 존 F. 케네디 대통령의 아버지까지도 밀주로 떼돈을 벌게 한 금주령(the Prohibition, 1920~33) 역시 기독교 여성들의 독선과 입김이 크게 작용하는 바람에 실시된 (인간 본성을 부정하려는) 악법이었다.

  대다수 사람들의 생활 양식이 수녀나 신부하고는 같지 않음에도 불구하고 만인이 종교적인 삶을 살아가야 한다고 주장한다면, 그것 역시 종교재판(the Inquisition)에 버금가는 독선적인 박해 행위이다. 종교의 자유란 박해를 받지 않고 믿어도 되는 권리를 의미하지만, 종교를 믿지 않는 자유 또한 종교의 자유이다. 그렇다면 숭배하는 '신'이 다르다고 단군의 목을 베어 버리거나, 믿지 않는 자들은 모두 지옥불로 떨어지라는 저주나 비난 역시 사상의 자유를 침해하는 박해 행위이겠다.

  그럼에도 불구하고 타인들의 종교를 제거한 다음 자신들의 유일신

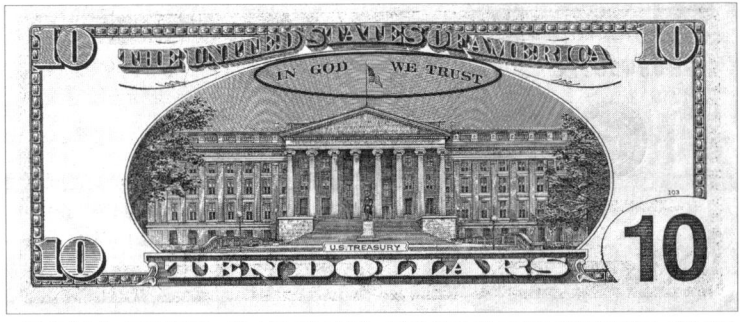

모든 화폐에다 미국은 "우리는 하느님을 믿는다"라는 말(동그라미 친 부분)을 인쇄해 넣었고, 이런 종교적인 독선이 영화 예술의 검열에도 적용되었다.

을 강요하기 위해 십자군전쟁을 일으켜 문명의 파괴에 앞장서고, 세계 각처에서 이슬람과 기독교의 분쟁이 일어나 무수한 사람들이 죽어가는 현실이고, 냉전 체제가 끝난 이후로는 이념보다 인종이나 종교 분쟁이 가장 큰 전쟁의 원인으로 꼽히게 되었는데, 과연 이런 현상이 박애와 평화와 인도주의를 부르짖는 종교의 당연한 속성인지 의문이 제기된다. 이렇듯 종교인들의 독선이, 미학이나 예술성을 도외시한 채로, '건전한' 윤리관과, 도덕관과, 가치관만을 고집한다고 가정한다면, 세상이 많이 달라졌는데도 다른 모든 사람에게 영국 빅토리아 왕조의 고정된 도덕 규범에 따른 특정한 기준을 지키라고 강요하는 그런 종교적인 행위가 두드러지게 반영된 미국식 영화 검열에는 무리한 척도가 적용된 셈이었다.

영화 검열의 필요성이 강력하게 제기되었던 까닭은 이른바 '시끌벅적한 20년대(the Roaring Twentieth)'가 도래하여, 마약과 성의 범람 그리고 범죄와 타락의 양상이 사회를 물들이던 시기에, 유성시대(有聲時代)로 들어서자 '퇴폐적인 언어'가 영화라는 새롭고 막강한 매체를 통해 전파되리라고 믿었기 때문이었다.

예를 들면, 다음 장에서 자세히 소개하겠지만, 메이 웨스트의 말장난은 고상한 사람들의 심기를 무척 불편하게 만들었다.

영화 검열을 위한 구체적인 조처가 취해진 때는 1922년이었다. 한때 대단한 존경을 받으며 인기를 누렸던 희극배우 '뚱보' 아버클(Roscoe "Fatty" Arbuckle, 1887~1933)이 개최한 파티에서 젊은 여배우가 죽었고, 비록 무죄로 풀려나기는 했지만 아버클이 살인 혐의로 재판을 받는 동안 추문에 추문이 꼬리를 물고 이어졌으며, 연예인들의 문란한 사생활에 대해서 흥분한 관객층을 무마하기 위해 미국 영화 제작 배급 협회(the Motion Picture Producers and Distributors of America, MPPDA)가 구성되었다. 국가 차원에서 검열 정책을 수립할

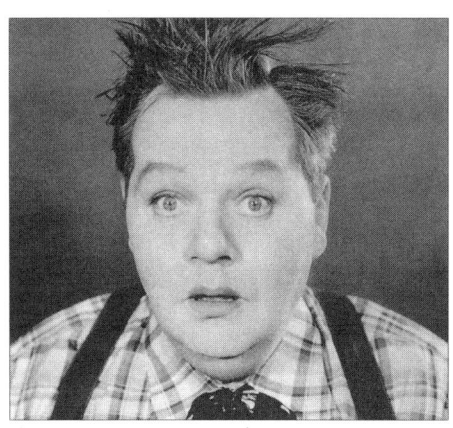

1910년대 인기 절정에 올랐던 희극배우 '뚱보' 아버클은 노동절 날 샌프란시스코에서 열린 파티에서 여배우 지망생을 강간했다는 혐의로 기소되었다. 피해자가 나흘 후에 죽었고, 세 차례의 재판이 열린 다음 아버클은 무죄 판결을 받았지만 배우로서의 생명은 끝났으며, 이 사건에 자극을 받아 미국에서는 영화 검열 제도를 제정하려는 움직임이 본격화되었다.

기미가 보인데다가 관객을 달래기 위한 자체 검열제를 도입해야 할 필요성이 느껴졌기 때문이었다.

MPPDA에서는 하딩(Harding) 대통령의 재임 시절 우정장관(郵政長官, postmaster general)을 역임했으며 고매한 도덕성으로 이름난 윌 헤이스(Will Hays)를 회장으로 뽑았고, 자체 검열 기준을 마련하는 일은 세인트 루이스 대학교 연극학과 교수인 대니얼 로드(Daniel Lord, S. J.)와 영화 전문지(〈The Motion Picture Herald〉) 발행인 마틴 퀴글리(Martin Quigley)에게 맡겼는데, 그들 두 책임자가 모두 가톨릭 신부였다. MPPDA는 그들이 만든 '영화 제작법(Motion Picture Production Code, 또는 Hays Code, 또는 Breen Code)'을 1930년에 채택했고, '기본적인 품위(common decency)'만큼은 지켜야 한다고 열심히 외치던 가톨릭 언론인 조세프 브린(Joseph Breen)이 실행 책임자로 영입되면서 1934년부터 실천에 들어갔다. 검열에 통과하지 못한 영화는 MPPDA 소속 영화관에서는 상영이 금지되었다.

성, 결혼생활, 종교, 범죄, 자살, 살인, 마약 중독, 유아 유괴, 낙태, 매춘 등의 분야에 관해서 엄격한 기준을 마련한 이 법을 어기면 2만 5천 달러의 벌금을 물어야 했다. 그리고 그들이 사용을 금지시켰던 단어는 「바람과 함께 사라지다」에 등장하는 종교와 관련된 어휘를 비롯하여, "뜨거운 여자(a hot woman)," "욕정(lust)," "마담(madame)," 여성의 성기나 엉덩이를 뜻하는 "fanny," "chippy(놀아나는 여자나 창녀)," "tart(야한 계집)," "색골(色骨, tomcat)" 따위였다.

이런 자체 검열 장치는 한 가지 단어나 표현을 여러 의미로 교묘히 구사하는 말장난(double talk)으로 음담패설을 즐기던 메이 웨스트에게는 재갈을 물리는 결과를 가져왔다.

찾아보기 ●---

▋「신화를 남긴 해병, 1965, 한국, 10권)」, 감/薛峰, 출/張東輝, 朴魯植, 李大燁
▋「인천 상륙 작전, 1965, 한국, 11권)」, 감/趙肯夏, 출/申榮均, 金惠貞, 尹一峰
▋「해병 특공대, 1965, 한국, 10권)」, 감/康民鎬, 출/신영균, 金石薰, 이대엽, 트위스트 김
▋「특전대(1965, 한국, 9권)」, 감/片巨影, 출/南宮遠, 申美林, 朴巖, 코와치
▋「돌아오라 내 딸 금단아(1965, 한국, 10권)」, 감/金基豊, 출/金勝鎬, 太賢實, 安仁淑
▋「7인의 여포로, 1965, 한국, 9권)」, 감/이만희, 출/文貞淑, 劉桂仙, 李民子, 具鳳書
▋「사선을 넘어서(Plymouth Adventure, 1952, 미국, 105분)」, 감/Clarence Brown, 출/Spencer Tracy, Gene Tierney, Van Johnson, Leo Genn, Dawn Addams, Lloyd Bridges, Barry Jones

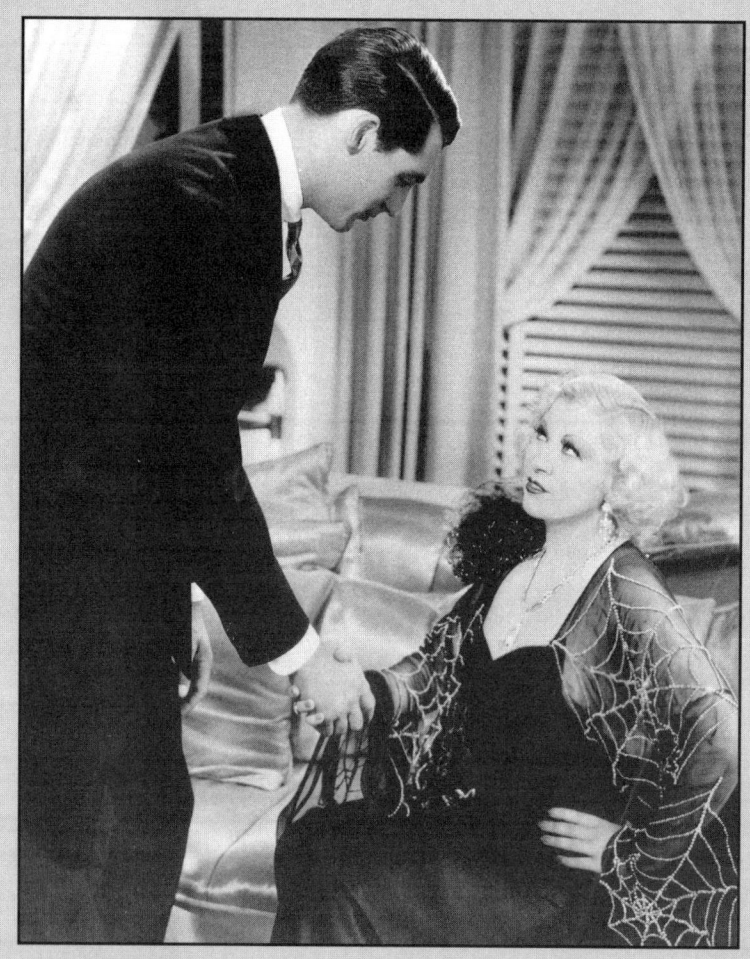

「난 천사가 아녜요」에서 메이 웨스트는 케리 그랜트를 상대로 검열을 교묘하게 피해 나가면서도 온갖 음탕한 뒷맛을 남기는 농담을 선보여 '성을 상징하는 원조 여배우'로 등극한다.

메이 웨스트와 셜리 템플의 닮은 점

약간 살이 쪄서 몸매가 탐스러웠던 까닭에 최초의 '육체파 배우'라는 칭호를 들었으며, '성을 상징하는 원조 여배우(archetypal sex symbol)'였던 메이 웨스트(Mae West, 1892~1980)는, 성에 관련된 온갖 명성이나 악명과는 달리, 가슴을 깊이 판 옷 따위로 몸을 노출하여 남성 관객의 눈을 자극하지는 않았다. 메이 웨스트는 귀를 자극하는 재능이 비상한 여자였다.

예를 들면, 「난 천사가 아녜요」에서 웨스트는 순회 흥행 공연(carnival) 촌극(sideshow)에 출연하는 연예인 티라(Tira, Sister Honky Tonk) 역을 맡았는데, 티라는 "나쁜 짓만 골라가며 함으로써(wrong by wrong)" 출세를 하겠다는 당찬 계획을 세우고 열심히 실천에 옮긴다. 그녀가 돈을 노리고 결혼하기 위해 옭아잡은 남자를 돈벌레 여인으로부터 해방시켜 구해 주려고 끼어든 잭 클레이튼(Jack Clayton, 케리 그랜트)이 더 부자라는 사실을 알고 공격 방향을 바꾼 티라에게 그랜트가 "오늘밤 당신 아주 훌륭했다(Ah, well, you were wonderful tonight)"고

칭찬하자, 그녀는 이렇게 받아넘긴다.

"I am always wonderful at night.(난 밤만 되면 항상 대단한 여자가 된다니까요.)"

"Tonight you were especially good.(오늘밤에는 특히 좋았다구.)"

"Well, when I am good, I am very good, but when I'm bad, I'm better.(난 좋을 땐 아주 좋아요. 하지만 나쁠 땐 더 좋답니다.)" 이것은 물론 행실이 나쁠 때 더 화끈하게 나온다는 뜻이다.

같은 영화에서 흥행단장이 티라와 화해를 하려고 "Tira, I've changed my mind(티라, 난 생각이 달라졌어)"라고 말했을 때, 그녀는 "Does it work better?(그래서 무슨 소용이 있겠어요?)"라고 받아넘긴다. 하지만 그녀의 말은 "생각이 달라졌다고 해서 성기능도 덩달아 좋아진다더냐"라고 꼬집는 의미가 담긴 독설이다.

웨스트는 무대 공연이나 영화에서도 자신의 대사를 직접 쓰기로 유

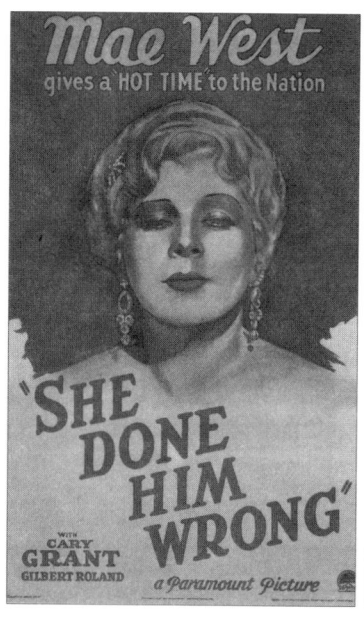

「나쁜 짓을 한 여자」(아래)에서 메이 웨스트는 다시 케리 그랜트와 만나서 온갖 '나쁜 짓'을 주로 입으로만 한다.
「나쁜 짓을 한 여자」의 포스터(왼쪽)에서는 "메이 웨스트가 전국민에게 '뜨거운 시간'을 마련해 준다"고 선전한다.

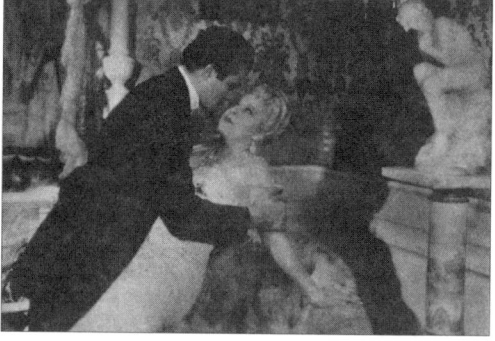

명했는데, 그녀의 손끝을 거처 입으로 나온 "Sex is an emotion in motion(성행위는 행동하는 감정이다)"라거나 "I'm a fast movin' girl that likes 'em slow(난 동작이 빠르지만 느린 걸 좋아하는 여자예요)" 그리고 "When women go wrong, men go right after them(여자가 길을 잘못 들면 남자들이 당장 쫓아간다)" 따위의 명언은 지금까지도 많은 사람들이 즐겨 인용한다. 마지막 표현은 '오른편'과 '옳은 편'과 '당장'이라는 의미를 함께 담은 단어 'right'의 절묘한 용법이 눈부시다.

「난 천사가 아녜요」와 더불어 그녀의 대표작으로 꼽히는 「나쁜 짓을 한 여자」는 같은 해에 나왔으며, 둘 다 케리 그랜트가 상대역인데, 1912년 메이 웨스트가 쓴 희곡 『다이어먼드 닐(Diamond Nil)』이 원작이다. 「나쁜 짓」의 여주인공 루(Lady Lou)는 1890년대 악덕 정치인 소유의 술집을 운영하면서 정부(情婦) 노릇도 하는데, 그녀를 염탐하기 위해 신분을 감추고 옆 집에서 위장 구세군 구호소를 차린 커밍스 대위(Captain Cummings)와 미묘한 관계로 발전한다.

「나쁜 짓을 한 여자」에서도 메이 웨스트가 유감없이 발휘하는 그녀의 막강한 말솜씨는 가히 선문답(禪問答)을 방불케 하며, 즉흥적이고도 빛나는 그녀의 재치는 수많은 일화를 남겼다. 1970년대 텔레비전에 출연했을 때 누가 "웨스트 양에 대해서 얘기 많이 들었습니다"라고 말하자, "그래도 아마 아무것도 증명할 수 없을 겁니다"라고 응수하는가 하면, 키가 6 피트 7 인치라는 청년에게는 "6 피트는 잊어버리고 우리 그 7 인치에 대해서나 얘기를 해보자"고 제안했다고 한다. 사무실로 들어서는 그녀에게 십여 명의 건장한 남자들이 인사를 하자 "나 오늘은 좀 피곤하니까 여러분 가운데 한 사람은 집으로 가야겠다"고 했다는 메이 웨스트는 실제로 보여 주는 대신 혀로만 자극하는 명수였던 셈이다. 그녀의 활약상을 알고 싶으면 1984년에 대단히 훌륭한 솜씨로 제작한 텔레비전 영화 「메이 웨스트」를 보면 도움이 되겠다.

하지만, 「난 천사가 아녜요」와 「나쁜 짓을 한 여자」가 빛을 본 다음 해인 1934년 MPPDA 검열이 실시되어 웨스트의 이런 농염한 대사는 화면에서 사라지고 말았으며, 1936년 「클론다이크 애니」에서는 경찰에 쫓기는 여주인공이 험악하고 무질서한 개척지 유콘(Yukon)으로 흘러들어가 구세군으로 가장하고 종교 활동을 벌이는 역을 맡아 "나는 동양적인 사랑의 분위기를 느끼는 서양 여자(I'm An Occidental Woman in An Oriental Mood for Love)"를 위시하여 여러 곡의 노래를 부르며 그나마 어느 정도 입심을 살렸고, 그리고는 오랫동안 잠잠했다가 78세의 나이에, 성전환 수술을 다룬 고어 비돌(Gore Vidal)의 소설을 영화로 만든 「마이라 브레킨릿지」에서 여러 남자를 상대하며 1930년대보다도 훨씬 걸쭉한 대사를 쏟아냈다.

팔순을 넘기고 나서 메이 웨스트가 마지막으로 주연했던 영화 「6인조」는 웨스트가 발표했던 희극 「섹스(Sex)」를 원작으로 삼아서 만든 영화인데, 헐리우드의 여왕이 신혼여행 길에 나서면서 여기저기 나타나는 옛 남편들의 행렬이 웃음을 자아내지만, 아무리 그래도 읁어먹

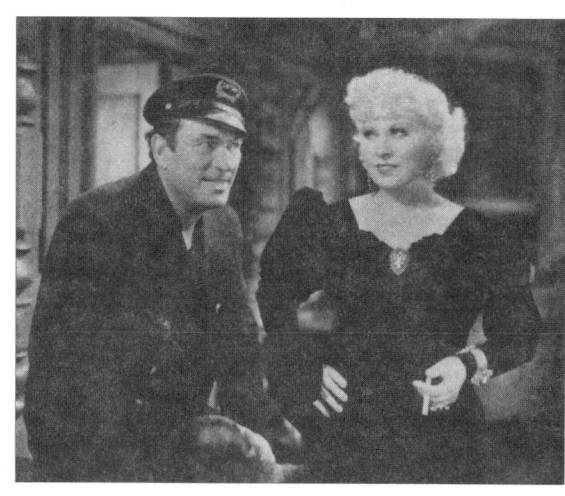

심한 검열로 인해서 말을 조심해야 했던 메이 웨스트는 「클론다이크 애니」에서 험악한 유콘의 개척지로 들어가 다시 입심을 과시했다.

기가 좀 심하지 않았나 싶은 '백조의 노래(swan song)'이다.

당시에는 영화가 예술이라기보다는 단순히 오락으로 널리 인식되었던 매체이기는 하지만, 어쨌든 '종합 예술'을 종교의 잣대로 가늠하여 이렇게 메이 웨스트의 입을 막아 버린 검열제도는 언론 쪽에서 상당한 반발을 사기도 했고, 그래서 검열을 풍자하는 유명한 합성 사진(composite picture)도 등장했다. 이 사진에서는 금발의 아가씨가 눈을 내리깔고, 입에는 담배를 물고, 어깨뿐 아니라 가슴도 많은 부분을 노출하고, 야한 검정 속옷 차림에 검정 스타킹을 신고, 허연 허벅지를 드러내고, 오른손에 권총을 들었으며, 그녀의 발치에는 기관단총과 피를 흘리며 쓰러진 경찰관의 모습이 보인다.

검열이라고 하면 물론 성과 폭력(sex and violence)이 첫 규제 대상이고, 그래서 우리나라에서도 박정희 정권은 1970년대 초에 영화의 폭력을 몰아내겠다는 유치한 발상에 따라 신문에 실린 영화 광고에서 무기를 모조리 긁어서 지워 버린 적도 있었다. 예를 들면 「어둠의 표적(Straw Dogs, 1971)」의 광고에서는 더스틴 호프만이 두 손으로 겨누

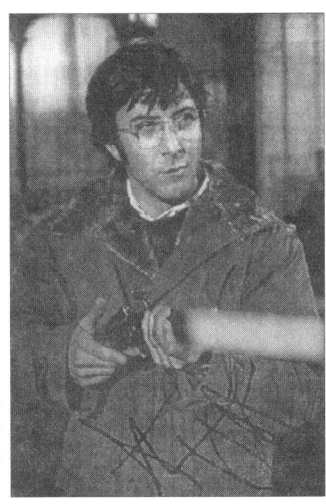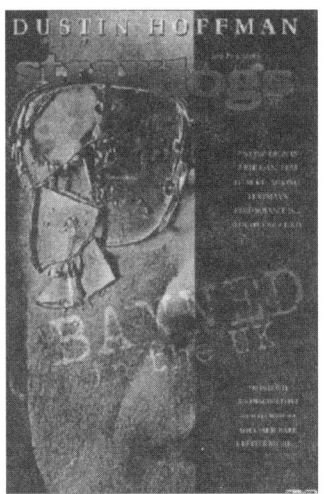

박정희 정권 시절 한때는 우리나라 신문광고에서 폭력을 추방한다는 뜻으로 왼쪽 사진에서처럼 총과 칼을 모두 지워 버리기도 했다. 오른쪽 포스터에서는 솜방망이 총은 보이지 않지만, 문제의 영화 「어둠의 표적」이 영국에서 상영금지를 당했다는 내용을 자랑스럽게 내세웠다.

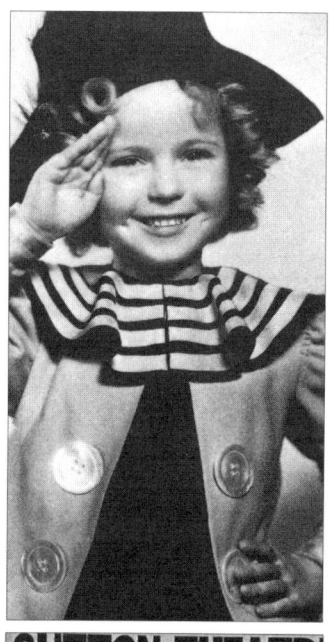

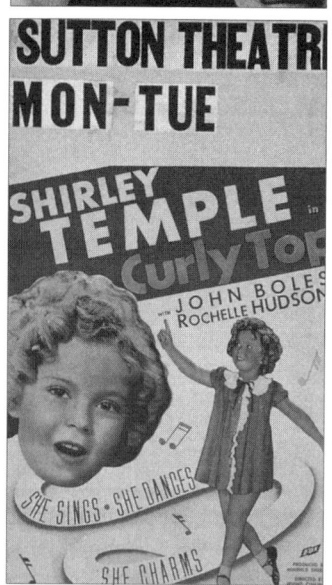

이렇게 귀여운 아역 배우 셜리 템플도 검열을 무사히 넘기지는 못했다. '상반신 노출(topless) 문제를 일으켰던 영화 「곱슬머리 아가씨」의 포스터

는 엽총을 동판에서 긁어낸 다음 인쇄를 했기 때문에, 마치 허연 솜방망이를 들고 있는 듯한 모습으로 바꿔 놓기도 했다.

미국의 '손질'도 별로 나을 바가 없어서, 1896년에는 입맞추는 장면이 실제보다 훨씬 커다랗게 압도적인 모습으로 화면에 나타나자 여론이 흥분하여 대단한 물의를 일으켰으며, 에디슨 영화에서 배꼽춤을 추는 '추잡한 장면'은 하얀 목책 울타리를 그려넣어 젖가슴과 골반 부분을 가려 놓기도 했고, 1930년대에는 '과잉 노출'로 가위질을 당한 첫 희생자 가운데 하나는 놀랍게도 셜리 템플이 여섯 살 때 주연한 「곱슬머리 아가씨」였다.

사춘기 소녀들이 좋아하는 진 웹스터(Jean Webster)의 『키다리 아저씨(Daddy Long Legs)』를 원작으로 삼은 「곱슬머리 아가씨」는 신분을 밝히지 않으면서 백만장자가 고아 자매를 돌봐 준다는 얘기인데, 귀엽고 깜찍한 셜리 템플이 온갖 재롱을 부리며 춤추고 노래하는 가족용 오락물이다. 하지만 모건 아저씨(Edward Morgan)의 바닷가 저택으로 입양되어 들어간 셜리가 모래밭에서 꽃다발(lei)을 목에 두르고 훌라춤을 추는 장면이 여성 단체들의 강력한 반발에 부딪쳐 부분적으로 삭제를 당하고 말았다. 아직 가슴이 전혀 자라지 않은 셜리였지만, 상반신이 나체였다는 이유 때문이었다.

이런 식의 제약은 조니 와이즈뮬러가 타잔 노릇을 하기 위해서는 가슴의 털을 깎아야 하게 만들었고, 그보다 훨씬 더 나중에 윌리엄 홀든도 「피크닉(Picnic, 1955)」에서 가슴을 면도로 밀어야 했다.

그러나 제2차 세계대전이 발발하여 해외 시장이 위축되고, 더구나 텔레비전이라는 막강한 적이 나타나자 영화계는 검열 완화에서 탈출구를 찾으려 했고, 종교 차원의 검열 수준에 대한 저항이 시작되었다. 「바람과 함께 사라지다」의 대사 한 줄을 지키려고 싸운 셀즈니크나 마찬가지로, 「지상에서 영원으로」에서 밤중에 수영을 하다가 두 주인공이 벌이는 욕정적인 장면에서도 버트 랭카스터에게 욕의를 입히라던 요구에도 응하지를 않았다. 그리고 그보다 앞서 1952년에는 이탈리아 영화 「사랑」을 종교적인 이유로 인해서 상영 금지 조처를 취하려 했던 시도가 대법원 판결로 무너지기도 했다.

「사랑」은 두 편의 짧은 영화를 하나로 묶은 형식을 취했는데, 로베르토 롯셀리니가 연출한 첫 작품 "인간의 목소리(Una Voce Umana, 프랑스 제목 La Voix humaine, 영어 제목 The Human Voice, 1930)"는 장 꼭또 원작의 1인극(monodrama)으로서, 우리나라에서도 조한희, 박정자 같은 배우들이 무대에서 공연한 바 있다. 사랑의 파탄을 맞은 여자가 남자에게 '유

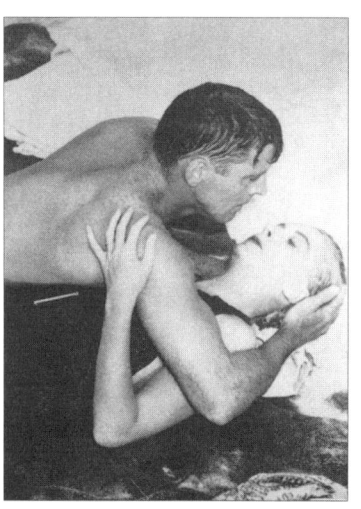

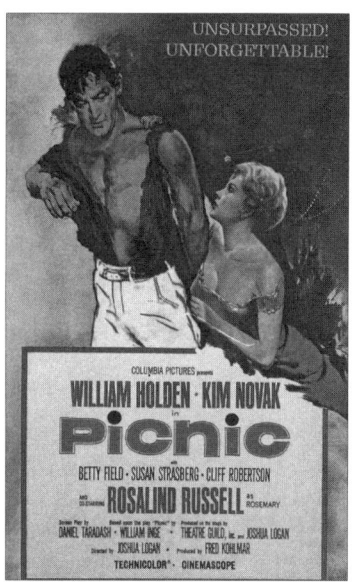

「지상에서 영원으로」(위)의 이 장면을 보고 검열 당국은 지나치게 선정적이기 때문에 남자에게 욕의를 입혀서 다시 찍으라고 요구했었다.
윌리엄 이니(Willian Inge)의 희곡이 원작인 「피크닉」의 포스터에 나오는 이 유명한 장면에서 잘 나타나듯, 윌리엄 홀든은 검열 때문에 털을 면도로 말끔히 밀어 버린 다음에야 가슴을 노출시켰다.

일한 생명선'인 전화를 통해서 절규하는 내용인데, 간단히 발췌하면 이런 식이다.

"나 강하잖아. 용기를 내겠어. 나도 이렇게 잘 견디리라고는 기대하지 못했어. 당신이 흉악한 괴물이라니? 그렇지 않아. 이해하는 데 시간이 걸리기는 했지만, 난 용기를 내기로 했어. 비싼 대가를 치르더라도, 후회는 없어. 미안해하지 않아도 돼. 다 내 탓이야. 내일 떠난다고? 그렇게 빨리 떠날 줄은 몰랐는데. 주세뻬를 보내면 가방을 내줄게. 내 편지는 태워 버려. 그리고 편지를 태우더라도 재는 간직해 줬으면 좋겠어. 당신이 날 밉다고 할 때가 더 좋았는데. 난 당신을 속인 적이 없어. 정말이야. 아무것도 못 먹었어. 너무 아파서 못 먹겠어. 수면제를 12 알 먹었지. 심장은 멈추고 죽음은 다가오는데, 난 혼자 죽기가 무서웠어. 새벽 4시에 마르따가 의사를 데리고 왔지. 당신 목소리를 듣는 것만으로도 만족해. 난 정말 행복했어. 제발 부탁이야. 전화를 끊으면 난 죽을 것 같아. 어제는 전화기를 들고 잠들었지. 당신과 함께 지낸 지도 5 년째야. 당신이 떠나면 난 두려움으로 죽으리라고 생각했어. 난 당신말고는 할 일이 하나도 없어. 내 사랑, 내 사랑! 우리가 같이 묵었던 호텔로는 제발 (그 여자와 함께) 가지 않겠다고 약속해 줘. 그만 끊어. 당신이 먼저 끊어. 사랑해. 사랑해!"

사랑의 고뇌를 그린 꼭또의 희곡이 아니라, 문제는 펠리니가 감독한 두 번째 이야기 "기적(Il Miracolo)" 때문에 야기되었다. 서양 문학에서 가끔 주인공으로 등장하는 '동네 바보(village fool)' 난니는 거지 보따리에 깡통 두 개를 주렁주렁 들고 누더기 차림으로 돌아다니며 비럭질을 하거나 남의 집 잔심부름을 해서 먹고 사는 무식한 여자인데, 산에서 어떤 뜨내기 남자를 만나서는 그를 성 요셉이라고 착각하여 천국으로 보내달라고 매달린다. 뜨내기는 난니에게 술을 먹인 다음 잠든 사이에 그녀를 범하고 행방을 감춘다. 임신이 된 그녀는 무임

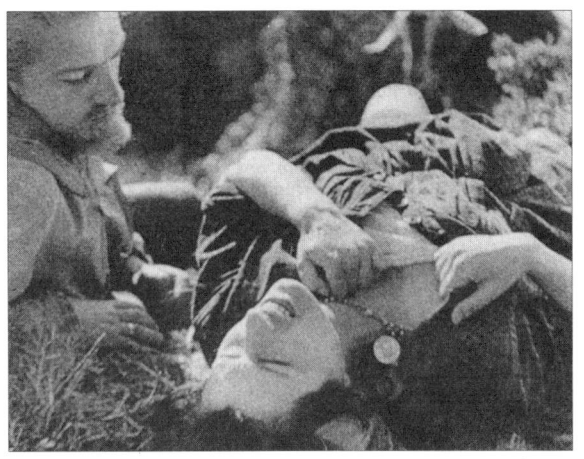

이탈리아 영화 「사랑」에서 페데리꼬 펠리니가 연출한 "기적"에 등장하는 촌뜨기 시골 여자가 술에 취해 뜨내기 남자에게 산에서 겁탈을 당한 다음 무염시태(無染始胎)를 했다고 착각하는 대목이 종교인들의 비위를 거슬려 미국에서 반발이 대단했지만, 대법원에서 수입을 허락하는 판결을 내려 검열제도를 무너뜨리는 결정적인 역할을 했다.

시태가 되었다고 착각한다. 배가 불러오기 시작하는 난니를 동네 사람들은 성모 마리아라고 놀리며 노래를 부르고 떼를 지어 쫓아다니지만, 어리석고 순진한 난니는 진짜로 축복해 주는 말로 잘못 알고는 주님의 은총을 입었다고 즐거워한다. 펠리니의 또 다른 주인공 제르소미나(「길」)를 연상시키는 대목이다.

하필이면 그런 천한 여자를 성모에 비유했느냐는 이유로 종교계에서는 반발이 대단했지만, 「사랑」은 수입 상영이 대법원에서 허락되었다. 이듬해에는 처녀성을 메이 웨스트만큼이나 가볍게 생각하는 젊은 여성을 주인공으로 삼아 선정적인 대화가 번득이는 F. 휴 허버트(Hugh Herbert)의 인기 무대극을 독일어와 영어로 영화화한 「달은 푸르고」가 선을 보였으며, 다시 3년 후 1956년에는 역시 오토 프레밍거 감독에 마약 중독자와 불구인 그의 아내를 대담하게 주인공으로 내세운 「황금의 팔」도 극장에 나붙었다.

시대의 변화에 따라 기준을 바꿔야 할 필요성이 자명해지자 검열법은 1956년과 1966년에 개정을 거쳤고, 1968년에 다시 등급제로 바뀌었다. 1981년 이후로는 모든 형태의 공식적인 검열이 자취를 감추었

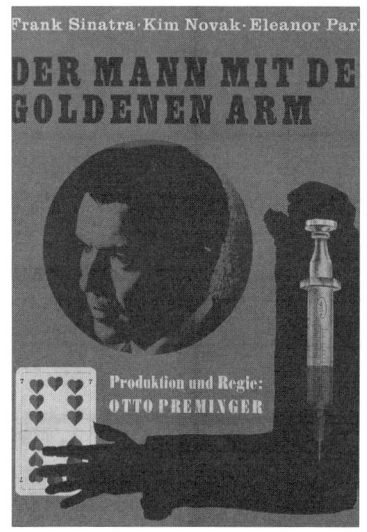

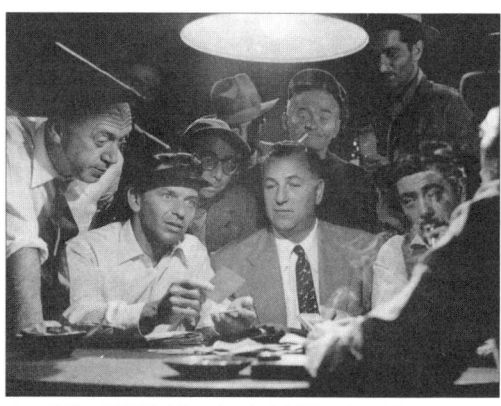

1955년에는 마약중독자가 주인공인 영화 「황금의 팔」(위)이 극장에 나붙어 화제가 되기도 했었다. 불과 50 년 사이에 얼마나 세상이 변했는지를 단적으로 보여 주는 일화이다.
동독에서 만든 「황금의 팔」포스터(왼쪽)는 주사기 그림을 넣는 도발적인 행위까지 감행했다.

고, 손님을 끌기 위한 성과 폭력의 범람에 이제는 관객이 중독되고 면역이 생겨날 지경이 되었다. 요즈음 폭력영화를 보면 때로는 불결한 표현이 역겨울 정도로 넘쳐나고, 표현의 자유와 예술 행위를 빙자한 외설이 오히려 사람들을 식상하게 만드는 현실이다.

찾아보기 •--

▍「나는 천사가 아녜요(I'm No Angel, 1933, 미국, 87분)」, 감/Wesley Ruggles, 출/Mae West, Cary Grant, Edward Arnold, Gertrude Michael, Kent Taylor

▍「나쁜 짓을 한 여자(She Done Him Wrong, 1933, 미국, 66분)」, 감/Lowell Sherman, 출/Mae West, Cary Grant, Gilbert Roland, Noah Beery, Rochelle Hudson, Rafaela Ottiano, Louise Beavers

▍「메이 웨스트(Mae West, 1982, 미국, 100분)」, 감/Lee Philips, 출/Ann Jillian, James Brolin, Piper Laurie, Roddy McDowall, Chuck McCann, Louis Giambalvo, Lee Jones DeBroux

▌「클론다이크 애니(Klondike Annie, 1936, 미국, 80분)」, 감/Raoul Walsh, 출/Mae West, Victor McLaglen, Philip Reed, Helen Jerome Eddy, Harry Beresford, Harold Huber, Soo Young, Lucille Webster Gleason

▌「마이라 브레킨릿지(Myra Breckinridge, 1970, 미국, 94분)」, 감/Michael Sarne, 출/Mae West, John Huston, Raquel Welch, Rex Reed, Roger Herren, Farrah Fawcett, Jim Backus, John Carradine, (Tom Selleck)

▌「6인조(Sextette, 1978, 미국, 91분)」, 감/Ken Hughes, 출/Mae West, Tony Curtis, Ringo Starr, Dom DeLuise, Timothy Dalton, George Hamilton, Alice Cooper, Keith Moon, Rona Barrett, Walter Pigeon, George Raft

▌「곱슬머리 아가씨(Curly Top, 1935, 미국, 75분)」, 감/Irving Cummings, 출/Shirley Temple, John Boles, Rochelle Hudson, Jane Darwell, Rafaela Ottiano, Arthur Treacher

▌「사랑(L'Amore, 영어 제목 Woman, Ways of Love, 1947, 이탈리아, 75분)」, 감/Roberto Rossellini, Federico Fellini, 출/Anna Magnani

▌「달은 푸르고(The Moon Is Blue, 1953, 미국, 99분)」, 감/Otto Preminger, 출/William Holden, David Niven, Maggie McNamara, Tom Tully, Dawn Addams, Gregory Ratoff

▌「황금의 팔(The Man With the Golden Arm, 1955, 미국, 119분)」, 감/Otto Preminger, 출/Frank Sinatra, Eleanor Parker, Kim Novak, Darren McGavin, Arnold Stang, Doro Merande

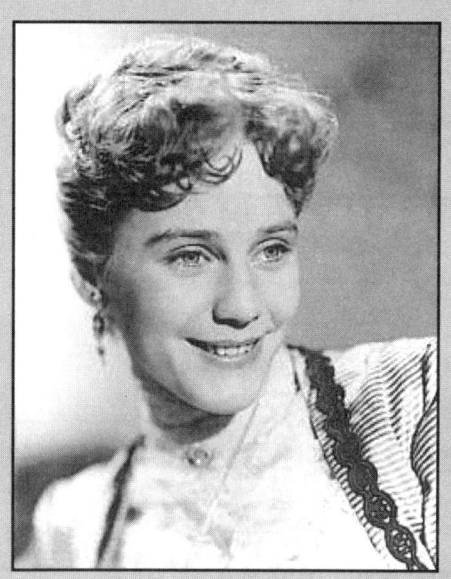

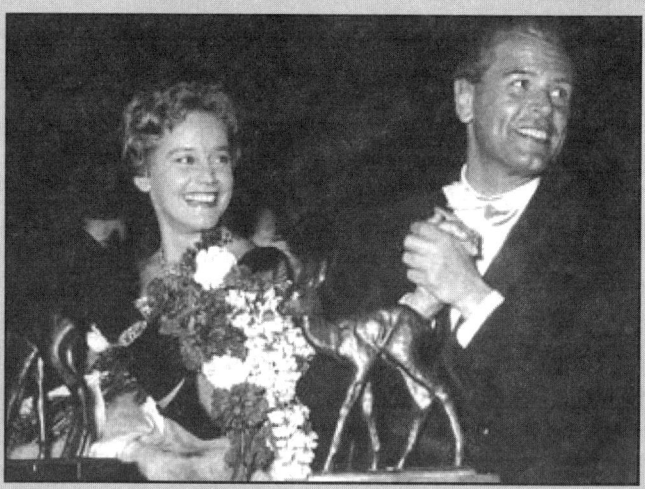

마리아 셸은 에밀 졸라의 「목로주점」을 위시하여, 모파상의 「여자의 일생」과 게르하르트 하우프트만 원작의 「고엽」에 이르기까지, 고달픈 여인의 삶을 다룬 문예물에서 단골로 주역을 맡았다.

계속되는 여자의 일생

모파상 원작의 영화에서 지극히 한국적인 여인 잔느 역을 맡았던 독일 여배우 마리아 셸은 「여자의 일생」과 분위기가 매우 비슷한 게르하르트 하우프트만(Gerhard Hauptmann, 1862~1946) 원작의 영화 「고엽(枯葉)」을 1957년에 만들었을 뿐 아니라, 1953년에는 영국으로 가서 그래험 그린(Henry Graham Greene) 원작 「사건의 핵심(The Heart of the Matter)」에 주연했고, 1955년에는 프랑스로 가서 에밀 졸라 원작에 르네 끌레망 감독인 「목로주점」을 만드는 등 여러 나라를 돌아다니며 문예물 단골 배우가 되었는데, 미국에 가서는 도스또예프스끼 원작 「까라마조프의 형제들」에서 마릴린 몬로가 그토록 원했던 그루센카 역을 맡아 눈부신 금발과 건강하고 환한 미소를 과시했다.

「고엽」에서 웃고 까불며 순진하기가 바보스러울 지경인 모습을 보여 주는 여주인공 로제 베른트(Rose Bernd)는 무식한 건달(굴삭기 기사)과 연애를 하면서도 몸간수를 제대로 못해 농장 주인에게 별로 저항조차 하지 않고 카튜샤처럼 농락을 당하고는 임신까지 한다. 이런

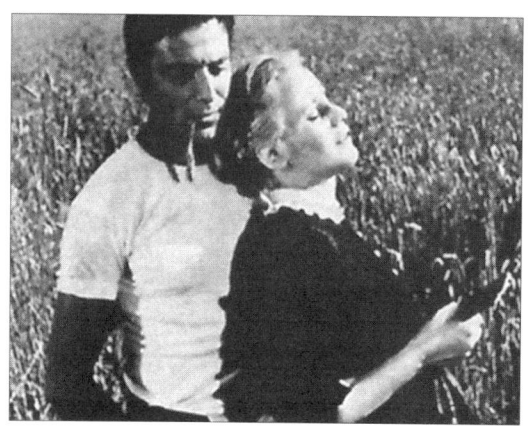
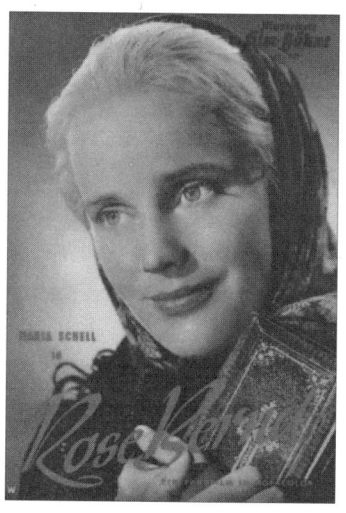

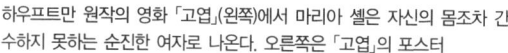
하우프트만 원작의 영화 「고엽」(왼쪽)에서 마리아 셸은 자신의 몸조차 간수하지 못하는 순진한 여자로 나온다. 오른쪽은 「고엽」의 포스터

사실을 우연히 알게 된 건달에게도 그녀는 밀밭에서 또 몸을 내줘야한다. 다급한 나머지 이런 부끄러운 비밀을 숨기려고 로제는 3년 전부터 그녀를 사랑한다며 열심히 쫓아다니던 제3의 남자(병약한 꽁생원) 아우구스트 카일(August Keil)과 결혼할 계획을 세운다. 자신을 지킬 능력이 결여되었으면서도, 그러한 자신의 인생이 어떻게 돌아가는지 이해가 안 되어서 "골치가 아프다"고 불평하면서 말이다.

그러나 카일의 면전에서 로제의 비밀을 건달이 털어놓자 복잡하게 꼬이는 삶에 쫓겨 결국 그녀는 기찻길 다리 밑에서 혼자 아이를 낳는다. 영화에서는 이 아기가 죽고 여주인공이 카일의 구제를 받는다고 지나치게 동정적이어서 김이 빠지는 종결을 짓지만, 소설에서는 로제가 영아를 질식시켜 죽인 다음 경찰에 체포되어, "항상 정직하고 맑고 착한 처녀"의 순진한 어리석음이 가져오는 비극을 훨씬 강렬하게 부각한다.

「목로주점」의 절름발이 세탁부인 여주인공 제르베스(Gervaise) 역시 로제 베른트나 마찬가지로 팔자가 너무나 드세어 그녀 주변 세 남자의 틈바구니에서 인생을 망치는 대책없이 슬픈 여자이다. 아이를 둘이나 낳은 다음 모자공인 첫 애인 랑띠에는 이웃 여자와 눈이 맞아 도망간다. 이름조차 쓸 줄 모르는 까막눈 기와장이 꾸뽀와 결혼해서 7 프랑으로 희망찬 삶을 시작하고 세탁소를 열지만, 남편은 추락 사고를 당한 다음에는 겁이 나서 지붕에 올라가지를 못하고 주정뱅이가 되어 손님이 맡긴 세탁물까지 전당포에 갖다 주고 술을 퍼마시며 살림을 축낸다. 그러자 도망갔던 랑띠에가 돌아와 꾸뽀의 제안으로 같은 집에서 셋이 살다가 복잡한 육체 관계로 발전하여 상황은 점점 파탄으로 치닫는다. 그녀를 사랑하기 때문에 세탁소 마련할 돈 5백 프랑을 꾸어 준 구제와의 관계도 순탄치가 않다. 결국 두 남자가 살림을 파먹다가 꾸뽀는 정신이상을 일으켜 죽고, 세탁소는 랑띠에와 다른 여자의 손으로 넘어가고, 애인 구제는 형무소로 가고, 결국 제르베스도 굶어 죽는다.

『목로주점(L'Assommoir)』은 발자크의 "인간극장(La Comédie humaine)"으로부터 착상을 얻어 1871년부터 1893년까지 23년에 걸쳐 20 권으로 구성한 에밀 졸라의 대하소설 "루꽁-마까르 총서(Rougon-Macquart series)"에서 제7권에 해당되는데, 육체 노동말고는 생존 방

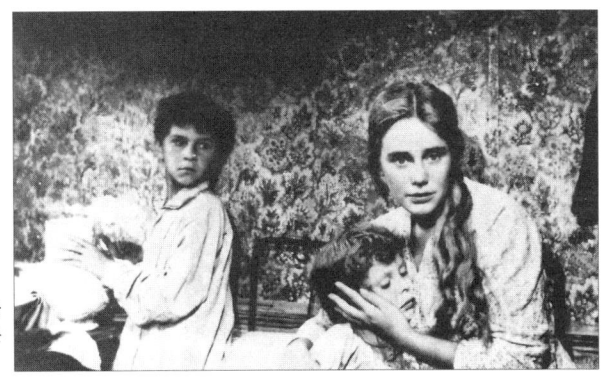

「목로주점」의 여주인공 제르베스는 조선 여인 못지않게 팔자가 사나운 삶을 살다가 굶어 죽는다.

법이 없는 사람들이 겪는 가난의 초라함이라는 가장 원시적인 비극을 담았으며, 소설에서 굶어 죽는 제르베스의 기구한 팔자를 보면 참으로 조선 여인적이어서, 왜 우리나라에서도 「춘희」나 「여자의 일생」처럼 이 작품도 '한국' 영화로 만들지 않았을까 오히려 궁금해질 지경이다.

"목로주점"은 알코올 중독이라는 사회 문제를 주로 다루는 소설이지만, 끌레망 감독의 흑백영화는 제목부터가 여주인공의 이름을 내세웠듯이, 제르베스의 누추한 삶에 집중적으로 조명을 비춘다. 영화의 마지막 장면에서는 제르베스가 술로 폐인이 되기는 했지만 아직 소설에서처럼 죽지는 않았고, 꾸뽀와의 사이에서 태어난 어린 딸 나나가 리봉으로 몸치장을 하고 길거리 사내아이들이 노는 곳으로 달려가 두 번째 세대의 얘기를 준비한다.

에밀 졸라가 자연주의 이론을 모두 적용해 가며 문학적 실험을 했던 루꽁-마까르 집안의 역사는 무자비한 사실주의 기법으로 누추하고 병적인 구석구석을 모두 기록했는데, 제9권에서는 제르베스와 꾸뽀의 딸 나나가 주인공이다. "제2 제정시대 한 가족의 자연적 및 사회

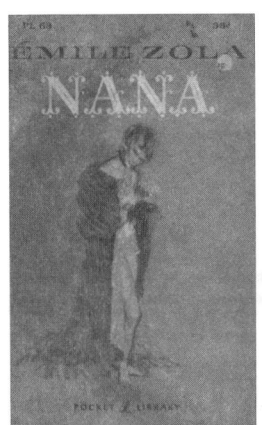
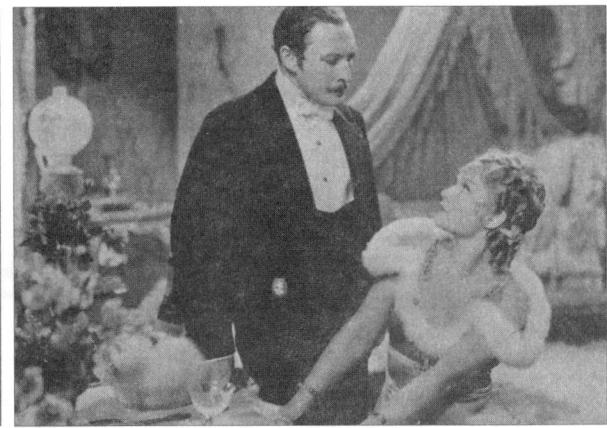

제르베스의 딸이 주인공인 에밀 졸라의 소설 「여우(女優) 나나」 또한 여러 나라에서 영화로 만들었다. 사진은 1934년 미국에서 만든 영화이다.

적 역사"라는 부제에서 잘 나타나듯이 "루꽁-마까르 총서"는 생활 환경의 영향을 받아 삶이 유전된다는 주제를 일관되게 제시하는데, 그런 대표적인 예가 나나의 삶에서 대물림으로 되풀이되는 제르베스의 파멸적인 인생이다.

이미 영화 「목로주점」에서 (특히 길거리 사내아이들을 몰고 다니는 마지막 장면에서처럼) 눈에 두드러진 행동을 계속하던 나나는 어떤 노인의 덕으로 사치스러운 삶을 맛보고, 연기는 서툴지만 뛰어난 미모와 성적인 매력으로 연극 배우로서 성공한다. 인기 여배우가 된 그녀는 귀족, 실업가, 청년 등 여러 층의 남성을 편력하며 그들을 투옥과 파산과 자살의 파국으로 몰아넣고, 자신도 천연두에 걸려 흉측한 모습이 되어 비참한 최후를 맞는다.

소극장(연예계)의 이면(裏面), 유한층의 문란한 생활, 매춘의 추악함, 사치의 덧없음을 폭로한 이 소설을 영상화한 작품으로는 1926년 장 르누아르 감독의 무성영화(출/Catherine Hessling, Werner Krass)가 유명하며, 1955년 크리스띠앙-자끄의 영화에서는 "잘 벗는 마르틴 캐롤"과 샤를르 부아이에가 주연을 맡았고, 프랑스와 스웨덴 합작품

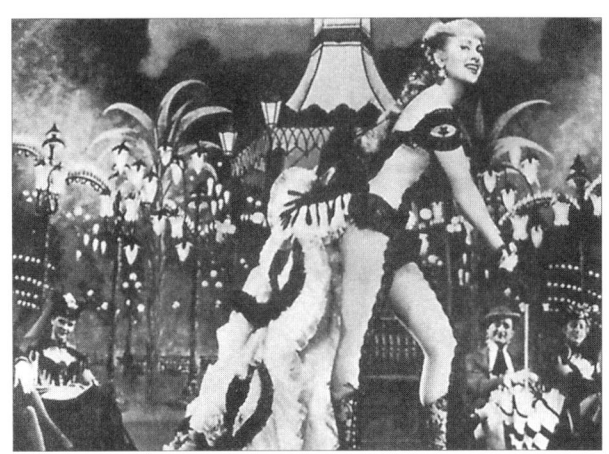

1955년 프랑스 영화 「여우 나나」에서는 마르틴 캐롤이 주연을 맡았다.

은 아예 제목이 「날 가져요, 날 사랑해요(Take Me, Love Me, 감/Mac Ahlberg, 출/Anna Gael)」이다. 미국에서는 제작자 새뮤얼 골드윈이 주연 여배우를 제2의 그레타 가르보로 키우겠다는 야심을 가지고 만든 1934년 판 영화가 잘 알려졌다.

「떼레즈의 비극」 역시 고달픈 여인의 삶을 그린 에밀 졸라 원작의 영화이다. 부모를 잃고 더부살이를 하다가 병약한 남자와 억지로 결혼하여, 아들만 싸고도는 시어미의 잔소리를 들어가며 아무런 변화도 없고 초라한 삶을 하녀처럼 살아가던 떼레즈 라껭은 남편 까미유 밑에서 일하던 건장하고 남성적인 트럭 운전수 로랑과 눈이 맞아 정을 통하고, 남편이 직장에 나간 사이 시어머니가 아래층 가게에서 일하는 동안 몰래 위층에서 만나야 하는 위험한 관계에 불만을 느낀 그들은 까미유에게 사실을 털어놓고 둘이서 멀리 떠나려 한다.

헤어지자던 아내의 말을 듣고 당황한 까미유는 떼레즈더러 "여태까지 거두어 돌봐 주었는데 이렇게 배반하느냐"면서 "나를 존경해야 한다"는 요구를 거듭하고, 그래도 아내의 냉담한 태도가 변하지 않자 새로운 출발을 위해 사흘동안 빠리 여행을 떠나자며 붙잡고 매달린다.

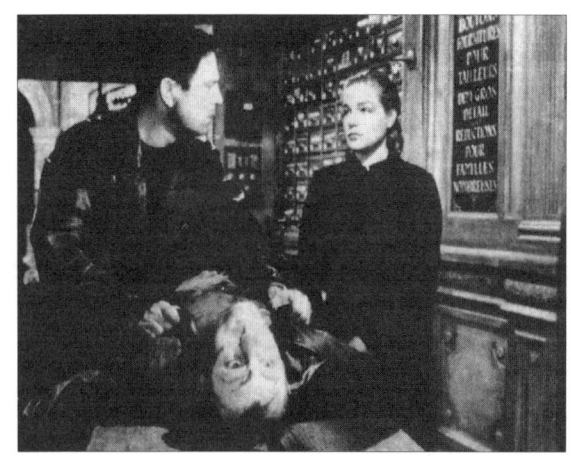

역시 에밀 졸라가 원작인 「떼레즈의 비극」도 행복해지기가 참으로 어려운 한 여자의 삶을 그린다.

로랑은 두 사람이 탄 기차를 쫓아가서 타고, 승강구에서 실랑이를 벌이다가 로랑이 까미유를 밀쳐 기차에서 떨어져 죽게 한다. 다음 역에 내려 자수를 하겠다는 로랑더러 떼레즈는 아무도 본 사람이 없으니까 그냥 리옹으로 돌아가라고 하고는 까미유의 죽음을 사고로 위장한다.

그러나 기차에서 같은 칸에 탔던 승객이 모든 사태를 눈치채고는 나중에 떼레즈의 포목점으로 찾아와서 50만 프랑을 내놓으라고 협박한다. 두 사람은 협박범과 타협 끝에 돈을 주고 나서 다른 고장으로 떠날 계획을 세우지만, 돈을 건네던 날 협박범은 교통사고로 죽는다. 그리고 자신이 5시까지 살아서 돌아오지 않으면 경찰 앞으로 보내라고 협박범이 사건 전말을 적어 여관 하녀에게 맡겨놓은 편지가 결국 떼레즈와 로랑의 파멸을 가져온다.

1963년 그리고 1993년 프랑스에서 영화로 만들어진 「제르미날」은 1884년에 에밀 졸라가 발표한 "루꽁-마까르 총서" 제13권으로서, 주인공 에띠엔느 랑띠에는 「목로주점」 제르베스의 셋째아들이다. 실직중이던 그는 북 프랑스 몽수의 탄광에서 일자리를 구했으나 광부들의 비참한 생활을 목격하고, 러시아에서 망명한 허무주의자 스바리느의 감화를 받아 노동 운동을 시작한다. 파업과 탄압과 배반과 살인을 거치면서 에띠엔느는 점점 더 가진 자를 증오하며 투쟁을 다짐한다는 내용으로, 말하자면 '운동권 교본'으로 추천할 만한 작품이다.

「야수 인간」의 주인공 자끄 랑띠에 (Jacques Lantier)는 「목로주점」의 여주

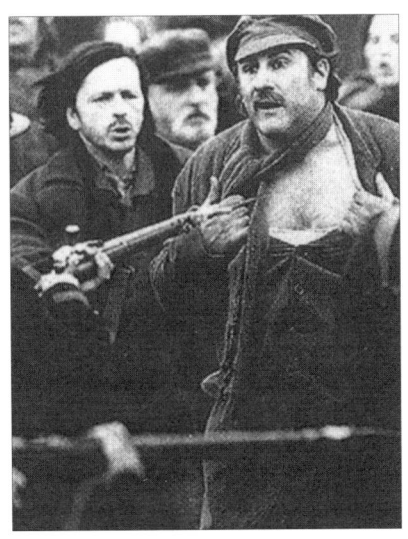

루꽁-마까르 총서 제13권이 원작인 「제르미날」의 주인공은 제르베스의 셋째아들로서, 탄광촌으로 들어가 노동운동을 벌인다.

인공 제르베스와 오귀스뜨 랑띠에 사이에서 태어난 아들이며, 주정뱅이 할아버지와 아버지에게서 나쁜 피를 물려받아 가끔 발작을 일으켜, 자신의 의지로는 통제가 불가능한 야수 같은 행동을 여자들에게 저지른다고 믿는 열차 기관사이다. 역시 인생이 유전된다는 주제를 앞세운 내용이다. 이 영화는 도입부에서 아무런 대사나 사건 전개도 없이 거의 5분 동안 열차가 들판과 터널과 다리를 지나 르 아브르(Le Havre) 역에 도착할 때까지 '야수'처럼 질주하는 장면을 보여 주는데, 영화의 내용을 암시하는 대단히 효과적인 장치로 여겨진다.

르 아브르의 부역장 루보는 역에서 '높은 사람'(설탕업계의 거물 뛰를로)과 실랑이를 벌여 혹시 직장에서 쫓겨날지도 모른다는 생각에 아내 세브린이 어려서부터 잘 따르던 대부 그랑모랭에게 선처를 부탁했다가, 열여섯 살 때부터 아내가 그랑모랭의 정부 노릇을 해왔다는 사실을 알게 된다. 분노한 루보는 아내를 시켜 그랑모랭을 열차로 유인하여 살해하지만, 사건 현장에서 랑띠에에게 꼬리가 잡힌다. 이를 빌미로 랑띠에는 비밀을 지키는 대신 세브린과 불륜의 관계를 맺는다.

그들의 불안한 관계는 루보의 원한을 가중시키고, 그래서 겁이 난 세브린은 남편을 죽여 없애라고 랑띠에를 조른다. 랑띠에는 몇 차례 루보를 살해할 기회를 맞지만 차마 죽이지를 못하고, 그렇게 용기가 없느냐며 세브린이 냉담하게 돌아서자 순간적인 발작을 일으켜 그녀를 목졸라 죽이고 자신은 달리는 기차에서 뛰어내려 자살한다.

프릿츠 랑은 「격노(激怒, The Big Heat, 1953)」에서 함께 일했던 두 주연배우("전설의 시대" 257~8쪽 참조)를 동원해서 미국판 「야수 인간」을 만들었는데, 「인간의 욕망」이라는 제목이 붙은 이 영화에서는 한국전쟁에 참전했다가 갓 돌아온 주인공 기관사가 유부녀와의 사랑과 살인사건에 얽혀 든다는 내용이다.

문학 작품뿐 아니라 그것을 창조한 작가의 삶도 훌륭한 영화거리여서, 제르베스와 나나 모녀 그리고 떼레즈 라껭에 이어 탄광촌의 얘기까지 줄지어 지어낸 「에밀 졸라의 생애」는 아카데미 작품상을 탈 만큼 훌륭한 '원작' 노릇을 했다. 화가 세잔느와 가까운 친구 사이였던 졸라는 출판사 직원과 언론인 생활을 거쳐 밑바닥 인생을 너무 열심히 그린 나머지 부도덕한 작가라는 소리를 들었고, 드레퓌스 사건에 항의하는 내용의 편지를 1898년 1월 13일자 〈새벽(Aurore)〉지에 게재한 다음 영국으로 1년 동안 망명했다가 영웅이 되어 귀국하기도 했다.

졸라의 공개 편지는 여러 차례 "나는 고발한다"라는 말이 반복 사용되어 '나는 고발한다(J'accuse) 편지'라는 명칭이 붙었는데, 1958년 영국 영화 「나는 고발

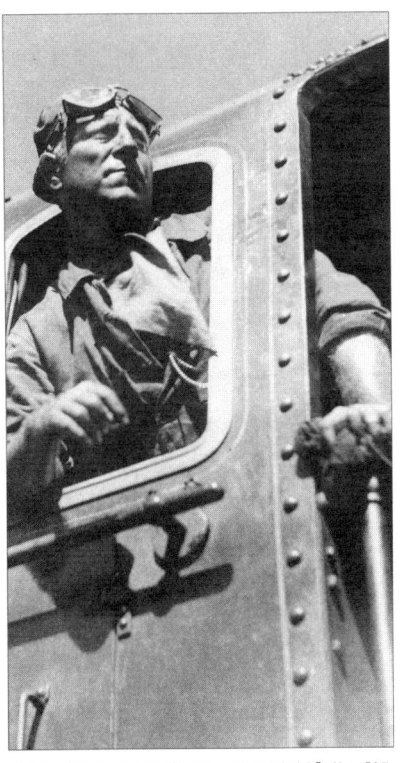

우리나라에서 최초로 "(프랑스의) 국민배우"라는 칭호를 적용했던 장 가뱅은 「야수 인간」에서 대단히 매력적인 면모를 보인다.

한다(I Accuse!)」는 드레퓌스 재판을 다룬 영화로서, 메이 웨스트가 주연한 「마이라 브레킨릿지」의 원작 소설가 고어 비돌이 각본을 썼다.

드레퓌스 사건(L'Affaire Dreyfus)은 1894년 프랑스 참모본부 소속 유대인 포병 대위 알프레드 드레퓌스(Alfred Dreyfus, 1859~1935)가 독일 첩자라는 누명을 쓰고 '악마의 섬'으로 유형을 당하면서 시작되었다. 유대인이기 때문에 억울한 처지를 당했다고 믿었던 졸라를 비롯한 지식인들이 정의의 구현을 요구하며 구명 운동에 나섰지만, 드레퓌스의 결백함을 믿고 조사에 나선 신임 정보부장 조르주 삐까르(Georges Picquart) 대령은 진짜 범인이 에스테라지 소령이라는 공언

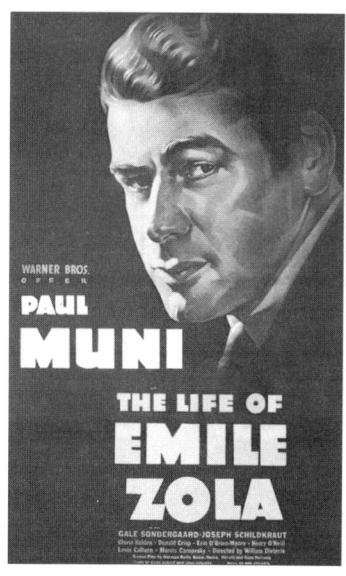

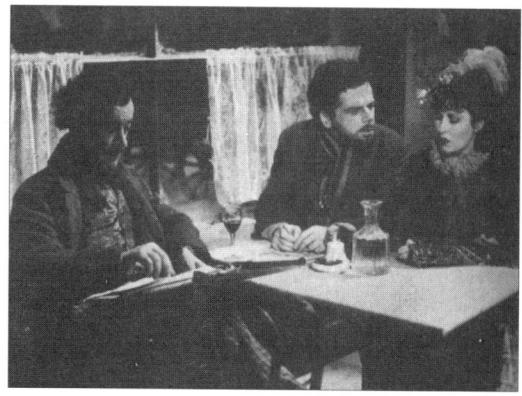

에밀 졸라의 생애는 아카데미 작품상을 탈 만큼 **훌륭한 영화(위)**의 소
재가 되었다. 주연 배우 폴 무니는 루이 빠스뙤르의 전기영화에서도 눈
부신 연기를 했었다. 왼쪽은 「에밀 졸라의 생애」 포스터

을 했다가 오히려 군법회의에 회부되기도 했다. 영국 영화 「명예로운
죄수」는 삐까르 대령의 얘기를 담았다.

이 사건으로 인해서 국론이 양분되어 극우파에서는 쿠데타까지 획
책했지만, 문서 위조가 밝혀지면서 수세로 몰렸고, 위조 사실을 자백
한 앙리 대령이 얼마 후 옥중에서 의문사를 당하자 여론은 더욱 들끓
어 올랐다. 그러나 악착같이 군의 체면을 지키기 위해 1899년에 열린
재심 군법회의에서도 드레퓌스에게 유죄를 선고하여 군부는 더욱 심
한 민중의 반발에 부딪혔다. 결국 대통령의 특사로 마무리가 지어지
기는 했지만, 이로 인해서 제3 공화정을 이끌던 보수 정권이 붕괴하
고 프랑스에서는 좌익과 급진파의 새로운 정권이 들어서는 결과를
초래했다.

프랑스에서 1937년에 만들어진 아벨 강쓰 감독의 「나는 고발한다
(J'Accuse!)」라는 작품은 드레퓌스나 졸라하고는 아무 관계가 없는 반
전영화이다.

또 다른 프랑스 작가의 생애를 다룬 영화의 주인공 「볼테르」는 프랑수아 마리 아루에(François Marie Arouet, 1694~1778)의 필명으로서, 계몽사상을 부르짖은 사상가요 작가였지만, 풍자 솜씨가 너무 뛰어나 남의 비위를 건드리고 필화사건을 일으킨 적도 한두 번이 아니었다. 초자연을 부정하고 특히 광신을 신랄하게 비판했던 그는 섭정 오를레앙 공을 풍자하는 글을 썼다가 11개월 동안 바스띠유 신세를 지는 것을 시작으로 해서, 1726년에는 어느 귀족의 무례한 모욕을 받고 이를 풍자했다가 다시 바스띠유에 투옥되었으며, 1734년에는 대담한 자유사상이 당국의 비위를 건드려 체포령이 떨어져 피신해 숨어 살아야 했고, 1764년에 펴낸 논문집 『철학사전』이 빠리 고등법원과 교황청에서 금서 처분을 받았다. 그는 1778년 그의 비극 「이레느(Irène)」가 코메디 프랑세스에서 공연되어 너무 흥분한 나머지 그로 인해서 병에 걸려 사망했다고 한다.

찾아보기 ●--

▌「고엽(枯葉, Rose Bernd 영어 제목 The Sins of Rose Bernd, 1957, 독일, 97분)」, 감/Wolfgang Staudte, 출/Maria Schell, Raf Vallone, Käthe Gold, Leopold Biberti, Hannes Messerner, Arthur Wiesner

▌「목로주점(Gervaise, 1956, 프랑스, 116분)」, 감/René Clément, 출/Maria Shell, François Perier, Suzy Delair, Armand Mestral

▌「여우 나나(Nana 또는 The Lady of the Boulevards, 1934, 미국, 89분)」, 감/Dorothy Arzner, 출/Anna Sten, Phillips Homes, Lionel Atwill, Muriel Kirkland, Richard Bennett

▌「떼레즈의 비극(Therese Raquain, 1953, 프랑스-이탈리아, 97분)」, 감/Marcel Carné, 출/Simone Signoret, Raf Vallone, Jacques Duby, Maria Pia Casilio, Marcel André, Martial Rebe, Paul Frankeur, Jean Rozenberg, Sylvie

▍「제르미날(Germinal, 1993, 프랑스, 158분)」, 감/Claude Berri, 출/Renaud, Gérard Depardieu, Miou-Miou, Jean Carmet, Judith Henry, Jean-Roger Milo, Laurent Terzieff, Jacques Dacqmine, Jean-Pierre Bisson, Bernard Fresson

▍「야수 인간(La Bête Humaine 영어 제목 The Human Beast 또는 Judas Was a Woman, 1938, 프랑스, 99분)」, 감/Jean Renoir, 출/Jean Gabin, Julien Carette, Simone Simon, Fernand Ledoux, Blanchette Brunoy, Gerard Landry, Jenny Helina, (Jean Renoir)

▍「인간의 욕망(Human Desire, 1954, 미국, 90분)」, 감/Fritz Lang, 출/Glenn Ford, Gloria Grahame, Broderick Crawford, Edgar Buchanan, Katherine Case, Diana DeLaire

▍「에밀 졸라의 생애(The Life of Emile Zola, 1937, 미국, 116분)」, 감/William Dieterle, 출/Paul Muni, Gale Sondergaard, Joseph Schildkraut, Gloria Holden, Donald Crisp, Erin O'Brien-Moore, Louis Calhern, Harry Davenport

▍「명예로운 죄수(Prisoner of Honor, 1991, 영국, 115분)」, 감/Ken Russell, 출/Richard Dreyfuss, Oliver Reed, Peter Firth, Jeremy Kemp, Brian Blessed, Peter Vaughan, Kenneth Colley, Linsay Anderson

▍「나는 고발한다(I Accuse!, 1958, 영국, 99분)」, 감/Jose Ferrer, 출/Jose Ferrer, Anton Walbrook, Emlyn Williams, Viveca Lindfors, David Farrar, Leo Genn, Herbert Lom, Harry Andrews, Felix Aylmer

▍「볼테르(Voltaire, 1933, 미국, 72분)」, 감/John G. Adolfi, 출/George Arliss, Margaret Lindsay, Doris Kenyon, Reginald Owen, Alan Mowbray

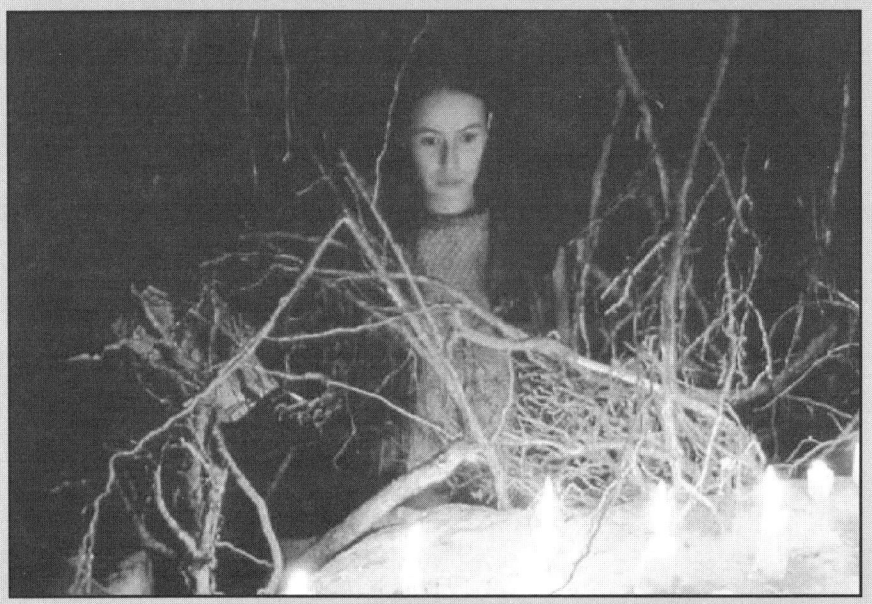

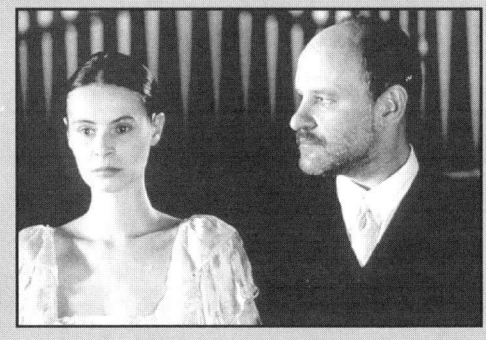

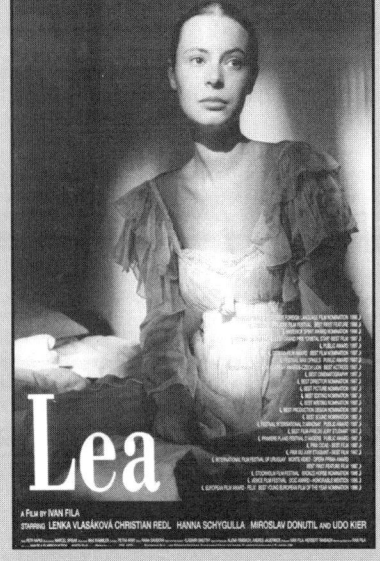

Lea

A FILM BY IVAN FILA

STARRING LENKA VLASÁKOVÁ CHRISTIAN REDL HANNA SCHYGULLA MIROSLAV DONUTIL AND UDO KIER

독일 영화 「레아」를 보면, 남성의 폭력에 시달리는 여성상은 동서양이 별로 다르지 않다는 사실을 깨닫게 된다. 여인의 삶이란 과거에는 근본적으로 남성이 지배하는 세상을 헤쳐 나가야 하는 핍박의 길이었다.

조선 여인 잔혹사(朝鮮女人殘酷史)

시달리는 여성상의 단골 배우였던 마리아 셸의 나라 독일도 여자의 일생이 그리 편한 곳은 아니었다. 로텐부르크(Rothenburg ob der Tauber)라는 도시에 가면 중세의 온갖 희한한 고문 기구를 전시한 중세 범죄 박물관(Mittelalterliches Kriminalmuseum)이 유명한데, 그곳에는 아내에게 매맞는 남자를 처벌하는 기구도 전시되었다. 매는 당연히 여자가 맞아야 하는데, 바보처럼 남자가 맞았으니 벌을 받아 마땅하다는 의미이겠다. 여성은 마땅히 북어 취급을 해야 한다는 탄압의 역사적 증거로 버젓하게 자리를 차지한 셈이다.

이런 독일에서 남성의 폭력 때문에 시달리는 여자의 일생을 본보기로 삼아 그린 영화를 찾아보면, 스산한 작품 분위기가 꽤나 무거운 「레아」를 꼽아도 되겠다.

눈부신 설경이 눈에 시릴 만큼 고적한 슬로바키아 동부의 어느 산골 마을에서, 1977년 가족을 학대하던 잔혹한 아버지한테 엄마가 십자가로 맞아 죽고, 살인범으로 아버지가 종신형을 받아 투옥된 다음 레아는 충격으로 말을 못 하게 된다. 14 년 동안 지하 무덤으로 어머니를 찾아가 시를 써서 바치며 양부모 밑에서 자란 레아는 나이가 꽤 많은 독일 남자에게 신부감으로 팔려간다. 미국의 서부 개척 시대와 하와이 사탕수수 농장에서도 편지로 아내를 구하는 풍습(mail-order bride)이 있었지만, 독일에서는 요즈음에도 필리핀 등지에서 신부를 사다가 하녀처럼 부려먹는 경우가 종종 발견된다고 한다.

아버지나 마찬가지로 폭력적이며, 용병생활을 포함하여 비밀이 많았던 가구상 남편에게서 도망을 치다가, 다시 붙잡히면 수갑에 채워져 노예처럼 감금생활도 하고, 레아는 이런 악몽의 생활로부터 벗어나는 탈출 방법으로 시를 써서 고향의 어머니 무덤으로 무려 1천 3백 통이나 보낸다. 그것이 애인한테 보내는 편지라고 오해했던 남편이 뒤늦게야 진실을 깨닫고, 문학과 음악(바이얼린)과 그림에 대한 재능이 뛰어난 그녀에게 마음이 기울어 들장미를 선물하기도 한다. 그러나 드디어 사랑이 시작되려는 무렵에 레아는 어릴 적에 아버지한테 맞은 상처로 늘 두통을 느끼다가 뇌졸중으로 죽고 만다.

추상화까지 그릴 정도로 레아를 지나치게 예술적인 여자로 미화시킨 점이 흠이기는 하지만, 그녀의 기구한 일생은 잔느(「여자의 일생」)와 로제 베른트(「고엽」)와 제르베스(「목로주점」) 그리고 여배우 나나와 떼레즈 라껭의 삶과 별로 다를 바가 없으며, 오스트렐리아의 「피아노」에서까지도 같은 맥락이 이어진다. 그러나 기구한 여성의 삶이라면 '부부유별'과 '남존여비'와 '부창부수'와 '칠거지악'이 행동 규범을 규정했던 동양에서 훨씬 더 가혹했을 듯싶다.

서양보다는 여성 학대의 당위성이 동양에서 훨씬 인습화했기 때문에 우리나라에서는 세 마리의 현명한 원숭이처럼 "벙어리 3 년, 장님 3 년, 귀머거리 3 년"의 시집살이가 전통이 되었다. 여성의 인권 유린을 대표적으로 상징하는 칠거지악의 위협에 시달리며, '삼종지의(三

從之義)'에 따라 아버지와 남편과 아들에 이르기까지 남자 3대를 섬겨야 했던 여인들의 '한 많은 인생'은 아마도 한국 영화에서 가장 자주 다루어진 주제이리라고 여겨진다.

그리고 그런 주제를 제목에서부터 노골 집약적으로 보여 주는 영화가 이상현 각본에 신상옥 감독인 「이조여인 잔혹사」였다. "여필종부, 출가외인, 궁중비색 등의 봉건적인 인습에 얽매어 희생되어 간 조선 여인들의 모습을 엮은 토막물"이라는 작품 소개(『한국영화 75년사』, 한국영상자료원)에서 이미 성격이 잘 나타나는 이 영화에 담긴 세 편의 일화 가운데 첫 번째 얘기인 "출가외인"의 도입부에서 남정임은 "칠거지악이란 무엇이더냐?"라는 질문을 받고 "남편이 소실을 두었을 때 질투를 하면 안 된다"라고 답하며 암기식 교육을 받고, 마당에서 이 문답을 듣고 아버지 강진사(박암)는 흐뭇해서 머리를 끄덕인다.

세도가와 사돈을 맺으려는 박암의 야망에 따라 사대부집과 정혼이 이루어지지만 식도 올리기 전에 어린 신랑이 죽고, 그래도 죽은 신랑을 몽달귀신으로 만들면 안 된다는 어른들의 뜻을 따라 남정임은 망자에게 시집을 가서 청상과부로 살며 '열녀'의 칭호를 받고, 덕택에 아버지 박암은 벼슬을 얻는다. 그러나 종들의 즐거운 부부(성)생활을 구경만 하고, '양반의 법도' 때문에 병든 어머니도 만나지 못하던 남정임은 밤중에 몰래 시집을 탈출하여 친정을 다녀오려고 하지만, '출가외인'이 시집 울타리를 벗어나려 한다는 정보를 미리 입수한 친정 아버지 강진사는 중간에 매복했다가 딸을 활로 쏘아서 죽인다. 이튿날 화살이 꽂혔던 부위에는 은장도가 박힌 채로, 남정임은 남편의 무덤 앞에서 자결한 열녀로 사람들에게 발견되어 또 하나 전설만들기의 주인공이 된다.

제2화 "칠거지악"은 (자식이 아니라) 아들을 생산하지 못하면 여자는 인간 미달이라면서 오늘날까지도 우리 사회에 만연하는 비논리적 사고방식이 주제이다. 아들이냐 딸이냐를 결정짓는 요인은 여자가 아니라 남자의 염색체 탓인데도 아들을 못 낳는다고 여자를 구박하고, 부부 가운데 누가 불임증인지는 검사도 해보지 않고 밭을 탓하는 사람들이 요즈음에도 많은데, 조선 여인 최은희는 소실을 여럿 들여도 남궁원이 대를 잇지 못하자 결국 머슴 신영균을 산에서 강간하다시피 해서 억지로 씨를 받아낸다.

말더듬이 떠꺼머리 머슴은 사뭇 「벙어리 삼룡」이어서, 마님모시기가 극진하다는 설정은 당연한지도 모르겠다. 하지만 결혼 10 년에 아기를 얻지 못했다고 그토록 구박하며 내쫓아 버리려는 악역을 (같은 여자인) 시어미에게 맡기고, 최은희를 감싸고 도는 남편 남궁원과 시아버지처럼 너그럽고 착한 역은 남자에게 넘겨 주는 정도로도 부족해서인지, 역시 남자인 머슴으로 하여금 여주인공의 '자궁에 생명까지 심어 주게 한다는 상황은 남성 위주의 시각이 무의식중에 강력하게 건재함을 보여 준다.

그리고 머슴의 자식을 잉태했다는 비밀이 탄로나자 최은희는 은장도를 입에 물고 엎어져 자결하지만, 태어난 아들을 보고는 대를 잇게 되었다고 즐거워하는 시아버지의 표정에서 조선의 가치관은 다시 한번 참으로 비극스럽게 집요하다.

제3화 "궁중비색" 편은 "남자 하나에 여자가 3백"이어서, 차례가 돌아가지 않아 성적 욕구 불만에 시달리는 여자들에 대한 텔레비전 코미디성 주제를 다루었는데, 그 중에서도 상감의 잠자리를 펴 주고 옆방에서 소리만 들으며 괴로워하는 상침나

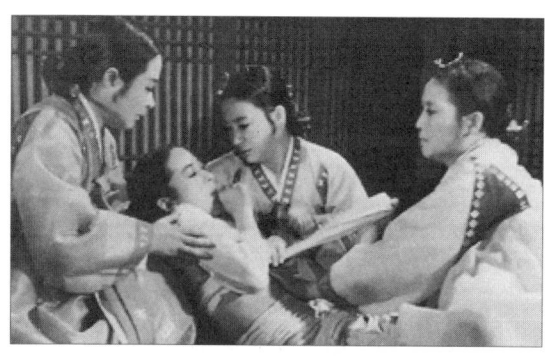

조선시대의 여인들이 살았던 핍박의 삶을 총체적으로 정리한 영화 「이조여인 잔혹사」는 이제 고고학적인 가치를 지니는 작품이 되었다.

인(김지미)이 주인공이다. 성욕을 참느라고 자해를 하다가 밤중에 뛰쳐
나가 숲에서 마주친 무관에게 즐거운 강간을 당한 상침은 뜻밖의 임신
을 하고, 낙태를 하기 위해 비탈의 눈밭에서 구르고, 곧 다루게 될 영화
「오싱」에서 엄마가 그러듯이 찬 물에 들어가 몸을 얼리고, 거울을 깨트
려 수은가루를 마시지만, 뱃속의 생명은 악착같이 살아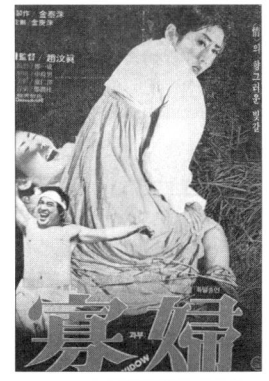
남는다. 그러자 임금이 그들의 침소에 들기를 평생 기
다리며 인생을 낭비하던 불쌍한 여인들은 상침을 얼음
창고에 숨겨 몸을 풀게 하고, 상궁의 시체 대신 아기와
산모를 관에 넣어 "죽지 않고는 벗어날 수 없는" 궁궐
밖으로 밀반출하여 새 삶을 찾게 한다.

　세 가지 일화가 하나같이 에드가 앨런 포우적인 「이
조여인 잔혹사」는, 여권주의 논문의 표제 비슷한 제
목에 걸맞게, 우리 과거의 사고방식을 요약식으로 공
부하는 훌륭한 경험이 된다.

　설화(또는 전설)를 다룬 영화의 여주인공으로서는
성 착취의 대상인 기생뿐 아니라 남성 위주의 인습을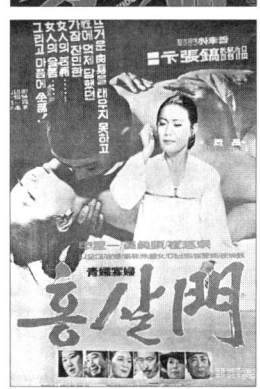
섬기는 사회 구조의 희생자도 자주 선을 보였다. 신분
의 차이 때문에 머슴과의 사랑을 숨겨야 하고, 남성인
홀아비와는 달리 여성인 과부는 수절하고 혼자 살아
야 한다는 인습에 얽혀 자식을 자식이라 부르지 못하
는 「과부」(황순원 원작으로서 2년 후에 「열녀문」이라는

정절을 지키기 위한 호신용 무기로
조선 여인들이 몸에 지녔던 은장도는
영화에서 흔히 미망인이 욕정을 억누
르기 위해 허벅지를 찌르는 자해 도
구로 사용되었다. 욕망과 자유의 억
압을 상징하던 은장도는 얼마 전까지
만 해도 우리 사회에서 여성의 미덕
으로 여겨지고는 했지만, 지금의 시
각으로서는 명백한 여성 인권의 침해
현상이었다. 「과부」와 「홍살문」 같은
'은장도 영화'는 그래서 "이조여인
잔혹사"의 한 부분을 이룬다.

제목으로 다시 영화로 만들어짐)의 경우가 그렇고, 청상
과부 며느리와 물장수의 사랑을 숨겨 주고는 스스로
목숨을 끊는 시어미 과부를 위해 세워 준 「홍살문」의
경우도 그렇다. 남자에게는 문을 세워 주기는커녕 수
절 따위를 요구조차 하지 않았던 사회의 열녀문이나

홍살문은 덕목의 훈장이 아니라, 결혼반지나 마찬가지로 여자만 손해를 보는 구속의 상징일 따름이었다.

크게 손해를 보며 살았던 조선 여인상을 반영한 최루성 영화는 워낙 많아서 나중에 따로 지면을 마련하여 다루겠지만, 우선 전범성 원작 박상호 감독에 최은희 주연의 「산색시(1962)」를 신상옥이 최은희 주연으로 다시 만든 「한강」을 통해 우리들의 어머니가 어떤 삶을 살았는지 살펴보기로 하자.

10년 종살이 끝에 새경 한 푼 못 받고 쫓겨난 인순(최은희)은 빈손으로 시집을 왔다며 "이년아" 소리가 입에 붙은 시어머니의 구박에 시달린다. 자신이 당한 만큼 며느리에게 분풀이를 하던 전형적인 시어미는 허락을 안 받고 독에서 고추장을 퍼도 매질을 하고, 한약을 지어주면 "저년이 독약을 탔다"면서 마시지를 않는다. 남편 춘보(장동휘)가 홋까이도로 징용을 끌려간 다음에는 시집살이가 더욱 힘겨워지고, 나무에 묶인 채로 악귀 같은 할머니한테 매를 맞은 두 딸을 부둥켜 안고 펑펑 울어대는 인순에게 큰딸은 이렇게 말한다.

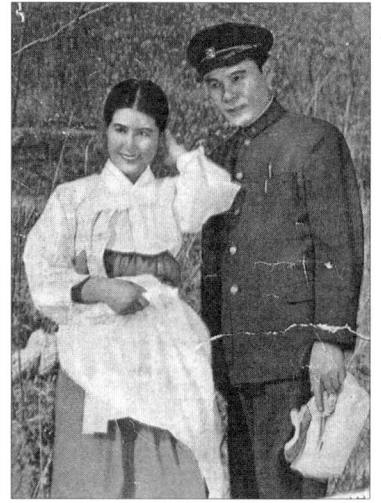

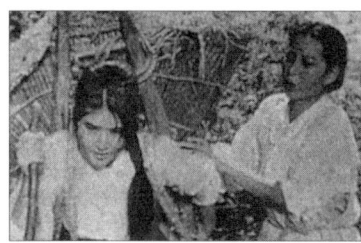

「불러도 대답없는 이름이여」(큰 사진)에서 신식 교육을 받는 남성 김진규의 옆에 다소곳하게 서서 미소짓는 시골 처녀, 이것이 한국을 대표하던 여배우 최은희가 1960~70년대에 단골로 맡았던 순박하고 희생정신이 투철한 조선 여인상이었다. 최은희는 이런 역을 「산색시」(작은 사진)에서도 지게까지 지면서 감동적으로 억척스럽게 해냈고, 같은 영화를 천연색으로 찍은 「한강」에서는 좀 지나치다는 인상까지 준다.

"할머닌 여자가 아닌가? 왜 같은 여자끼리 못 잡아먹어서 야단이야."

그래도 불평 한 마디 없이 호열자에 걸린 시어미를 극진히 간호해서 결국 감복시켜, 죽기 직전에 시어머님이 넘겨 준 곳간 열쇠를 쥐고 며느리는 감동해서 눈물까지 흘린다. 1970년대까지도 한국에서는 혹독한 시어머니를 털끝만치도 원망하지 않으며 이렇게 굴종하는 며느리를 착하다고, '참된 한국 여인상'이라면서 칭찬하고는 했었다.

뱃사공 노릇에 독장수를 하며, 강바람에 얼굴이 검게 타고, 비바람에 도롱이를 걸치고는 뼈빠지게 일해서 가족을 먹여 살린 인순은 해방을 맞아 징용에서 돌아온 남편의 냉대를 받고, 춘보는 노름방 출입에 손찌검까지 한다. 그것도 모자라서 남편은 큰딸을 팔아먹고 술집 작부 옥화(사미자)를 소실로 집안에 불러들인다. 그런데도 착한 인순은 남편이 죽자 그의 고무신을 어루만지며 울고, 세월이 흘러 할머니가 된 다음에는 떠돌이 생활을 하는 옥화 소식을 듣고 "그 사람이 무슨 죄가 있나. 지나 내나 여자로 태어난 죄밖에"라며 운명론을 펴고는 장터에서 찾아낸 소실에게 "어서 가서 나하고 사세. 죽은 영감도 좋아할 테니까"라며 데리고 간다.

춘보의 무덤 앞에 나란히 선 두 여자의 모습을 보면 지금으로부터 한 세대 전에만 해도 여인들이 참 무던히도 참으면서 살았구나 하는 생각이 절로 난다.

강대진 제작에 이희우 각색인 일본 원작(하시다 스까꼬)의 '한국' 영화 「오싱」은 1920년 우리나라 강원도 횡계의 찢어지게 가난한 산골 마을로 무대를 옮겨서, 핍박받는 여성 3대가 거치는 동양 각국에 공통된 여성의 고난을 빼어난 설경(雪景) 속에서 펼쳐 보여 주는 특이한 작품이다.

일곱 살배기 주인공 신은 쌀 한 가마니에 일본인 제재소 집 애보기로 팔려가 "여자가 밥을 많이 먹으면 바보처럼 보인다"며 시어미처럼

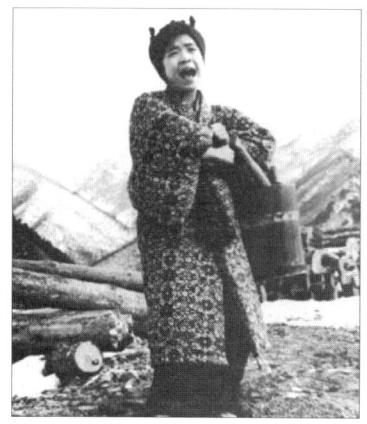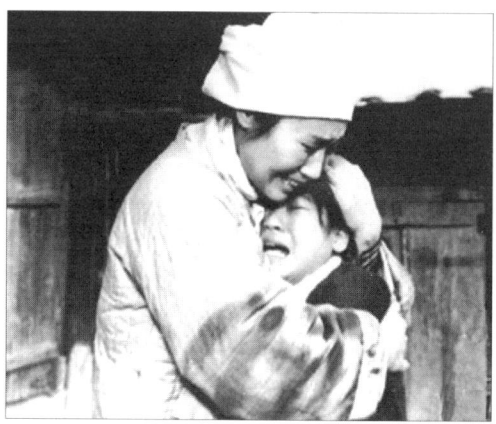

일본 원작의 「오싱」이 우리들의 얘기처럼 여겨지는 까닭은 두 나라의 삶이 비슷한 길을 가기 때문이다. 그래서 한때는 우리나라에서 일본 영화를 몰래 베끼고도 마치 한국 원작의 작품이기라도 한 것처럼 시치미를 떼고는 했었다.

구박하는 표독한 식모 아끼꼬 언니의 일을 도맡아 청소와 설거지를 대신 하고, 얼어붙은 개울에서 손을 호호 불어가며 기저귀를 빨고, 매질에 도둑 누명까지 쓰게 되어 결국 도망을 친다. 그러나 쌀을 돌려주게 된 아버지의 매질과 굶주림 때문에 쌀 다섯 가마를 받고 다시 대처 정미소로 더부살이를 들어가는데, 이번에는 못된 주인집 딸이 시어미 역할을 단단히 한다. 1960년대 '무작정 상경' 세대의 '공순이'들, 그리고 밥만 먹여 주면 무보수로 식모살이를 달가워했던 과거의 우리 여인들이 산업화 시대에 겪었던 고난의 역사가 절절하다.

굶어 죽으면서도 체면은 차려야 했던 남자(아버지) 대신 가난을 해결하기 위해 엄마는 참으로 원시적 단어인 '식구(食口=먹는 입)'를 줄이기 위해 달갑지 않은 아기를 낙태하려고 겨울 냇물에 들어가 앉아 몸을 얼리기도 하고, 결국 유곽에 나가 기생으로 몸을 팔기에 이른다. 옛 사람들은 이런 행위를 여성 특유의 강인한 생활력이라고 칭찬하기도 했었고, 아마도 그런 전통적 의식 때문인지 얼마 전에는 "자식을 교육시키기 위해서 매춘을 한 엄마"도 텔레비전 뉴스에 나타났었다.

"여자들이 겪는 이런 고통 아범은 모른다"면서 할머니는 보릿고개를 맞으면 눈치가 보여 무밥조차도 제대로 못 먹고, "어서 내가 빨리 죽어야 입을 하나 덜지"라고 입버릇처럼 한탄하다가 어느 날 언덕에 올라 목을 매려고 소나무에 새끼줄을 던지는 필사적인 슬픔을 연출하기도 한다.

고난 속에서도 즐거워하며 꿋꿋하게 살아가는 '또순이'의 천사 같은 심성이 온세상을 감동시키고 설득한다는 심청과 콩쥐 이야기는 그러나 이 영화에서 스칼레트 오하라(「바람과 함께 사라지다」)의 절규로 마무리를 짓는다.

"난 할머니처럼 가난 때문에 죽고 싶지는 않아. 엄마처럼 불쌍한 여자도 안 될 거야. 난 하얀 쌀밥을 먹는 사람이 되겠어."

별로 멀지 않은 과거, 한때 이것은 우리 삶의 고진감래 모습이었고, '밥 한 그릇'은 인생의 최대 목표였다.

찾아보기 ●---

▎「레아(Lea, 1996, 독일, 99분)」, 감/Ivan Fila, 출/Lenka Vlasakova, Christian Redl, Hanna Schygulla, Miroslav Donutil
▎「이조여인 잔혹사(李朝女人殘酷史, 1969, 한국, 96분)」, 감/신상옥, 출/남정임, 吳英一, 최은희, 신영균, 남궁원, 김지미, 황정순, 주증녀
▎「과부(寡婦, 1960, 한국, 10권)」, 감/조긍하, 출/이민자, 신영균, 최남현, 朴成大
▎「열녀문(烈女門, 1962, 한국, 10권)」, 감/신상옥, 출/최은희, 신영균, 김동원, 한은진
▎「홍살문(1972, 한국, 100분)」, 감/변장호, 출/신성일, 최정민, 황정순, 나오미
▎「산색시(1962, 한국, 10권)」, 감/朴商昊, 출/신영균, 최은희, 석금성, 朴光洙
▎「한강(恨江, 1974, 한국, 97분)」, 감/신상옥, 출/장동휘, 최은희, 박암, 송미남, 백일섭, 사미자, 장훈
▎「오싱/제1부 더부살이편(O-sing, 1985, 한국-일본, 105분)」, 감/이상언, 출/김민희, 안해숙, 임혁, 한은진, 유하연

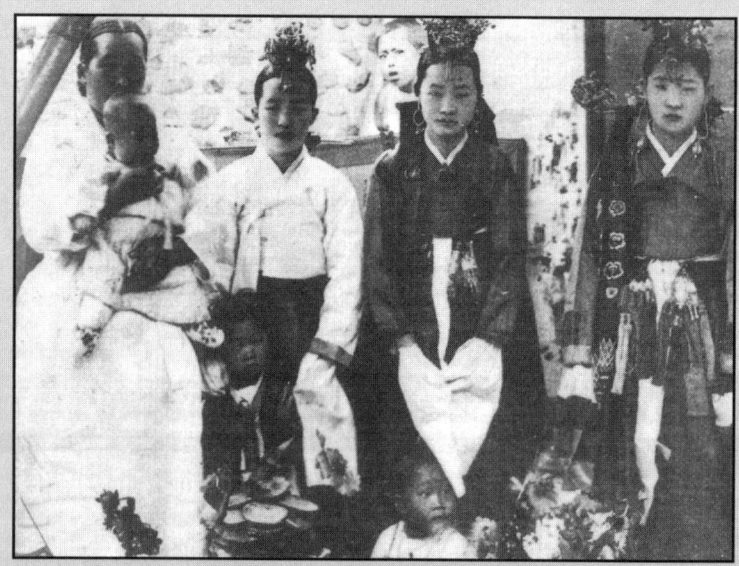

워낙 여권이 무시되어 온 문화적인 풍토였기에 기생(또는 고급 창녀, courtesan)이 오히려 해방된 여성으로 간주되기는 우리나라나 유럽이나 마찬가지였다. 사진은 조선시대의 기생들

'꽃영화'의 존재 이유

영화나 소설에 등장하는 인순(「한강」)과 신(「오싱」)과 잔느(「여자의 일생」)와 레아 같은 고달픈 인생살이의 주인공에 비하면, 조선의 기생은 차라리 일찍부터 해방된 여성이었고, "십년수도한 지족선사를 파계시키고 벽계수를 시조 한 수로 도취시켰다"던 황진이의 이야기는 가히 여성에 의한 남성의 정복기(征服記)로 여겨지기까지 한다.

그러나 이것도 곰곰이 따져 보면 "남자만 여자를 정복하는 것이 아니라 여자도 제법 남자를 정복할 줄 아는구나" 하는 식의 시각, 그러니까 "맞먹어 기특하다"는 남성의 '너그러움'에 힘입어 전설화한 대목이 아닌가 싶다. 말하자면 황진이의 정복은 남성이 은근히 바라는 여자의 유혹을 염두에 두고, 남성 쪽에서 여성에게 허락한 만큼만의 정복일 따름이다. 그것은 여성의 시각으로 여성이 가꾸어낸 전설이 아니고, 기생이란 결국 성의 대상으로서만 가치를 지닌다는 차원에 머문 남성의 오만한 시각에 가린 얘기이다.

그리고 그것은 희극적으로 과장된 "전설의 시대" 「여전사 지나

(Xena: Warrior Princess)」의 이야기하고도 유사한 남성의 심리를 배경에 깔았다는 생각이다. 그러니까 여권주의 쪽에서 영화에 나타난 성역할 개념의 뒤집기를 시도하겠다면, 아마도 그것은 『남성 동물(The Male Animal)』이라는 희곡도 남긴 미국의 대단한 해학가(humorist) 제임스 더버(James [Grover] Thurber, 1894~1961)의 걸작 소품 "개가 된 사람" 식으로 풀기 시작해야 할지도 모르겠다. "개가 된 사람"은 지금까지 인간이 개에게 "베풀어 준 모든 사랑"을 어느 날 갑자기 인간이 개들로부터 하나도 남김없이 모두 되돌려 받기 시작한다는 내용이다. 우선 목에 개끈을 차고 난 다음에 말이다.

그러나 대부분의 영화가 자웅(雌雄)을 갖추는 것을 원칙으로 삼으면서 여성을 '주인'이 아닌 '대상'으로만 간주하기가 보통이기 때문에, 자칫 기생영화에서 재현하는 여성상이 오도(誤導)된 기준 노릇을 하기가 쉽다. '꽃영화'라는 명칭이 잘 어울릴 듯한 화류계 영화가 바로 그런 원인을 제공한다.

세상에서 "제일 오래된 여성 직업(the oldest profession for women)"에 종사하는 창녀(줄리아 로버츠)와 재벌(리처드 기어)이 만나 사랑을 나누는 「귀여운 여인」에서처럼, 프랑스의 신데렐라 영화 「첫사랑」에서부터 우리의 「춘향전」에 이르기까지, 미천한 여성과 고귀한 남성의 만남이라는 영화적 상황이 한국의 사회에서 가장 잘 이루어지던 곳은, 배비장과 애랑의 얘기에서나 마찬가지로, '아빠'들이 꽃을 찾아 나비처럼 몰려드는 기생의 세계에서였다.

당연히 우리 영화에서는 기생이 큰 몫을 단단히 했고, 그런 대표적인 예가 재색을 겸비하고 한시와 시조에 특재가 있었으며 서경덕(徐敬德), 박연 폭포와 더불어 '송도삼절(松都三絶)'임을 자처했던 조선의 명기 황진이였다. 자는 명월(明月)이요 별명이 진랑(眞娘)이었던 그녀를 주인공으로 다룬 대표적인 영화로는 전기물 「황진이(1957)」로서,

조긍하가 각본과 감독을 맡았고 당대에는 대단히 육감적이라고 여겨졌던 '포동포동 배우' 도금봉이 주연이었다.

몇 년 후 윤봉춘 감독에 강숙희가 기획과 주연을 맡았던 비슷한 (또는 똑같은) 내용이 담긴 「황진이의 일생(1961)」이 나왔다. 다시 몇 년 후 「황진이의 첫사랑(1969)」이라고 훨씬 현대적인 제목을 붙이고 정진우 감독에 김진규와 김지미가 주연한 작품이 나타났고, 1980년대 배창호 감독의 「황진이」는 '사랑해선 안 될 사랑'으로 고뇌하는 기생의 모습을 담았다.

가장 최근(1996) 제작된 「마당놀이 황진이」는 죽은 다음에야 속세의 인습과 속박에서 벗어나 자유의 혼이 된 황진이가 염라대왕의 재판을 앞두고 일생을 회상하는 내용인데, 마당극 형식을 통한 새로운 해석 방법이 특이하다.

황진이 영화가 이렇게 많이 나온 까닭은 물론 그녀의 지명도(知名度) 때문이겠다. '황진이'라면 사람들은 가장 먼저, 앞에서도 인용했던 바와 같이, "십년수도한 지족선사를 파계시키고 벽계수를 시조 한 수로 도취시켰다"는 대목을 내건다. 그렇다면 그것은 무엇을 의미하

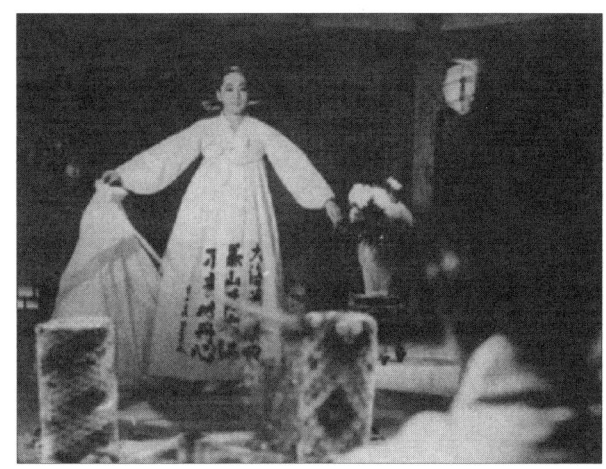

김지미 주연의 영화 「황진이의 첫사랑」에서 황진이는 치마폭에 써받은 시 한 수로 흥이 겹다. 그러나 황진이의 남성 '정복'은 알고 보면 남성이 허락한 만큼만의 정복이었는지도 모른다.

는 말일까?

　우선 시 한 수로 벽계수를 도취시켰다는 내용은 황진이가 겸비했던 재색(才色) 가운데 ‘재’를 의미한다. 황진이뿐 아니라 여러 명기가 글 솜씨를 자랑했다. 근력(筋力, muscle power) 따위 다른 능력은 어려워도 머리로 글을 지어 손으로 쓰는 솜씨에서만큼은 기생들이 “남자와 맞먹기”에 어렵지 않았겠는데, 말하자면 남자들은 그런 기녀의 예술적 능력을 인정하여 상대적인 신분 상승을 여성에게 용납한 셈이었다.

　그러나 이것도 남존여비의 시대상을 그대로 반영한 남성적 오만함의 소치였는지도 모른다. 기생으로 하여금 글과 소리를 배우게 했던 까닭은, 16세기 베네치아를 무대로 한 외국의 ‘기생’ 영화 「위험한 미녀」에서 이미 확인한 바와 같이, 분명히 남자와 자리를 같이 하게 함이었지만, 그것은 어디까지나 상하를 가리는 ‘같은 자리’였기 때문이다. 기녀들의 글과 그림이 우리 예술에 기여한 바가 없지는 않지만, 그들의 ‘예술’은 역시 성적인 희롱의 대상을 남성의 마음에 들도록 좀 더 가꾸기 위한 행위에 불과했을 듯싶다. 남성은 기생을 결코 그들의 ‘맞

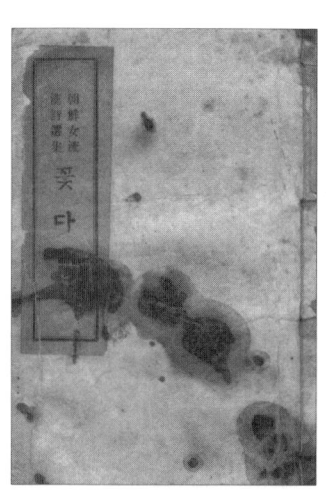

"조선 여류 한시 선집"이라는 부제가 달린 『꽃다발』에는 기녀들의 작품이 많다.

상대’로는 생각하지 않았다. 요즈음에도 “여자가 공부는 잘 해서 뭘 해요?”라는 식의 말과 생각을 하는 남자 대학생이 적지 않은데, 조선시대의 남자들은 오죽 했겠는가?

　남자들이나 하던 풍류를 여자가 ‘같이’ 했다는 조건은 “남자의 수준을 못 미치는 수준에서만 재능을 인정하겠다”는 양면적 속셈이 담겼고, 그래서 어느 기녀가 쓴 이런 글도 김억(金億)이 엮은 『꽃다발』(朝鮮女流漢詩選集, 1947년 博文출판사 펴냄)에 당당히 ‘작품’으로 수록되었다.

여보서요 이치마 제발 놓서요

그러다 치마폭이 쯪어지리다.

치마야 아까울것 하나 없어도

그러다 誼 상하면 어이하릿가.(桂生 지음, 김억 옮김)

　재(예능)를 넘어 흔히 남성 고유의 영역이라고 여겼던 분야(애국적
인 용기)에서 두각을 나타낸 기생으로서는 임진왜란 때 진주성이 함락
된 다음 1592년 촉석루에서 왜장을 껴안고 남강에 같이 떨어져 죽었
다는 논개(論介)가 되겠다.

　이준 열사의 애기만큼이나 극적인 논개의 전설이 나오면, 역시 물
가에서 벌어졌던 사건, 그러니까 저수지에 빠진 주인의 목숨을 구했
다고 신문에 보도되어 성금까지 받고 반짝 전설이 되었던 어느 개와,
여름철 강이나 바닷가 그리고 얼음이 깨진 호수에서 익사 직전의 아
이들을 구해내고 자신은 물에 빠져 죽었다는 어른들에 관해서 언론
매체가 엮어내는 여러 전설이 머리에 떠오른다. 아이를 구할 만큼 가
장자리로 나온 어른이라면 그냥 걸어서 나와도 살아났을 텐데 왜 자
신은 익사를 했는지, 현장 검증이 제대로 안 된 일회용 전설에 대해서
회의를 느끼는 까닭은 대중 매체의 거짓 선전과 과대 광고와 소문이
진실을 좀먹는 그러한 역사와 사회의 불신시대에 살기 때문인지도 모
르겠다.

　그러나 전설은 진위를 떠나 아름답게 가꾸어진 상태로서 더 큰 존
재 가치를 지니고, 그래서 논개의 전설도 다른 설화들이나 마찬가지
로 여러 입을 거치며 다듬어진 다음 유치진의 '원작'으로 정착하여 윤
봉춘 감독에 김삼화 주연으로 영화 「논개(1956)」가 되었다. 이 영화에
서는 논개가 진주 병사(晉州兵使) 최경회(崔慶會)의 애기(愛妓)였다는
언급은 없으며, "처녀의 몸으로 적진에 뛰어 들어가 왜적을 촉석루로

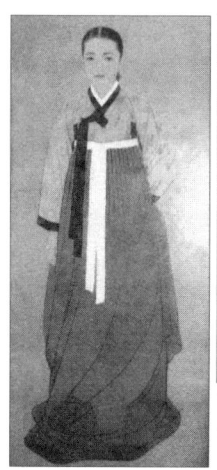
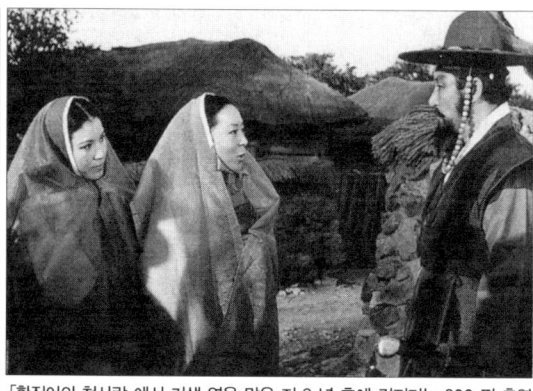

「황진이의 첫사랑」에서 기생 역을 맡은 지 3년 후에 김지미는 300편 출연 특별 기념작으로 다시 기생 얘기 「논개」(위)를 선택했다. 왼쪽은 논개의 영정

유인, 그를 안고 남강 푸른 물에 몸을 던져 꽃다운 청춘을 나라에 바친다"고 새로운 해석이 이루어졌다.

「논개」는 1972년 이서구의 원작으로 다시 영화가 되었다.

기생이라면 논개의 진주도 유명하지만, 누가 뭐래도 '남남북녀(南男北女)'라는 속설마따나 평양이겠으며, 평양 기생 가운데 논개만큼 의기(義妓)로 뛰어난 인물은 계월향이다. 영화 「평양 기생 계월향(桂月香)」은 임진왜란 때 "적장에게 몸을 바쳐가면서까지 왜적으로 하여금 평양성 이상은 쳐들어가지 못하게 하다가 결국 적장을 죽임으로써 우리 군사의 사기를 드높여 승리케 한다"는 내용의 '전기물'이다.

논개와 계월향의 용기를 보면, 남자들은 그의 앞에서 꼼짝도 못하는 변학도에게 고문을 당하면서도 전혀 기가 죽지 않고 숫자풀이를 하는 성춘향의 영웅성이 연상되기도 한다.

작가와 연대가 미상인 조선시대 애정소설의 주인공인 옥단춘 역시 평양 기생이다. 의형제처럼 지내던 두 남자가 한 사람(金眞喜)은 평양 감사로 출세하고 가난한 다른 한 사람(李血龍)은 과거도 못 보고 고생이 막심인데, 그들 사이에서 옥단춘은 끝내 혈룡을 위해 절개를 지키다 그가 암행어사를 거쳐 우의정에 오르자 정덕부인이 되어 잘 살았다는 내용이다. 흥부와 놀부, 춘향과 이도령, 신데렐라 주제가 배합된 줄거리이며, 권순영 감독에 윤인자와 김진규 주연인 영화 「옥단춘(玉丹春, 1956)」의 원작 노릇을 했다.

희한하게도 국방부에서 녹음을 하기는 했지만 전혀 국방적이거나 애국적이지 않았던 장사공 각본의 「평양 기생」의 주인공인 초선은, 성춘향이 그랬던 바와 마찬가지로, 호색한인 감사의 시달림을 받으면서도 무위도식하는 백수 권룡을 위해 절개를 지킨다. 나중에 초선이 관기 노릇을 할 무렵 권룡은 로빈 후드 같은 의적이 되어 평양 감영을 공격하다 실패하여 옥에 갇힌다. 그리고는 암행어사가 출도하여 감사는 파직되고, 권룡은 옥에서 풀려나 무관으로 등용되고, 초선은 권룡의 어엿한 아내가 된다.

평양 기생만으로는 부족했던지 1968년 영화 「팔도 기생」에서 흥선대원군은 "우리나라의 창을 후세에 길이 전수케 하고자" 풍류객 박효천을 시켜 팔도 강산을 두루 돌아다니며 숨은 명창 명기를 한 자리에 모아다 놓고 잔치를 벌이고는 박효천에게 장악원의 악사장 벼슬을 내린다. 그러나 풍류객은 벼슬을 마다하고 다시 팔도 도처의 정든 님을 찾아 길을 떠난다.

진주의 논개와 평양의 계월향으로부터 애국적 전통을 이어받은 한양의 기생은 「명월관 아씨」 매화였다.

기생 제도의 역사는 고려시대 교방(敎坊)에서 훈련시킨 '여악(女樂)'에서 시작되었고, 춘향과 황진이와 논개의 시대를 거쳐 1909년에 폐지되었으며, 일제시대에 생겨난 기생 조합 권번(券番)이 대신 관리들이나 한량들을 상대했다. 명월관의 권번 기생들은 정기적으로 인기 순위를 평가받아 명단이 신문에 실리기도 했는데, 그들 주변에는 '아빠' 서방들뿐 아니라 지식인과 연예인 그리고 독립투사들도 적지 않게 왕래했다는 기록이 나온다.

명월관 아씨 매화는 비록 기생일망정 독립투사의 딸로서 친일파인 중추원 참의의 외아들이면서 열렬한 애국청년인 이동호와 사랑에 빠지고, 일본 고관들이 탄 열차를 함께 폭파 전복시킨 다음 중국 대륙을 향해 망명길을 떠난다.

정진우 감독의 「오백화」는 상해 임시정부에서 파견된 독립지사를 도와 명월관의 다섯 기생이 참의들을 암살하고 역시 중국으로 망명의 길을 떠난다는 내용이다.

기생영화는 배경과 제작 시기가 현대로 들어서면서 정통 통속극(melodrama)의 모양새를 갖추는 경우가 많아지는데, 그 전형은 영화뿐 아니라 노래로도 널리 알려진 「사랑에 속고 돈에 울고」이다. 임선규(林仙奎) 각본에 이명우(李明雨)가 감독과 편집을 맡았던 이 작품은 부민관(府民館)에 걸어서 크게 흥행에 성공했으며, 오빠의 학비를 마련하기 위해 기생이 된 홍도가 남편이 외국 유학을 간 다음 시어머니에게 학대를 받다가 쫓겨나고, 귀국한 남편도 그녀를 버리고 다른 여자와 결혼하려고 한다는 상황 설정이다. 남편의 약혼식장으로 달려간 홍도는 흥분한 나머지 부잣집 딸인 남편의 약혼녀를 칼로 찌른다. 그리고 그녀를 체포하려고 달려온 경찰관은 그녀가 기생 노릇을 하며 공부시킨 오빠였으니, 참으로 얄궂고도 얄궂은 신파 운명이다.

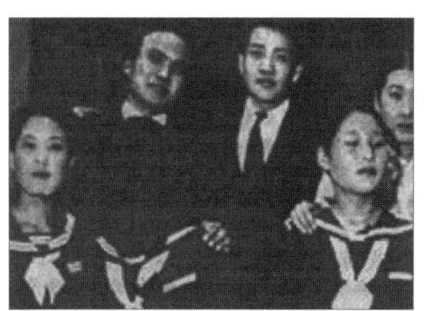
「사랑에 속고 돈에 울고」의 각본을 쓴 임선규(왼쪽에서 가운데)

오빠의 품에 안겨 눈물을 평평 흘리는 기생의 얘기는 1965년 우리들 귀에 훨씬 익은 「홍도야 우지 마라」라는 제목으로 다시 영화로 만들어진다.

「청등홍등」 역시 기생에게 도움을 받아 검사가 된 남자의 배반 때문에 실연한 여주인공이 다른 남자와 결혼해 살다가 살인을 저지르고 법정에 섰을 때, 하필이면 담당 검사가 옛사랑이었다는 참으로 얄궂은 운명을 줄거리로 삼았다.

무성영화로 「홍도야 우지 마라」만큼 유명한 기생 비극 작품은 「비련(悲戀)의 곡(曲)」이 되겠다. 당대에 이름을 떨치던 기생 강명화가 어느 날 밤 귀가길에 일본인에게 봉변을 당하는데, 영남 갑부의 아들이며 동경 유학생인 장병천이 우연히 지나다가 그 광경을 보고 속수무책인 여성(damsel in distress)를 구해 준다. "전설의 시대"에서 살펴본 수많은 신데렐라 영화의 결정판이라고 하겠는데, 알고 보면 이 영화의 줄거리는 실화이다.

화류계에서 "꽃중의 꽃"이라고 알려졌던 강명화는 명문 집안의 외아들 장병천(張炳天)을 한강변에서 만나 열렬히 좋아하게 되었지만 아버지 장길상의 반대로 함께 살지 못하게 되자 여자가 결별을 선언한다. 실의에 빠진 장병천은 강명화에게 살림을 차려 준 다른 남자의 세간을 모두 때려부수고 새 살림을 들여놓는 파방(破房)까지 감행하지만, 아버지의 분노만 더욱 자극하여 집에서 쫓겨나고, 알거지가 되어

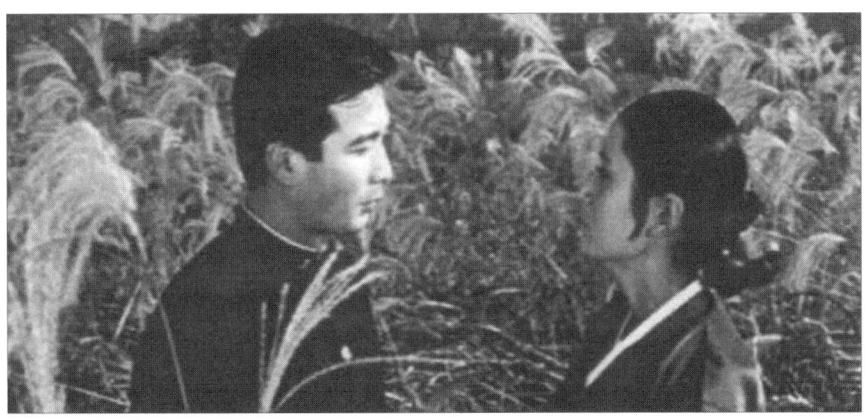

「청등홍등」의 여주인공은 「홍도야 우지 마라」나 「검사와 여선생」에서나 마찬가지로 애써 공부를 시킨 남자에게 심판을 받아야 하는 여인의 얄궂은 운명을 그린다.

기생에게 얹혀 사는 신세가 된다.

　신분의 차이를 끝내 뛰어넘지 못하게 되자, 두 사람은 (한때는 거의 모든 한국인의 신혼여행지였던) 온양온천에서 하룻밤을 지낸 다음 남자의 미래가 행복하기를 빌면서 여자는 장병천이 사준 새하얀 양장과 하얀 구두 차림에 화장까지 곱게 하고는 자결로써 인생의 막을 내린다. 이때 그녀의 나이가 스물셋이었고, 1923년 6월 15일자 신문에서는 사진까지 곁들인 5단 기사로 이 사건을 보도했는데, 제목은 "꽃가튼 몸이 생명을 쓴키까지에 그네의 생활에는 엇더한 비밀이 잇섯던가"였다. 그리고 4개월 후인 10월 30일에는 장병천도 "애인 강명화의 자살할 째와 가치 쥐잡는 약을 먹고" 자살했다는 기사가 실렸으며, 두 사람의 얘기를 담은 소설 『강명화의 죽음』까지 등장했다.

　강명화 영화는 학생 잡지 〈학원〉에 연재하여 대단한 인기를 끌었던 명랑소설 『얄개전』의 작가 조흔파(趙欣坡)의 손을 거쳐 1967년 「강명화(康明花)」라는 제목의 영화로 부활한다.

　'절름발이 양반'에 반쪽 기생이었던 성춘향에서부터 전설적인 실존 인물 황진이 그리고 강명화에 이르기까지 영화에서 기생이 매력적인 등장인물 노릇을 했던 까닭은, 앞에서 언급한 바와 같이, 이른바 '자유 연애'가 오랫동안 불법 행위처럼 여겨진 이 나라에서 여염집 여자들과는 달리 기생은 돈많고 나이도 많은 남자가 머리를 올려 주고 소실로 들여놓아도 누구 하나 탓하지 않는 합법적인 불륜의 대상으로서, "입과 귀는 양반이지만 몸은 노비의 신세"였기 때문에 사랑 이야기를 엮어내기가 만만한 존재여서였다. 기생과 소실의 존재 이유를, 조혼(早婚)으로 인해 사랑이 무엇인지도 모르고 결혼한 남성이, 성숙한 다음에 다른 여자에게 눈을 돌리는 현상은 지극히 당연하기 때문이라고 설명하는 사람들이 많지만, 그것은 어디나 남성 위주의 시각이다. 사랑이 무엇인지를 모르는 나이에 조혼을 하기는 여자도 마찬가지였으니 말이다. 그리고 마치 남자만 사랑할 권리를 누리는 듯한 그런 인습적인 사회에서는 기생의 사랑이 해방에 대한 상징 노릇을 했다.

조선조 태종 때는 한양 이외 지역에서 관기를 없애자는 움직임도 일어났지만 하륜(河崙)은 지방 관기를 없애면 관리들이 여염집 여자들을 탐하여 죄를 지을 염려가 많으니 그대로 두자고 주장했다는데, 이런 논리 또한 다분히 남성 위주여서, 관리들의 행실을 단속할 생각은 하지 않고 성노예인 기생만 특권층의 쾌락을 보장하기 위한 도구로서 철저히 제도화한 셈이었다.

유명한 옛 소리꾼 중에는 기생 출신이 여럿인데, 이화중선의 경우에는 아홉 살 때 오진사라는 사람의 환갑 잔치에 가서 노래를 불렀다가 노인의 눈에 들어 소실로 들어갔다고 한다. 육순 노인이 아홉 살짜리 계집아이와 동침을 한다는 상황은 누가 뭐라고 해도 별로 아름다운 사랑은 아니었다고 여겨진다. 이화중선은 결국 열한 살의 나이에 늙은이의 품에서 도망쳐 나와 권번으로 들어갔다. 하지만 사람들은 계속해서 기생의 존재를 미화하여, 20세기로 들어서서는 감미로운 화장품 냄새를 풍기며 인력거를 타고 당당하게 한성 거리를 오가는 기생이 흠모와 부러움의 대상이 되기도 했다.

상대하는 남성에 따라 결정되는 기생의 위계질서 또한 확립되어서, 1패(牌)의 신분인 관기 출신만 빨간 양산을 쓰고, 은근히 몸을 파는 2패의 은군자(隱君子)와 몸파는 일을 전업으로 삼은 3패 탑앙모리(塔仰謀利)는 파란 양산을 썼는가 하면, 기생 사진첩이 나와 인기를 끌기도 했다. 그러는 사이에 옛날에는 변사또 같은 특권층만 상대하던 기생의 주변에는 일제시대로 넘어와서 고급 관리층이, 그리고 급기야는 지식층과 문인들까지도 주변에 모여들기 시작했다.

문인과 기생이 등장하는 영화라면 천재작가 이상과 화가 구본웅 화

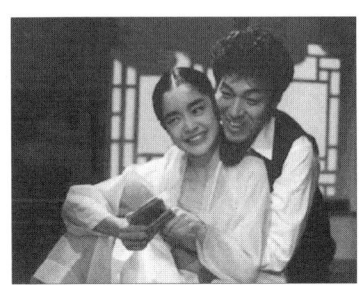

주연여배우가 홀랑홀랑 옷벗기를 열심히 했던 「금홍아 금홍아」는 문인과 기생의 관계를 담았다. 문인과 기생의 얘기는 김유정과 박녹주의 못이룬 사랑도 유명하다.

백의 얘기를 빌미로 삼아 여배우의 알몸을 부지런히 보여 준 「금홍아 금홍아」가 있지만, 비록 영화로는 아직 소개되지 않았어도 소설가 김유정이 연희전문을 다니던 스물두 살 때 혈서로 편지까지 써 가며 박녹주(朴綠珠)를 짝사랑했던 사건도 유명하다. 인간 문화재에 오른 명창 박녹주 또한 어린 시절이 매우 불행해서, 14 살 때 아버지가 200 원(쌀 40여 가마)을 받고 그녀를 대구 권번에 팔아넘겼으며, 열여섯에 머리를 올렸고, 도박에 빠진 아버지 때문에 오랫동안 시달렸다고 한다.

이렇듯 한도 많고 사연도 많은 온갖 기생이 줄을 이어 은막에 나타나서, 가족을 부양하기 위해 직업전선에 뛰어든 「학사 기생」, 남편이 죽은 후에 자식들을 먹여 살리려고 기생 노릇을 하다가 바이얼린 콩쿨대회에서 1 등을 하는 황순원 원작의 「엄마 기생」, 아버지의 빚에 몰려 '꽃'이 된 「화초 기생」, 순박한 시골 처녀 출신의 「단발 기생」, 여자 같은 성격 때문에 회사에서 쫓겨난 다음 여장을 하고 나선 「남자 기생」에다 기생 출신이라고 구박을 받다 못해 가정을 버리고 뛰쳐 나왔다가 병에 걸린 시어머니를 극진히 간호해 준 정성을 인정받아 행복하게 잘 살았다는 「어느 기생 며느리」까지, 정말로 많은 기생이 극장을 드나들었다.

찾아보기 ●━━━━━━━━━━━━━━━━━━━━━━━━━━━━━━━━━━

▌「황진이(黃眞伊, 1957, 한국, 12권)」, 감/조긍하, 출/都琴峰, 金雄, 梁一民, 추석양

▌「황진이의 일생(1961, 한국, 10권)」, 감/尹逢春, 출/方秀一, 姜淑姬, 李澤昀

▌「황진이의 첫사랑(1969, 한국, 9권)」, 감/정진우, 출/김진규, 김지미, 李嬪嬅, 김동원

▌「황진이(1986, 한국, 125분)」, 감/배창호, 출/장미희, 안성기, 전무송, 신일룡

▌「마당놀이 황진이(1996, 한국, 80분)」, 감/김상열, 출/이유정, 이창훈

▌「논개(1956, 한국, 10권)」, 감/윤봉춘, 출/金三和, 崔星湖, 成笑民, 李海龍

▌「논개(1972, 한국)」, 감/이형표, 출/김지미, 신성일

▌「평양 기생 계월향(1962, 한국, 10권)」, 감/李泰煥, 출/都琴峰, 신영균, 김승호, 金雄, 梁一民, 高善愛, 추석양

▌「옥단춘(1956, 한국, 10권)」, 감/權寧純, 출/윤인자, 김진규, 崔峰

▌「평양 기생(平壤妓生, 1966, 한국, 9권)」, 감/李圭雄, 출/신영균, 김지미, 박암, 주선태

▌「팔도 기생(八道妓生, 1968, 한국, 9권)」, 감/金曉天, 출/김진규, 김지미, 윤정희, 문희

▌「명월관(明月館) 아씨(1967, 한국, 9권)」, 감/朴宗鎬, 출/신성일, 남정임, 이순재

▌「오백화(1973, 한국, 98분)」, 감/정진우, 출/박노식, 신성일, 태현실

▌「사랑에 속고 돈에 울고(1939, 한국, 12권)」, 감/이명우, 출/黃澈, 車紅女, 卞基鐘, 沈影

▌「홍도(紅桃)야 우지 마라(1965, 한국, 10권)」, 감/전택이, 출/신영균, 김지미, 李秀練

▌「청등홍등(靑燈紅燈, 1968, 한국, 9권)」, 감/이형표, 출/신성일, 고은아, 허장강, 황정순

▌「비련의 곡(1924, 한국, 7권)」, 감/早川孤舟, 출/文明玉(기생)

▌「강명화(1967, 한국, 9권)」, 감/강대진, 출/윤정희, 신성일

▌「금홍아 금홍아(1995, 한국, 97분)」, 감/김유진, 출/김갑수, 김수철, 이지은, 윤정빈, 박지일, 고인배, 주호성, 김우란, 하덕성

▌「학사 기생(學士妓生, 1966, 한국, 9권)」, 감/김수용, 출/신성일, 남정임, 최남현

▌「엄마 기생(1968, 한국, 9권)」, 감/崔夏園, 출/이순재, 문희, 白榮民

▌「화초 기생(花草妓生, 1968, 한국, 10권)」, 감/이규웅, 출/윤정희, 오영일, 김동원

▌「단발 기생(短髮妓生, 1968, 한국, 9권)」, 감/張一湖, 출/윤정희, 오영일, 주선태

▌「남자 기생(1972, 한국, 9권)」, 감/심우섭, 출/구봉서, 金淸子, 허장강

▌「어느 기생 며느리(1967, 한국, 9권)」, 감/河漢洙, 출/남궁원, 김혜정, 최지희, 崔蘭卿

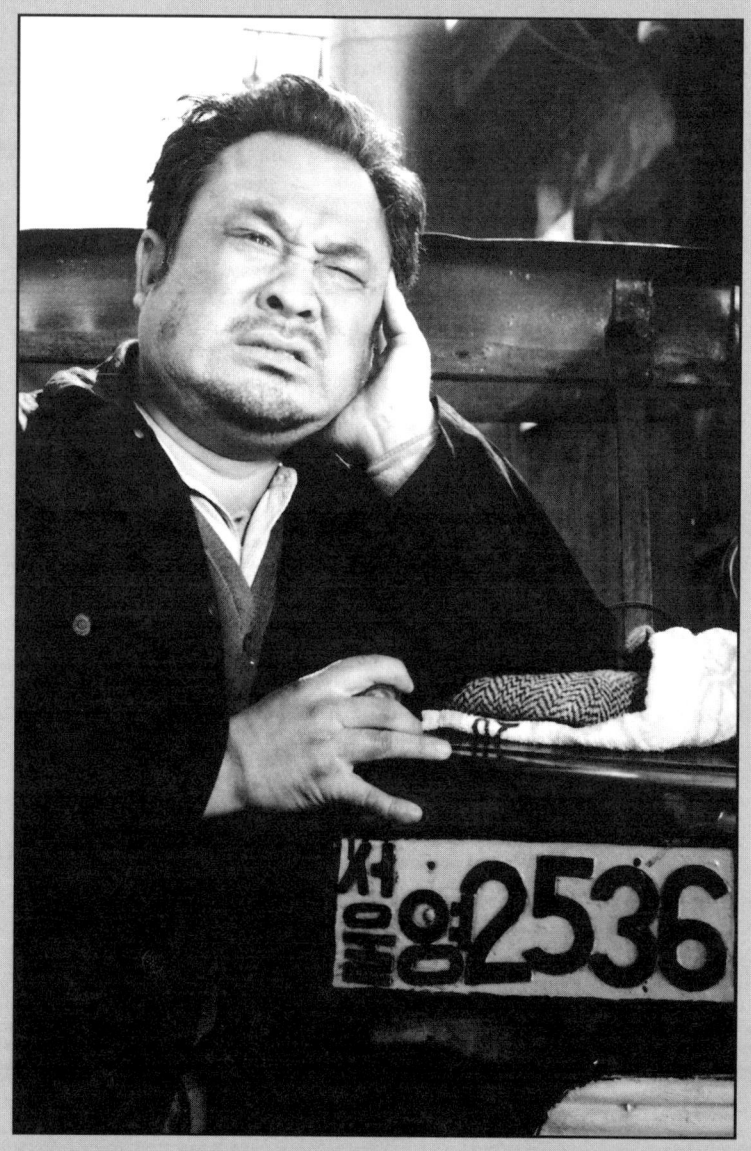

한국의 "국민배우"라는 칭호를 최초로 들었던 김승호는 그가 출연한 작품을 통해서 후세 사람들에게 한 시대의 풍속도를 전하는 역사의 기능을 한다.

김승호 풍속화(金勝鎬風俗畵)

한국 영화에서 기생의 여성상처럼 두드러지게 유형화한 가장 대표적인 남성상이라면, 아마도 김승호라는 배우의 존재 그 자체이리라고 믿어진다.

헐리우드 키드가 가장 열심히 '영화구경'을 다니던 시절인 1950년대와 60년대는 얼굴과 몸매가 유명배우의 필수조건이었고, 그래서 젊지도 않고 뚱뚱하기만 한 김승호가 한국 최초의 '국민배우'로 부상하던 현상이 어린 관객에게는 쉽게 이해가 가지를 않았었다. 김승호가 대변하는 삶이 곧 대한민국의 역사라는 사실을 아직 이해하지 못했기 때문이었다.

프랑스의 새물결 운동에서는 촬영기를 길거리로 들고 나갔다는 사실을 대단한 자랑거리로 삼았지만, 아예 촬영소가 없다시피 해서 처음부터 길거리에서 촬영을 했던 과거의 우리나라 영화들은 저마다 다루는 내용과 관계없이, 배경에 담긴 풍경만으로도 '시대극'이라는 분류가 가능하다. 그래서 필자는 소설을 쓸 때면, 시간적인 배경을 확인하기

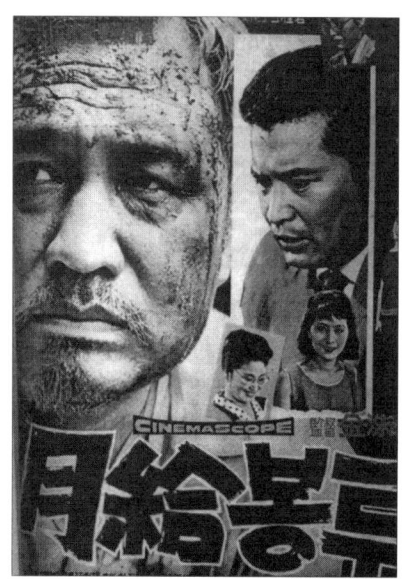

「월급봉투」의 고집쟁이 선생님처럼 김승호는 밉지 않은 가부장적 인물을 단골로 맡아서, 가난하고 고달프면서도 웃음을 잃지 않는 가족의 기둥 노릇을 했다. 힘겹던 전후의 한국적 현실에서는 김승호로 상징되는 꿋꿋한 서민상이 국민에게 위안과 희망을 주기도 했다.

위해 지금까지 수집해 놓은 우리 영화들을 시각적인 고증 자료로 삼고는 한다.

많은 김승호 영화가 현재의 시각에서 보면 훌륭한 시대극 노릇을 한다. 특히 박정희 소장의 군사 쿠데타가 일어나고 산업화 시대로 넘어가기 직전인 1960~61년에 등장한 김승호 영화들은 전환기 한국인의 생활 및 사고방식을 입체적으로 증언한다. 1961년 마닐라에서 개최된 제8회 아태영화제에서 김승호가 남우주연상을 받았던 작품인 김영수 원작 조남사 각색의 「박서방」에서 그런 예를 확인해 보기로 하자.

헐렁한 적삼에 흰고무신을 신고 박서방이 물지게를 지고 비탈길을 오르는 첫 장면에서 눈에 띄는 엿장수, '아이스께끼', 금붕어장수, 골목에 노출된 하수도, 복덕방 영감의 시원한 잠방이, 강변에 꽃이 핀 한남동의 '시골' 풍경, 부르조아 계층으로부터 고급 가구로 대접받았던 등나무 의자, 마루에 걸터앉아 대야에다 발씻기 아니면 '목간값' 아끼려고 마당에서 목물하기, 미류나무가 늘어선 경인가도, "원효로요, 원효로!" 남자 차장이 호객하던 소형 버스 합승, 널빤지 울타리와 문짝에 달린 설렁줄의 딸랑이 종, 젓가락 두드리는 막걸리집의 주전자와 사발, 짚으로 묶어서 들고 가는 고등어—화면에 가득한 이런 삽화는 요즈음 영화에서 아무리 열심히 고증을 하더라도 김승호가 나오는 풍경화처럼은 사실적이지를 못하다.

예를 들어 KBS2-TV에서 그토록 정성을 들여 만든 연속극 「동양극장」에서 들고 읽는 체하던 1930~40년대의 신문이 16쪽 가량이었는데, 필자가 기자생활을 하던 60년대 초기까지만 해도 우리나라 신문은 정치, 경제와 외신, 사회, 문화 이렇게 네 쪽밖에는 없었다. 추석 명절에는 사과 한 상자가 대단한 선물이었고 여자들에게는 재봉틀과 전기 다리미가 최고의 혼수감으로 꼽혔으며 소매치기들이 가장 탐내던 물건이 만년필과 손목시계였던 시절, 친구들에게 술을 따라 주는 체하며 팔목에 찬 시계를 며느리의 생일 선물이라고 박서방이 "눈에 뭐 뵈는 거 없어?"라고 뽐낼 때, 잔칫상에 달려드는 파리를 부채질로 쫓아 버리는 장면은 분명히 연출이나 의도적인 고증의 산물은 아니었다. 고증이란 아무래도 행위자의 선별적인 작업이기 때문에 천연 식품처럼 완전한 재현은 불가능하게 마련이다.

"누가 날 욕해? 나만 보면 좋다고 술들만 잘 사 주는데"라고 자랑하는 주인공의 보수적이고 가부장적인 내면 세계 또한 성차별에 대단히 익숙했던 당시의 시대상을 그대로 반영한다. "대가리 큰 년 자꾸 내보내면 바람밖에 날 거 없다"고 믿는 박서방은 "애비 승낙없이 이놈저놈 입맞추고 돌아다닌다"며 큰딸 용순이(조미령)를 잡으러 나갔다가 어둠 속에서 시궁창에 빠지기도 하고, "요즘 (현대식으로) 사랑하는 사람들끼리는 자주 만나야 해요"라는 아들의 설득에도 불구하고 작은딸 명순(엄앵란)을 단속하기 위해 '하이킹'까지 쫓아가 감시를 한다.

그러나 딸이 직장에서 연애를 한다고 "너 내일부터 회사 그만둬"라고 야단을 치면서도 박서방은 집안의 기둥인 아들에게는 "그것들(두 딸) 다 남의 식구들이야. 난 너만 믿는다"면서 뭐든지 오냐, 오냐이고, "넌 좋아하는 여자 없냐? 니가 좋아하는 게 아니라 기지배가 널 좋아해?"라면서도 아들이 소개하는 애인에게는 싱글벙글이다. "너하고 둘이 앉아서 밤새도록 얘기하고 싶다"는 아버지에게 질세라 아들 용범(김진규)은 신혼 초야에 "저 오늘밤 아버지하고 자겠어요"라면서 희한

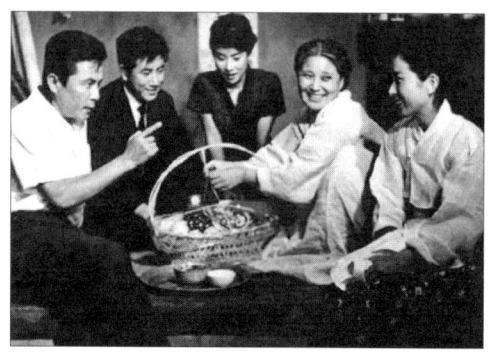
연탄 아궁이를 고치는 「박서방」의 가족도 역시 전형적인 서민이지만, 자그마한 즐거움을 서로 나누며 건강하게 살아간다.

한 효도를 제안한다.

불행히도 전쟁을 통해서이기는 했지만, 미군이 주류를 이루는 서양과의 본격적인 접촉이 처음 이루어진 문화적인 충격이 한국인의 정신에 반영되는 과정 또한 별로 의식하지 못하는 사이에 「박서방」에서 충돌을 일으킨다. 부자나라인 미국을 지상의 낙원이라고 추정하며 서양 문화에 대한 동경과 배금사상이 확고하게 자리를 잡는 과정 또한 생생하게 나타난다.

박서방은 기껏해야 연탄 아궁이를 수리하는 미장이의 신분이지만, 구공탄을 갈아넣기만 하면 습기 때문에 불이 꺼지는 아궁이를 "심술궂은 시어머니 같아서 아무나 못 다루는 연탄 구멍"이라면서 자신만만하고, 막걸리와 목욕만으로도 만족스러운 삶을 살아간다. 부르조아지의 상징인 이국장댁이라는 등장인물의 집으로 가서 아궁이를 고쳐준 다음 여주인이 "선물로 들어온 귀한 양주, 술 중에서도 제일 알아주는 술인데, 몸 보신에도 좋대요"라며 한 잔을 내놓자 흙투성이 더러운 발로 마루에 올라가 아무렇지도 않게 받아 마신다. '세대차'라는 서양적인 개념도 두려워하지 않아서, "머리를 많이 쓰는 사람은 '리크래션'을 하기 위해 가끔 산이나 바다에도 가야 돼요"라며 항변하는 딸에게 "구공탄 아궁이 때문에 머리 많이 쓰니까 나두 가야 되겠다. 헤루메또(helmet, 사실은 hard hat이 맞는 영어임) 가져와!"라고 맞선다.

하지만 딸의 애인 주식(방수연)을 맡아서 키웠던 쌀쌀맞은 고모가 서양 땅 하와이에서 돌아와 "텔레비전과 응접 세트를 갖춘" 거실에서 박서방을 불러다 앉혀 놓고는, 홍차를 난생 처음 본 박서방이 봉투를

홀랑 까서는 물에다 풀어서 마시는 '무식한 꼴'을 보고, 노골적으로 모욕적인 언사를 구사해 가면서 교양없는 집안과의 혼사를 격렬하게 반대한다. 이 무렵에는 조선호텔 같은 곳에서 "양식을 어떻게 먹는지 모르는 무식한 한국 손님"을, 가까이서 서양 문화를 접했다고 믿었던 웨이터들이 깔보는 풍조가 팽배했었다.

이 유명한 홍차 장면에서 순수한 한국인이 서양 문화를 몰라 봉변을 당하던 순간에는, 하루종일 멀쩡했던 날씨가 갑자기 비바람이 몰아치고 청천벽력이 때리며, 베토벤의 제5번 교향곡 같은 음악에 이어 비통한 바이얼린 독주가 뒤따른다. 경희극(輕喜劇)은 갑자기 말랑드라마로 바뀌고, 부잣집 불독에게 "세도 좋다. 짖어라 임마" 자조하면서 집으로 돌아간 박서방은 '홍차 먹는 방법'을 아들한테 물어 보고는 순식간에 가치관이 바뀌어 딸에게 이렇게 절규한다. "너 대학 가서 공부해라. 난 멋도 모르고 자식 자랑만 했지. 기껏해야 미장이 자식들인 것을."

이렇게 비통해하는 아버지를 붙잡고 함께 우는 딸 엄앵란은 당시 미국 대사관 바로 옆에 위치했던 "개풍빌딩 비행기 회사"에서 영문 타자수로 근무한다. 대학을 못 나온 그녀에게 아주 이상적인 직장으로 주어진 항공사 직원인데, 그때는 선박편으로 한 달이 걸리는 항해가 아니면 노드웨스트 항공기를 타야만 미국으로 갈 수가 있었다. 그리고 「박서방」뿐 아니라 당시 수많은 우리나라 영화에서는 온가족이 여의도 비행장이나 김포공항 송영대에서 바다 건너 낙원으로 떠나가는 사람을 먼발치서 지켜보는 장면이 걸핏하면 끝을 장식하고는 했다.

「박서방」은 1972년에 강대진 각본으로 다시 영화화되었다.

제11회 베를린 영화제에서 은곰상을 받은 「마부」는 "장관 딸 부럽지 않게 놀아 보자"며 사기꾼과 연애를 하기 위해 가출하는 서투른 반항아 작은딸(엄앵란)과 불량학생으로 말썽만 계속 일으키다가 나중에 아버지한테 뺨 몇 대를 맞고는 당장 개과천선하는 작은아들, 그리고

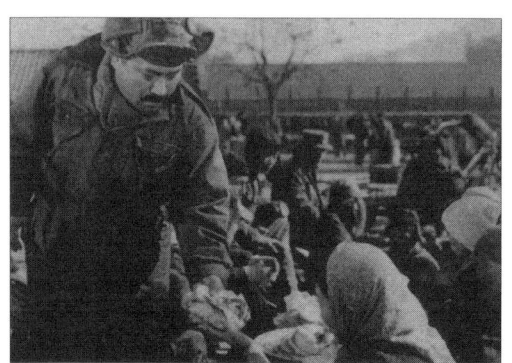

「박서방」과 더불어 김승호의 대표작인 「마부」는 한 시대의 가치관뿐 아니라 서울의 변천사까지도 한 단면을 입체적으로 보여 준다.

방탕한 남편이 데리고 들어온 술집 여자한테 밥상까지 차려 주며 구박을 받다가 한강에서 자살하는 한살이가 「김약국의 딸들」로부터 그대로 빼다 박아 잠시 겹치기 출연을 시킨 듯 낯익은 큰딸 조미령에 이르기까지, 인물 구성이 지나치게 도식적이고 작위적이어서 허화처럼 여겨지기도 하는데, 역시 상주 노릇을 할 장남에게만 의지하느라고 아들의 뺨에 얼굴을 부벼대는 아버지의 모습은 한국의 변함없는 잠재의식적 전형을 보여 준다.

아무리 돌아다녀도 취직을 못해 아버지 대신 마차를 끌던 큰아들이 세 번이나 떨어졌던 고시에 합격하여 만사가 한꺼번에 해결난다는 설정 또한 복권에 당첨된 사람처럼 어이없는 종결이지만, 이것도 역시 옛 과거제도에 익숙하여 "출세하려면 공부를 열심히 해서 판검사가 되어야 한다"는 한 가지 공식밖에 모르던 한국인들의 고정관념을 웅변한다. 발빠른 젊은이들의 컴퓨터 돈벌이와 관리들의 한탕주의와 강원도의 탄광촌 정선을 북적거리게 만드는 대박의 꿈이 판치는 요즈음에도, 공부가 제일이라며 사교육에 매달리는 보통 사람들의 단순한 사고방식도 사실은 과거제도의 장원급제에 승부를 거는 전통에서 나온 후유증인지도 모른다.

「마부」 또한 시대극적인 기능은 두드러질 만큼 강해서, '남포' 불을 밝힌 유리 미닫이 대폿집과, 신문지로 벽을 도배한 밥집 가마솥에서 무럭무럭 피어오르는 김, 정오에 울리는 사이렌과 영화가 끝나면 울리던 극장의 시끄러운 벨, 지금은 복개가 되어 보이지 않는 개천이 노출된 남영동 길거리, 마루에 놓인 쇠절구와 쌀뒤주, 만리동 길가의 떡장수 같은 시각적인 정보가 가득할 뿐 아니라, 서부역 주변의 풍속도 역시 생생하다.

서울역으로 들어오던 화물을 쳐다보고 살아가던 서부역 주변의 지게꾼과 마부들의 사회에서는 품팔이 지게꾼보다 마차꾼이 훨씬 어엿한 계층이었고, '사납금'을 내던 마부들은 일종의 운송회사를 형성하여 회의(단체 행동)까지 열기도 한다. 그들 사회의 정점에는 마주(馬主) 주선태가 위치하는데, 외출하는 그의 구두끈을 대신 매주는 '식모' 수원댁(황정순)의 모습도 우리 사회의 허화적인 한 단면이다. 청와대에서 비서실장이 구두를 신으려니까 어느 장관이 구두칼을 들이댔다는 얘기, 그리고 군대에서 당번병들이 아침마다 장교의 세숫물을 떠놓은 다음 치약을 짜서 칫솔에 발라 대령하는 예식에서도 우리 사회의 고질적인 권위주의는 전통을 이어왔다.

「마부」에서는 또한 삼륜차에 밀려나는 마차들의 운명을 통해 패권을 잃은 가난한 아버지의 와해된 자존심을 설명한다. 엄앵란을 사랑하는 황해의 직업이 미래지향적인 삼륜차 운전수라는 점도 이런 주제와 일관된다. 황해는 「박서방」에서도 '잡초' 생활을 청산하기 위해 운전을 배운다. 그에게는 운전 면허가 마부의 아들이 고시에 합격하는 정도의 의미를 지니는 선망의 직업이었다. 당시 우리나라에서는 '자가용 운전수'라면 서양의 집사(butler)처럼 상류층의 삶을 덤으로 살아가는 묘한 특권층이었다. 포크와 나이프로 양식 먹는 방법을 잘 알았던 호텔 식당의 웨이터처럼 말이다.

「마부」가 끝나갈 무렵에는 자살한 큰딸의 시체 주변에 온가족이 둘러앉아 펑펑 울어대는 장면이 나온다. 「박서방」의 마지막 장면에서 온가족이 여의도 비행장 송영대로 모여들 듯이, 「마부」의 마지막 장면에서는 온가족이 사법고시 발표 방문(榜文)이 나붙는 중앙청 앞 함박눈 쏟아지는 길거리에 모두 모인다. 이렇게 사람들을 모아놓는 까닭은 집단 배설(catharsis)을 위해서였다고 생각된다. 「미워도 다시 한번」 계열의 '최루성(催淚性)' 영화는 인생의 고달픔을 혼자 스스로 해결하지 못하는 사람들(관객)을 어둠의 공간 속에 모아놓고 단체로 울어대는 기회를 마련해 주었다. 「유관순」을 단체 관람하면서 극장이 떠나가도록 울었던 이화여중고 학생들의 일화에서나 마찬가지로, 한국 영화의 관객은 집단적으로 울어대는 예식에 익숙했고, 이것은 농경시대의 유물이라고 믿어진다.

근육의 힘(muscle power)이 지배했던 농경시대에는 자식이란 곧 노동력이라는 '재산'을 의미했다. 머슴이나 마찬가지로 자식, 특히 힘을 쓰는 아들은 부의 원천이었고, 이런 상징성은 미국의 텔레비전 연속극 「보난자(Bonanza)」에서도 뚜렷했다. 판더로사 목장의 든든한 네 아들의 모습을 상기해 보기 바란다. 개인의 능력을 키우기보다는 패 짓기에 익숙한 우리나라 정치인들의 행태에서도 이런 농경시대의 의식은 건재한다.

그리고 김승호 풍속화에 나타나는 '가족시대'에서는 가장 강한 새끼 하나만 건져서 키우는 맹금류처럼, 이른바 '상주(喪主)'라고 일컫는 맏아들 하나만 '기둥'으로 삼는 편애가 기본적인 양상이다. 상주를 얻기 위해 '필요없는 딸'을 수두룩 낳는 농경시대 의식 또한 오늘날에도 우리 주변에서 많은 가정 문제를 야기한다.

가족에 대한 이런 의식이 발전하여 민주화되는 과정을 보여 주는 김승호 풍속화가 신성일의 데뷔작으로 꼽히며 김승호가 1960년 제7회 아시아 영화제에서 남우주연상을 받은 「로맨스 빠빠」이다.

"자가용과 피아노는 없지만" 그래도 행복한 보험회사 김승호 과장의 가족은 당시 기준으로는 중류층이었으나, 어디까지나 서민이다. 아이는 다섯인데 하나같이 착하기만 하고, 신발 때문에 토론이 벌어지는 긴 장면에서는 장남과 동생, 아들과 딸 사이의 잠재적 갈등이 희극적으로 표면화한다. "그래도 네 형은 맏아들 아니냐"라는 어머니(주증녀)의 판결과 김승호가 맏딸 최은희에게 "남편은 하늘이니까, (네 남편이) 비가 온다고 하면 오는 거야"라는 선언에서처럼 전통적인 위계질서는 명맥을 단단히 유지하는데, '우리집 최대 권력'이 회사에서 감원(요즈음 말로는 구조조정)을 당하자 위기가 찾아온다.

회사에 출근한다고 거짓말을 하고는 탑골공원에서 시간을 보내고, 회중시계를 팔아 월급이라고 내놓는 고개 숙인 아버지의 권위를 그러나 끝까지 지켜 주는 사람들은, "부모의 가치가 돈에 따라 좌우되다니"라던 주증녀의 걱정과는 달리, 역시 끝까지 거역할 줄을 모르던 '농사가 잘 된' 자식들이다.

제목에서 잘 드러나듯이 「로맨스 빠빠」는 가벼운 희극이어서, "나에게 돈과 시간과 자유를 달라"는 아들 신성일과 딸 도금봉의 외침에 "그런 건 나도 갖고 싶다"고 아버지가 마주 외치기도 하고, 자식이 열둘에 아내가 또 임신을 했는데 감원 선풍으로 수위 자리를 쫓겨나는 바람에, 살벌하지 않은 도둑이 된 주선태에게 미역을 주려고 김승호가 쫓아가는 장면은 '서민의 애환'이라는 정취가 물씬하다. 그리고 이 영

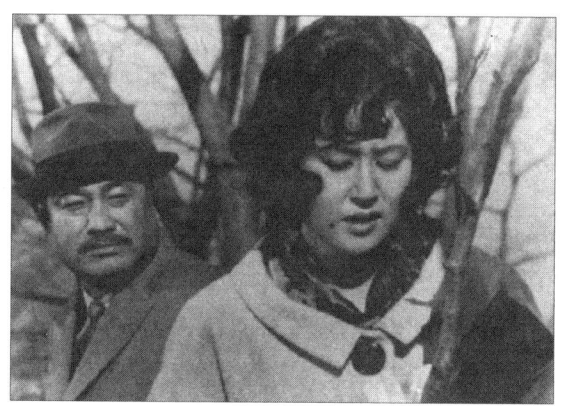

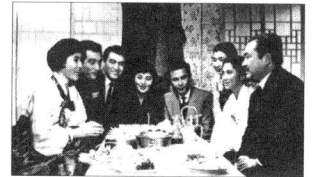

당시로서는 상당히 '신식'이라고 여겨졌던 아버지가 등장하는 「로맨스 빠빠」는 서양 문물의 영향을 받으면서 변화하기 시작한 한국 사회와 가족상을 그려냈다.

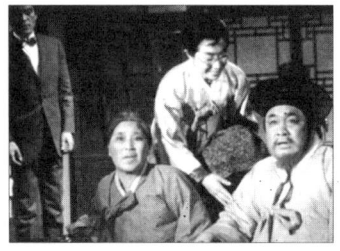

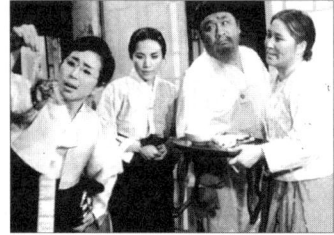

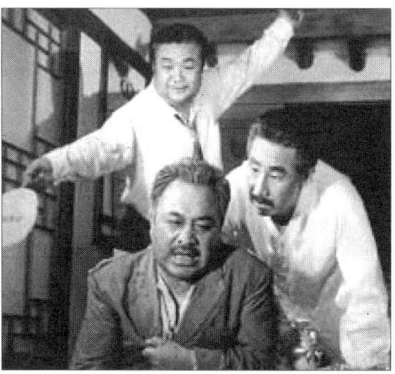

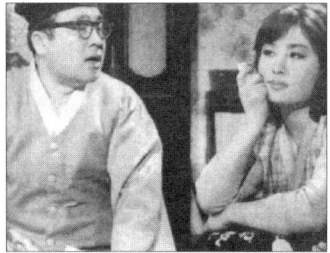

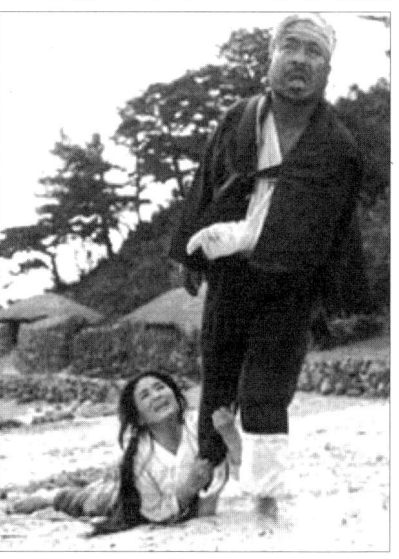

비록 쉰한 살의 나이에 일찍 세상을 떠나기는
했어도 김승호는 수많은 영화를 통해서 전무
후무하게 자신만의 '세계'를 이룩한 연기자였
다. 비슷비슷한 역을 그토록 많이 되풀이했음
에도 불구하고 김승호의 여러 영화가 관객에
게 식상한 느낌을 주지 않았던 까닭은 그의
중후하고도 푸근한 인간성과 연기력으로밖에
는 설명이 불가능하다.

화도 온가족이 함께 모여앉아 행복한 표정을 짓는 장면으로 끝난다.

이렇게 한 시대의 초상(肖像) 역할을 했던 김승호(1918~68)는 상업
주의 연극의 산실이었던 동양극장 전속 청춘좌에 입단한 1935년부터
25 년 동안 연극계에서 활동하다가 1947년에 영화를 시작하여 「지게
꾼」, 「인생차압」, 「인생복덕방」, 「마포 사는 황부자」, 「노다지」, 「돈」,
「돼지꿈」, 「굴비」, 「김서방」, 「아버지」, 「아빠의 청춘」, 「서울의 지붕

밑」 등에 출연했으며, 그의 연기생활이 가장 빛났던 1960~61년에는
이루지 못한 애절한 사랑 그리고 딸 앞에서 신분을 밝히지 못하는 우
체부의 슬픔을 그린 추식(秋湜) 원작의 「바위고개」, 병들어 죽어가는
아내를 위해 전과자가 다시 밀수에 가담했다가 죽는다는 정비석 원작
의 「번지없는 주막」, 윗사람의 애인을 챙겨주다가 아내의 오해를 받
는 소시민의 얘기인 「삼등과장」, 인력거꾼의 딸이라고 괄시를 당해
기생이 된 여자가 주인공인 「인력거(人力車)」, 바닷사람들의 애환을
그린 「어부들」, 딸들의 사랑을 마다하는 완고한 아버지의 얘기를 담
은 유한철(劉漢撤) 극본 「역부(驛夫)의 딸」 그리고 또 여러 다른 작품
에서 주연을 맡았다.

　이렇듯 수많은 영화를 통해서 김승호가 푸근하게 대변했던 고달픈
사람들, 그들 계층은 물론 서양에도 존재했다.

찾아보기 ●┄┄┄┄┄┄┄┄┄┄┄┄┄┄┄┄┄┄┄┄┄┄┄┄┄┄┄┄┄┄┄┄┄┄┄┄┄┄┄

▌「박서방(1960, 한국, 107분)」, 감/姜大振, 출/김승호, 황정순, 김진규, 조미령, 엄앵란,
　김혜정, 황해, 방수일, 추석양
▌「웃고 사는 박서방(1972, 한국, 92분)」, 감/이두용, 출/박노식, 윤정희
▌「마부(1961, 한국, 95분)」, 감/강대진, 출/김승호, 신영균, 황정순, 조미령, 엄앵란, 황
　해, 주선태
▌「로맨스 빠빠(1960, 한국, 131분)」, 감/신상옥, 출/김승호, 주증녀, 최은희, 신성일, 김
　진규, 도금봉, 엄앵란, 주선태
▌「바위고개(1960, 한국, 10권)」, 감/趙晶鎬, 출/김승호, 조미령, 김동원, 李秀練
▌「번지없는 주막(1961, 한국, 10권)」, 감/姜燦雨, 출/김승호, 박암, 도금봉
▌「삼등과장(1961, 한국, 10권)」, 감/李奉來, 출/김승호, 도금봉, 황정순, 朴成大
▌「인력거(1961, 한국, 10권)」, 감/任源稷, 출/문정숙, 김승호, 김석훈
▌「어부들(1961, 한국, 10권)」, 감/강대진, 출/김승호, 최무룡, 신영균, 김희갑
▌「역부의 딸(1961, 한국, 10권)」, 감/金火浪, 출/김승호, 김지미, 조미령

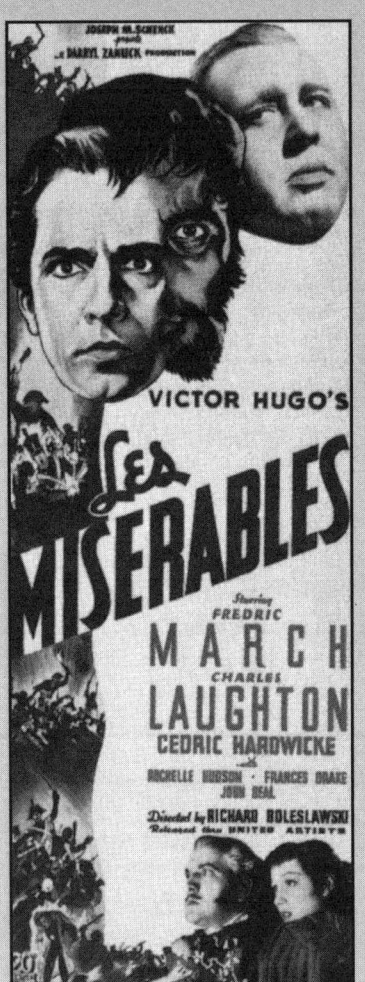

"비참한 사람들"의 이야기 「레 미제라블」에서는 파란만장한 장 발장 (아래 사진)의 생애가 기둥줄거리를 이루지만, 꼬제뜨(가운데에서 오른쪽)는 아무리 비참한 사람들이라고 해도 희망을 갖고 살아야 한다는 등불 같은 희망의 상징 역할을 한다. 왼쪽은 헐리우드 판 「레 미제라블」의 포스터

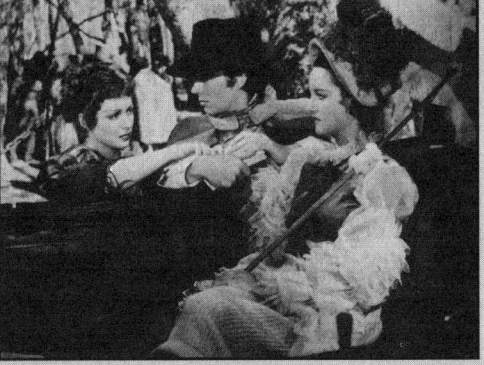

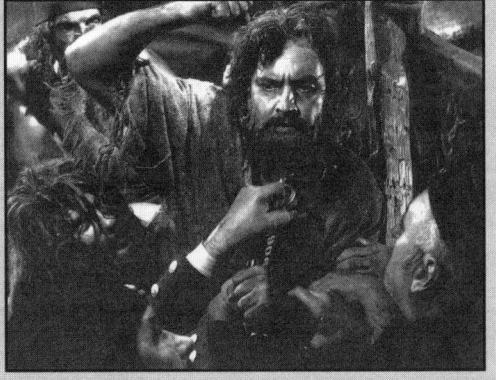

프랑스의 고달픈 사람들

    고띠에와 샤또브리앙과 더불어 플로베르가 가장 존경했던 작가 빅또르 위고(Victor Marie Hugo, 1802~85)는 프랑스 낭만주의 운동의 지도자로서 문학적, 사회적, 정치적으로 자유, 평등, 인도주의(박애)라는 지극히 프랑스적인 정신으로 19세기 전반에 걸쳐 광범위하게 활동한 국민적 작가이다.

    위고는 나뽈레옹 1세 휘하에서 싸운 장군의 아들로 태어났으며 대혁명 후 제1 제정, 왕정 복고, 7월 혁명, 2월 혁명, 제2 공화국, 제2 제정, 제3 공화국이라는 정치적 격변기를 모두 거쳤고, 군인이 되라는 아버지의 뜻을 어겨 가면서 낭만주의 운동을 이끄는 시인이 되었다. 희곡 『크롬웰(Cromwell, 1827)』로 명성을 얻은 그는 정치 활동도 활발하게 벌여 상원의원을 지냈지만, 루이 나뽈레옹의 쿠데타를 탄핵했다가 국외로 추방되어 영불해협의 게르느제 섬에서 18 년 동안 망명생활을 겪기도 했다. 그러나 사망한 다음 국장(國葬)을 거쳐, 프랑스 위인들의 무덤이 있는 빵떼옹(le Panthéon de Paris) 사원에 묻힘으로써

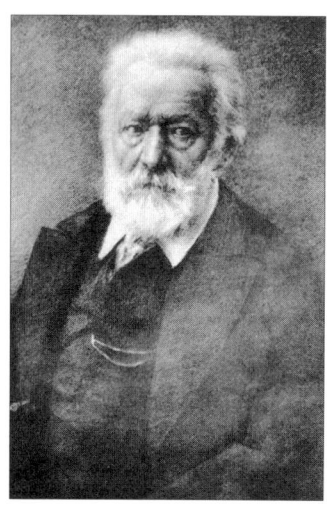

70대에 들어선 빅또르 위고의 초상화를 보면 그가 얼마나 대단한 체력의 소유자였는지가 잘 드러난다. 병이나 피로를 알지 못했던 그는 평생 왕성한 창작 활동을 계속했다.

그의 위대성은 역사의 인정을 받았다.

이런 굴곡 많은 작가의 삶이 폭넓게 녹아 들어간 작품이 "비참한 사람들"이라는 뜻의 『레 미제라블(Les Misérables, 1862)』로서, "빵 한 조각을 훔쳤다가 평생을 망친 사람"의 본보기 노릇을 하는 장 발장의 파란만장한 생애를 다룬 소설이다.

"비참한 사람들" 얘기에서 헐리우드 키드의 관심을 끌었던 등장인물은 다섯이며, 그 가운데 어린 시절의 꼬제뜨(Cosette)가 단연 첫째이다. 필자는 자신의 어린 시절과 지금 아이들이 문화적 정서에서 어떤 차이가 나는지를 비교할 때, "우리가 어렸을 땐 단테의 『신곡』도 만화로 나왔었다"는 사실을 가끔 자랑삼아 입에 올린다. 그리고 전쟁의 물질적인 폐폐함 속에서 『레 미제라블』을 처음 접했던 인연 또한 주인공의 이름조차 제대로 표기하지 못한 만화 『짱발짱』을 통해서였다.

따라서, "춘희"처럼 폐결핵으로 죽어가는 마을 매춘부 팡띤(Fantine)의 사생아로 태어나 버림을 받다시피 하여 시골 여관에서 학대받는 꼬제뜨의 비참한 모습을 지켜보면서, 전설시대의 콩쥐에서부터 산업화시대 도금봉의 「또순이」로까지 이어지던 우리들 자화상과의 동일시가 지극히 자연스럽게 이루어졌다. 꼬제뜨를 키워 달라고 맡기고는 부양비로 보낼 돈이 없는 팡띤에게 생이빨 다섯 개를 뽑아 주면 40 프랑을 내겠다던 남자의 제안은 요즈음 대한민국의 공동 화장실 벽에 붙여놓은 장기 매매 광고문에서 아직도 유효하다.

이러한 역경이 설정된 속에서, 헐리우드 키드는 "인고하고 묵종하면 행복이 온다"는 당시의 사회 철학을, 꼬제뜨가 예쁜 처녀로 성장하여 행복하게 살아가는 모습을 흐뭇하게 지켜보는 늙은 장 발장의 시각에서 배웠고, 프랑스 노인의 고적한 행복감에서 미래의 희망을 약속받기도 했다.

만화뿐 아니라 소설과 영화를 통해 지나칠 정도로 유명해져서 흥미가 퇴색해 버렸어야 마땅한 장 발장(Jean Valjean) 얘기는, 그러나 훔친 빵 한 덩어리에서 불어난 19년의 옥살이와 미리엘 주교의 촛대와 전과자의 힘겨운 개과천선 과정을 거치며 꼬제뜨를 구원하는 정의의 사도로 앞세워 극적인 소구점 역할을 톡톡히 한다.

자신의 두 손에 수갑을 채우고 강물에 몸을 던져 자살할 때까지, 거의 평생 집요하게 장 발장을 뒤쫓는 민완 형사 자베르(Javert)는 법과 정의를 수호하는 공권력이 악역으로 분류되는 하나의 전범(典範)이다. 가치관과 윤리관이 어긋나는 바람에 '비참한 사람'이 된 자베르는 공훈을 세워 빠리로 진출하려는 야망에 불타는 대단히 현대적인 사고 방식의 소유자이기도 하다. 시민 혁명군에게 포로로 붙잡힌 그를 죽음의 문턱에서 구해 주는 장 발장에게 "왜 나를 풀어 주는지 이해가 안 간다"는 자베르에게 장 발장은 "옛날부터 당신은 그런 식"이었다고 말하는데, "돈 많고 점잖은 사람들(유한 귀족)은 선인이고 돈도 없고 일을 안 하는 사람들(가난한 노동자)은 악인"이라는 부르조아 사상의 소유자인 자베르는 시민 혁명의 시대에서는 필연적인 악역이었다.

은근히 존경심을 자아낼 정도로 자신의 업무에 충실한 자베르 형사의 모습은 1963~6년 세계를 풍미한 데이비드 잰슨(David Janssen)의 텔레비전 연속물 「도망자(The Fugitive)」에서 제라르(Gerard) 형사의 모습으로 다시 나타난다. 살인범 외팔이를 뒤쫓는 주인공 리처드 킴블을 또 다른 추적자가 뒤쫓는다는 대단히 성공적인 압박 구조의 공식에서, 비록 한 발씩 늘 늦기는 하지만 항상 바짝 뒤쫓아 다니는 '꼬리' 노릇을 하는 제라르 형사는, 물론 악역의 '비참한 사람'은 아니지

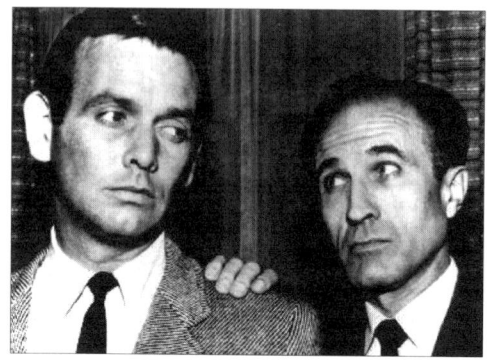
텔레비전 연속물 「도망자」에서 주인공 리처드 킴블을 집요하게 추적하는 제라르 형사는 「레 미제라블」의 자베르 형사를 연상시킨다.

만, 해리슨 포드의 영화에서 "난 아내를 죽이지 않았어요"라는 킴블의 항변에 "그건 내가 알 바 아니오"라면서 자신의 임무에 맹목적으로 헌신하는 또 하나의 전범을 제시한다.

네 번째 '비참한 사람' 테나르디에(Thénardier)는 찰스 디킨스의 『올리버 트위스트』에 등장하는 소년 소매치기단 두목 페이긴(Fagin)이나 다른 여러 자연주의 소설에 등장하는 인간 쓰레기와 같은 속(屬)으로서, 문학 작품에서는 발효가 잘 되는 쓰레기답게 왕성한 생명력을 발휘하여 줄거리의 전개를 촉진시킨다. 워털루 전투에 참가했을 때부터 이미 버러지 같은 거짓과 사악함의 화신으로서, 기회만 생기면 남의 등을 쳐 먹는 기회주의자 협잡꾼인 테나르디에는 어린 꼬제뜨를 착취하고 학대할 뿐 아니라, 만인의 미움을 받는 재능으로 독자와 관객의 주목을 받는다. "부자들은 가난한 사람을 모두 불량배로 생각한다"고 주장하는 테나르디에는 사회주의 양분 구조로 보면 부르조아지의 기득권 보호를 소명으로 삼는 자베르의 반대편에서 균형을 잡아 준다.

불한당 테나르디에의 딸 에포닌(Eponine)이 혁명 전선에서 대신 총을 맞아 가며 목숨 바쳐 짝사랑하는 마리우스 뽕메르씨(Marius Pontmercy)는, 아버지가 나뽈레옹 휘하에서 유명한 아우스텔리츠(Austerlitz) 전투를 치르고 훈장을 탄 대령으로 설정되는 등, 작가 위

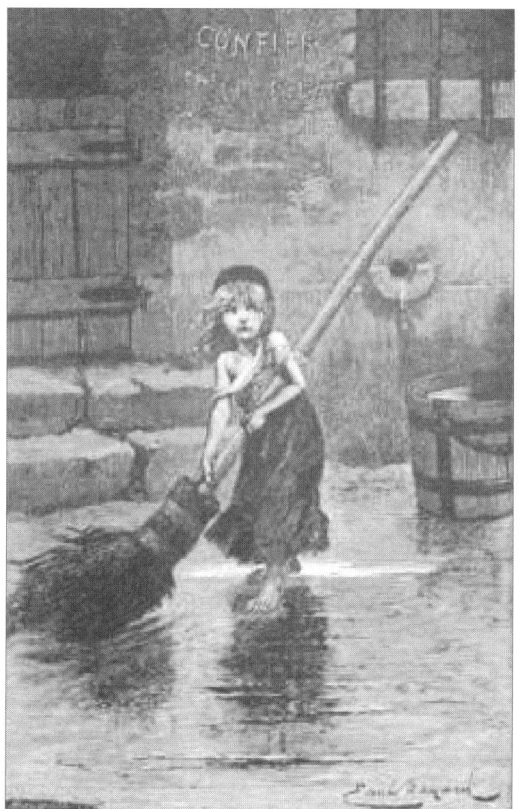

15살 때부터 신문에 만화를 그렸고 위고 소설의 단골 삽화가였던 에밀 바야르(Emile Bayard, 1837~91)가 그린 "청소하는 꼬제뜨"(왼쪽)는 1980년 음반에서부터 최근의 음악극에 이르기까지 「레 미제라블」의 상징(logo)으로 널리 사용되었다. 아래쪽 삽화 중 왼쪽이 법정에서 자신의 정체를 밝히는 "내가 장 발장이오." 그리고 오른쪽은 혁명의 거리에서 "그늘로 숨어드는 마리우스"의 모습이다.

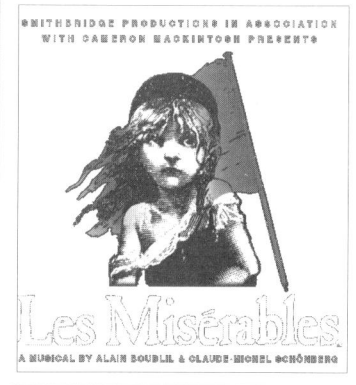

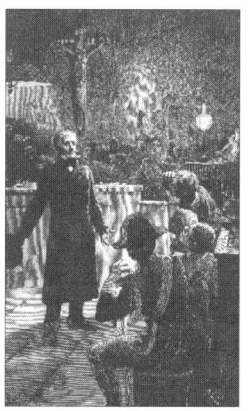

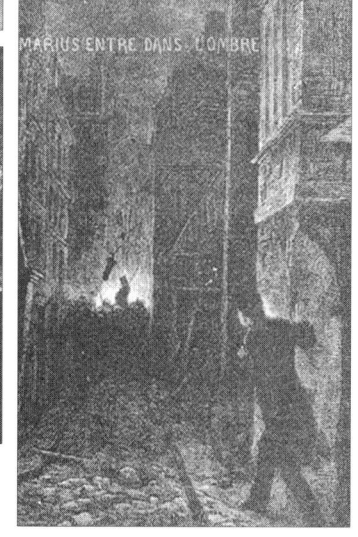

고 자신을 재생시킨 복제(clone) 주인공인 듯한 인상을 주어서인지, 별로 '비참한 사람' 같지는 않다. 법학도이면서 번역으로 생활비를 벌어야 하는 가난한 마리우스는 테나르디에의 하숙집이 너무 시끄러워 공원으로 공부를 하러 나갔다가 먼발치에서 꼬제뜨를 보고 반해서는 남의 옷을 빌려 입고 멀리서 쳐다보기만 하며 쫓아다니는 구식 사랑을 하는데, 그렇게 심약하면서도 혁명에서는 형제가 서로 죽이는 최후의 시가전에서 총을 들고 부상을 당하는 마지막 순간까지 싸울 만큼 용감하기도 하다.

알렉상드르 뒤마의 『몽뜨 크리스또 백작』 못지않게 장대한 역사적 사건과 다양한 등장인물을 구사하는 『레 미제라블』은 인도주의 사상이 눈부신 대작이며, 박진감 넘치는 워털루 전투 장면 그리고 부상당한 마리우스를 구출하기 위해 장 발장이 빠리의 하수구로 도망치는 장면이 가장 압권이다. 특히 하수구 속에서의 추격전은 그래험 그린과 캐롤 리드가 만들어낸 걸작 「제3의 사나이」와 해리슨 포드의 「도망자」를 위시한 여러 영화에서 오랜 세월 동안 재활용되었고, 얼마 전부터는 빠리 하수도의 장 발장 도피로가 관광 상품으로 개발되기까지 했다.

빅또르 위고의 『레 미제라블』은 지금까지 전세계적으로 32 편이나 되는 '공인' 영화가 제작되었는데, 1961년에 「쟌 발쟌」이라는 제목에 김승호 주연으로 한국에서 만든 조긍하 감독 및 각색 작품은 물론 그 통계에 포함되지 않는다.

위고의 나라 프랑스에서 만든 가장 훌륭한 「레 미제라블」은 레이몽 베르나르 감독의 고전 작품으로서, 처음에는 3부로 상영했다가 나중에 "제1부 장 발장" 그리고 꼬제뜨와 마리우스의 사랑을 중심으로 엮은 "제2부 꼬제뜨"로 단축 편집해서 다시 내놓기도 했다. 우리나라에 가장 널리 알려진 세 시간 반짜리 테크니라마 대작(1957년 판)도 2부로 제작되었으며, 배우 같지 않은 투박스러운 얼굴의 명배우 장 가뱅이 장 발장 역을 아주 열심히 해냈다.

1982년에는 권투선수 출신의 리노 방뛰라(Lino Ventura)의 「레 미제라블」도 선을 보였으나 크게 주목을 받지 못했고, 1995년에는 실험정신이 왕성한 끌로드 를루시 감독이 아내와 딸까지 출연시켜 가면서 제2차 세계대전 당시로 '비참한 사람들'의 시간적인 배경을 옮겨 놓고는, 유대인 가족이 나찌들로부터 도망치도록 도와 주는 현대판 장 발장의 얘기를 통해, 하찮은 사람 하나가 선을 행하면 주변의 사람들이 어떤 영향을 받게 되는지를 「쉰들러 리스트」처럼 역설한다.

이탈리아 판으로는 사극 「테오도라」로 한국에 알려진 리까르도 프레다 연출에 훗날 감독으로 많은 활동을 한 마리오 모니첼리(Mario Monicelli)가 대본을 맡았던 작품을 손꼽는다.

헐리우드 고전으로는 프레드릭 마치와 찰스 로톤이 대결하는 1935년 판과, 루이스 마일스톤 감독의 1952년 작품이 유명하다. 1978년에

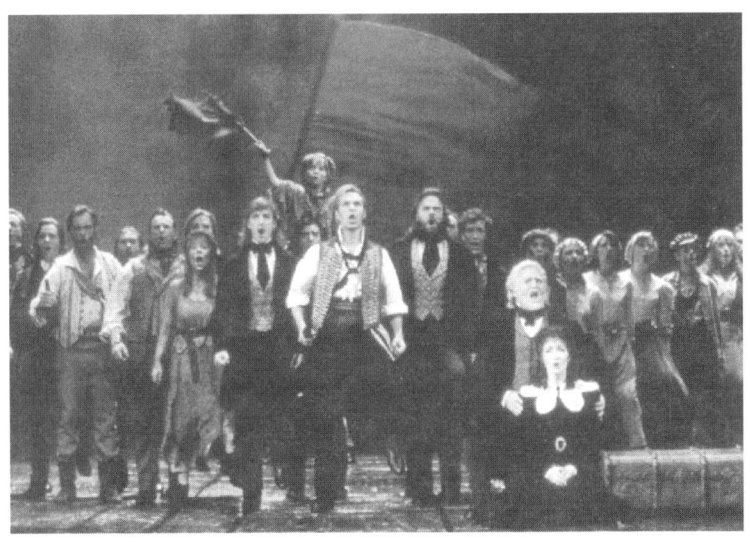

브로드웨이에서 제작된 음악극 「레 미제라블」은 장기공연 끝에 한국으로 원정까지 나왔다.

는 AIDS로 세상을 떠나기 전 말년에 흉측한 악역을 여럿 맡았던 앤토니 퍼킨스가 자베르 형사로 나오는 텔레비전 영화가 제작되었는데, 출연진도 화려하고 작품성도 수준급이었으며, 우리나라에 비디오로 보급되었다. 최근에는 빠리와 프랑스에서 현지 촬영을 한 1998년 영화도 나왔으며, 브로드웨이에서는 음악극 「레 미제라블」이 장기 공연 중이다.

위고가 창조해낸 가장 '비참한 사람'은 아마도 애꾸이며 꼽추에다 시끄러운 종소리를 너무 들어 귀까지 먹어 버렸으며, "웃으면 얼굴이 더 흉측해 보이는" 빠리의 노트르담 성당 종치기 콰지모도(Quasimodo)이겠다. 사람들은 흔히 콰지모도라면 "추악한 육신 속에 담긴 아름다운 영혼"이라는 표현을 쓰지만, 우리나라의 판소리에서 예를 들자면 놀보를 설명하는 대목처럼, 지나치게 추악함만을 모조리 골라서 강조해 놓는 바람에 그는 오히려 우스꽝스러운 우화적인 등장인물이 되어 버렸다.

빠리의 노트르담 성당에는 꼽추 종치기보다 훨씬 더 추악한 주인공 끌로드 프롤로(Claude Frollo)가 숨어서 산다. 성직자의 검은 옷 속에는 프롤로 부주교의 악마 같은 영혼이 깃들었고, 그는 지금이라면 화학(chemistry)이라고 분류해도 되겠지만 당시에는 마법처럼 여겨지던 연금술에 몰두하여, 종교와 대립된 과학을 숭앙하는 이중적인 인물로 그려진다. 더구나 그는 이집트에서 흘러온 집시 여인 에스메랄다(La Esmeralda, 영어로는 emerald라는 뜻임)에 대한 욕정을 채우지 못하자 질투에 눈이 뒤집혀, 그녀가 사랑하는 '기사(騎士)'를 에스메랄다의 칼로 찔러 죽이고 죄를 뒤집어 씌워 결국 마녀 재판을 거쳐 교수형을 당하게 만든다.

'파계승' 주제는 우리나라 놀이에도 흔하지만, "추한 육체 속에 아름다움이 깃들고 종교적인 위선 속에 육체적인 욕정이 깃든다"는 이중 설정을 우리는 언론인 출신 장 들라누아 감독의 영화 「노트르담의

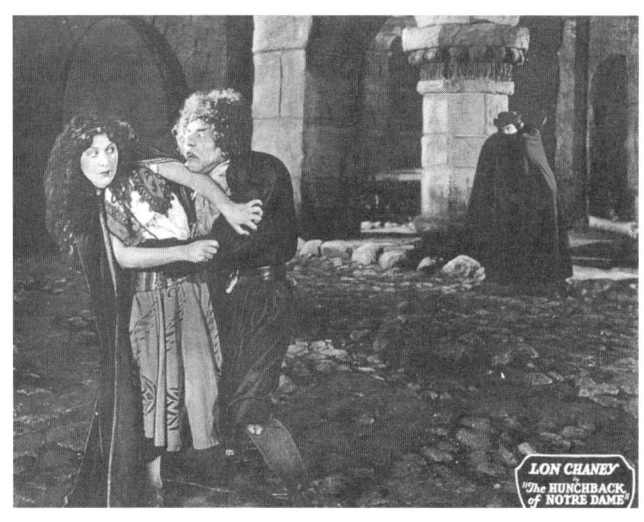

꼽추」 첫 장면에서부터 요란하게 만나고, 그래서 작품 전체를 종교적인 시각으로 해석하려는 강한 유혹을 느낀다.

도입부에서 축제가 벌어질 때 천민들은 시인 삐에르 그렝고아르의 종교극 「성모의 훌륭한 판단」을 야유하며 비웃고는 콰지모도를 교황으로 등극시켜 가마에 태워 행진을 벌이고, 교수형을 당해야 할 에스메랄다는 '성모 마리아(Notre Dame)'라는 이름이 붙은 성당을 도피처로 삼는다. 그러나 권력에 눈이 멀어 연금술을 연구하는 진짜 마법사(witch) 프롤로를 위시한 종교인들은 에스메랄다를 체포하기 위해 사원의 신성불가침권을 해제하기까지 한다.

그렇다면 성당의 진정한 주인은 콰지모도와 에스메랄다라고 해야 옳겠다. 그리고 콰지모도가 에스메랄다의 옆에 나란히 누워서 죽음을 맞는 동굴 또한 그리스도가 부활한 동굴을 연상시킨다.

에스메랄다의 눈앞에 나타난 '말 탄 기사' 퓌부스 역시 타락하고 몰락한 전설의 주인공이다. '퓌부스(Phoebus)'는 그리스어로 '빛'을 뜻하며, 아폴로를 '빛의 신'으로 설명할 때 동원하는 어휘로서 '태양'을

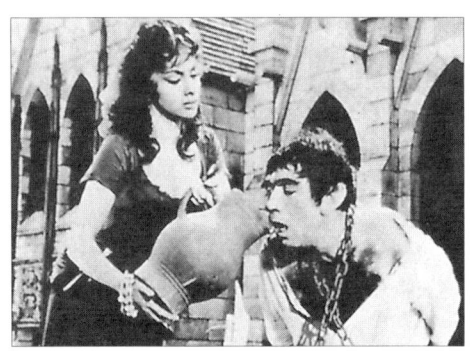

들라누아가 만든 「노트르담의 꼽추」에서는 앤토니 퀸의 콰지모도
보다는 인형처럼 아름다운 지나 롤로브리지나의 집시 여인 에스
메랄다가 훨씬 더 관객을 사로잡았다.

의미하기도 한다. 그래서 에스메
랄다는 그를 '태양(Soleil)'이라고
부른다. 하지만 용을 잡았다는 헛
소문의 주인공이며 갑옷까지 번듯
한 순라대장인 그는 약혼녀까지
있는데도 바람만 피우고 돌아 다
니는 남자에 불과하고, 프롤로의
명령으로 에스메랄다를 납치하려
던 콰지모도에게서 그녀를 구한

다음 곧장 여관으로 끌고 가서 범한다. 그리고 죽음이 눈앞에 닥쳐온
에스메랄다가 그의 이름을 소리쳐 부를 때는 시선을 돌린다.

기사 퓌부스 못지않게 비겁한 인물은 청년 시인 그랭고아르
(Gringoire)이다. 거지들과 도적들의 소굴 "기적의 왕국"으로 끌려가
수난을 당하던 끝에 교수형 선고를 받은 그의 목숨을 구해 주기 위해
에스메랄다는 그와 결혼까지 하지만, 거지들이 그녀를 구하려고 노트
르담 성당을 공격하러 나설 때는 "뒤에 남아 사람들의 고통을 글로 전
해야 한다"며 참전을 거부한다. 현실 참여를 꺼리는 병약한 지식인의
전형적인 모습이다.

비록 원작자 위고의 뜻은 아닐지 몰라도, 연출자 들라누아의 읽기
(해석)를 통해서 성직자, 귀족, 기사, 문인을 모조리 위선자로 몰아가
는 반면, 악마의 빛깔인 빨간색의 옷에 칼을 차고 광장에서 춤을 추는
집시 여인은, 훗날 서머세트 모음의 단편소설 "비(Rain)"에서, 그리고
이 작품이 잉태한 「비에 젖은 욕정(Miss Sadie Thompson, 1953)」을 위
시한 여러 영화에서 '충격적으로 아름다운 정열'로 제시되는 여주인
공 세이디 톰슨이 생각나게 한다. 악마의 상징인 염소를 여관방까지
끌고 들어가는 에스메랄다의 심성은 종교의 독선과 위선보다 훨씬 고

매하기 때문이다.

악인을 영웅화하며 악마를 숭배하고 싶어하는 인간적인 충동은, 천민들의 왕 앙베르와 거지와 도적의 무리를 춤추고 노래하며 시끌벅적 즐겁게 살아가는 집단으로 그려내는 의도가 무엇인지도 생각하게 한다. 문학과 영화에 나타나는 천민의 행복은 혹시 동경이나 자위가 아닐까? 낭만적인 농촌생활에 관해서는 너도나도 말이 많지만, 실제로 도시를 버리고 일부러 시골로 들어가 파묻혀 사는 사람이 별로 없다는 현상을 따져 보면 말이다.

자신을 납치하려다 붙잡혀 태형을 당하는 꼽추에게 물을 주는 천사 에스메랄다 역을 인형처럼 예쁜 지나 롤로브리지다가 맡았던 들라누아의 「꼽추」는 그와 동시대에 활약했으며 인상파 화가(Pierre Auguste Renoir, 1841~1919)의 아들이기도 한 장 르누아르(Jean Renoir)의 「황금마차(Le Carrosse d'or, 1953)」를 색채와 화면 구성에서 연상시킬 뿐 아니라, 영화가 처음부터 끝까지 광장 주변에서만 벌어진다는 희곡적인 면모도 두드러진다.

앤토니 퀸이 과장된 침팬지 동작으로 콰지모도를 연기해서 한계성을 보인 반면, 헐리우드 '결정판'으로 알려진 1939년 윌리엄 디털리 감독의 「꼽추」에서 그 두툼한 몸집으로 "훨훨 날아다니는" 연기를 했던 찰스 로톤의 콰지모도 역은 서울 장안에서도 오랫동안 전설처럼 전해졌었다. 이 영화는 에스메랄다 역 모린 오하라의 헐리우드 진출작으로서도 유명하다.

무성영화로는 프랑스에서 1906년과 1911년에 제작되었고, 헐리우드의 1923년 무성영화에서는 분장의 귀재로 알려졌던 론 체이니가 또 다른 나름대로의 전설을 만들었는데, 그의 생애를 그린 조세프 피브니(Joseph Pevney) 감독의 영화 「천의 얼굴을 가진 사나이(Man of a Thousand Faces)」가 헐리우드에서 완성된 해는 들라누아의 영화가 제

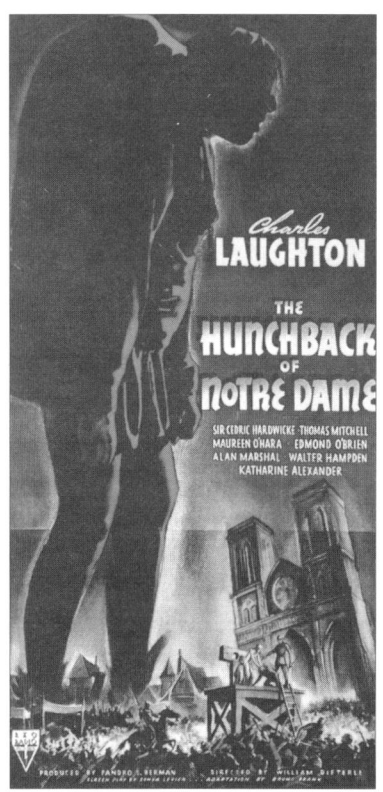

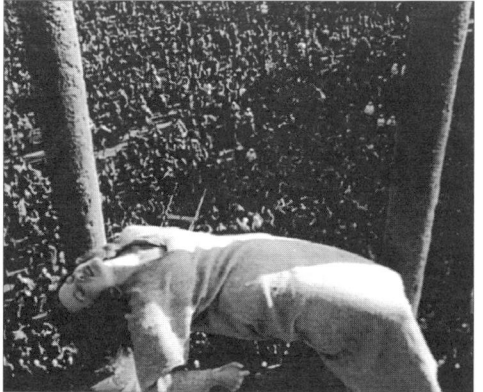

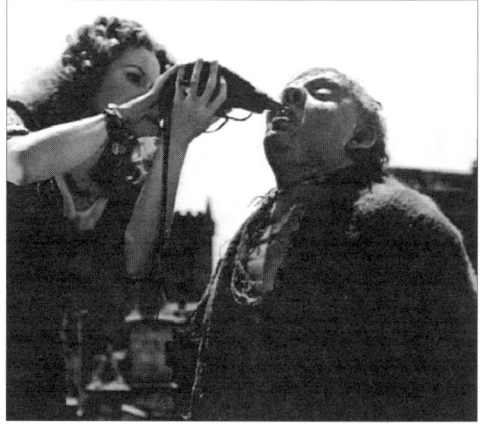

모린 오하라가 미국으로 진출한 첫 영화인 「노트르
담의 꼽추」(오른쪽 두 사진)에서는 성격파 배우 찰스
로톤이 콰지모도 역을 인상적으로 해냈다. 위는 찰
스 로톤 영화의 포스터.

작된 1957년이었다. 미국에서는 1917년에
도 글렌 화이트(Glenn White)와 테다 바라
(Theda Bara) 주연에 「빠리의 아가씨(The
Darling of Paris)」라는 제목으로 무성영화
가 나왔고, 영국과 이탈리아의 무성영화는
각각 1906년과 1911년, 프랑스에서 무성
영화가 나오던 바로 그 해에 선을 보였다.

텔레비전 영화에서는 앤토니 홉킨스의
콰지모도 역이 유명하며, 1996년에 제작
된 텔레비전 영화 「노트르 데임의 하프백
(The Halfback of Notre Dame)」은 미식축
구로 유명한 미국의 노트르 데임 대학교

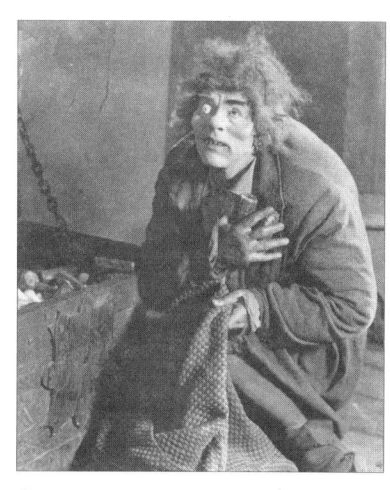

"천의 얼굴을 가진 사나이"로 알려진 론 체이니의
분장 중에서도 무성영화 「노트르담의 꼽추」에서 보
여 준 콰지모도의 얼굴은 최고 걸작으로 꼽힌다.

소속의 엉성한 선수를 주인공으로 삼아 10대를 겨냥해서 만든 희작
(戲作, parody)이다. 음악극 흉내를 낸 월트 디즈니의 만화 영화는
1996년에 완성되었는데, 「아마데우스」에서 모짜르트 역을 맡아 이상
한 웃음소리를 냈던 톰 휼쓰(Tom Hulce)와 드미 무어(Demi Moore)가
주인공의 목소리를 넣었다.

작가 빅또르 위고와 관련된 영화로는 그의 딸이 군인을 열렬하게
짝사랑하는 내용이 담긴 프랑수아 트뤼포의 「아델 H.의 사랑」이 있
다. 프랑스어뿐 아니라 영어로도 녹음된 이 영화에서는 이사벨 아자
니의 연기가 돋보이지만, 이상하게도 별로 사람들의 주목을 받지 못
했다.

▌「쟌 발쟌(1961, 한국, 12권)」, 감/趙肯夏, 출/김승호, 방수일, 김혜정, 李鄕

▌「레 미제라블(Les Misérables, 1934, 프랑스, 3부)」, 감/Raymond Bernard, 출/Harry Baur, Charles Vanel

▌「레 미제라블(Les Misérables, 1957, 프랑스-독일, 210분)」, 감/Jean-Paul Le Chanois, 출/Jean Gabin, Daniele Delorme, Bernard Blier, Bourvil, Gianni Esposito, Serge Reggiani

▌「20세기 레 미제라블(Les Misérables, 1995, 프랑스, 178분, 국내 비디오 140분)」, 감/Claude Lelouch, 출/Jean-Paul Belmondo, Michel Boujenah, Alessandra Martines, Annie Girardot, Clementine Celarie, Philippe Leotard, Rufus, Jean Marais, Micheline Presle, Darry Cowl, Salome

▌「레 미제라블(Les Misérables, 1952, 이탈리아, 118분 또는 140분)」, 감/Riccardo Freda, 출/Gino Cervi, Valentina Cortesa, John Hinrich, Aldo Nicodemi, Duccia Giraldi

▌「레 미제라블(Les Miserables, 1935, 미국, 108분)」, 감/Richard Boleslawski, 출/Fredric March, Charles Laughton, Sir Cedric Hardwicke, Rochelle Hudson, Frances Drake, John Beal, Leonid Klinskey, (John Carradine)

▌「레 미제라블(Les Miserables, 1952, 미국, 104분)」, 감/Lewis Milestone, 출/Michael Rennie, Debra Paget, Robert Newton, Sylvia Sidney, Edmund Gwenn, Cameron Mitchell, Elsa Lanchester

▌「레 미제라블(Les Miserables, 1978, 미국, 150분)」, 감/Glenn Jordan, 출/Richard Jordan, Anthony Perkins, Cyril Cusack, Claude Dauphin, John Gielgud, Flora Robson

▌「레 미제라블(Les Miserables, 1998, 미국-덴마크, 131분)」, 감/Bille August, 출/Liam Neeson, Geoffrey Rush, Uma Thurman, Claire Danes, Hans Matheson, Reine Brynolfsson, Mimi Newman

▌「노트르담의 꼽추(Notre-Dame de Paris, 영어 제목 The Hunchback of Notre Dame, 1957, 프랑스, 104분)」, 감/Jean Delannoy, 출/Gina Lollobrigida, Anthony Quinn, Jean Danet, Alain Cuny

▌「노트르담의 꼽추(The Hunchback of Notre Dame, 1939, 미국, 115분)」, 감/William Dieterle, 출/Charles Laughton, Sir Cedric Hardwicke, Thomas

Mitchell, Maureen O'Hara, Edmond O'Brien, Harry Davenport, Alan Marshal

▌「노트르담의 꼽추(The Hunchback of Notre Dame, 1923, 미국, 93분)」, 감 /Wallace Worsley, 출/Lon Chaney, Patsy Ruth Millier, Ernest Torrence

▌「노트르담의 꼽추(The Hunchback of Notre Dame, 비디오 제목 Hunchback, 1982, 미국, 150분)」, 감/Michael Tuchner, 출/Anthony Hopkins, Derek Jacobi, Lesley-Anne Down, Robert Powell, John Gielgud, David Suchet

▌「노트르담의 꼽추(Hunchback of Notre Dame, 1996, 미국, 85분)」, 감/Gary Trousdale, Kirk Wise, 목소리 출/Tom Hulce, Demi Moore, Kevin Kline, Tony Jay, Jason Alexander, Paul Kandel

▌「아델 H.의 사랑(L'Histoire d'Adèle H., 영어 제목 The Story of Adele H., 1975, 프랑스, 97분)」, 감/Francois Truffaut, 출/Isabelle Adjani, Bruce Robinson, Sylvia Marriott, Reubin Dorey, Joseph Blatchley

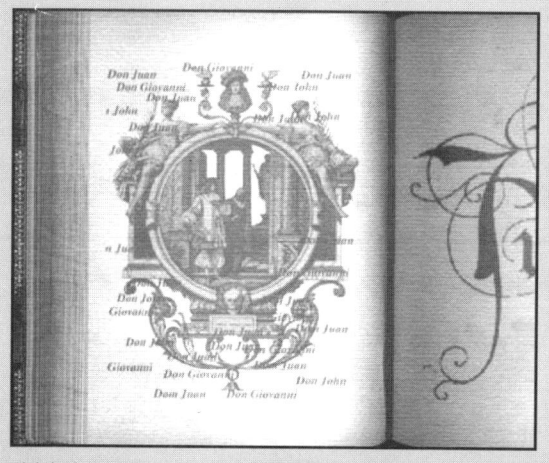 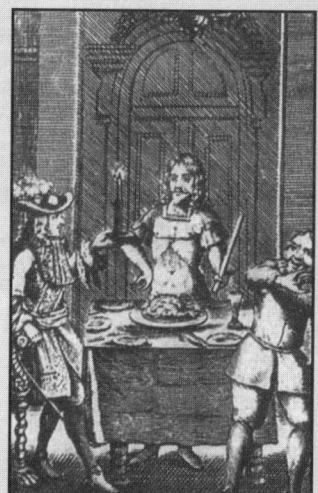

인간의 역사는 왕들의 정복이 기둥줄거리를 이루지만, 문학에서는 흔히 '여성의 정복'을 자랑으로 삼는 악한적 인물이 많이 등장한다. 그런 대표적인 주인공이 돈 후안이다.

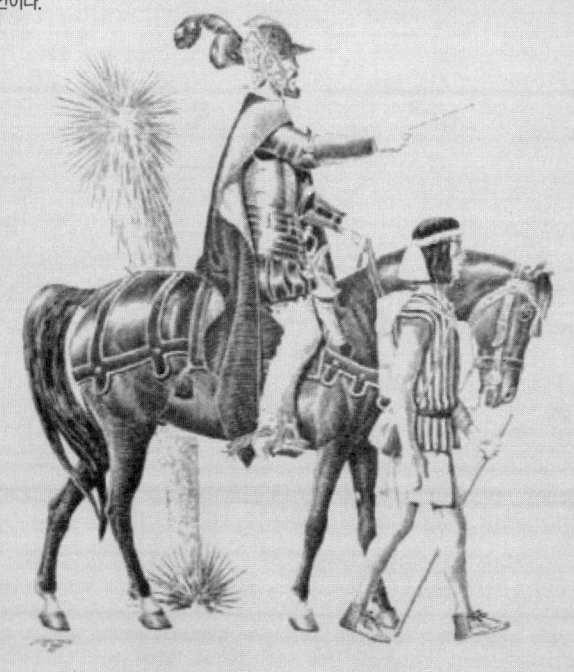

돈 후안과 '형제'들

    문예사전에서는 '시대소설'을 "통속적인 역사소설"이라고 정의한다. 역사소설(historical novel, Geschichtsroman, Historischer Roman)은 역사적 사건이나 인물을 다룬 문학의 형태로서 호메로스의 서사시, 중국의 『삼국지연의』, 우리나라의 이광수나 박종화의 작품이 이에 해당된다. 독일에서는 역사 문학이 일부 낭만주의 작가들의 손에서 시작되었고, 월터 스코트의 영향을 받은 빌헬름 하우프(Wilhelm Hauff, 1802~27)와 게오르그 헤링(Georg Wilhelm Häring, 1789~1871)이 선두 주자로 꼽힌다. 우리나라에서는 일제하 1930년대 초기부터 역사소설이 유행했는데, 민족주의적인 저항 문학이 복고 사상과 고전에 대한 관심으로 쏠린 때문이었다.

    우리는 "전설의 시대"를 통해 영화의 원자재 노릇을 했던 가장 초기 형태의 문학을 살펴보았고, "신화와 역사의 건널목"에서는 그리스와 로마의 신화 그리고 이탈리아, 영국, 프랑스가 지리적인 배경을 이루는 사극을 주로 다루었다. 이제 "정복의 길"에서는 같은 사극이라고 하더라도 여러 시대의 거울 노릇을 하는 차원의 역사가 담긴 사극을 따로 묶어서, 에스파냐를 위시한 여러 유럽 국가가 영토를 넓히기 위한 식민지 쟁탈전을 벌이던 과정을 다룬 영화를 찾아보겠고, 대부분 제국주의적인 시각에서 만들어낸 그런 얘기에서 정복을 당한 다른 대륙으로 찾아가서, 유럽 제국(諸國)의 팽창주의로 인해 발생한 약소국의 희생으로 시선을 돌리려고 한다.

시대극에는 문예물이 많고, 시간상으로도 전설이나 신화 그리고 정통 역사보다는 시대물이 훨씬 현대 쪽으로 옮겨오게 된다. 이것은 역사적인 '사건'은 해당 시기와 정치적인 역학이 고정된 반면에, '인물'은 아무리 역사적이라고 해도 심성이나 행동에서 현대인과 이어지고 지속되는 유사성을 아무래도 많이 보이기 때문에, 관객이나 독자가 과거 시대를 현대와 연결시켜 파악하고 보려는 착각 현상에 익숙해지는 연유에서 비롯된다.

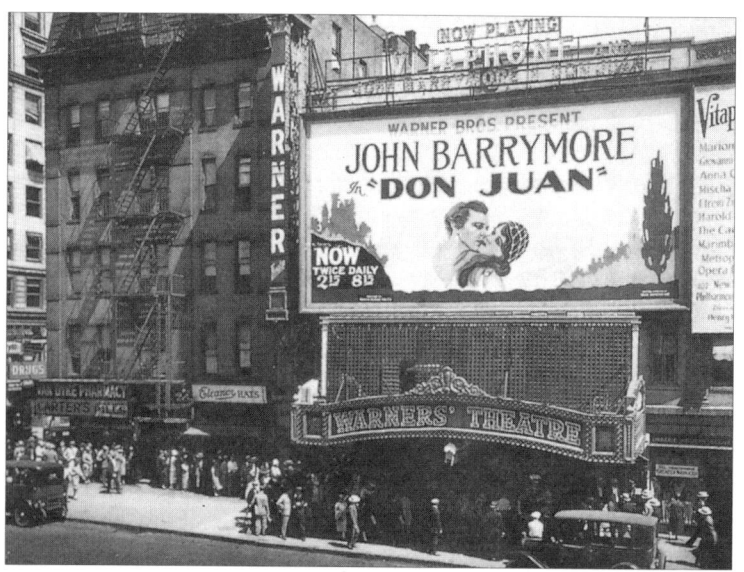

워너 브러더스에서 만든 최초의 유성영화 「돈 후안」을 선전하는 간판이 뉴요크의 전용 영화관에 내걸렸다.

주류 역사(mainstream history)에서는 정복을 위한 왕들의 전쟁을 가장 중요한 사실로 기록한다. 그런가 하면 시대 문학에서는 단순히 사실적인 정복의 연대기보다는 다양한 인간이 경험하는 사랑과 낭만을 훨씬 더 화려하고 두드러지게 부각하며, 남자와 여자가 나란히 서기보다는 마주보며 맞서는 시각에서 사랑을 "장미의 전쟁"으로 파악하려는 타성이 나타난다. 이런 현상 가운데 하나가 "여자를 정복한다"는 표현이다. 물론 요즈음의 사고방식으로 보면 "여자를 정복한다"는 개념은 대단히 시대착오적이기는 하지만, 역사란 워낙 많은 착오의 연속과 반복이기 때문에, 우리는 확인 차원에서 잠시 그것을 인정하기로 하자.

여자 정복의 역사는 이미 "신화와 역사의 건널목"에서 이탈리아의 카사노바와 프랑스의 발몽(「위험한 관계」)에 관한 대목에서 부분적으로 살펴보았으며, 그러한 인간적 사관(史觀)은 여성 정복을 필생의 과업으로 삼는 호방한 남성 주인공(Snagarelle)을 내세운 프랑스의 시대극 「빵딸로네」의 노골적인 주제가 되기도 했다. 매카티 마녀사냥으로 인해서 10 년 동안 헐리우드에서 활동을 못했던 존 베리(1917 ~) 감독이 프랑스에서 만든 이 영화는 이른바 '돈 후안 영화'에 속한다.

정복의 가해자와 피해자는 가끔 자리를 바꾸기도 한다. 돈 후안 영화에서도 이런 변칙은 생겨나게 마련이다. 비록 1960년대의 잉글랜드로 무대를 옮겨놓기는 했지만, 그가 좋아했던 여러 여자에 대한 마음을 17세 때부터 시로 즐겨 표현했던 스코틀랜드 낭만파 시인 로버트 번스(Robert Burns, 1759~96)의 작품을 원작으로 삼아, 열 살 때부터 아역배우로 활약한 로디 맥도월이 감독해서 만든 영화 「탐 린의 발라드」는 부유한 미모의 미망인이 젊은 향락주의자들을 주변에 모아놓고 「위험한 관계」의 글렌 클로스처럼 남의 운명을 가지고 장난치는 내용

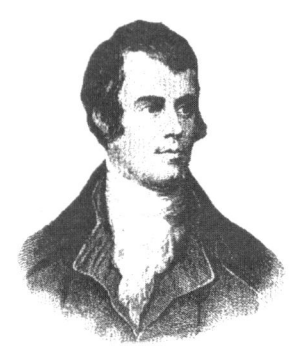

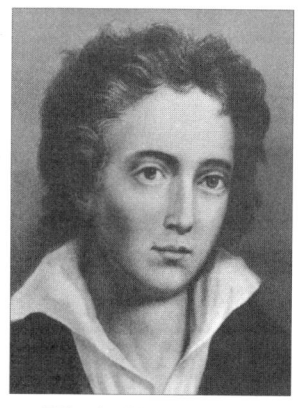

스코틀랜드의 시인 로버트 번스(위)와 영국 시인 퍼씨 셸리(아래)도 돈 후안 주제를 영웅적으로 다루었다.

으로서, 돈 후안 뒤집기 영화의 대표적인 본보기가 되겠다.

그러나 돈 후안 문학과 영화에서 으뜸은 역시 돈 후안이다.

헐리우드 키드의 어린 시절에는 표기조차 제대로 통일되지 않아 일본식 발음으로 '돈판'이나 '똥판' 또는 '똔판'으로 알려졌던 그는 당시 널리 사용되던 '룸펜'이나 '룸뼁'이라는 말과 쉽게 연결되어, 일은 안 하고 놀면서 여자만 밝히는 사람들을 일컫는 의미로 아주 흔히 사용되던 이름이었다. 우리나라의 산업화가 절정기였던 시기에 등장한 백시종의 소설 『돈황제』도 돈이 많아 황제처럼 군림하고 돈 후안처럼 처신하는 부도덕한 재벌을 상징하는 절묘한 제목이었다.

돈 후안(Don Juan)은 14세기경 에스파냐의 방탕한 귀족의 이름으로서, 그가 유혹한 여러 여자 가운데 한 명의 아버지인 돈 곤잘로 울로아(Don Gonzalo Ulloa)를 결투에서 죽이고는 승려들에게 피살되었다고 거짓말을 퍼뜨린 전설적인 호색한이다. 훗날 프랑스의 발몽이 그랬던 것처럼, 여성을 유혹하고도 전혀 뉘우침이 없고, 잔혹하기 그지없는 오만한 인물인 그는 신을 믿지 않았으며, 성모 마리아를 숭배하는 유럽의 여성관과는 배치된 사라센 이교 문명에서 유래한 인물상이다.

문학 작품에서 그가 처음 등장하기는 에스파냐 극작가 티르소 데 몰리나(Tirso de Molina, 본명 Gabriel Téllez, 1571?~1648)의 희곡 『세빌랴의 호색가와 석객(石客, El burlador de Sevilla y el convidado de piedra, 영어 제목 The Libertine of Seville and the Stone Guest, 1630)』에 서였다. 이 희곡의 주인공 돈 후안은 돈 곤잘로의 석상에서 수염을 끌어당겨 만찬에 강제로 초대하고, 석상은 답례로 돈 후안을 돈 곤잘로의 무덤으로 초대하여 목을 졸라 죽인다.

티르소의 희곡에서 지옥으로 떨어진 돈 후안은 종교적이고 고상한 인물로 각색되어 중세의 도덕성과 르네상스의 성적인 자유주의(libertinism) 사이에서 갈등을 일으킨다. 돈 후안의 전설은 이탈리아를 거쳐 프랑스로 전해져, 몰리에르(Jean Baptiste Poqueline Molière, 1622 ~73)의 희곡『동 후앙, 또는 석객(Dom Juan ou le festin de pierre, 영어 제목 Don Juan or the Stone Guest, 1665)』이 되는데, 여기에서는 엘비르(Elvire)라는 등장인물과 결혼까지 했다가 버리는 대목도 나온다. 몰리에르 시대의 호색한들을 희화화한 이 작품은 나중에 삐에르 꼬르네이유의 동생 또마(Thomas Corneille, 1625~1709)가 시극으로 개작했다. 프랑스에서는 메리메(Prosper Mérimée), 뒤마 뻬르, 뮈세(Louis Charles Alfred de Musset), 발자크, 플로베르도 돈 후안을 작품의 주인공으로 다루었고, 러시아의 뿌시킨도 마찬가지였다.

이 주제는 조금씩 미화되거나 변질되면서 모짜르뜨의 「돈 조반니(Don Giovanni, 1787), 리하르트 시트라우스의 교향시 「돈 후안(Don Juan, 1888)」, "희극과 철학(A Comedy and a Philosophy)"이라는 부제가 달린 조지 버나드 쇼의 희곡『인간과 초인(Man and Superman, 1903)』, 그리고 정숙한 도나 이네스(Dona Inés)를 유혹한 다음 뉘우치는 그를 위해 여자가 기도를 드려 죄에서 구해 준다는 내용인 호세 조리야(José Zorrilla y Moral)의 시극 「돈 후안 떼노리오(Don Juan Tenorio, 1844)」를 탄생시켰다. 영국에서는 시인이며 극작가인 샤드웰(Thomas Shadwell, 1642?~92)의 작품을 거쳐 바이런의 유명한 미완성 서사시 「돈 주언(Don Juan, 1819~24)」이 등장한다.

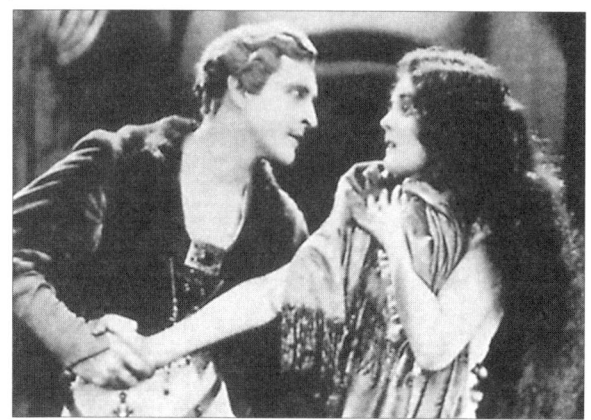

돈 후안은 유럽 각국의 문학에서 '부러운 악당'으로서의 위치를 오랫동안 누렸으며, 무성영화시대부터 은막에서 수없이 등장했다.

작위를 상속받아 케임브릿지에 입학했으나 공부에는 취미가 없고 방탕한 삶을 살았던 바이런(George Gordon Byron, 6th Baron, 1788~1824)은 여러 나라를 떠돌아다니며 아예 돈 후안과 비슷한 삶을 살았던 악마파(The Satanic School) 시인으로서, 당연히 돈 후안을 미화시키려고 했다. 그러나 바이런의 「돈 후안(Don Juan, 1819~24)」은 작가 자신의 사랑을 얘기하기보다는 당시 사회를 풍자한 시각으로 더 유명한 작품이다.

이렇게 화려한 역사(이력)를 자랑하는 돈 후안은 결국 호쾌한 검객의 모습으로 1926년 헐리우드 영화에서 선을 보인다. 명우 존 배리모어가 주연하고 화려한 세트로 유명한 이 무성영화는 축음기판에 음악과 음향 효과를 따로 녹음해서 들려준 최초의 음성 방식(Vitaphone) 실험작으로 유명하며, 돈 후안 이외에도 악명 높은 체자레 보르지아와 루크레티아가 등장하기도 한다.

검객영화라면 더글라스 페어뱅크스와 에롤 플린이 빠질 리가 없어서, 페어뱅크스는 말년에 마지막 작품으로 졸탄 코르다의 형이었고 멀 오베론의 남편이었던 영국의 알렉산더 코르다(본명 Sandor Corda, 1893~1956)가 감독한 「돈 후안의 사생활」에서, 그리고 플린은 「돈 후안의 모험」에서 칼을 휘둘러 가며 많은 여자와 사랑을 나누었다.

매카티 마녀사냥 이후 1952년부터 영국에서 활동했던 조세프 로지(Joseph Losey, 1909~84)가 1979년에 만든 「돈 조반니」는 가장 정교한 돈 후안 영화로 알려졌고, 여러 사람의 손을 거치는 작품이 늘 그렇듯이 돈 후안 주제는 시간이 흐름에 따라 해석 방법이 다채롭게 달라졌다. 프랑스에서는 1973년 로제 바댕이 친척인 성직자, 정치가, 사업가 등 닥치는 대로 남자를 유혹하는 뒤집기 판 「바르도의 돈 후안」을 선보였으며, 엎치락뒤치락 우여곡절 끝에 한 남자가 두 여자와 결혼하는 아류 영화 「돈 후안 킬리간」이라는 가벼운 희극도 나타났다.

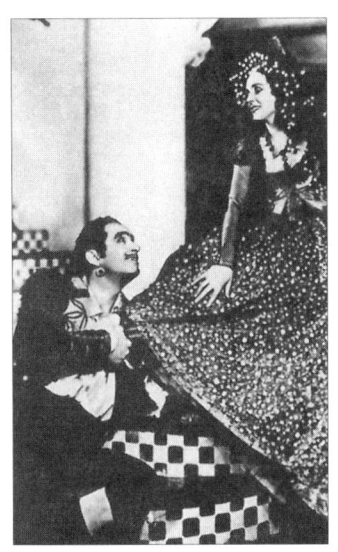

더글라스 페어뱅크스의 최후 작품이 된 알렉산더 코르다 감독의 돈 후안 영화에서도 예외 없이 '여성의 정복'을 영웅담으로 삼았다.

1990년 프랑스에서 만든 「신중한 사람」은 통찰력 있는 비유담

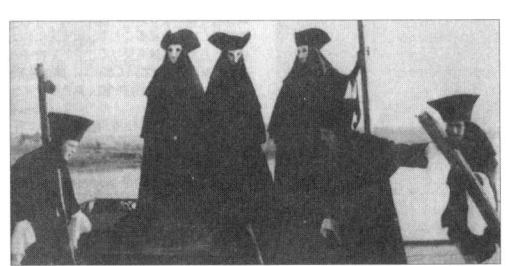

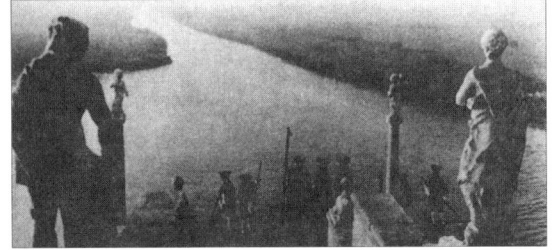

조세프 로지 감독이 이탈리아 '현장'에 가서 1979년에 만든 프랑스 영화 「돈 조반니(Donn Giovanni)」는 돈 후안 주제를 모짜르트가 가극으로 변형시킨 내용을 영화로 옮긴 작품이다.

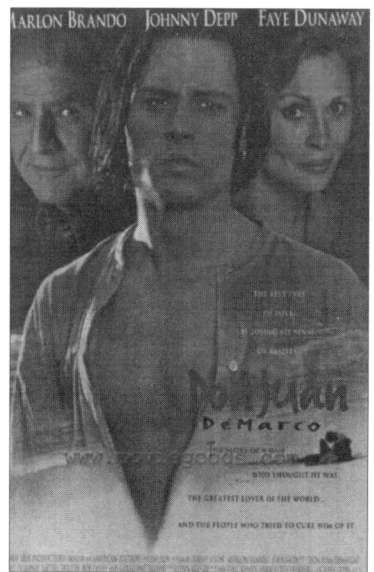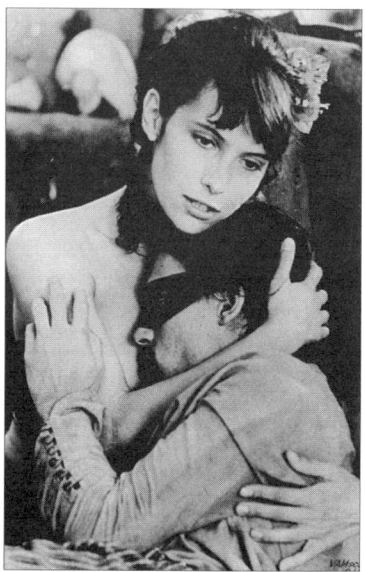

「돈 후안 드마르꼬」는 조로처럼 눈을 가리고 1천 명의 여자를 '정복'한 다음 스물한 살의 생애를 마감하려고 한다.

(allegory)으로서, 냉정한 작가 돈 후안이 책에 쓸 자료를 수집하기 위해 타자수의 감성을 희롱의 대상으로 삼는다는 내용이다. 같은 해에 스빠냐에서 나온 안또니오 메르세로 감독의 「내 사랑 돈 후안(Don Juan, My Love)」은 무덤에서 탈출하여 영혼뿐이고 육체는 갖지 못한 돈 후안과 영혼을 상실하고 육체뿐인 현대의 돈 후안의 만남을 전제로 한 희극이다. 그보다도 더 최근에 나온 「돈 후안 드마르꼬」는 자신이 "세상에서 가장 위대한 사랑의 화신(the world's greatest lover)"이라는 착각(obsessive compulsive illusional disorder)에 빠진 현대판 돈 후안을 주인공으로 내세웠다.

"죄의식과 부끄러움을 느끼기 때문에" 조로(Zorro)의 복장을 하고 가면으로 눈을 가린 채 뉴요크의 어느 호텔 커피집에 나타난 드마르꼬는 그곳에서 애인을 기다리던 여자를 "1천 번째로 정복할 여자"로 선정하고 즉석에서 유혹하여 방으로 끌고 올라가 잠깐 사이에 정을 통한 다음, 여자에서 여자로 이어가던 21살의 인생 오뒷세이아를 마감하기로 작정한다. 그리고는 작전이 끝난 다음 옥상에서 투신하려는 돈 후안의 자살을 막으려고 설득하기 위해 출동한 정신과 의사 말론 브란도는 약물 치료를 거부해 가면서, 상상 속에서 살아가는 젊은이 드마르꼬가 여자들을 '정복'해 온 경험담을 열심히 듣는 사이에 수그러진 자신의 사랑과 성의 회춘을 이룬다는 내용이다. 사랑과 성을 생명의 원동력(life force)으로 해석하는 시각이 조지 버나드 쇼의 희곡 『인간과 초인』을 연상시킨다.

「위험한 관계」의 발몽(Valmont)과는 다른 차원에서 여성의 정복을 예술적인 유희로 그려내는 이 영화는 인물 자신보다 '돈 후안이라는 개념' 탐구에 열중하는데, "모든 여자는 신비"라든가, "여자의 몸은 악기와 같아서 어디를 만지느냐에 따라 다른 소리가 난다"는 등, 어디선가 많이 들어본 상투적인 사랑의 선문답이 넘쳐난다.

놀이삼아 사랑을 가지고 장난질을 하는 돈 후안 희극으로서는 「팡

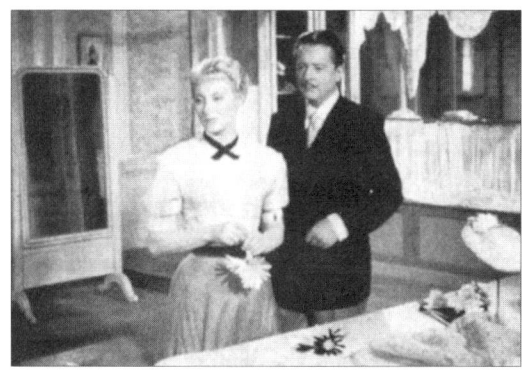

「밤의 기사도(騎士道)」는 내기를 걸고 특정한 여자를 유혹하는 놀이를 벌이는 바람둥이 군인에 관한 영화이다.

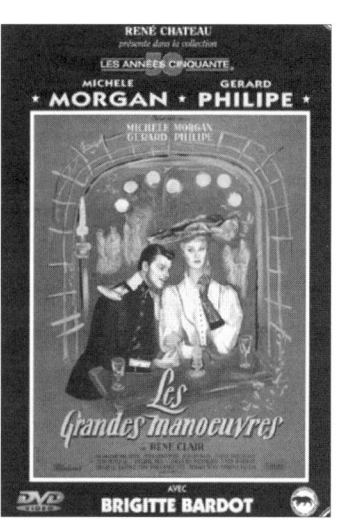

팡」계열의 제라르 필리프 영화 「밤의 기사도」가 있다. 숙소로 찾아와 밤을 같이 지내기로 한 여자와의 약속을 까맣게 잊어버리고 다른 여자의 집에 가서 자고 올 만큼 바람둥이인 아르망 들라베르는 세상의 어떤 여자라도 '정복'할 자신이 있다고 여성 편력을 자랑하는 바람둥이 군인이다. 그래서 총동원 대작전을 나가기 한 달 전, 기병대의 동료 장교들이 저녁식사를 걸고 그와 내기를 한다. 동료들은 작전이 시작되기 전에 아르망이 '정복'해야 할 여자로 빠리에서 온 이혼녀이며, 뒤베르제라는 남자와 약혼까지 해놓은 마리 루이즈 리비에르를 지명한다.

아르망은 공원과 성당과 음악회까지 졸졸 쫓아다니며, 군대에서 작전을 벌이듯, 온갖 심리전을 동원하여 여자에게 접근한다. 얼르고, 칭찬하고, 삐치기도 하고, 화를 내다가 실망한 척하고, 필요하면 다그치고, 밀고 당기고 사탕발림도 해 가며 온갖 가짜 감정을 열심히 구사하던 아르망은 자기도 모르게 마리 루이즈를 진짜로 사랑하게 된다. 여자의 약혼자와 결투까지 벌이고, 동료들에게 "자네가 진짜 여자를 사랑할 수 있단 말야?"라는 핀잔을 들어 가면서도 정복이 아닌 사랑에 성공한다는 대단히 고약한 얘기이다.

'정복'한 여자의 장갑을 수집하는 미남 장교와, 말 탄 제복의 군인들이 행진하는 멋진 모습을 설레는 마음으로 창가에서 내다보는 처녀들이 주인공인 풍속화 같은 이 영화에서는 비슷한 시기에 제작된 「하오의 연정(Love in the Afternoon, 1957)」의 주제곡으로 유명한 "매혹의 월츠(Fascination)"도 흘러나온다.

1970년대 공산당원으로 활동하다가 투옥되어 80년대 중반까지 '직업'이 없었던 에스파냐의 후안-안또니오 바르뎀(Juan-Antonio Bardem) 감독의 영화 「사랑의 거리」에서는 1955년 가을 '어느 소도시'에서 따분하고 평화로운 삶을 살아가던 친구 몇 명이 「밤의 기사도」 장난을 치

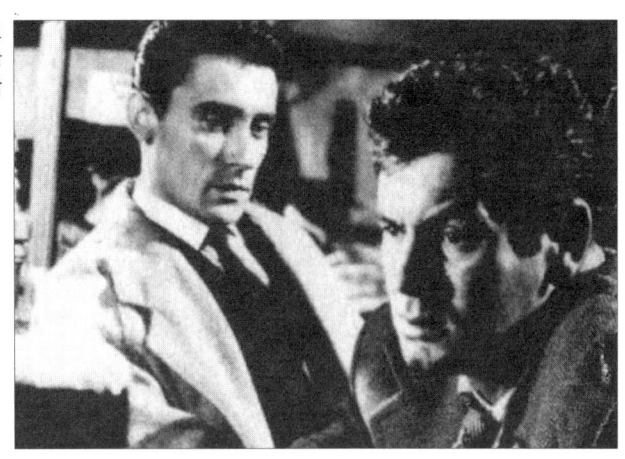
돈 후앙의 고향 에스파냐에서도 「밤의 기사도」에서처럼 고약한 장난을 치는 남자들을 주인공으로 삼은 「사랑의 거리」가 선을 보였다.

기로 결정하고, 할 일이 없어서 역으로 기차 구경이나 나가는 서른다섯 살 난 노처녀 이사벨을 유혹하는 역할을 타향 사람인 주인공 후안에게 맡긴다. 이사벨을 유혹하는 데 성공하면 여러 사람들 앞에서 그것이 장난이었음을 발표하여 여자를 골탕먹이려는 계획이었다.

그러나 이사벨이 너무나 진지하고 열정적인 반응을 보이자 후안은 죄의식을 느끼기 시작하고, 몽상에 빠져 결혼생활을 부지런히 설계하는 이사벨에게 진실조차 고백하지 못한다. 노처녀한테 애인이 생겼다고 온동네가 떠들썩해지자 사실대로 얘기하면 이사벨이 창피해서 자살이라도 할까 봐 후안은 심한 고민에 빠진다. 일이 너무 커지기 전에 수습해야 되겠다고 나선 마드리드의 소설가 페데리코는 이사벨에게 대신 진실을 말한다.

웬만한 영화라면 「밤의 기사도」에서처럼 장난이 진심으로 발전하거나, 아니면 후안의 예상대로 이사벨이 자살하는 결론이겠지만, 「사랑의 거리」에서는 그 어느 쪽도 아니다. "미국 영화는 모두가 허구요, 거짓"이라는 등장인물의 선언처럼 이 영화는 대단히 사실적인 종결을 보여 준다.

▌「빵딸로네(Pantaloons, 영어 제목 The Great Lover/Don Juan, 1957, 프랑스, 93분)」, 감/John Berry, 출/Fernandel, Carmen Sevilla, Christine Carrere

▌「탐 린의 발라드(The Ballad of Tam Lin, 또는 Tam Lin, 또는 The Devil's Widow, 1971, 미국, 107분)」, 감/Roddy McDowall, 출/Ava Gardner, Ian McShane, Stephanie Beacham, Cyril Cusack, Richard Wattis, Sinead Cusack, Joanna Lumley

▌「돈 후안(Don Juan, 1926, 미국, 111분)」, 감/Alan Crosland, 출/John Barrymore, Mary Astor, Willard Louis, Estelle Taylor, Helene Costello, Warner Oland, Montagu Love, Myrna Loy, Hedda Hopper

▌「돈 후안의 사생활(The Private Life of Don Juan, 1934, 영국, 80분)」, 감/Alexander Korda, 출/Douglas Fairbanks, Merle Oberon, Binnie Barnes, Joan Gardner, Benita Hume, Athene Seyler, Melville Cooper

▌「돈 후안의 모험(Adventures of Don Juan, 1948, 미국, 110분)」, 감/Vincent Sherman, 출/Errol Flynn, Viveca Lindfors, Robert Douglas, Alan Hale, Ann Rutherford, Raymond Burr

▌「바르도의 돈 후안(Ms. Don Juan, 1973, 프랑스, 87분)」, 감/Roger Vadim, 출/Brigitte Bardot, Maurice Ronet, Robert Hossein, Mathieu Carriere, Jane Birkin, Michele Sand

▌「돈 후안 킬리간(Don Juan Quilligan, 1945, 미국, 75분)」, 감/Frank Tuttle, 출/William Bendix, Joan Blondell, Phil Silvers, Anne Revere, B. S. Pully, Mary Treen

▌「신중한 사람(La Discrète, 1990, 프랑스, 94분)」, 감/Christian Vincent, 출/Fabrice Luchini, Judith Henry, Maurice Garrel, François Toumarkine

▌「돈 후안 드마르꼬(Don Juan DeMarco, 1995, 미국, 97분)」, 감/Jeremy Leven, 출/Marlon Brando, Johnny Depp, Faye Dunaway, Geraldine Pailhas, Bob Dishy, Rachel Ticotin, Talisa Soto, Richard Sarafian, Tresa Hughes

▌「밤의 기사도(Les Grandes Manoeuvres, 1955, 프랑스, 104분)」, 감/René Clair, 출/Gérard Philipe, Michèle Morgan, Jean Desailly, Pierre Deux, Jacques Fabbri, Jacques François, Yves Robert, Brigitte Bardot, Lise Delamare,

Simone Valere

▌「사랑의 거리(Calle Mayor, 프랑스 제목 Grande Rue, 1956, 에스파냐-프랑스, 94
분)」, 감/J. A. Bardem, 출/Betsy Blair, Jose Suarez, Yves Massard, Dora Doll,
Luis Pena, Jose Calvo, Alfonso Goda, Matilde M. Sampedro, Manuel
Alexandre, Maria Gamez

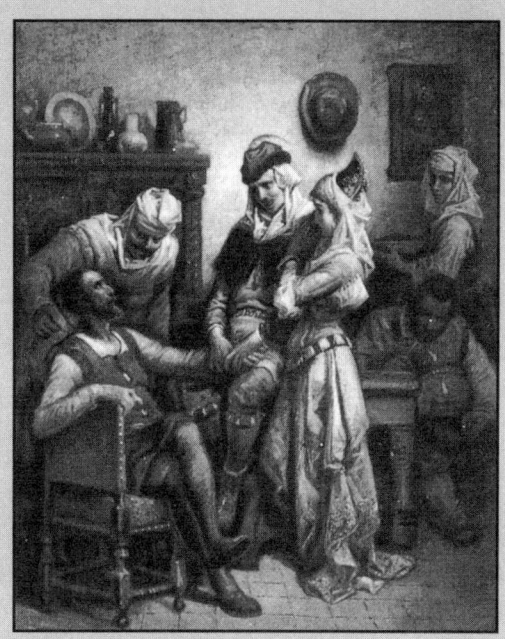

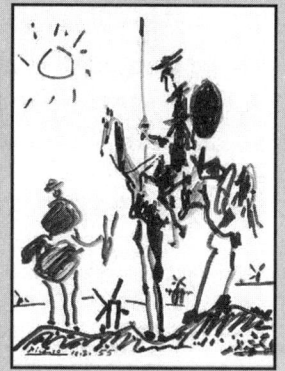

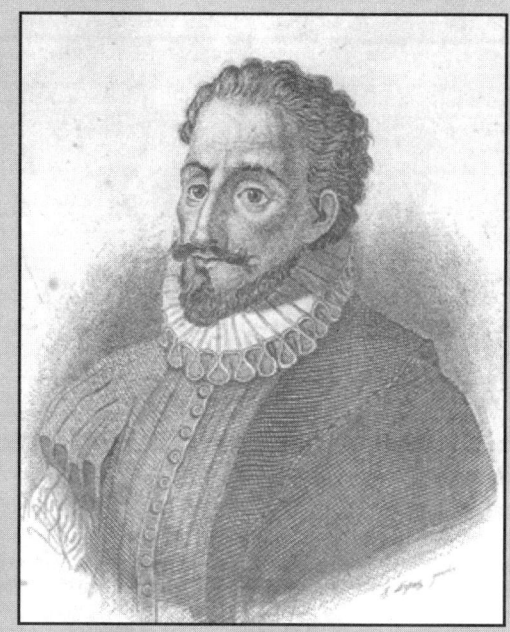

쎄르반테스(아래)의 『돈 끼호테』에는 흔히 사람들
이 생각하는 것보다 훨씬 깊고 오묘한 의미가 담
겨서, 지금까지 제작된 돈 끼호테 영화들은 정확한
해석을 전달하지 못하는 경우가 대부분이다.

라 만차의 돈 끼호테

시대극 계열에서 돈 후안 드마르꼬보다 훨씬 더 심한 착각에 빠져 기상천외한 행각을 벌이는 에스파냐 문학의 등장인물은 돈 끼호테이 다. 그가 활동하던 당시에 범람하던 과장된 기사문학을 풍자하기 위 해 쎄르반테스(Saavedra Miguel de Cervantes, 1547~1616)가 썼다는 『기발한 시골 선비 돈 끼호테(Don Quixote de la Mancga, El ingenioso hidalgo, 1605)』는 기사소설(chivalry romance)을 너무 많이 읽고 현실 감각을 잃어서, 소설적 환상 속에서 살아가는 인물을 주인공으로 삼 았는데, 비평가들은 나중에 돈 끼호테를 물질주의적인 세상에서 좌절 하고 조롱을 당하는 이상주의자라고 새로운 해석을 내리기도 했다.

까마득한 옛날 9판 3만 부나 팔았다는 『돈 끼호테』의 성공에 자극 을 받아, 1614년에 가명을 사용하던 무명작가(Alonso Fernández de Avellaneda)가 가짜 속편을 발표하기도 했다. 요즈음 영화계에서도 희 작(parody)이라는 핑계로 그런 짓을 하는 사람들이 많지만, 당시에는 이렇게 남의 작품을 읊어먹는 경우가 흔했다는데, 이에 자극을 받은 쎄르반테스가 다음해, 전편보다 훌륭하다는 평을 듣게 된 진짜 속편을 발표했다.

『돈 끼호테』는 세계적으로 가장 여러 번 영상화된 문학 작품 가운데 하나이지만, 지금까지 선보인 어떤 영화도 원작을 충분히 살리지 못했다는 소리를 듣는다. 필자는 『하얀전쟁』, 『은마는 오지 않는다』, 『헐리우드 키드의 생애』가 영화로 만들어질 때마다 사람들로부터 "영화가 원작을 제대로 살렸느냐"거나 "영화를 보고 만족했느냐"는 질문을 자주 받았다. 그럴 때마다 필자는 영화와 소설은 분야가 다르기 때문에 둘을 연결지어 작품성을 평가하지 말라고 대답한다. 영화는 문학과 달리 제한된 시간에 제한된 공간에서 집단을 대상으로 시각적인 표현에 의존하는 종합 예술인 반면에, 문학은 1대 1의 경험이며, 훨씬 자유로우면서도 적극적인 상상력을 필요로 하는 활자를 매체로 삼고, 내용물을 받아들이는 독자에게 무제한의 시간이 용납되는 형태의 지극히 개인적인 예술이기 때문이다.

따라서 영화는 영화로서 존재하고, 원작은 '영감(靈感)'의 차원에서 머물기 때문에 필자는 자주 "문학은 밀가루나 마찬가지인 원료이고, 영화에서 그 밀가루로 국수를 만들건 빵을 만들건 결과물은 작가(감독, auteur)의 몫"이라고 얘기한다. 영화는 영화로서 평가를 받아야 하고, "원작 소설이 80점짜리이니까 영화도 80점이어야 한다"는 식의 계산은 곤란하다. 그런 의미에서 영화가 "원작을 훼손"했다는 주장 또한 이치에 맞지 않는다. 영화를 잘못

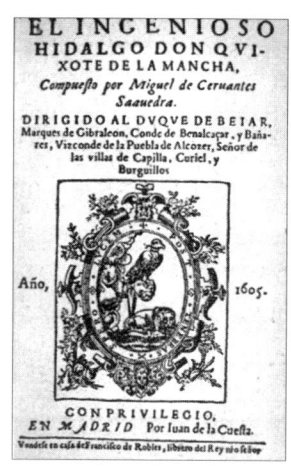

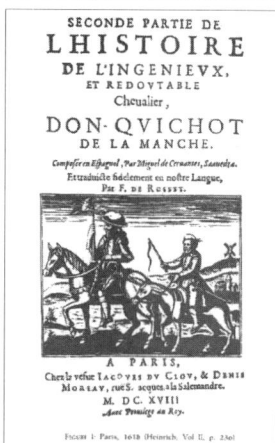

1605년에 출판된 쎄르반테스의 소설 『돈 끼호테』 1권의 표지(위)와 1618년 빠리에서 출판된 2권의 표지

만들어 영화사가 망하면 망했지, 영화 때문에 원작의 문장이 하나라도 달라지지는 않기 때문이다. 물론 외국에서도 『흐르는 강물처럼』의 경우에 그랬듯이, 영화가 성공을 거두어 그때까지 사람들이 별로 알지도 못했던 소설이 각광을 받기도 하지만, 원작이 너무 뛰어나기 때문에 어떤 영화도 그에 미치지는 못한다고 해서 쎄르반테스의 『돈 끼호테』가 이제는 '세계 명작'의 대열에서 제외되었다거나 하는 일은 없었다.

『돈 끼호테』를 영화로 만들기가 '어려웠던' 까닭은 아마도 단어 하나하나를 곱씹어야 맛이 나는 문학적인 천재성을 대사만 건성으로 들어 넘기며 화상을 보는 집단 관객을 대상으로 영상화하기가 불가능했기 때문이었겠고, 수십 시간이 걸려야만 할 얘기를 모두 할 수 있는 원작을 두세 시간으로 집약해야 하는 제한의 부담 때문이었겠다.

어쨌든 문학과 영화에 얽힌 이런 어려움에도 불구하고, 프랑스에서는 일찍이 1909년에 돈 끼호테 무성영화가 선을 보였고, 미국에서는 1916년 에드워드 딜론(Edward Dillon) 감독이 돈 끼호테의 활약을 화면에 담았다. 영국에서는 「쾌걸 핌퍼넬」을 포함하여 3백여 편의 작품을 남긴 모리쓰 엘버리(Maurice Elvery, 본명 William Folkard, 1887~1967) 감독이 같은 작품을 1923년에 영화(출/Jerrold Robertshaw, George Robey, 1923)로 만들었고, 10년이 지난 1933년에는 「판도라의 상자(Pandora's Box, 1928, 독일)」처럼 비관

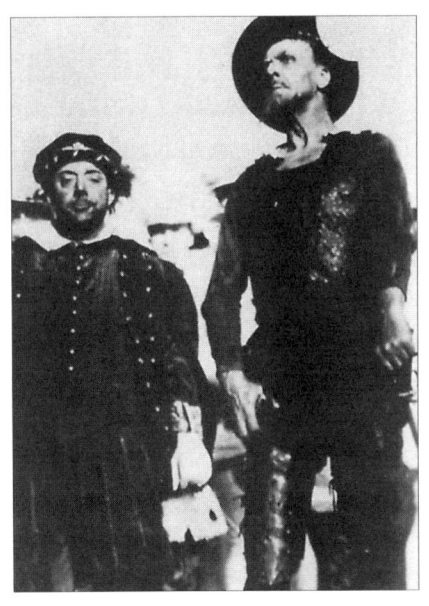

인간 심리에 깊은 관심을 보였던 파브스트 감독은 나찌가 극성을 부리던 시절 현실을 도피하려던 욕구 때문에 「돈 끼호테」를 영화로 만들었다고 한다.

적인 주제를 자주 다루었던 파브스트(G. W. Pabst, 본명 Georg Wilhelm, 1885~1967)가 다시 조지 로비와 마쓰네(Jules Émile Frédéric Massenet)의 오페라에서 같은 역(Don Quichotte)을 맡았던 러시아의 표도르 샬리아핀(Feodor Chaliapin)을 주연으로 내세워 같은 영화를 만들었다.

그런가 하면 덴마크의 라우 라우릿첸(Lau Lauritzen) 감독은 1926년, 에스파냐의 라파엘 길(Rafael Gil)은 1947년에 저마다 돈 끼호테에게 도전했다. 「햄리트」와 「리어왕」 같은 고전 문예 영화를 만들었던 그리고리 꼬진쩨프(Grigori Kozintsev) 감독이 영웅서사극의 주연을 단골로 맡았던 니꼴라이 체르까소프(Nicolai Cherkassov)를 주연으로 내세운 1957년 러시아 판이 지금까지 나온 영화들 가운데 가장 훌륭한 돈 끼호테 작품이라고 알려졌다. 오손 웰스도 돈 끼호테 영화를 부분적으로 촬영해 두기는 했지만, 완성품을 보기는 이제 불가능해졌고, 영화제에서 가끔 그 일부를 선보이고는 했었다.

유고슬라비아에서는 1961년에 만화영화가 나왔고, 다음해 핀란드에서는 에이노 루우트살로(Eino Ruutsalo) 감독의 돈 끼호테가 태어났으며, 1972년에는 유니버살 영화사와 BBC가 「마이 페어 레이디」의 히긴스 교수 역으로 널리 기억되는 렉스 해리슨(Sir Rex Harrison)을 주연시켜 텔레비전 영화를 만들기도 했다.

루돌프 누레예프가 연출과 안무를 맡으면서 이발사 바실리오(Basilio) 역으로 출연까지 했고, 그리고 오스트렐리아 발레단이 그와 함께 출연한 「돈 끼호테」는 물론 소설이 아니라 발레로 개작한 작품을 영화로 만든 작품이지만, 좋은 평가를 받았다.

안타깝게도 우리는 정통 돈 끼호테 영화는 접하기가 사실상 불가능하고, 가장 잘 알려진 쎄르반테스 영화로는, 음악극(musical)을 따로 모아 엮을 책에서 다시 다루기로 하겠지만, 등장인물보다 작가 자신이 주인공 노릇을 하는 「라 만차의 사나이」이다.
이 희곡은 우리나라에서도 번역 공연되었다.

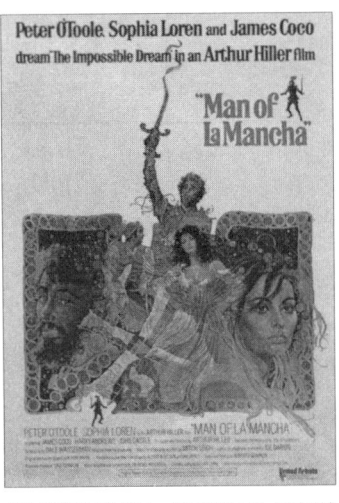

대부분의 훌륭한 문학 작품은 작가 자신의
직접적이거나 정신적인 체험이 바탕을 이루
고, 그래서 이미 "신화와 역사" 편에서 살펴본
몇몇 작가나 마찬가지로 쎄르반테스 역시 그
의 대표작 못지않게 파란만장한 생애를 살았
던 사람이다.

주인공의 정신적인 측면을 주제로 삼는 근
대적 성격 소설(character novel)의 창시자로 알
려진 쎄르반테스는, 훌륭한 가문 출신이기는
하지만, 집안이 워낙 가난해서 정규 교육을 받

「라 만차의 사나이」는 쎄르반테스가 주인공인
음악극으로서, 우리나라에서도 대학로 문예회
관 대극장에서 무대에 올랐었다.

지 못하고 줄리오 아꽈비바(Giulio Aquaviva) 추기경 밑에서 일하다가
1569년 함께 이탈리아로 갔으며, 에스빠냐 해군이 터키 함대를 무찌
른 레빤또 해전(1571)에 참가하여 왼팔과 가슴에 부상을 입었다.

비록 한쪽 팔이 평생 불구가 되기는 했지만 그는 이 전투 경험과 거
기에서 얻은 '레빤또 불구자(el manco de Lepanto)'라는 별명을 대단
히 자랑스럽게 생각했다. 그는 군 생활을 끝내고 귀국하다가 해적에
게 붙잡혀 알제리아에서 5 년 동안 노예생활도 했고, 겨우 구출되어
마드리드로 돌아가서 결혼한 후에 30 편 가량의 희곡을 발표했다. 극
작가로 크게 성공하지 못하자 해군과 징세리로 일하다가 공금을 잘못
맡긴 은행이 파산하여 투옥되었는데, 『라 만차의 사나이』 도입부에서
나타나듯, 이때 감옥생활을 하면서 『돈 끼호테』를 구상하게 된다.

그는 또한 해군에서 구매 업무를 맡아 전국 방방곡곡 돌아다니며
경험을 쌓았고, 교회의 농작물을 공출했다가 파문을 당하는가 하면,
빚 때문에 두 차례나 옥살이를 했다. 『돈 끼호테』로 성공하기 전까지

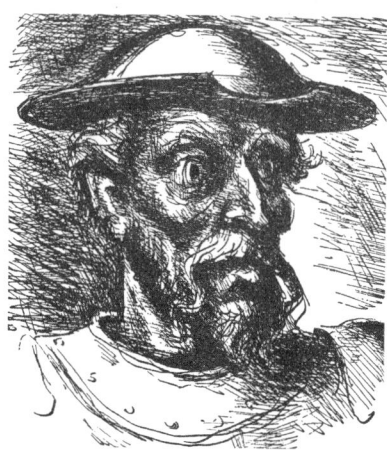

에스파냐 최고의 고전 작가로 꼽히는 쎄르반테스의
생애는 영화 「라 만차의 사나이」 줄거리보다 훨씬
파란만장하다.

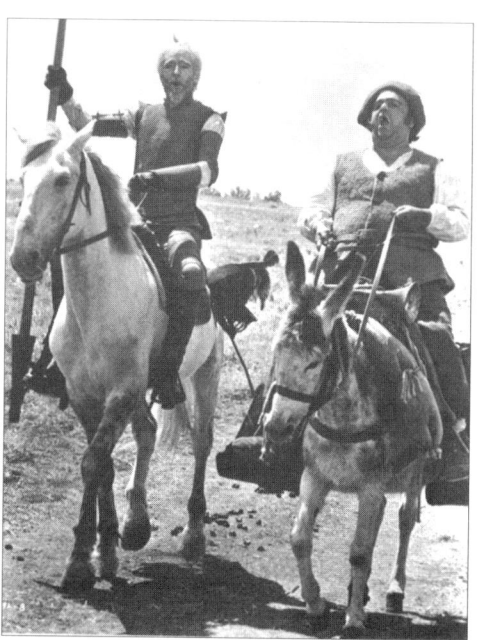

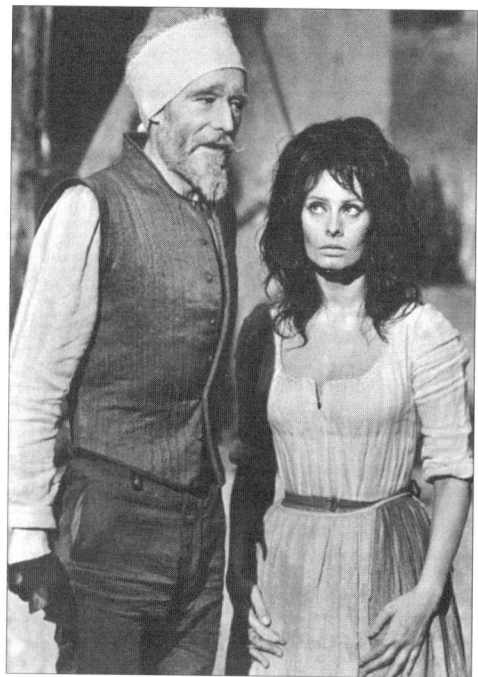

는 경제적으로 많은 어려움에 시달려서, 1605년에는 어느 젊은 귀족의 죽음에 연루되었다는 의심까지 받았다. 가장 자서전적인 그의 소설은 알제(Algiers) 기독교인 노예들의 삶을 그린 희곡『아르젤의 거래(El trato de Argel, 1784년에야 처음 출판되었음)』라고 한다.

독일, 이탈리아, 프랑스, 영국 등의 화려한 출연진을 내세운 「젊은 반항아」는 쎄르반테스가 주인공으로 등장하여, 무어인들과의 싸움에서 도움을 얻기 위해 교황 비오 5세(Pius V)의 명을 받고 에스파냐를 다녀오는 여정을 그린 사극이다.

"전설의 시대"에 그토록 흔했던 2세 영화는 돈 끼호테의 경우에도 적용되어, 「몬시뇨르 끼호테」에서는 에스파냐의 시골에서 조용히 살아가는 돈 끼호테의 후손이 고위 성직자에 임명되고, 이를 축하하기 위해 그는 지방의 공산주의자 정치가와 함께 돈 끼호테 여행에 나선다. 영화계에서는 소설보다도 「제3의 사나이」 극본으로 훨씬 더 유명한 그래험 그린(Graham Greene)이 '원작자'이다.

찾아보기 ●--

▌「라 만차의 사나이(Man of La Mancha, 1972, 미국, 130분)」, 감/Arthur Hiller, 출/Peter O'Toole, Sophia Loren, James Coco, Harry Andrews, John Castle
▌「돈 끼호테(Don Quixote, 1973, 미국, 107분)」, 감/Rudolf Nureyev, Robert Helpmann, 출/Robert Helpmann, Rudolf Nureyev, Lucette Aldous
▌「젊은 반항아(Young Rebel 또는 Cervantes, 1967, 프랑스−이탈리아−에스파냐, 111분)」, 감/Vincent Sherman, 출/Horst Buchholz, Gina Lollobrigida, Jose Ferrer, Louis Jourdan, Francisco Rabal
▌「몬시뇨르 끼호테(Monsignor Quixote, 1988, 영국, 118분)」, 감/Rodney Bennett, 출/Alec Guiness, Leo McKern, Ian Richardson, Graham Crowden, Maurice Denham, Philip Stone, Rosalie Crutchley, Valentine Pelka

웅장하기 짝이 없는 대작 사극 「엘 씨드」(아래)를
촬영하고 나서 집으로 돌아가 부엌에서 배수관을
고치는 잡일을 하다 보면 현실 감각이 혼란을 일
으킨다고 찰톤 헤스톤이 말했다.

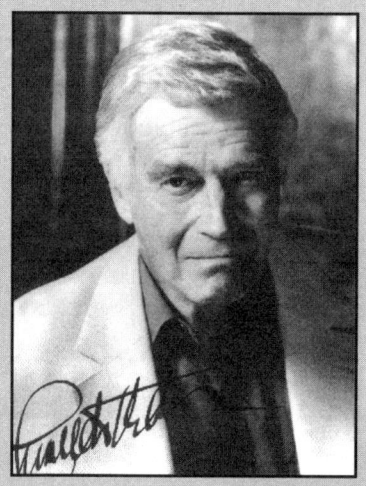

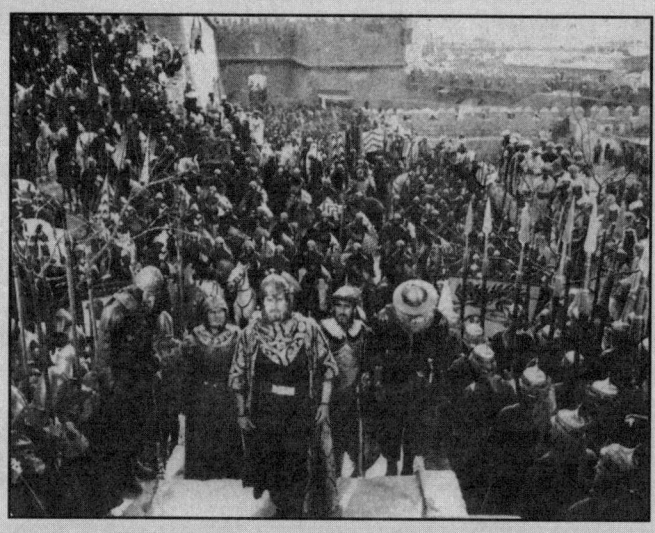

에스파냐가 보이는 사극

　현실과 환상 사이에서 자신의 정체성에 관한 착각을 일으킨 사람은 돈 끼호테뿐이 아니었다. 게이 탤리시(Gay Talese)의 『명성과 무명(Fame and Obscurity)』을 보면 피터 오툴이 2 년 동안 사막에서 영화 촬영을 하고 났더니 "내가 피터 오툴인지 아니면 아라비아의 로렌스인지 가끔 착각이 되고는 했다"고 고백하는 내용이 나온다. 찰톤 헤스톤 역시 자니 카슨(Johnny Carson)의 「투나이트 쇼」에 출연해서, 낮에 화려한 무사의 의상을 걸치고 「엘 씨드」를 촬영하다가 집에 가서 싱크대를 고치려니까 "내가 누구인지 헷갈리더라"는 고백을 했었다.

　이렇게 찰톤 헤스톤으로 하여금 착각을 일으키게 만들었던 "엘 씨드"는 에스파냐 중부에 위치했던 옛 까스띠야(Castilla, 영어로는 Castile)에서 전해 내려오는 작자 미상의 서사시 「엘 씨드의 시(Poema del Cid 또는 Cantar de mio Cid, 1140)」의 주인공인 전설적 영웅 로드리고 디아즈(Rodrigo 또는 Ruy Díaz de Bivar, 1043?~99)의 별명으로서, 'Cid'는 일본의 쇼군처럼 호족의 군주를 뜻하는 아랍어 'Sidi'가 어원이다. 기사문학의 걸작『롤랑의 노래(Chanson de Roland)』와 비슷한 형식을 갖춘『영웅의 노래』는 까스띠야 군의 총사령관인 로드리고 디아즈가 왕 알폰소(Alfonso) 6세와 불화가 생겨 추방을 당하지만(제1부), 이베리아 반도 대부분을 지배하던 무어인들을 무찌르고 발렌치아를 정복한 다음 다시 왕과 화해한다(제2부). 제3부는 그의 딸들을 학대하고 내버린 사위들에게 복수를 한다는 내용이다.

엘 씨드는 중세의 다른 여러 시에도 등장하여,『로드리고의 노래(Cantar de Rodrigo, 1400)』는 거의 전적으로 전설에 바탕을 두었고, 에스파냐의 많은 작가들(Juan de la Cueva, Lope de Vega, Guillén de Castro ye Bellvís, Juan Eugenio Hartzenbusche)이 같은 주제를 다루었다. 그 가운데 극작가 까스뜨로의 작품『엘 씨드의 청년기(Mocedades del Cid)』를 기초로 삼아 프랑스 현대극의 시조로 알려진 꼬르네이유(Pierre Corneille)의 고전 비극『르 씨드(Le Cid, 1636)』가 태어난다.

엘 씨드 영화로는 물론 찰톤 헤스톤 주연의 작품이 가장 널리 알려

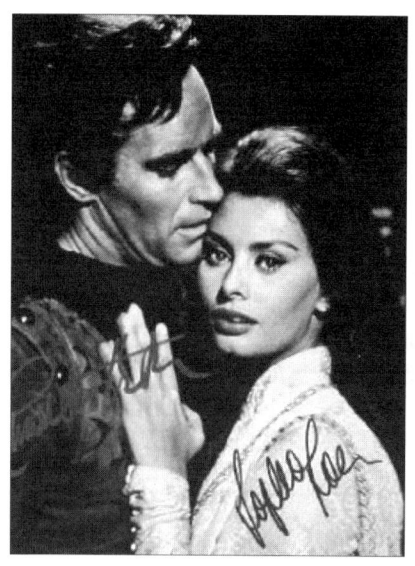

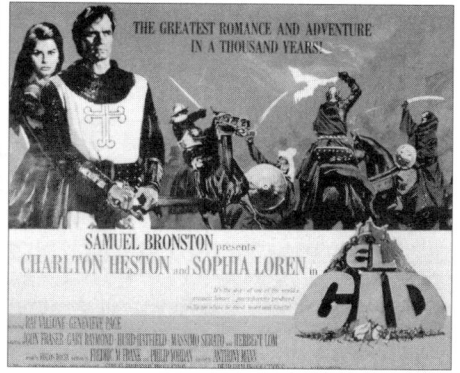

'엘 씨드' 전설은 에스파냐 시문학에서 중요한 위치를 차지하지만, 다른 전설적인 영웅만큼 영화에 자주 등장하지는 않는다.

졌다. 「탐정야화(Detective Story, 1951)」, 「고원의 결투(Johnny Guitar, 1954)」, 「애증(Broken Lance, 1954)」, 「북경의 55일」, 「로마 제국의 멸망」 등 수많은 작품을 써낸 필리프 요르단(Philip Yordan)의 각색에 야키마 카누트(Yakima Canutt)가 조연출을 그리고 미클로스 로자(Miklos Rozsa)가 음악을 맡은 1961년 대작 사극이다. 이듬해에는 에스파냐에서도 카탈로니아의 부패한 통치자와 대적하는 의상극 「엘 씨드의 검」이 나왔다.

에스파냐가 배경인 시대극에는 여자가 주인공인 얘기도 적지 않아서, 「음모의 귀부인」은 16세기 궁중의 음모에 얽혀든 귀족 집안의 미망인이 주인공이고, 히틀러를 위해 뛰어난 선전영화를 만든 레니 리펜슈탈은 자신이 감독해 가며 분위기를 한껏 살린 '시각적인 시(詩)' 「티프란트(低地)」에서 몽환적인 독일의 양치기와 오만한 후작으로부터 함께 사랑을 받는 에스파냐의 무희 역을 맡았다. 나중 영화는 1942~5년에 촬영을 마쳤지만, 제3 제국의 멸망으로 인해서 1954년에야 편집이 끝났다.

「악마는 여인이다」는 19세기 혁명을 배경으로 해서, 여러 남자의 인생을 파멸로 이끌어 가는 매혹적이고도 냉정한 여인이 주인공인데, 앙

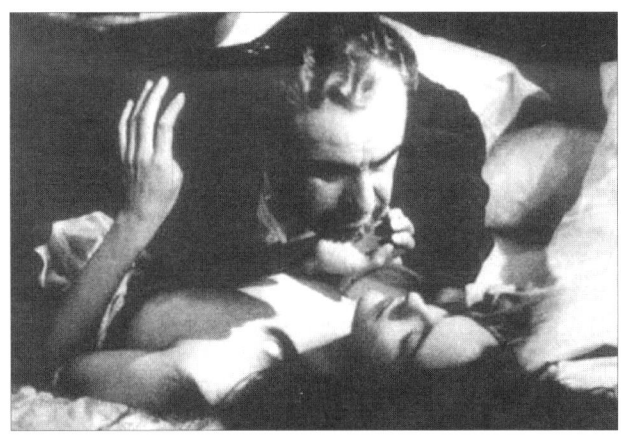

루이스 브뉘엘의 마지막 작품 「욕망의 모호한 대상」은 하녀에게서 고통의 쾌락을 경험하는 변태성욕자의 얘기이다.

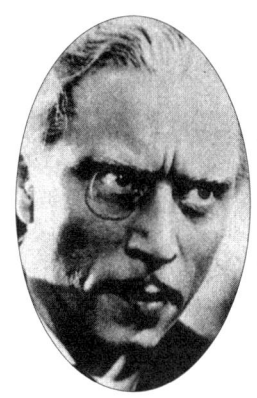
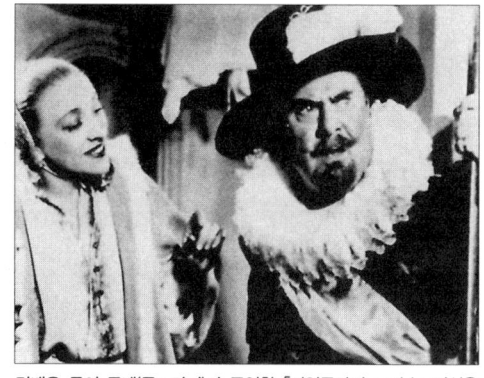

명배우 루이 주베(동그라미)가 주연한 「여인들만의 도시」는 여성을 위한 해방 풍자극이다.

드레 지드와 뽈 발레리하고 가까운 친구였던 삐에르 루이(Pierre Louÿs, 1870~1925)의 소설이 원작이다. 사실은 도덕주의자였음에도 불구하고 당시로서는 충격적인 내용을 의도적으로 다루고는 했던 루이의 원작 소설은 여러 차례 영화로 만들어졌는데, 루이스 브뉘엘의 마지막 작품인 「욕망의 모호한 대상」도 그 가운데 하나이다. 부유한 가학피학성변태성욕자(sadomasochist)가 어린 하녀에게서 고통의 쾌락을 경험한다는 내용이다. 아들 브뉘엘이 연출한 「레오노르」는 매장된 지 10 년 후에 다시 무덤에서 돌아오는 중세의 여인에 대한 얘기이다.

프랑스 영화 「여인들만의 도시」는 1616년 플랑드르의 어느 마을에 에스파냐 군대가 진주하게 되자 남자들은 겁이 나서 모두 피하고 여자들이 나서서 마을도 구하고 재미도 본다는 내용이 담긴 약간은 여성해방주의적인 풍자극이다.

이탈리아 영화 「제7의 검」과 「시에나의 검객」은 각각 에스파냐의 필리페 3세를 몰아내려는 음모를 쳐부수는 의상극과 16세기 에스파냐의 지하운동에 가담하는 검객이 벌이는 활극이다.

에스파냐 영화 「지배자와 영웅」은 침략자들을 물리치기 위해 백성을 이끌고 앞장서서 싸우는 귀족이 주인공으로 나오는 의상극인데,

주연배우들만 봐서는 미국 영화 같은 착각을 일으킨다. 「살아 있는 한 (限, Solange Du lebst, 1957, 감/하롤드 라이늘, 출/아드리안 호헨, 마리안 느 코흐)」은 에스파냐의 내란을 다룬 서독 영화이다.

찾아보기 ●--

▌「엘 씨드(El Cid, 1961, 미국, 184분)」, 감/Anthony Mann, 출/Charlton Heston, Sophia Loren, Raf Vallone, Genevieve Page, John Fraser, Gary Raymond, Hurd Hatfield, Herbert Lom, Massimo Serato, Christopher Rhodes

▌「엘 씨드의 검(The Sword of El Cid, 1962, 에스파냐, 85분)」, 감/Miguel Iglesias, 출/Roland Carey, Sandro Moretti, Chantal Deberg, Daniela Bianchi

▌「음모의 귀부인(That Lady, 1955, 미국, 100분)」, 감/Terence Young, 출/Olivia de Havilland, Gilbert Roland, Paul Scofield, Dennis Price, Christopher Lee

▌「티프란트(Tiefland, 1954, 독일, 98분)」, 감/Leni Riefenstahl, 출/Leni Riefenstahl, Franz Eichberger, Bernard Minetti, Maria Koppenhofer, Luis Rainer

▌「악마는 여인이다(The Devil Is a Woman, 1935, 미국, 83분)」, 감/Josef von Sternberg, 출/Marlene Dietrich, Lionel Atwill, Cesar Romero, Edward Everett Horton, Alison Skipworth

▌「욕망의 모호한 대상(Cet Obscur Objet du Désir 영어 제목 That Obscure Object of Desire, 1977, 에스파냐-프랑스, 103분)」, 감/Luis Buñuel, 출/Fernando Rey, Carol Bouquet, Angela Molina, Julien Bertheau, Andre Weber

▌「레오노르(Leonor, 1975, 에스파냐-프랑스-이탈리아, 90분)」, 감/Juan Buñuel, 출/Michel Piccoli, Liv Ullmann, Ornella Muti, Antonio Ferrandis, Jorge Rigaud

▌「여인들만의 도시(La Kermesse héroique, 1935, 프랑스)」, 감/Jacques Feyder, 출/Louis Jouvet, Jean Murat, Françoise Rosay

▌「제7의 검(Seventh Sword, 1962, 이탈리아, 84분)」, 감/Riccardo Freda, 출/Brett Halsey, Beatrice Altariba, Giulio Bosetti, Gabriele Antonini

▌「시에나의 검객(The Swordman of Siena, 1961, 이탈리아, 97분)」, 감/Etienne Perier, 출/Stewart Granger, Sylva Koscina, Christine Kaufmann, Tullio Carminati, Gabriele Ferzetti

▌「지배자와 영웅(The Castilian, 1963, 에스파냐, 129분)」, 감/Javier Sero, 출/Cesar Romero, Alida Valli, Frankie Avalon, Broderick Crawford, Spartaco Santoni

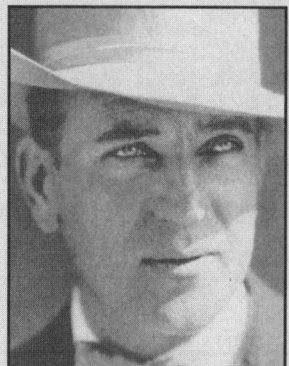

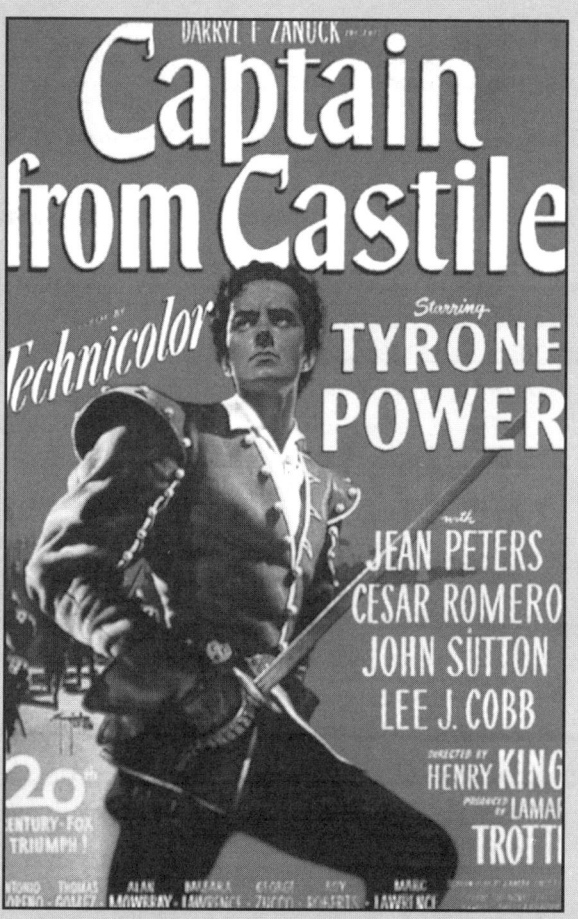

타이론 파워와 함께 헨리 킹(위)은 「지옥
의 길」과 더불어 「정복의 길」을 만들기
도 했다. 영화의 종결부 장면(아래)에서
고뇌하는 표정으로 땅바닥에 주저앉은
까따나(Catana) 역의 진 피터스는 잠시
후 몸을 일으켜 꼬르떼즈의 진군 행렬에
용감하게 참여한다

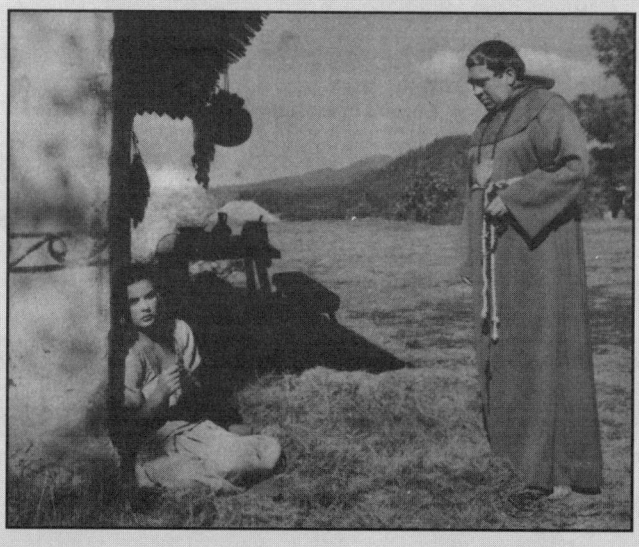

꽁뀌스따도르

지금 사람들이 들으면 정말로 호랑이 담배 피우던 시절의 전설이라고 하겠지만, 헐리우드 키드의 시대에는 극장에서 세금을 제때 내지 못하면 영사기의 렌스를 세무서에서 뽑아 가고는 했었다. 아현동의 현대극장으로 「지옥의 길(Jesse James, 1939)」을 보러 갔던 날 아침도 마찬가지여서, 관객이 두 시간 이상이나 기다려도 눈알이 빠진 영사기를 돌리지 못하는 바람에 극장표를 되돌려 받고 집으로 가야만 했다. 그래도 당시 사람들은 순진하기 짝이 없어서였는지 잔소리 하나 없이 내일 다시 영화를 보러 올 생각으로 얌전히 극장을 나섰고, 그날 집으로 돌아가던 길을 우리들은 "지옥의 길"이라고 했었다. 그리고 이튿날 다시 가서 본 「지옥의 길」은 분명히 흑백영화였는데, 몇십 년이 지난 다음 다시 우리나라에 수입되었을 때 보니, 총천연색이었다.

제작년도는 거의 10 년이나 차이가 나지만, 「지옥의 길」과 비슷한 시기에 우리나라에는 같은 감독(Henry King)에 같은 배우(Tyrone Power)가 주연했고 우리말로는 제목까지도 비슷했던 「정복의 길」이 소개되었다.

새뮤얼 셸라바거(Samuel Shellabargar)의 소설이 원작인 이 영화의 시대적인 배경은 콜럼부스가 신대륙을 발견한 지 26년 된 1518년, 사람들은 아메리카를 아직 인디아로 잘못 알고 그곳 사람들을 인도인(Indian, Indio)이라고 부르기 시작했던 무렵이며, 원제목에서 나타나듯이 까스띠야의 명문 출신인 군인 뻬드로 드 바르가스(Pedro De Vargas)가 주인공이다. 부모가 독재자인 총독 디에고 드 실바(Diego De Silva)의 모함 때문에 이단으로 몰리고 여동생이 고문을 당하다 죽은 다음, 감옥에서 탈출한 뻬드로가 쫓기는 몸으로 결국 꼬르떼즈의 원정군에 합류하여 공을 세운다는 내용이다.

당대의 오락영화계를 풍미했던 헨리 킹과 타이론 파워의 이름에 걸맞게 「정복의 길」은 대표적인 검객 활극영화(swashbuckler) 가운데 하나이고, 어느 모로 보나 활극다운 작품이다. 쿠바와 내통한 자들이 훔쳐간 보물을 주인공이 찾아온다거나, 탈옥한 다음에 벌어지는 추격전, 그리고 이 영화로 데뷔하여 나중에 신비의 백만장자로 알려진 하워드 휴스(Howard Hughes)의 애인이 되었던 진 피터스와의 집시(gypsy)적인 불타는 사랑이 잘 짜여서 '재미있는 영화'를 만든다. 그러나 이 영화에서 정작 역사적으로 중요한 인물은 뻬드로 드 바르가스가 아니라, 멕시코 '정복'에 나선 에르난 꼬르떼즈(Hernán Cortéz, 1485~1547)이다.

1511년 벨라스께즈(Diego Velasquez)의 쿠바 정복을 휘하에서 돕기도 했던 그는 멕시코 정복에서는 총사령관이 되었으며, 나중에 사이가 나빠져 서로 대결하게 되었을 때는 오히려 벨라스께즈를 압도하여 부하로 삼기도 했는데, 에스파냐뿐 아니라 유럽의 시각에서 보면 그는 분명히 정복자(conquistador)였다. 그러나 유럽을 침공하지도 않았고 전혀 괴롭히지도 않았던 아즈텍 황제 몬테주마(Montezuma)와 그

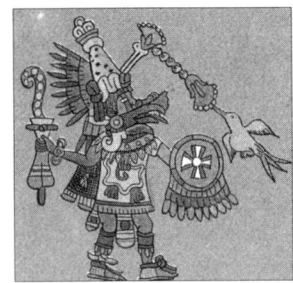
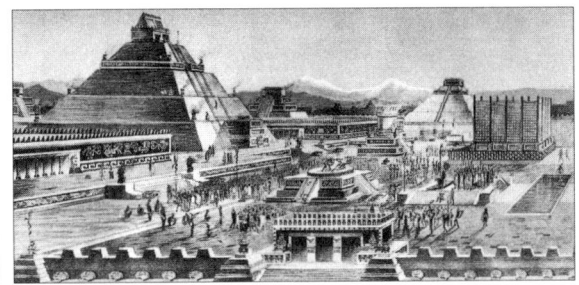

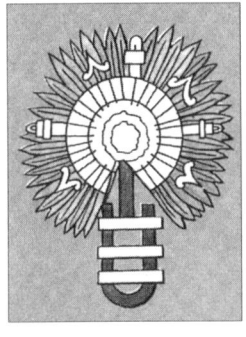
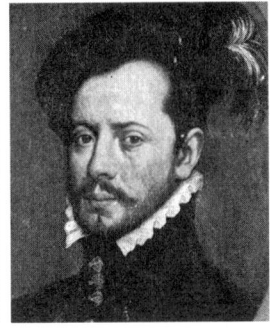

아즈텍 문화의 찬란함을 보여 주는 이런 성전 (위 오른쪽)은 에스파냐의 정복자들의 손에 파괴되어 대부분 사라졌다. 도형화한 왼쪽 위 그림은 아즈텍 '바람의 신'을 보여 주는데, 꼬르떼즈 (초상화)의 총칼을 막아내기에는 바람만으로는 역부족이었던 모양이다. 왼쪽 아래 그림은 1521 년 꼬르떼즈가 오뚜마(Otuma) 전투에서 노획한 깃발을 장식했던 '황금의 태양'이다.

의 백성들에게 그는 단순히 '인도(India)'의 황금을 빼앗으러 군대를 끌고 온 약탈자요, 학살자일 따름이었다.

헐리우드 영화들은 물론 제국주의적인 시각을 전통으로 삼아 왔으며, 「정복의 길」에서도 에스파냐로 돌아갈 배를 모조리 불태워 버리고는 오직 내륙으로 전진만 계속하는 꼬르떼즈의 모습은 그들의 관점에서는 분명히 애국적인 영웅이었다. 디미트리 티옴킨(Dimitri Tiomkin), 프란쯔 왁즈만(Franz Waxman)과 더불어 당시 영화 음악의 정상에 올랐던 알프레드 뉴먼(Alfred Newman)의 웅장한 음악이 울려퍼지는 가운데, 마지막 장면에서 까마득히 먼 산 너머에서 치솟아 오르는 시커먼 연기를 뒤로 하고 서사시적인 진군을 화면 가득히 벌이는 장면은 그래서 인상적이다. 그리고 진군에 앞서서 신부가 병사들을 위해서 이런 기도를 드린다.

"탐욕의 노예인 정복자가 아니라 신의 인간이 되도록 하라. 우리는 옛

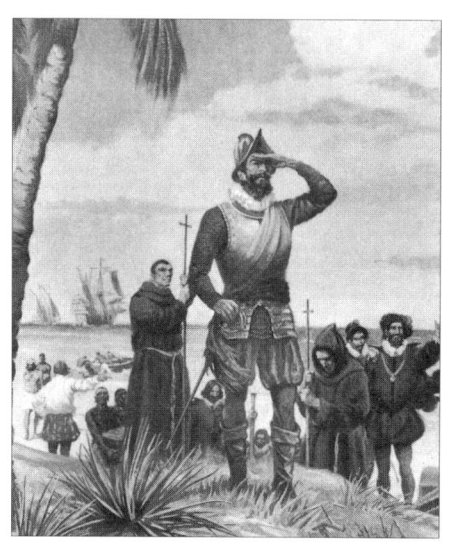

아메리카의 황야에서 보물을 찾아 헤매는 에스파냐의 꽁뀌스 따도레스의 뒤에는 원주민을 잡아 노예로 삼기 위한 군인들과 종교를 전파하기 위한 성직자들이 항상 따라다녔다.

땅에서 좋은 것만 가져다 이 새로운 땅에서 평등한 세계를 이루리라."

그러나 유럽인들의 정복을 위해서는 아즈텍의 찬란한 문화와 더불어 남 아메리카의 '옛 세상'이 사라져야만 했다. 제국 건설은 늘 그렇듯 집단 학살의 핑계일 따름이요, 하나의 새로운 세상은 다른 하나의 옛 세상의 무덤 위에서만 일어선다. "(인도에 가면) 미개한 사람들이 황금 접시에 음식을 담아 먹는다"는 소문을 듣고 떠난 정복의 길은 결국 약탈의 길이었다. 그래서 까스띠야의 영웅이 구해 준 원주민 지도자(Indian prince)인 꼬아틀(Coatl)은 이런 질문을 던진다.

"우린 당신들한테 당신들의 신을 버리라고는 강요한 적이 없소. 어쩌면 당신들의 신과 우리들의 신은 같은지도 모르니까요."

이렇게 1940년대의 전형적인 헐리우드 영화에서도 이미 꽁뀌스따도르의 영광이라는 낭만적인 미화작업에 대해서 수정주의(revisionism)적인 양심과 소극적인 자아비판이 전혀 없지는 않았던 셈이지만, 정복의 환상은 히틀러주의가 무너진 패전 후의 신 독일 영화에서 지극히 독창적이고도 집요한 베르너 헤르초그의 시각에 입각해서 진지한 해부를 거친다.

「아귀레, 신의 분노」는 1560년 황금의 일곱 도시를 찾아간 삐자로(Hernando Pizarro)의 남 아메리카 원정대에 관한 얘기이다. 국가는 잉카 문명을 말살하고 페루를 식민지로 만들려는 목적에서, 성직자는 종교를 전파하려는 또 다른 목적에서, 그리고 정복자들은 황금을 찾기 위해 밀림으로 들어가지만, 화살과 대포의 대결에서는 결국 문명이 원시에 굴복한다. 파랑새나 성배(聖杯)를 찾아다니는 추구(the Quest)나 마찬가지로, 엘 도라도 주제라면 희망과 꿈을 추구하는 내용이어야

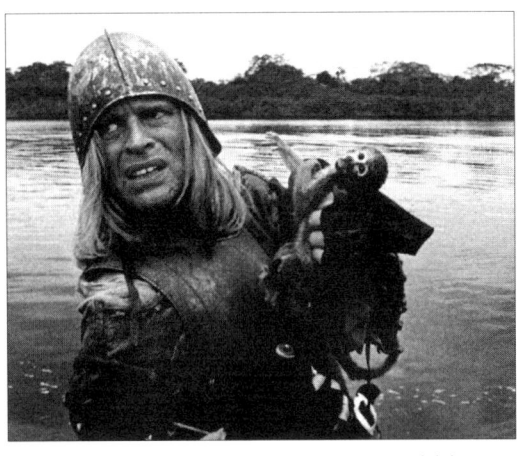

"신의 분노" 아귀레는 유럽 문화를 이끌고 아마존으로 들어간다.

하지만, 「아귀레」는 절망과 환멸의 서사시이다. 분위기와 일부 주제가 롤랑 조페의 「미션」을 연상시키면서도 꽁꿰스따도르가 하나씩 죽어 가는 과정은 「지옥의 묵시록」에 담긴 베트콩 전쟁을 방불케 하고, 홀로 살아남은 아귀레가 "나는 신의 분노"라고 선언하는 마지막 장면에서, 원숭이가 떼를 지어 뗏목에서 몰려다니는 장면은 「혹성 탈출」의 공포감까지 불러일으킨다.

10년 후에 헤르초그는 또 다른 '꽁꿰스따도르' 영화 「위대한 핏츠까랄도」를 만든다. 새로운 문화의 기운이 융기하던 20세기 초의 유럽, 카루소의 노래에 감명을 받은 주인공은 아마존 정글에 오페라 극장을 세우기 위해 개척의 길에 나선다. 집념의 감독이 만든 집념의 사나이에 관한 영화이지만, 유럽 문화를 아마존으로 끌고 들어가는 행위가 과연 '위대함'인지 아니면 토속 문화를 몰아내고 파괴하려는 '광인의 망상'인지는 시각에 따라 해석 방법이 달라진다. 서양 문화에 대한 거부감에서 자연을 탐한다는 헤르초그의 신념이 아마존의 오페라에서 어떻게 표현되는지를 생각해 봐야 하기 때문이다.

영화에서는 불가능에 도전하여 신의 경지에 오르려는 초인처럼 그

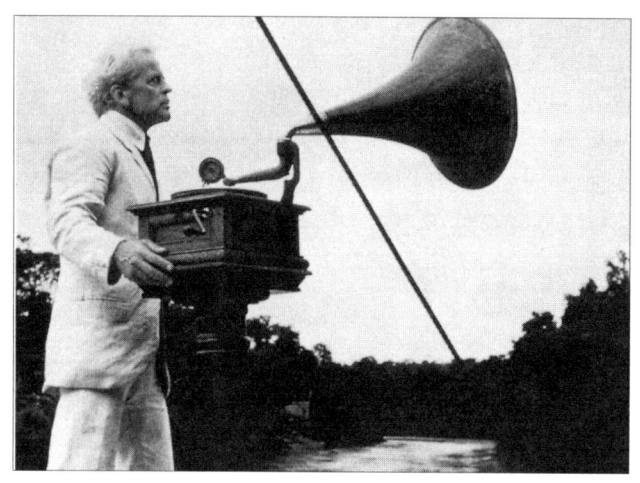

「핏츠까랄도」는 유성기를 아마존 강변의 밀림에 들이대고 서양 문화를 전파하려고 한다. 아프리카에서도 비비(狒狒)들을 상대로 비슷한 상징적인 행동을 한 영화("Out of Africa")의 주인공에 관해서는 다른 책(「밀림과 오지의 모험」)에서 얘기하겠다.

려진 핏츠까랄도의 본이 된 실제 인물인 에이레인 찰스 핏제랄드(별칭 까를로스 페르민 핏츠까랄도)는 원주민 학살로 악명이 높은 모험가이며, 착취를 일삼았던 도박사라고 한다. "전설의 시대"는 이렇게 거짓을 지어내는 작업에서 끝을 알지 못한다.

페루의 아마존에서 「핏츠까랄도」를 촬영하는 과정을 따로 영화에 담은 작품이 「환상의 대가」인데, '극영화'가 아니라 현실로서 문명의 충돌을 담았다는 점에서 「핏츠까랄도」보다도 더 중요한 작품이라고 간주하는 사람들도 있다.

서양 영화에 흔히 나타나는 또 하나의 제국주의적 시각은 아시아 공영을 내세우던 일본, 아리안 인종의 천년 제국을 꿈꾸었던 히틀러의 독일, 알렉산드로스의 세계 정복, 노예들을 짓밟고 건설한 로마의 영광, 식민지 쟁탈전에 나섰던 영국과 에스파냐와 폴투갈과 프랑스의 해적질, 그리고 '인도인'들로부터 광활한 영토를 탈취한 다음 세계의 평화와 질서를 책임지는 국제 경찰 노릇을 하는 아메리카 합중국에 공통된 개념, 즉 "불쌍하고 힘없는 나라를 돌보고 도와 주는 위대한 국가"라는 미화된 논리에 바탕을 두고, 몇 명의 용병이나 고문단 심지어는 가정교사가 어느어느 미개한 국가의 군주를 보호한다는 명제이다.

이러한 용병 구조를 우리는 피터 오툴의 여러 영화(「아라비아의 로렌스」, 「로드 짐」, 「마지막 황제」)를 위시하여 현대 활극에서도 자주 발견한다. 라틴 아메리카의 어느 나라에서 전개되는 위기의 정치 상황을 중재하기 위한 해결사로 스웨덴의 외교관이 나서는 「임무」, 역시 위기를 맞은 라틴 아메리카의 어느 나라를 구하기 위해 이상주의자 미국인이 불한당들을 몰고 가는 「온두라스의 약속」, 그리고 니카라과의 혁명 세력을 돕기 위한 용병을 이끌고 갔다가,

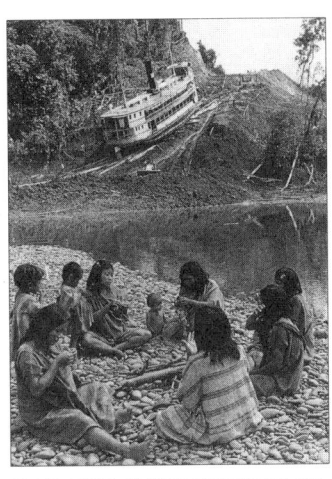

땅으로 올라가 주저앉은 핏츠까랄도의 배를 거들떠보지도 않으면서 그들의 일상을 반복하는 원주민들의 모습은 무엇을 상징하는 것일까?

해운과 철도업으로 유명하며 니카라과 상업 항로를 개설한 코넬리어스 반더빌트(Cornelius Vanderbilt, 1794~1877)의 도움을 받아, 대통령 자리에 오르기까지 한 미국인 모험가 윌리엄 워커를 주인공으로 삼은

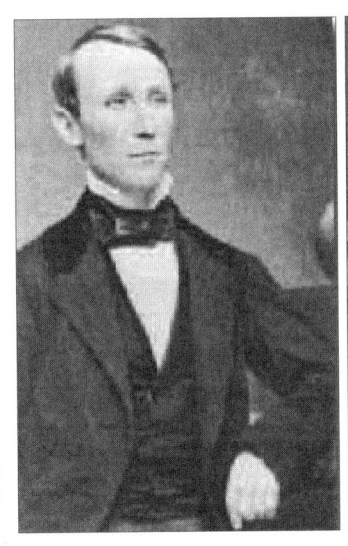
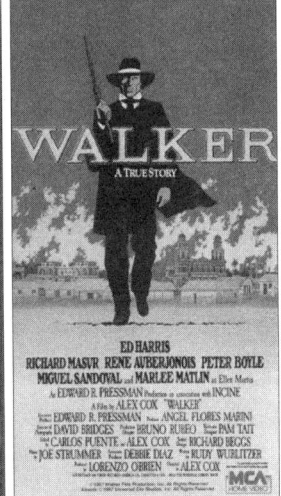

미국판 꽁뀌스따도르였던 윌리엄 워커(왼쪽)와 그를 주인공으로 삼은 영화의 포스터

「워커」(『신화와 역사의 건널목』 84쪽 참조)가 이 계열에 속한다.

윌리엄 워커는 멕시코를 미국의 식민지로 만들려는 계획에 몰두했던 인물로서, 1853년에는 남부 캘리포니아를 점령하고 독립국임을 선언하고 스스로 대통령 자리에 오르기도 했었는데,,「불타는 섬」에서는 과대망상적인 윌리엄 워커가 영국 정부의 위촉을 받아 사탕 생산지인 폴투갈령 카리브 해의 섬으로 노예 반란에 대한 조사를 나간다.

찾아보기 ●┄┄┄┄┄┄┄┄┄┄┄┄┄┄┄┄┄┄┄┄┄┄┄┄┄┄┄┄┄┄┄┄

▌「정복의 길(Captain From Castile, 1947, 미국, 140분)」, 감/Henry King, 출/Tyrone Power, Jean Peters, Cesar Romero, Lee J. Cobb, John Sutton, Antonio Moreno, Thomas Gomez

▌「아귀레, 신의 분노(Aguirre, der Zorn Göttes 영어 제목 Aguirre: The Wrath of God, 1972, 독일, 94분)」, 감/Werner Herzog, 출/Klaus Kinski, Ruy Guerra, Del Negro, Helena Rojo, Cecilia Rivera, Peter Berling, Danny Ades

▌「핏츠까랄도(Fitzcarraldo, 1982, 미국, 157분)」, 감/Werner Herzog, 출/Klaus Kinski, Claudia Cardinale, Jose Lewgoy, Miguel Angel Fuentes, Paul Hittscher

▌「환상의 대가(Burden of Dreams, 1982, 미국, 94분)」, 감/Les Blank, 출/Werner Herzog, Klaus Kinski, Claudia Cardinale, Jason Robards, Mick Jagger

▌「임무(The Assignment, 1977, 스웨덴, 94분)」, 감/Mats Arehn, 출/Christopher Plummer, Thomas Hellberg, Carolyn Seymour, Fernando Rey

▌「온두라스의 약속(Appointment in Honduras, 1953, 미국, 79분)」, 감/Jacques Tourneur, 출/Ann Sheridan, Glenn Ford, Zachary Scott, Jack Elam

▌「워커(Walker, 1988, 미국, 90분)」, 감/Alex Cox, 출/Ed Harris, Marlee Matlin, Richard Masur, René Auberjonois, Peter Boyle, Miguel Sandoval

▌「불타는 섬(Quemada! 영어 제목 Burn!, 1969, 이탈리아-프랑스, 112분)」, 감/Gillo Pontecorvo, 출/Marlon Brando, Evaristo Marquez, Renato Salvatori, Tom Lyons, Norman Hill

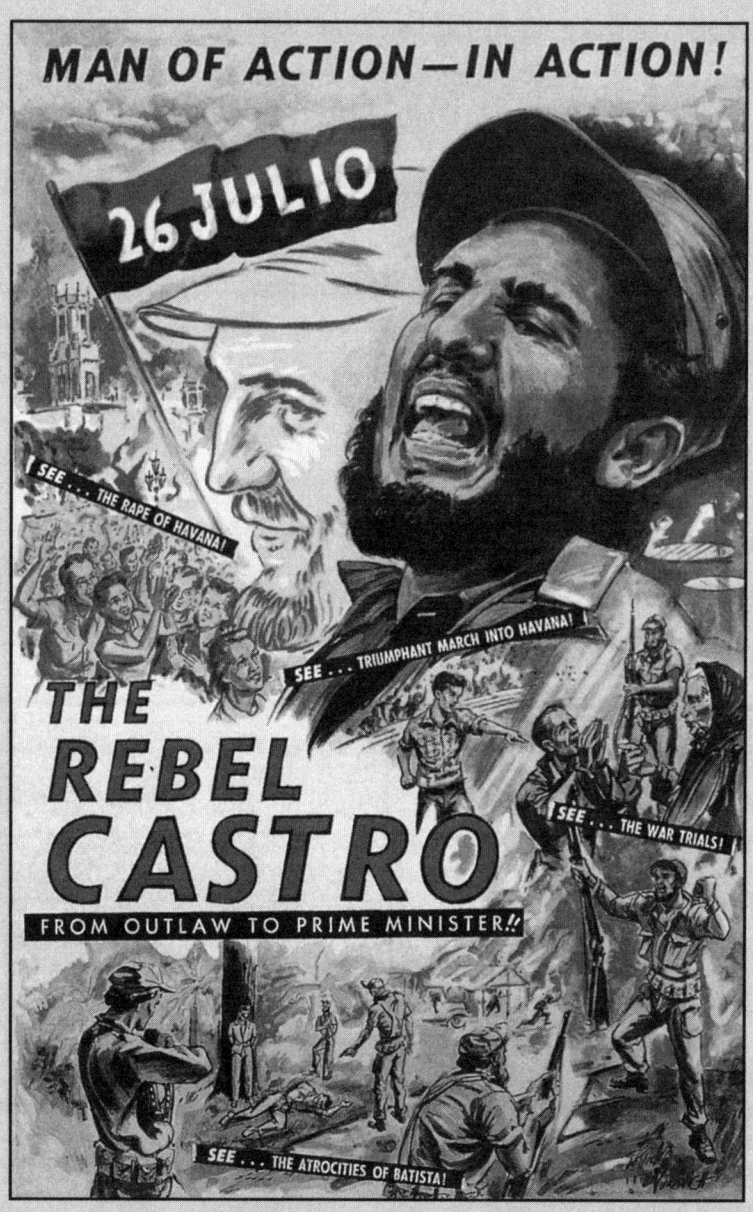

헐리우드 영화가 쿠바의 피델 카스트로를 재현하는 흐름을 살펴보면 미국의 독선적인 시각이 쉽게 확인된다. 「반란자 카스트로(The Rebel Castro, 1960)」의 포스터에서는 "무법자에서 실력자가 된 사나이(From outlaw to prime minister!!)"라고 주인공을 소개한다.

혁명하는 미개지

헐리우드 영화를 많이 봤기 때문에 미국 문화를 알 만큼은 안다고 주장하던 어느 여대생의 말을 듣고 필자와 자주 만나는 미국인 교수가 이런 말을 했다. "그 학생은 영화라는 문화를 이해했는지는 몰라도 미국 문화를 이해한 건 아녜요. 헐리우드 영화는 「초록 물고기」 같은 한국 영화와 달라서, 역사와 문화의 실체를 보여 주려고 진지하게 노력하는 대신, 맛좋고 보기좋게 상품화한 모양으로 제시하니까요."

그렇다면 헐리우드 영화는 역사적인 사실을 진지하게 존중하기보다는 월터 스코트의 개념처럼 작품의 줄거리에 맞춰 진실까지도 적절히 '각색'한다는 뜻이겠다. 관객과 영화는 따라서 합의가 이루어진 거짓을 공통어로 사용한다. 그러므로 관객이 거짓을 거짓으로 이해하기 때문에 헐리우드는 거짓말을 하면서 부담을 느끼지 않는다. 그리고 헐리우드는 모든 개념을 영화 언어로 새롭게 해석한다.

어쨌든 헐리우드의 역사관으로 보면, 특히 용병영화의 안경을 쓰고 보면, 남 아메리카는 날이면 날마다 혁명만 되풀이되는 만지(蠻地)이다. 「정복의 길」에서 "황금이 넘쳐나는 야만인들의 땅 인도"로 알려졌던 남 아메리카는 지금도 후진국이라는 부정적인 의미가 담긴 '제3세계'라는 말을 듣는다. 적어도 영화에서 재현한 세상에서는, 가장 먼저, 아프리카보다도 먼저 우리들의 머리에 떠오르는 '정치적 야만지대'가 바로 남 아메리카이다.

제2차 세계대전과 더불어 식민지 시대가 끝난 다음 전세계적으로 군사 쿠데타가 유행처럼 꼬리를 물었고, 박정희와 전두환을 거친 우리의 역사도 예외는 아니었다. 이 격동의 과정에서 독립과 민주화에 대한 준비가 모자랐던 우민(愚民)들의 땅에서는 스스로 통치할 능력이 없었던 사람들이 군부의 통치를 받았으며, 이런 와중에서 혁명 세력은 이념에 따라 좌우로 갈라졌다. 그리고 남과 북 아메리카 대륙에서는 막강한 자본주의 국가인 미국으로부터 영향력을 받아 가며 여러 나라가 권력 쟁탈전을 벌였는데, 그 가운데 미국의 바람을 타지 않고 혁명에 성공한 사람이 쿠바의 카스트로였다.

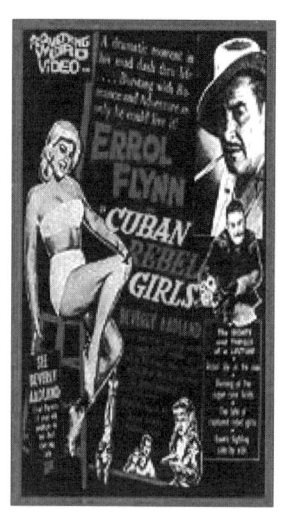

에롤 플린의 마지막 영화 「싸우는 쿠바 여인들」에서는 미국이 분명히 카스트로의 편이었다.

미국의 정치적 및 이념적 시각(視覺)을 물려받은 우리나라에서는 나쁜 인물이라는 선입견이 지배적이지만, 카스트로(Fidel Castro Ruz)는 학생운동으로부터 정치 활동을 시작하여, 변호사 시절에는 정치범과 가난한 사람들을 위해 열심히 일했고, 쿠데타로 정권을 잡은 바띠스따(Flugencio Batista) 정권을 무너뜨린 다음 지금까지도 국민의 두터운 지지를 받는 정치 지도자이다.

카스트로에 대한 헐리우드(미국) 영화의 시각이 변하는 과정을 지켜보면 흥미롭다. 에롤 플린 최후의 영화 「싸우는 쿠바 여인들」은 카스트로 혁명 당시 (1959년) 현장에서 촬영했으며, 바띠스따를 몰아내려는 카스트로를 편들어 미국인이 도와 준다는 내용이다. 헐리우드가 카스트로 편을 들었던 데는 그만한 이유가 있었다.

에스파냐와 미국의 전쟁이 끝난 다음 쿠바는 사실상 미국의 경제적인 식민지였고, 혁명의 동기가 쿠바를 구원하자는 이상적인 목적을 위해서였지, 이념이나 정치적으로 시작되지는 않았음을 알았던 미국은 처음에 우호적인 흥분 상태에서 카스트로의 행보를 지켜보았다. 그러나 바띠스따 정권에서 고문을 전담했던 자들을 대상으로 몇 달 동안 진행된 무서운 재판을 보고 아이젠하워 정권은 의구심을 갖고 경계를 시작한다. 카스트로는 미국을 방문하여 "우리는 공산주의가 아니다. 빵 없이는 자유가 없다. 공산주의와 민주주의 사이에서 선택해야 하는 해결 방법은 인정하지 않겠다"는 열변을 토했지만, 아직 정치 노선을 정하지 못했던 민족주의자인 그를 미국이 먼저 외면했다.

쿠바로 돌아간 카스트로는 결국 미국의 소유인 땅 40만 에이커를 몰수하여 농업 개혁을 시작하고, 미국은 그에 대한 보복으로 설탕 수입을 금지하고, 이렇게 힘겨루기가 계속되는 동안 정권 수립 1년 만에 소련이 먼저 쿠바 공화국을 인정하기에 이른다. 우리나라에서 독재를 자행하던 군사정권을 지지하여 미국이 결국 일부 한국 지성인층의 좌경화를 촉진하는 역할을 했던 바와 똑같은 과정을 통해, 미국은 결과적으로 쿠바로 하여금 공산주의를 선택하도록 강요한 셈이었다.

이런 정치적인 현상으로 인해서 소련의 주도하에 만들어진 「나는 쿠바이다」는 카스트로의 혁명과 쿠바에 대한 시적인 찬미로 가득하고, 열심히 일하는 농민들과 자유를 사랑하는 불굴의 혁명가들을 미화하는 반면, 미국인들은 타락하고 부패한 종족으로 묘사한다. 스탈린 시대에 반체제 시인으로 전세계에 널리 알려졌던 예프게니 예프투셴코(Yevgeny Aleksandrovich Yevtushenko, 1933~)가 대본을 쓴 이 대단한 예술 영화는, 이해가 가겠지만, 미국에서는 1995년이 되어서

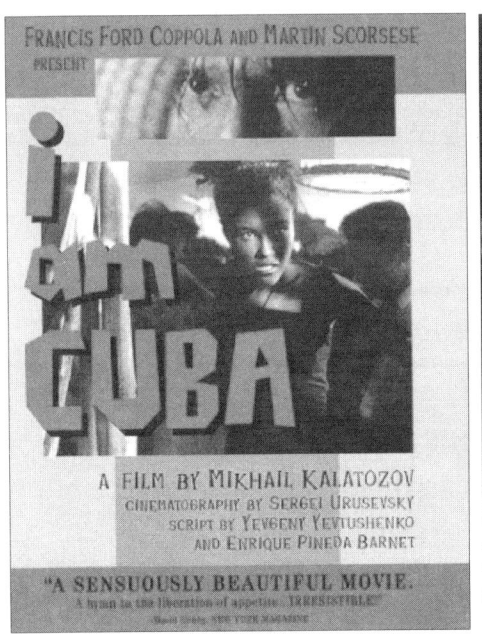

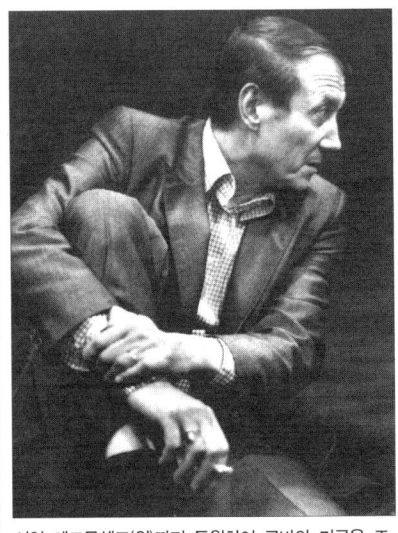

시인 예프투셴코(위)까지 동원하여 쿠바와 미국을 조명한 「나는 쿠바이다」는 미국의 반대편에 선 소련의 이해관계가 빤히 드러난다.

야 상영되었다.

1968년에는 카스트로 반란군의 도시 게릴라였던 쿠바 감독 움베르토 솔라스(Humberto Solàs, 1942~)가 혁명영화 「루시아(Lucia)」를 발표한다. 루시아라는 같은 이름의 세 주인공을 통해서 이 영화는 에스파냐의 식민지였던 시대에 저항하는 쿠바인, 바띠스따 정권하에서의 혁명 투쟁, 그리고 혁명 후 농촌 노동자의 삶을 그린다.

한편 미국과 쿠바의 정치적인 대립은 계속되어서, 카스트로를 인정하지 않겠다는 공식 입장을 취한 아이젠하워는 쿠바 내의 반대 세력을 무장시켜 투쟁을 개시하게 하라는 명령을 내렸고, 1961년 1월 20일 취임한 케네디 대통령은 겨우 3개월 후인 4월 17일 쿠바를 접수하기 위해 CIA의 지휘하에 '돼지만(Bay of Pigs)' 침공 작전을 감행하지만, 만세를 부르며 사람들이 몰려나와 '해방군'을 맞아 주리라는 미국의 기대와는 달리 플로리다의 쿠바인들로부터 입수한 정보에 힘입어 만반의 준비를 해놓고 기다리던 카스트로의 병력으로부터 치욕적인 패배를 당하고 물러난다. 미국은 케네디 행정부에서 개입을 시작한 베트남에서도 20 년 후에 비슷한 패배를 맛본다.

쿠바는 '자위(self-defense)'를 위해 점점 더 러시아에 의존하게 되고, '돼지만 사건' 이후 1 년 반이 지난 1962년 10월 22일, 케네디 대통령은 쿠바에 배치된 소련의 공격용 미사일을 "서방 세계에 대한 핵공격의 준비"라고 방송에서 선언하게 된다. 세계의 종말을 걸고 뒤이어 바다에서 벌어진 6 일 동안의 위기는 결국 소련의 후르시초프가 굴복하면서 끝나는데, 당시의 쿠바 해상 봉쇄와 '미사일 위기'를 소재로 삼아, 미국 관리와 프랑스 첩보원이 러시아 고위 관리를 코펜하겐에서 탈출시키고, 쿠바까지 들어가 다분히 007식 맹활약을 벌이는 리온 유리스(Leon Uris)의 소설 『토파즈』는 베스트셀러가 되었으며, 힛치코크의 영화로 다시 우리 앞에 나타난다.

그러다가 「쿠바 횡단」에 이르러서는 피델 카스트로를 암살하려는 계획이 기둥줄거리를 이루는 전형적인 미국식 해법이 담긴다.

영화 「혁명아 체 게바라」의 주인공(Ernesto Che Guevara, 1928~67)은 아르헨티나 태생으로 세계 여러 곳의 혁명을 찾아 돌아다니던 인물로서, 쿠바 혁명에서 카스트로와 함께 바띠스따를 몰아낸 다음 관직 생활을 하다가 콩고의 루뭄바 조직을 돕기도 했고, 볼리비아에 잠입하여 활동 중에 체포되어 총살을 당한다.

체 게바라가 도와 주었던 루

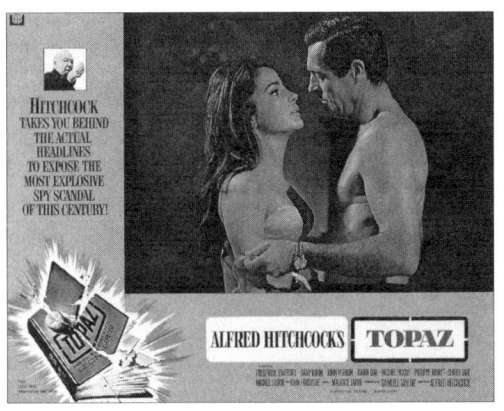

리온 유리스 소설을 원작으로 삼은 힛치코크 영화 「토파즈」는 쿠바의 유도탄 배치를 둘러싼 위기를 맞아 첩보원들이 벌이는 활약상을 담았다.

뭄바(Patrice Lumumba)는, 1960년 벨기에로부터 해방된 콩고의 수상으로 취임하는 6월 30일자 연설에서 밝혔듯이, 역시 민족주의자였으며, 식민시대가 끝날 무렵 아프리카에는 공산주의가 없었으나 우리나라처럼 곧 좌우익의 패권다툼에 휘말리기 시작한다. 해방을 찾은 콩고의 흑인들이 백인들에게 보복을 가하고 부족들 사이에서 해묵은 분규가 다시 일어나자 벨기에는 루뭄바 정권을 다시 붕괴시키려는 공작을 세우고, 이에 맞서기 위해 루뭄바가 유엔에 도움을 호소하지만 별다른 국제적인 행동이 이루어지지를 않고, 그래서 루뭄바는 지리적으로 가까운 강대국 소련에 손을 내민다.

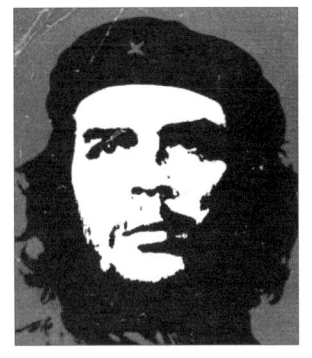

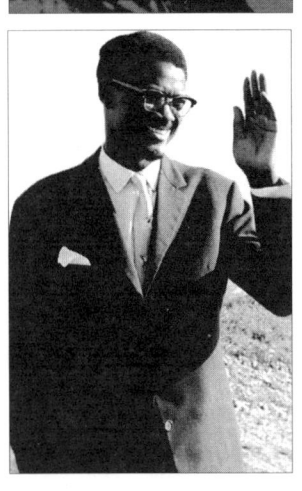

소련이 재빨리 개입할 의사를 밝히자 미국은 콩고 독립 20일 만에 공산 세력의 확산을 막기 위해 공산주의자로 자동 분류된 루뭄바의 제거를 결정한다. 당시 미 중앙정보부(CIA) 국장이었던 앨런 덜레스(Allen Dulles)의 증언에 의하면, CIA는 군참모장 모부투가 권력을 장악하도록 배후에서 돕고, 구금된 루뭄바가 탈옥하자 그를 다시 체포하도록 헬리콥터를 지원했으며, 루뭄바가 사용하는 치약에 독약을 넣고 아프리카에서 가장 치명적인 병균을 그의 몸에 주입하려는 공작까지 폈다고 한다.

결국 루뭄바는 분리 독립을 주장하던 광산지대 카탕가에 인계되었고, 카탕가 지도자들은 참혹하게 처형한 루뭄바의 두 귀를 잘라 제거를 끝냈다는 증거로 CIA에 반송한다. CIA는 루뭄바의 귀를 처리할 적당한 방법이 없어서 하루종일 차에 싣고 돌아다니기도 했다는데, 그러면서도 제거가 확실하게 끝난 다음에 모부투 정권은 루뭄바의 독립 투쟁

방랑하는 혁명가 체 게바라와 콩고의 루뭄바는 미국 중앙정보부의 표적이었다.

을 기리기 위해 킨샤사의 거리에 그의 이름을 붙여 주고, 도피중인 루뭄바의 아내와 아들을 귀국시켜 대대적인 행사를 벌여 서방 세계를 기만하는 연극까지 행한다.

인간은 생태계에서도 마음에 드는 종이라면 조직적으로 키우고 그렇지 않으면 제초제와 다른 살상 방법으로 제거함으로써 적자생존 (survival of the fittest, natural selection)이라는 자연 법칙을 어기고 신과 같은 존재로 군림한다. 일본에서 박정희의 중앙정보부가 김대중을 구출하는 데 발벗고 나섰던 미국의 중앙정보부이지만, 20세기를 다 벗어난 다음에야 알려졌듯이, 김구를 암살한 안두희가 1947년에 발족한 CIA(중앙정보부, Central Intelligence Agency)의 전신인 CIC(Counter Intelligence Corps)를 위해 일하는 정보원(informer)이었다는 사실 또한, 강대국은 그들의 이해 관계에 따라 제3 세계의 국가 원수까지도 선별하여 생사까지 결정한다는 비도덕적인 정치성을 예증한다. 도덕과 정치는, 이렇듯 많은 경우에, 함께 가지 않는다.

그러나 이러한 용병적 논리는 영화에서 영웅담으로 미화되는 경우가 흔해서, 해롤드 로빈스(Harold Robbins)의 인기소설을 세 시간이 넘는 대작 영화로 만든 「모험가들」에서는 한때 베트남이 그랬듯이 걸

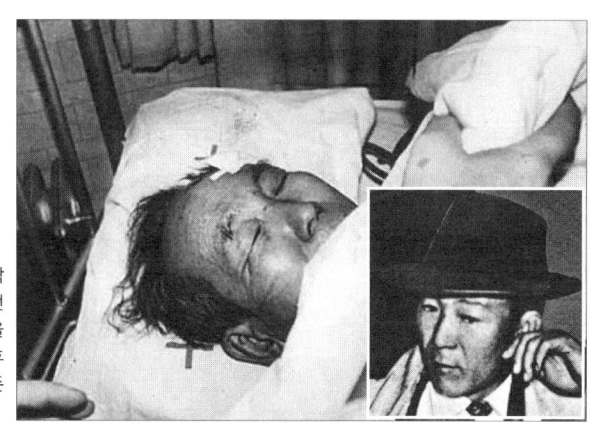

김구를 암살한 안두희는 모범적인 공작원답게 미국 중앙정보부를 위해서 어떤 일을 했는지를 끝내 밝히지 않고 세상을 떠났다. 오른쪽 아래 사진은 저격 직후 경찰에 검거된 안두희인데, 믿는 바가 든든해서인지 매우 자신만만한 표정이다.

핏하면 혁명이 일어나는 가공의 어느 남 아메리카 국가를 그려 놓았다. 그래험 그린의 소설 『명예 총사(The Honorary Consul)』를 영화로 만든 「벗어난 한계」에서는 술주정뱅이 외교관의 아내가 된 창녀 출신 여자와 바람을 피우는 틈틈이 남미의 혁명가들과 어울리는 영국의 의사가 등장하는가 하면, 잭 니콜슨이 각본을 함께 쓴 「우레의 섬」에서는 어느 라틴 국가의 독재자가 은신중인 섬으로 찾아가 그를 제거하려는 살인청부업자가 주인공이다.

지리적인 배경이 미국과 접경국인 멕시코로 옮겨가도 백색 인종의 우월성을 강조하는 시각은 별로 변함이 없어서, 스파게티 계열의 「젖먹이는 비켜라」에서는 좀도둑인 주인공을 멕시코 혁명으로 끌어들이는 인물이 폭발물 전문가인 에이레 사람이고, 「매와 독수리」에서는 1860년대 미국의 보안관이 쿠데타를 진압하여 막시밀리안을 멕시코의 통치자로 만드는 데 기여하고, 「5인의 군대」는 1913년 멕시코의 독재자에게로 가는 황금을 다섯 명이 탈취하는 활극인 반면에, 버트 랭카스터의 호쾌함이 절정기에 이른 시절 게리 쿠퍼와 맞대결을 벌였던 유명한 서부영화 「베라 크루즈」에서는 막시밀리안 황제의 군자금으로 사용될 황금을 숨긴 마차를 미국인들이 호송한다.

찾아보기 ●--

▌「싸우는 쿠바 여인들(Cuban Rebel Girls, 또는 Assault of the Rebel Girls, 비디오 제목 Attack of the Rebel Girls, 1959, 미국, 68분)」, 감/Barry Mahon, 출/Errol Flynn, Beverly Aadland, John McKay, Marie Edmund, Jackie Jackler
▌「나는 쿠바이다(I Am Cuba, 1964, 러시아-쿠바, 141분)」, 감/Mikhail Kalatozov, 출/Sergio Corrieri, Salvador Vud, Jose Gallardo, Raul Garcia, Luz Maria Collazo, Jean Bouise
▌「토파즈(Topaz, 1969, 미국, 127분)」, 감/Alfred Hitchcock, 출/John Forsythe,

Frederick Stafford, Dany Robin, John Vernon, Karin Dor, Michel Piccoli, Philippe Noiret, Claude Jade, Roscoe Lee Browne

▎「쿠바 횡단(Cuba Crossing, 또는 Assignment : Kill Castro, 비디오 제목 Sweet Violent Tony 또는 The Mercenaries, 1980, 미국, 90분)」, 감/Chuck Workman, 출/Stuart Whitman, Robert Vaughn, Caren Kaye, Woody Strode, Albert Salmi

▎「혁명아 체 게바라(Che!, 1969, 미국, 96분)」, 감/Richard Fleischer, 출/Omar Sharif, Jack Palance, Cesare Danova, Robert Loggia, Woody Strode

▎「모험가들(The Adventurers, 1970, 미국, 171분)」, 감/Lewis Gilbert, 출/Bekim Fehmiu, Candice Bergen, Ernest Borgnine, Olivia de Havilland, Lee Taylor-Young, Thommy Berggren, Rossano Brazzi, Jaclyn Smith

▎「벗어난 한계(Beyond the Limit, 1983, 미국, 103분)」, 감/John Mackenzie, 출/Michael Caine, Richard Gere, Bob Hoskins, Elpidia Carrillo, Joaquim De Almeida, A Martinez

▎「우레의 섬(Thunder Island, 1963, 미국, 65분)」, 감/Jack Leewood, 출/Gene Nelson, Fay Spain, Brian Kelly, Miriam Colon, Art Bedard

▎「젖먹이는 비켜라(Duck, You Sucker, 또는 A Fistful of Dynamite, 1972, 이탈리아, 138분 또는 121분, 이탈리아 판은 158분)」, 감/Sergio Leone, 출/Rod Steiger, James Coburn, Romollo Valli, Maria Monti

▎「매와 독수리(The Eagle and the Hawk, 1950, 미국, 104분)」, 감/Lewis R. Foster, 출/John Payne, Rhonda Fleming, Dennis O'Keefe, Thomas Gomez, Fred Clark

▎「5인의 군대(The Five Man Army, 1970, 미국, 107분)」, 감/Don Taylor, 출/Peter Graves, James Daly, Bud Spencer, Tetsuro Tamba, Nino Catelnuovo

▎「베라 크루즈(Vera Cruz, 1954, 미국, 94분)」, 감/Robert Aldrich, 출/Gary Cooper, Burt Lancaster, Denise Darcel, Cesar Romero, Sarita Montiel, Goerge Macready, Ernest Borgnine, Charles Buchinsky(Bronson), Jack Elam

로버트 올드리치 감독의 「베라 크루즈」는 멕시코의 격동기를 담은 서부극으로서, 오른쪽의 호송대장(Marquis De Labordere Cesar Romero)는 막시밀리안 황제를 배반하고 황금을 탈취할 계획을 세운다.

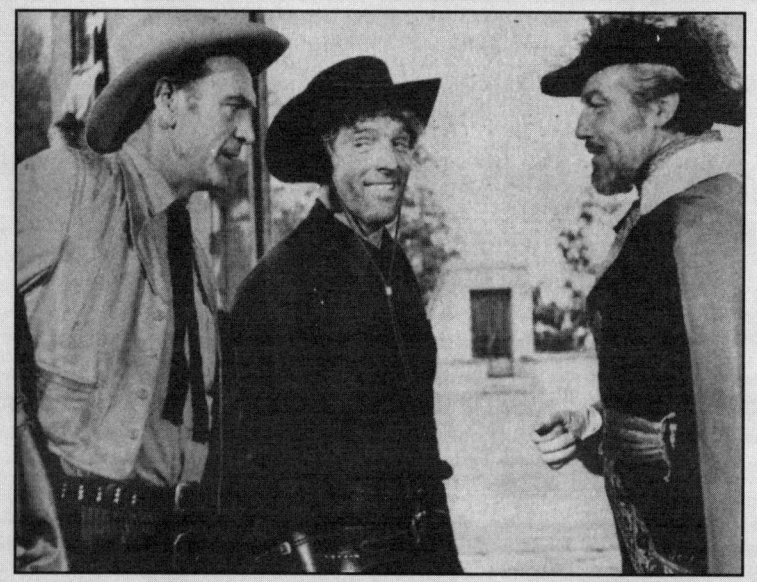

베라 크루즈에서 산티아고까지

    아즈텍 왕국이 1521년 꼬르떼즈의 손에 정복된 이래 3백 년 동안 멕시코는 에스파냐의 식민 통치를 받았고, 그 후 혁명의 역사를 살펴보면 1810년 성직자인 미겔 이달고(Miguel Hidalgo y Costilla)가 하층민 계급을 선동하여 봉기하였으나 이듬해 처형당하고 만다. 1820년 에스파냐에서 자유주의 혁명이 일어나자 후유증이 번질까 봐 우려한 식민지 멕시코에서는 공화제가 실시되지만, 보수파와 자유파의 대립은 결국 1827년 이후 내란으로 발전하고, 미국을 위시한 외국의 침략도 잇따라서, 정치는 혼란에 빠진다.

    이런 와중에 군사력을 업고 권력을 잡은 보수파의 산타아나 장군은 서부영화에 자주 등장하는 알라모 전투에서 텍사스를 잃고 1855년에 자유주의자들에게 추방된다. 1857년 보수파의 쿠데타로 정권이 뒤집히자 '인도인' 출신 후아레스(Benito Pablo Juarez, 1806~72)를 중심으로 한 자유파가 다시 봉기하고, 3년에 걸친 내란이 벌어진다. 내란에서 승리한 후아레스가 1861년 외채 지불을 정지하자 영국, 에스파냐,

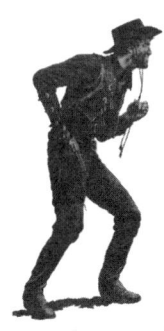

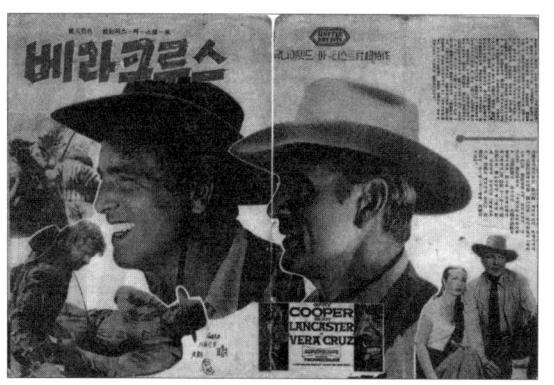

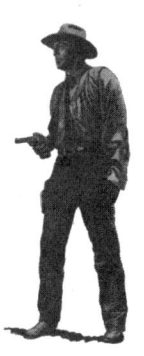

막시밀리안 황제에게 직접 발탁되어 군자금 호송을 맡은 인물 조 에린(Joe Erin, Burt Lancaster, 왼쪽)은 불량배의 신분이다. 조 에린과 힘을 합쳐 멕시코 황제를 돕다가 민중의 혁명을 위해 사상 전환을 하는 벤 트레인(Benjamin Trane, Gary Cooper, 오른쪽)은 남북전쟁에서 패배한 남부군의 장교 출신이다.

프랑스 3국이 베라 크루즈 항을 점령하고, 단독 내륙으로 진군한 프랑스군은 국토의 절반 이상을 빼앗고는 1864년 오스트리아의 막시밀리안(Ferdinand Maximilian Joseph)을 멕시코 황제로 즉위시킨다.

지리적으로는 미국의 '서부'와 전혀 관련이 없으면서도 의심할 나위 없는 서부극으로 분류될 뿐 아니라, 시대극과 활극과 의상극의 요소까지 두루 갖춘 영화 「베라 크루즈」는 후아레스의 반군을 물리칠 용병을 유럽에서 데려오기 위한 금화 3백만 달러를 숨긴 막시밀리안 정부군의 마차를 호송하는 미국인들이 주인공이다.

「광야천리(Red River)」, 「분노의 강(Bend of the River)」, 「유성과 같은 사나이(Man Without a Star)」, 「여섯 번째 사나이(Backlash)」, 「밤길(Night Passage)」 등 여러 서부극의 대본을 쓴 보든 체이스(Borden Chase, 1900~71)의 작품을 가지고, 나중에 잔혹영화에서도 독특한 솜씨를 보인 로버트 올드리치 감독이 여러 면에서 「와일드 번치」의 원조 같은 면모를 보이면서 만들어 놓은 영화인데다가, 상대방이 한 말을 그대로 되풀이하며 받아넘기는 묘미가 담긴 대사와 구성의 짜임새, 게리 쿠퍼에서 사팔뜨기 잭 일람에 이르기까지 낯익은 서부 배우들이 벌이는 총솜씨와 통속적인 묘미에 이르기까지, 「베라 크루즈」가 지금처럼 대량 살상이 아니라 명사수를 볼거리로 제공하는 서부극의 전형이라는 점에서는 반론의 여지가 없지만, 마치 멕시코 혁명의 주체 세력이 모험과 기회를 찾아 용병이 되기 위해 몰려들어 장터의 유부녀나 희롱하는 미국의 뜨내기 범죄자와 좀도둑들이었다는 투의 역사 시각은 약소 민족 쪽에서 보기에는 아무래도 거북하고 민망하다.

막시밀리안 황제 자신도 그의 경비대를 믿지 못해서 미국인 총잡이들에게 호송 임무의 주도권을 부여하는데, 남북전쟁에서 황폐해진 농장을 재건하는 데 필요한 자금을 마련하기 위해 용병 노릇을 하는 루이지애너의 신사("대령") 벤자민 트레인(Gary Cooper)은, 패전한 남군 장교의 신분이면서도 멕시코 정규군의 경비대장을 면전에서 이런 식으로 비하시킨다.

"내가 어렸을 때 요만한 장난감 병정을 잃어버려서 자꾸 울었더니 어머니가 그러셨지. 참고 기다리면 그 장난감 병정이 어디선가 나올 거라구. 그런데 여기 나타나셨구만."

그리고 서로 다른 이유로 황금을 탈취하려는 백작부인, 후작, 깡패 버트 랭카스터와 게리 쿠퍼, 그리고 반란군이 뒤엉키며 상황을 발전시키던 끝에 결국 '위대한 미국인'은 자유와 해방을 위해 투쟁하는 후아레스의 대의명분에 마음이 움직여, 벤자민은 친구인 버트 랭카스터를 죽이면서까지도 황금을 반군의 손에 넘겨준다.

역사적인 진실과 영화의 진실이야 어쨌든 후아레스는 집요한 유격전을 계속하여 결국 프랑스군을 물리치고 67년에 막시밀리안을 처형하여 공화국을 부활시켰으며, 그에 대한 전기 영화는 제목이 솔직하게 아예 「후아레스」이다.

「베라 크루즈」와 「후아레스」말고도 멕시코의 혁명을 다룬 영화로는 정부를 전복시키려는 저항층의 시각을 담은 「매의 날개」와, 어느 마을을 점령하고는 그곳 귀족 집안의 딸과 사랑에 빠지는 혁명가의 얘기 「횃불」도 포함된다.

멕시코 혁명사를 계속해서 살펴보면 1910년 마데로(Francisco Indalecio Madero)가 민주화를 요구하며 봉기하자 빈농 출신인 판초 비야(Pancho Villa)와 에밀리아노 자파타(Emiliano Zapata)가 그를 도와 디아즈 정권을 타도하지만, 1913년 반혁명 쿠데타로 마데로가는 처형되고 대지주인 카란사와 부농 오브레곤, 그리고 비야와 자파타가 혁명을 이어받아 혁명 세력간에 내분이 일어난다.

이때 등장한 인물들 가운데 비야에 관한 영화는 워낙 많기 때문에 서부극에서 다시 소개하겠고, 지금은 존 스타인벡이 각본을 쓴 일리아 카잔의 걸작을 통해 「혁명아 자파타」의 생애와 운명을 살펴보자.

땅을 빼앗긴 농민들의 탄원은 들은 척도 하지 않고 수탈을 계속하는 디아즈 대통령과 탐관오리들, 약탈과 착취와 폭정과 탄압에 시달려 도탄에 빠진 백성, 어디선가 많이 들어본 듯한 이런 정치적 상황을

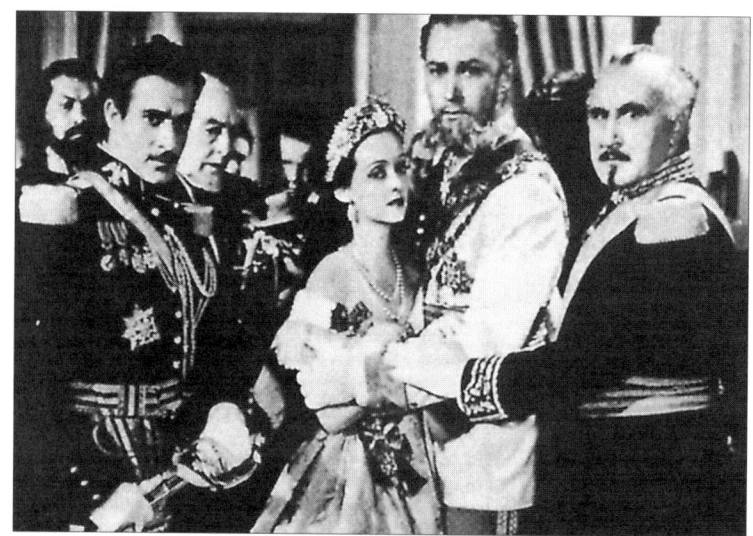

「후아레스」는 혁명기 멕시코의 격동적인 시대에서 중심에 섰던 인물에 관한 전기영화이다.

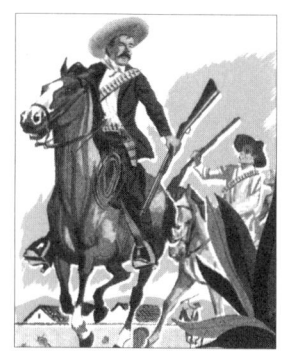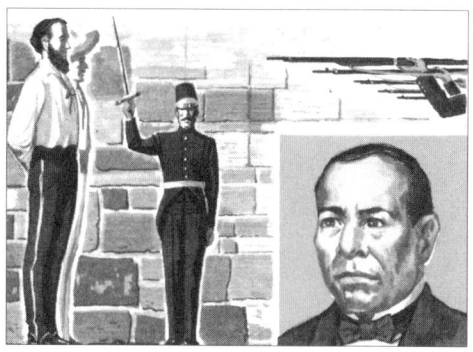

멕시코의 후아레스 대통령이 개혁을 하는 과정에서 막시밀리안 황제를 처형(오른쪽)한다. 왼쪽 그림은 모렐로스(Morelos)를 공격하는 혁명아 자파타

견디다 못해서 "인내심이 곡식을 키워 주지는 않는다"면서 자파타는, 북한 말투로 표현하자면, 분연히 떨치고 일어선다. "나는 세계의 양심이 되고 싶지도 않고 어느 누구의 양심도 되고 싶지 않다"던 자파타는 그래서 결국 군대가 쳐놓은 철조망을 무너뜨리고 쳐들어가 농민들의 땅을 되찾기 위한 투쟁을 개시한다.

산악 유격전으로부터 시작하여 군수물자를 수송하는 열차를 기습하고, 자파타가 도시로 진군할 때는 부녀자들까지 목숨을 걸고 폭약을 운반하며 합세한다. 가히 민중봉기 혁명이다.

농민이 해방을 찾고, 디아즈 대통령은 해외로 도망치고, 혁명군의 장군이 된 자파타는 어릴 적부터 가까웠던 요세파와 결혼까지 한다. 그러나 혁명의 역학은 글도 읽을 줄 모르던 자바타로서는 풀기가 그리 쉽지를 않다. 새로 대통령이 된 마데로는 군부가 뒤에서 조종하는 꼭두각시가 되어 버리고, 혁명 덕택에 정권을 잡은 자들이 농민에게 땅을 돌려주기는커녕, 자파타의 농민 군대를 비정규군이라면서 무장해제를 시키려고 한다. 토끼잡이가 끝나면 사냥개를 잡아먹는다고 했던가, 혁명아가 필요없어지자 그를 제거하려는 움직임이 시작된 것이다.

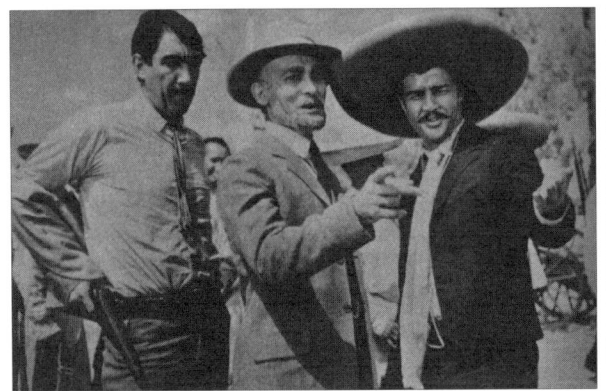
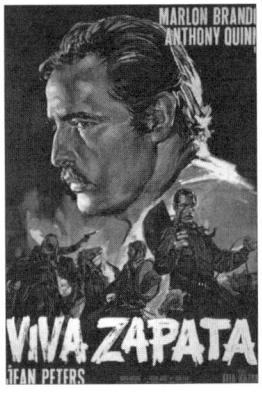

존 스타인벡이 각본을 쓴 「혁명아 자파타」는 무식한 농민이 혁명을 일으켜 지도자가 된 다음에 겪는 비참한 생애를 그린다.
오른쪽은 이탈리아에서 제작한 포스터

그러나 판초 비야의 추대를 받아 자파타는 우여곡절 끝에 통치자가
되지만, 총질(혁명)을 잘 한다고 해서 정치도 잘 하느냐 하는 의문은
통일 베트남에서도 대두된 갈등이었다. 프랑스 혁명 이후 로베스삐에
르의 공포정치(La Terreur)가 가져온 혼란과 학생들이 주도적으로 이
끌어 간 4 · 19 혁명을 정치인들과 군부가 말아먹은 우리의 지나간 현
실을 봐도, 혁명하는 사람들과 뒤처리하는 사람들 그리고 실속을 차
리는 계층이 따로 있음을 증명한다.

어쨌든 "너무 오래 싸움만 해서 평화를 이해하지 못한다"면서도 정
권을 잡은 혁명아는 권력의 탐욕에 실망하고, 텍사스로 사람을 보내
미국의 의회정치를 배워서 시도해 보려고 하지만, 정치인들이 놀아나
는 꼬락서니가 답답하기만 하고, 거기다가 동생 에우훼미오가 대통령
의 친족이라는 막강한 권력을 내세워 온갖 못된 짓을 벌이는 꼴을 보
다 못해, "승리를 입에 넣기는 했어도 씹어 보지는 못한" 농민들을 위
해 다시 싸우려고 자파타는 총을 들고 고향으로 돌아간다.

결국 평생 힘없는 농민들을 위해 한평생 혁명만 하다가 적의 함정
에 빠져 참혹한 죽음을 당하는 주인공은 혁명이란 결코 이상주의만으

로 달성되는 지성적인 행위나 활동은 아님을 결론짓는다.

스타인벡의 「혁명아 자파타」보다 훨씬 예리하게 혁명(쿠데타)을 해부한 영화는 칠레를 배경으로 벌어지는 「산티아고에 비가 내린다」이다. 군부와 경찰이 합세한 쿠데타가 벌어지던 1973년 9월 10일 긴박한 하루 동안을 프랑스의 특파원이 증언하는 형식을 취한 이 영화는 회상(flashback) 형식으로 칠레의 근세사에서 큰 의미를 갖는 몇 순간을 집약하고, 정치가 아옌데(Salvador Allende Gossens)의 시련을 통해 국제 정치의 이면을 파헤친다.

급진적인 학생운동가였던 아옌데는 사회당 창당에 적극적으로 참여하고, 그가 이끄는 국민 연합(Comite Unidad Popular)은 1970년 대통령 선거에서 승리하지만, 무장한 어두운 세력인 군부는 반국제주의와 반과두세력(反寡頭勢力)을 표방하는 사회주의 정권을 받아들이려고 하지 않는다. 집권 8개월 만에 아옌데는 2천만 달러의 투자를 해서 42억 달러의 이익금을 챙기며 42년 간 노천 구리 광산을 채굴 중이던 미국 회사를 비롯한 외국 공장주들로부터의 해방을 선언하고 기간 산업을 국유화하는 한편 중국과 쿠바와의 국교를 수립한다.

그들의 재산을 탈취당했다고 생각하던 부유 계층은 군부와 결탁하고 남미의 사회주의화를 우려하는 미국의 CIA와 ITT 같은 대기업의 자금을 받아, 중산층과 아옌데를 이간시키기 위해 노동자 간부들을 매수하여 장기 파업을 유도하고, 사재기 등을 통해 생필품을 바닥내서 물가가 1천 퍼센트 폭등하게 하는 등 사회 불안을 조장한다. 사회주의 건설 자체가 환상이었는지도 모르지만, 어쨌든 패권다툼에 이용을 당하는 이념에 대한 관념상의 혼란은 우리도 군부 통치하에서 직접 겪은 체험이기 때문에 참으로 생생하다.

히포크라테스의 선서를 한 의사들까지도 왕진 거부 파업을 벌이는 속에 "빵도 없고 설탕도 없으니 아옌데를 몰아내야 한다"는 여론

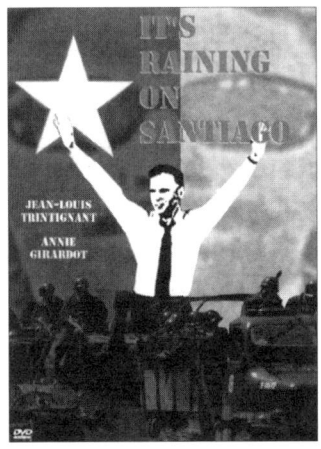

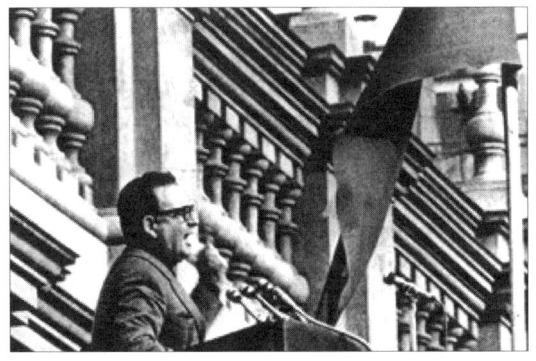

사회주의 노선의 아옌데 대통령(위)을 제거하기 위해 미국의 기업체들은 중앙정보부와 손을 잡고 삐노세(아래 사진에서 앞에 버티고 앉은 인물)를 지원하여 군사 쿠데타를 일으키고, 그런 결과로 독재자를 탄생시키는 음모를 꾸민다. 「산티아고에 비가 내린다」(왼쪽)는 이런 국제정치극을 프랑스의 시각에서 추적한다.

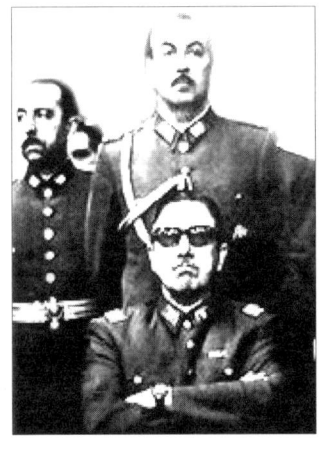

이 만들어지고, 파나마의 미군 기지에서 훈련을 받았고 "조국을 재건하기 위해 궐기한 군인"들은 "합법적인 정부를 무너뜨리려는 반역에는 가담하지 않겠다"는 소신을 밝힌 장교들을 감금 처형하고, 쿠데타 세력의 선봉에 선 삐노세(Augusto Pinochet Ugarte) 육군 참모총장은 기자회견에서 "우리 군은 절대로 정치에 관여하지 않는다"라고 밝히는데, 이런 모든 움직임도 우리는 한국의 근세사에서 직접 체험했다.

탱크부대가 시내로 진입하는 섬뜩한 군사 쿠데타의 분위기, "산티아고에 비가 내린다"라는 암호 방송을 듣고 나라를 지키기 위해 무장봉기하는 학생들과 시민들과 노동자들, 1980년 광주를 연상시키는 대학살, 민간인 '포로'들이 줄줄이 끌려가는 길거리에서 즉결 처형과 살육이 이어지고, 망명 비행기를 대기시켰으니 투항하라는 군사 혁명위원회의 통고를 받고 아옌데 대통령은 "나는 자유를 위해 목숨을 바치겠다"는 마지막 라디오 연설을 한 다음 양복 차림에 철모를 쓰고 총을 든 각료들과 함께 라모네다 대통령궁에서 항공기로 폭격까지 자행하는 군대와 총격전을 벌이다가 유혈이 낭자한 층계에서 무참히 사살된다. 대통령 전용기(「Air Force One」)에서 테러범들과 당당히 맞서 혼자 싸워 승리하는 미국의 영웅적인 대통령 해리슨 포드와는 상당히 대조적인 모습이다.

"아무래도 우리는 이쪽 편인 것 같아서" 시민군과 합류한 군인들 가운데 한 명이 "군대란 뭔가? 죽이는 게 임무야"라던 대단히 5·18 광주적인 발언과 더불어, 쿠데타 이후 보안사령부에서 자축회를 열었던 전두환의 장군들처럼 샴페인을 터뜨리며 부유층이 민주주의의 승리를 축하하고, 성직자들과 예술인들이 체포되어 고문을 당하고, 플라톤이 급진 좌경으로 몰리며 대학이 폐쇄되고, 승리자 삐노세는 기자회견에서 "선진국들, 특히 미국과의 관계 정상화를 도모하고 시장 기능을 회복하겠다"고 천명하고는, 광산도 '정당한 소유자'에게 돌려주겠다고 약속하여, 미국 기업들의 궁극적인 승리를 밝힌다. 그리고 아옌데는 군인들의 총에 죽은 것이 아니라 자살했다는 발표도 뒤따른다.

아옌데가 자살했다고 발표하던 기자회견장에 1971년 노벨 문학상 수상자인 빠블로 네루다(Pablo Neruda, 본명 Ricardo Neftali Reyes)의 집이 파괴되었고 시인은 사망했다는 소식이 전해진다. 네루다는 정치 활동이 왕성해서 상원의원을 역임했고, 공산당에 입당한 다음 부통령 출마까지 한 '위험 인물'이기는 했지만, 네루다의 시를 낭송하는 마지막 장면에서 영화가 암시하던 바와는 달리, 그의 직접적인 사망 원인은 쿠데타 12일 후에 일으킨 심장마비였다.

우리나라에서는 '피노체트'라고 잘못 알려진 삐노세는 중산층 출신으로, 자신이 카이사르와 나뽈레옹 같은 정복자이며 "위대한 사명을

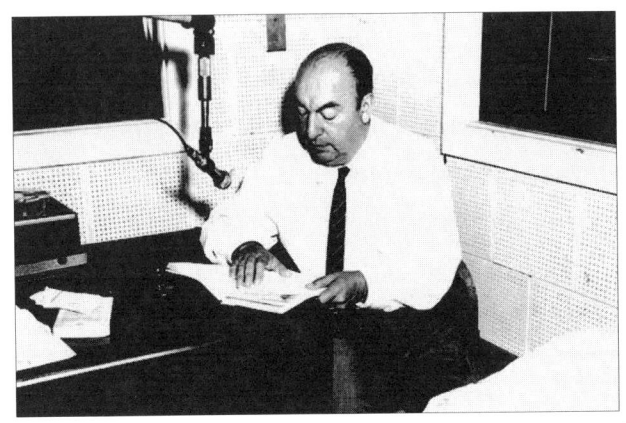

노벨문학상 수상자인 칠레의 시인 빠블로 네루다는 「산티아고에 비가 내린다」에서 상징적인 이름으로 등장한다. 이탈리아 영화 「우편집배원(Il Postino)」에서는 네루다가 중요한 등장인물 노릇을 한다.

위해 태어난 역사적인 인물"이라고 믿었다고 한다. 미국을 업고 권력 탈취에 성공한 다음 삐노셰는 대대적인 구속 선풍을 일으켜 공설 운동장에 반대 세력을 구금했고, 투옥보다는 신속한 처리를 택해 열흘 사이에 320명을 처형했다. 그가 구속한 1만 명 이상의 '적' 가운데에는 영국인 의사까지 포함될 정도였고, "빠른 정국 안정"을 원하는 미국의 경제적 및 정치적 지원을 받아 경제성장을 이루면서, 비밀경찰 조직을 이용하여 반대 세력의 체계적인 말살을 진행한다.

삐노셰의 비밀경찰이 동원한 방법은 잡아들인 사람들을 구속 사실을 밝히지 않은 채 처형하여 암매장하던 '실종' 형식이었다. 백만 명이 망명하고 4천 명이 실종 사망한 통계의 배후에 숨겨진 이런 진실은 코스타-가브라스의 영화 「의문의 실종」에 실감나게 기록되었다.

텔레비전에서는 「미싱(재봉틀?)」이라는 제목으로 MBC-TV에서 방영되기도 했던 「의문의 실종」은 질병이 정신적인 이유에서 생겨난다고 믿어 약품을 쓰지 않고 신앙 치료를 하는 교파인 크리스천 사이언스(Christian Science) 신자이며 미국의 중년 사업가인 에드 호먼(Ed Horman)의 실제 경험을 기록한 토마스 하우저(Thomas Hauser)의 저서를 원작으로 삼은 영화이다. "뉴요크에서 비행기로 16 시간 걸리는 그 나라"에서 군부 쿠데타가 발생했을 때 "쓸데없이 너무 호기심이 많아 이것저것 묻고 다니며 일기에 기록해 둔" 아들이 혁명군에게 연행된 후 행방이 묘연해지자 아들을 찾아 나선 호먼은 닉슨 행정부가 남미의 정치에 깊이 개입했으며, 국가의 이익을 위해서는 소수의 자국민까지도 희생을 마다하지 않는다는 비통한 진실을 깨닫게 된다는 줄거리이다.

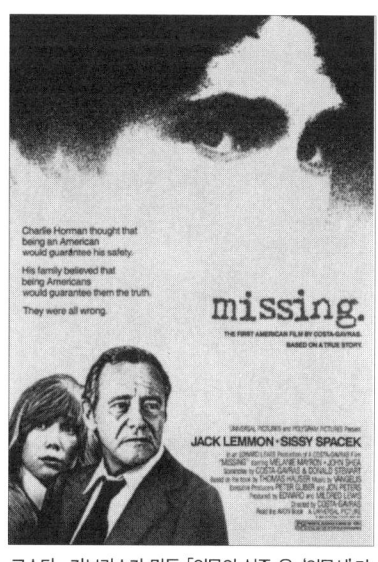

코스타-가브라스가 만든 「의문의 실종」은 '의문사'가 지금까지도 해결되지 않은 정치적인 문제로 남은 우리의 현실을 실감나게 연상시킨다.

영화에서는 '그 나라'가 어디인지를 밝히지 않지만, 공설 운동장에 수많은 사람들을 가둬놓고 처형한다든가 길거리에서 군인들이 마구 기관총을 쏘아대기도 하고 "이곳에서 사업을 하는 포드를 위시한 3천 개 이상 미국 회사의 이익"에 대한 언급 등으로 배경을 밝히고는 하는데, 마지막 장면에서 미국으로 탁송하는 아들의 시체가 담긴 관의 발신지를 보면 "칠레의 산티아고"라고 적혔다.

삐노셰는 정적의 제거에서 그치지 않고 남 아메리카의 다른 국가들과 연계하여 좌익을 제거하면서 반대 세력을 초토화하려는 콘돌 작전도 추진했으며, 폭압적인 군정 16 년 만에 1988년 국민투표와 1989년 대통령 선거에서 패배하고는 포클랜드 전쟁 당시 그가 비밀리에 적극적으로 도와 주었던 영국으로 망명하지만, 결국 영국 경찰에게 체포당하는 신세로 전락했다.

한 국가의 주권이란 무엇인지를 한참 생각하게 만드는 영화 「산티아고에 비가 내린다」가 우리나라에 소개가 되고, 그것도 오랫동안 정권의 대변인 노릇을 적극적으로 떠맡았던 KBS-TV를 통해 방영되었다는 사실은 한국의 무신정권 시대가 끝났음을 알리는 하나의 공식적인 기호(記號) 노릇을 한 셈이었다.

「산티아고에 비가 내린다」에서 프랑스 특파원으로 나오는 장-루이 트랭띠냥은 정치극 「프랑스의 음모」에서도 제3 세계의 지도자를 암살하려는 계획에 얽혀드는 특파원 역을 맡았었다.

이사벨 아옌데(Isabel Allende)의 소설을 원작으로 삼은 「사랑과 그늘」은 「산티아고에 비가 내린다」와 비슷한 시기인 1973년 칠레의 군사 독재하에서 젊은 의상 담당 기자와 사진기자 사이에 벌어지는 사랑의 이야기이다.

찾아보기 ●--

- 「후아레스(Juarez, 1939, 미국, 132분)」, 감/William Dieterle, 출/Paul Muni, Bette Davis, Brian Aherne, Claude Rains, John Garfield, Gale Sondergaard, Donald Crisp, Gilbert Roland, Louis Calhern, Grant Mitchell
- 「매의 날개(Wings of the Hawk, 1953, 미국, 80분)」, 감/Budd Boetticher, 출/Van Heflin, Julia Adams, George Dolenz, Pedro Gonzales-Gonzales, Abbe Lane, Antonio Moreno, Noah Beery
- 「횃불(The Torch, 1950, 멕시코, 90분)」, 감/Emilio Fernandez, 출/Paulette Goddard, Pedro Armendariz, Gilbert Roland, Walter Reed
- 「혁명아 자파타(Viva Zapata!, 1952, 미국, 113분)」, 감/Elia Kazan, 출/Marlon Brando, Jean Peters, Antholy Quinn, Joseph Wiseman, Margo, Mildred Dunnock, Henry Silva
- 「산티아고에 비가 내린다(Il pleut sur Santiago, 영어 제목 Rain on Santiago 또는 It's Raining on Santiago, 1976, 프랑스-불가리아, 108분)」, 감/Helvio Soto, 출/Jean-Louis Trintignant, Bibi Andersson, Henri Poirier, Maurice Garrel, John Abbey, Nicole Calfan, Ricard Cucciolla, Andre Dussollier, Annie Girardot, Patricia Guzman, Bernard Fresson, Serge Marquand, Olivia Mathot

▮「의문의 실종(Missing, 1982, 미국, 122분)」, 감/Constantin Costa-Gavras, 출/Jack Lemmon, Sissy Spacek, Melanie Mayron, John Shea, Charles Cioffi, David Clennon, Richard Venture, Janice Rule

▮「프랑스의 음모(The French Conspiracy, 1973, 프랑스-이탈리아-독일, 124분)」, 감/Yves Boisset, 출/Jean-Louis Trintignant, Jean Seberg, Gian Maria Volonté, Roy Scheider

▮「사랑과 그늘(Of Love and Shadows, 1994, 에스파냐-아르헨티나, 109분)」, 감/Betty Kaplan, 출/Antonio Banderas, Jennifer Connelly, Stefania Sandrelli, Diego Wallraft, Camillo Gallardo

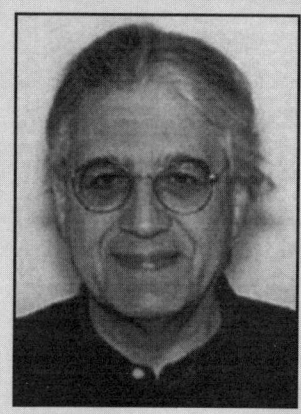

6년에 걸쳐 제작된 3부작 「칠레 전투」는 새로운 정치 체제의 평화로운 탄생
이 얼마나 어려운지를 잘 보여 주는 '기록'이다. 왼쪽은 구즈만 감독

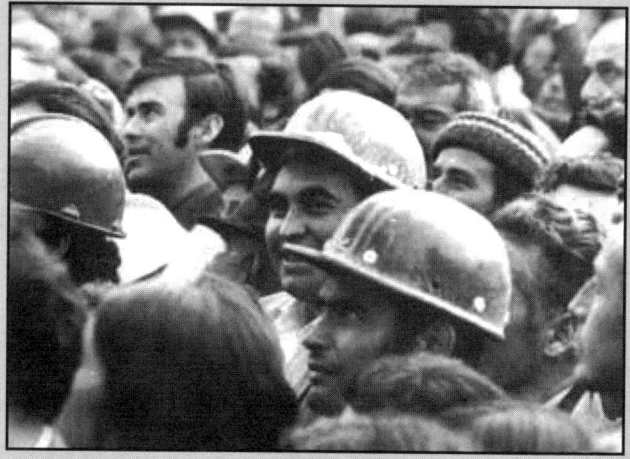

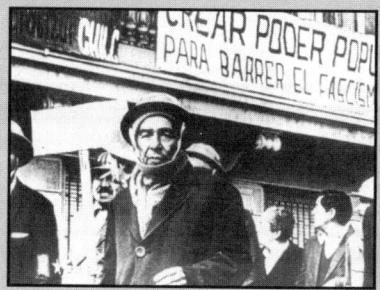

칠레의 전투와 남쪽의 아르헨티나

「산티아고에 비가 내린다」는 미국을 등에 업은 군부 혁명 세력이 칠레의 민중과 대통령을 부참히 짓밟아 버리는 마지막 순간에 이르기까지 전혀 음악을 사용하지 않아서 기록영화적인 긴장감이 처음부터 끝까지 팽팽하다. 그리고 아옌데의 시련은 본격적인 기록영화로도 제작되었다.

소수의 영화작가들과 함께 아옌데 정권을 지원했던 기록영화 감독 파트리치오 구즈만은 칠레에서 사회주의 정권이 겪는 고난과 극복의 순간을 영화로 만들 계획을 세웠으나 쿠데타와 함께 작업이 중단되었고, 동료들과 쿠바로 망명해서 6년에 걸쳐 「칠레 전투」의 편집을 끝냈다. 이 영화는 기존 체제 속에서 평화롭게 새로운 체제를 수립하기가 얼마나 힘드는지를 잘 보여 주는 걸작으로, "부르조아지의 반란(La Insurreccion de la Burgues)," "쿠데타(El Golpe de Estado)," "민중의 힘(El Poder Popular)" 3부작으로 구성되었다.

삐노셰 못지않게 유명한 남 아메리카의 또 다른 군부 출신 통치자

(독재자)는 체 게바라의 나라 아르헨티나를 다스렸던 후안 뻬론(Juan Pèron)인데, 나중에 음악극에서 소개할 마돈나의 「에비따(Evita, 1996)」 때문에 오히려 후안보다는 그의 아내가 세계적으로 훨씬 더 널리 알려진 인물이다.

브로드웨이에서 에비따 뻬론이 유명해지자 마빈 촘스키는 존 반스 (John Barnes)의 「영부인 에비따(Evita-First Lady)」와 니콜라스 프레이저(Nicholas Frazer)의 「에바 뻬론(Eva Peron)」을 기초로 삼아 세 시간 반짜리 텔레비전극 「에비따 뻬론」을 만들었는데, 워낙 개성이나 특징이 없는 감독이어서인지, 주인공인 뻬론 부부에 대해서 관객이 호감을 갖기를 바라는지 아니면 미워하기를 바라는지조차 분명치가 않은 인상을 준다.

사생아로 태어난 에비따(Maria Eva Duarte, 1919~52)는 재능도 별로 없으면서, 배우로 성공하기 전에는 고향에 돌아오지 않겠다며, 늙은 가수를 따라 부에노스 아이레스로 '무작정 상경'을 하지만, 실력보다는 이 남자 저 남자의 침대를 징검다리 삼아 '몸'으로 때워 가며 역을 타내어서, 겨우 무대에 서고 방송극에도 진출한다.

에비따가 역시 몸부터 바쳐가며 접근한 군부의 실력자 후안 뻬론은 히틀러 정부와 유착하여 쿠데타에 가담한 후 부통령의 자리에 오르고, 배우 출신인 정부(情婦) 에비따의 연출에 따라 그는 노동자의 구세주로 부각되는 과정을 거쳐 마침내 대통령의 자리에 오른다. 손가방에 수류탄을 넣어 가지고 다니며 민중을 선동하는 '연기'를 한껏 발휘하는 에비따는, 신데렐라 영부인이라기보다는 벼락출세한 천민답게, 권력에 도취되어 온갖 치사한 보복을 일삼고, 사치에 탐닉하면서도 가난한 자들을 돕는 천사의 모습을 백성들에게 각인시키기 위해 텔레비전 카메라를 힐끔거려 가면서 부녀자들에게 돈(현금)을 나눠주고는 한다.

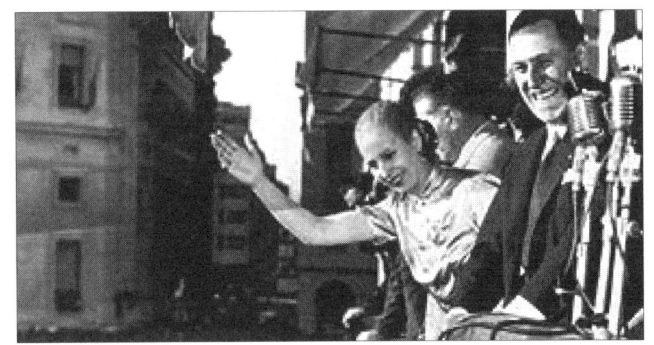

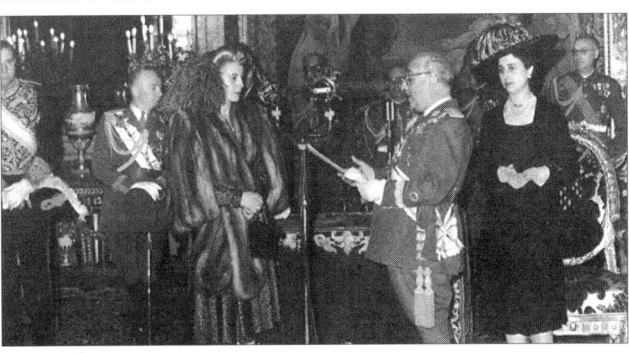

천민 출신의 에비따는 재능보다 '몸'으로 연예계에 진출해 성공(왼쪽)하여 1단계 꿈을 실현한 다음, 후안 뻬론에게 접근하여 영부인의 자리(위)에 오른다. 권력과 부와 명예에 대한 욕심이 대단했던 에비따는 대통령 남편에게서 훈장을 받아내기도 한다(가운데).

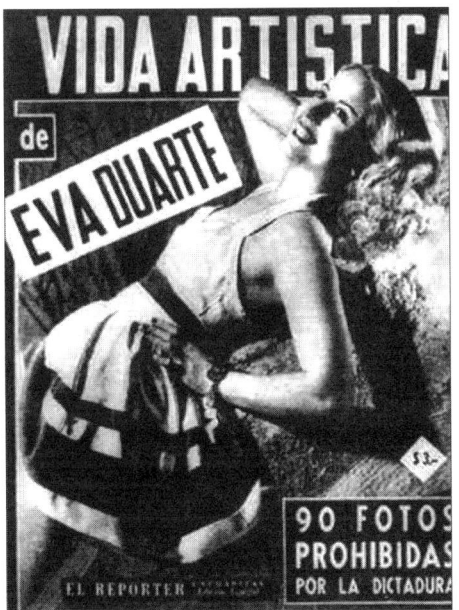

위선과 거짓의 화신으로서, 에비따는 겪어온 가난에 대한 뒤늦은 복수를 하느라고 바빠 '가진 자'들에게 분풀이를 하지만, 실질적으로는 착취에 훨씬 더 열중하며, 국민을 기만하는 홍보영화적 존재로 재현된다. 창녀를 국모로 모시며 가짜 여성 로빈 후드에게 속아 열광하는 백성의 모습이 무척이나 불쌍해 보인다.

폭탄에 의한 암살 기도까지 스스로 조작해 가며 결국 노동자를 탄압하던 에비따는 암으로 세상을 떠나는데, 죽음을 바로 눈앞에 두고도 명예욕, 권력욕, 탐욕에 정신을 못 차려 부통령이 되려고 하는 욕심이나, 오페라 극장에서 옆 좌석의 부유한 할머니가 차고 있던 목걸이를 빼앗는 장면을 보면, 「산티아고에 비가 내린다」가 왜 훌륭한 영화인지가 더욱 새삼스러워진다.

그러나 임종의 자리에서 남편 후안 뻬론 대통령이 최고 명예 훈장을 수여하는 우스꽝스러운 상황에서조차도 끝까지 거지근성을 벗어나지 못하고 훈장에 다이아몬드가 몇 개 박혔느냐고 에비따가 물어보는 장면에 이르면, 너무나 가난했던 인생이었기에 영원한 배고픔을 벗어나지 못하고 자신의 위상에 만족할 줄 모르는 피해망상증 정신병자를 그려내려고 했던 영화가 아닌가 싶지만, 물론 그것조차도 확실치가 않다.

그리고 영화는 "전설의 시대"에 나타났던 수많은 주인공들이나 마찬가지로, 에비따를 "한 번밖에 못 봤지만 태양처럼 빛나는 미소를 짓는 절세미녀"요 "내가 폐병을 앓았는데 영부인이 손으로 한 번 만지니까 씻은 듯이 나았다"는 천민들의 주장, 그리고 "예수나 마찬가지로 33세에 서거한 성녀"로 뉴스영화가 조작하는 과정을 보여 주면서 끝난다.

정복자의 역사에서는 짓밟히는 사람들의 비극이 따르듯, 독재자가 거쳐가는 영욕의 그늘에서는 핍박당하는 사람들의 얘기가 따로 하나의 커다란 물줄기를 이루며 흘러나간다. 헐리우드(제1) 영화, 유럽의 예술(제2) 영화와 맞서는 제3 영화의 개념을 이론화했으며 아르헨티나의 '해방영화'를 이끌었고, 1970~80년대는 프랑스에서 망명생활을 했는가 하면, 1991년 부패한 정부를 고발했다가 다리에 총을 맞기까지 한 페르난도 솔라나스 감독은 군부 독재라는 폭력의 고발을 순수 예술의 차원으로 끌어올린 적막한 영화 「남부」를 만들었다.

우리나라에는 콜롬비아 작가 가브리엘 가르샤 마르께즈(Gabriel Garcia Marquez, 1928~)의 소설 『백년 동안의 고독(Cien años de soledad, 1967)』을 통해서 처음 본격적으로 소개된 남 아메리카의 마술적 사실주의(magical realism)를 영상으로 살린 「남부」는 1983년 군사 독재가 끝날 무렵 부에노스 아이레스가 무대인데, 희랍의 희곡에서처럼 '희생자' 유령들이 길거리에 늘어선 어두운 밤 골목길에서 죽은 자들과 산 자들이 만나, 탱고조(Tango調) 해설로 과거를 현재와 연결해 가면서, 혼돈과 불안의 여러 시점(時點)을 가지런히 꽂아놓은 책

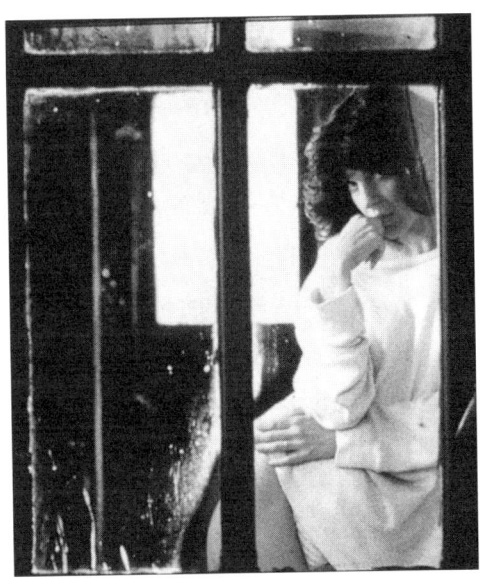

솔라나스 감독의 「남부」는 "포스트모던한 탱크"까지 등장시켜 가면서 군사정권의 정치 폭력에 희생되는 사람들을 예술적인 차원에서 재현하는 데 성공했다. 이 장면은 감옥에서 풀려나 집으로 돌아온 남편 앞에 떳떳하게 나서지 못하는 아내가 문 밖에서 고뇌하는 모습을 보여 준다.

꽂이 형식으로 이야기를 끌어나간다.

"새로운 시대가 열림"을 선포한 비델라 장군의 쿠데타 과정에서 "포스트모던한 탱크"가 버티고 선 길거리에서, 영장없는 '실종' 체포를 당해 5년 동안 옥살이를 하고 나온 '정치범' 플로리알은 이제 자유의 몸이 되기는 했지만, '갇힌 남편'의 의심을 받아 가며 외로운 독수공방을 못이겨 로베르또를 사랑했던 아내 로시에게 차마 돌아가지를 못한다.

사랑과 삶이 파괴된 현재의 시간으로부터 행복했던 과거에로의 회귀가 얼마나 힘겨운지를 이 영화는 참담하게 얘기한다. 앵무새가 욕을 하며 날아다니는 복도에서 권총 한 자루를 들고 독재에 우화적으로 항거하는 노부부의 모습, 그리고 도서관에서 "반정부는 마르크스주의"를 희랍적 코러스로 읊는 장면 또한 희극적이기 때문에 그만큼 더 비극적이기도 하다.

영화 「남부」에서 "북쪽에 빼앗긴 땅을 찾으면 더 큰 나라를 만든다"는 '남쪽 프로젝트'에서 언급된 아르헨티나 작가 보르헤스(Jorge Luis Borges, 1899~1986)가 쓴 단편소설 "반역자와 영웅의 주제"를 베르나르도 베르톨루치 감독이 영화로 만든 「거미의 계략」은 비록 무대가 이탈리아이기는 하지만 분위기와 주제가 여전히 "남쪽" 아메리카 그대로이며, 역사와 전설 그리고 진실의 삼각 관계를 곱씹어 볼 만한 작품이다.

「거미의 계략」은 "보기드문 삶을 살다가 못된 파시스트의 총을 맞고 보기드문 죽음을 맞아 쓰러진 영웅" 아토스 마냐니의 아들이 아버지의 암살범을 찾아내기 위해 고향 타라로 돌아오면서 시작된다. 분명히 마을 사람이 죽였으리라고 의심하며 진상을 밝혀 달라고 아들을 타라로 불러들인 사람은 아버지의 정부였던 드라이파인데, 타라에 도착한 주인공은 헐리우드 서부영화에서처럼 정체 불명의 사나이들로

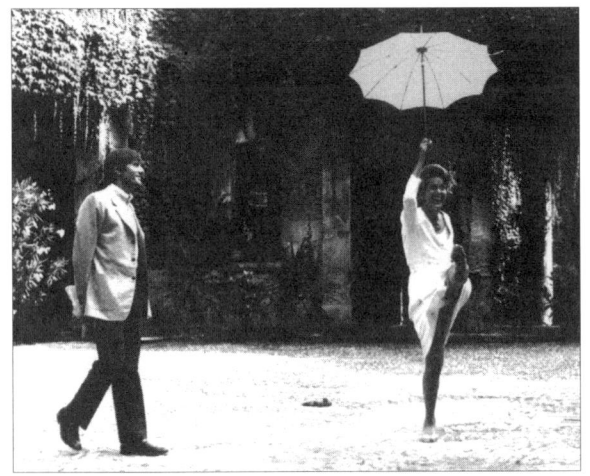

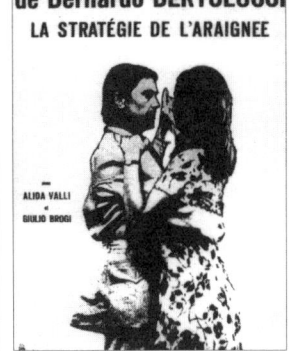

베르톨루치 감독이 본디 텔레비전을
위해서 만들었던 「거미의 계략」은 격
동의 시대에 날조되는 영웅의 정체는
과연 무엇인지를 생각하게 만든다.

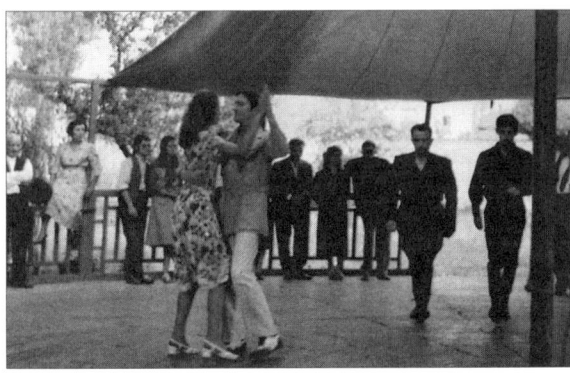

부터 추적을 당하고, 마을을 떠나라는 강요를 받는다.

　아들은 아버지가 마을 극장 개관식에 참석할 예정인 뭇솔리니를 암살할 계획을 함께 세웠던 세 명의 동지 라소리와 가이바쩨와 코스타를 의심한다. 그렇게 의심할 만한 이유는 충분했다. 「리골레토」 공연 중에 극적으로 암살하려 했던 뭇솔리니가 돌연 방문 계획을 취소해서 오지 않고, 암살 음모를 꾸몄던 사람들이 경찰에 끌려가 고초를 당했으며, 뭇솔리니를 죽이려던 바로 똑같은 극적인 상황에서 아버지가 "극장에 들어가면 어둠 속에서 목숨을 잃으리라"는 집시의 예언을 들은 다음 등에 총을 맞고 죽었다는 정보(소문)를 입수했기 때문이었다.

묵솔리니 암살 음모에 대한 보복으로 아버지가 살해되었다는 소문으로 인해서 반파시스트 운동에 불이 붙고, 아버지는 영웅이 되어 마을의 거리 이름도 아토스 마냐니 가(Via Athos Magnani)로 명명되고, 광장에는 그의 흉상이 세워졌다. 그러나 더욱 진실을 깊이 캐 들어가던 아들은 아버지가 사실은 영웅이 아니라 묵솔리니 음모 계획을 밀고하여 동지들로 하여금 고초를 겪게 만든 배반자임을 알아낸다. 더욱이 아버지는 자신의 죄가 탄로나서 수치스러운 삶을 살기보다는 죽어서 영웅이 되기를 원하고, 그래서 『맥베드』와 『줄리어스 시저』 같은 온갖 문학 작품에서 발췌한 극적인 배경을 만들어 놓고, 그 상황 한가운데서 죽어 민족적인 영웅으로 둔갑한다. 물론 이 사기극의 공범은 묵솔리니 암살을 꿈꾸었던 세 동지였다.

진실을 알아낸 아들은 그러나 아버지 흉상 제막식에서 진실을 얘기하지 않음으로써 거짓된 전설이 뿌리를 내리게 도와 주고, 고뇌하며 타라를 떠나려고 한다. 하지만 역에서 아무리 기다려도 그가 타야 할 기차는 네 시간 후에 도착한다느니 한 시간 후에 도착한다느니 해 가면서 영원히 오지를 않는다. 기찻길에는 잡초가 무성하게 우거졌고, 주인공은 과거의 거짓 속에 갇힌 포로가 된다.

이 영화는 줄거리의 전개도 재미있지만, 아카데미 상을 세 번이나 수상한 비토리오 스토라로의 촬영 또한 음미할 만하다. 인상파 그림을 연상시키는 포플라가 늘어선 시골길, 권태로운 정오의 적막감, 그리고 앙리 룻소의 그림 같은 화면에 담긴 고독함이 참으로 인상적이다. 「거미의 계략」은 본디 1969년 이탈리아 텔레비전을 위해서 제작된 영화이지만 훗날 베르톨루치 감독의 명성에 힘입어 극장으로 진출한 명화이다.

찾아보기 •---

▋「칠레 전투(Batalia de Chile, 1973-78, 칠레, 305분)」, 감/Patricio Guzman
▋「에비타 뻬론(Evita Peron, 1981, 미국, 200분)」, 감/Marvin Chomsky, 출/Faye
 Dunaway, James Farentino, Rita Moreno, Jose Ferrer, Pedro Armendariz,
 Jr., Michael Constantine, Signe Hasso, Katy Jurado, Jeremy
▋「남부(Sur, 1987, 아르헨티나, 127분)」, 감/Fernando Ezequiel Solanas, 출/Susu
 Pecoraro, Miguel Angela Sola, Lito Cruz, Roberto Goyenche, Gabriela
 Toscano, Mario Lozano, Nathan Pinzon, Philippe Loetard
▋「거미의 계략(La strategia del rango, 영어 제목 The Spider's Stratagem, 1970,
 이탈리아, 100분)」, 감/Bernardo Bertolucci, 출/Giulio Brogi, Alida Valli, Tino
 Scotti, Pippo Campanini, Franco Giovanelli

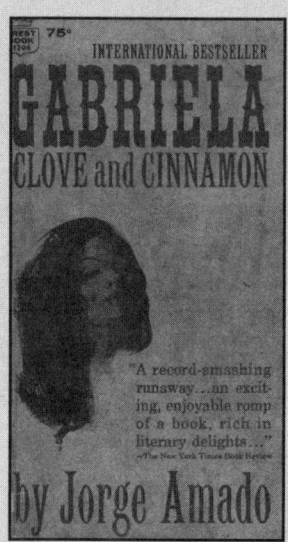

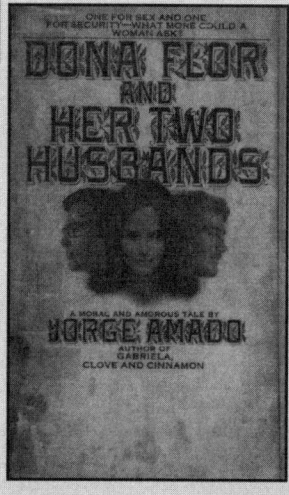

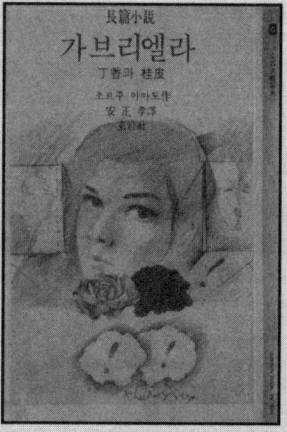

이미 오래 전에 노벨문학상을 탔어야 마땅한 브라질 작가 조르주 아마두의 소설세계는 가히 환상적이고, 성숙기에 들어서서 그가 발표한 두 작품 『가브리엘라, 정향과 계피』 그리고 『도나 플로르와 두 남편』은 영화로도 성공했다. 오른쪽은 『가브리엘라』의 우리말 번역판

그리고 또 남 아메리카

    미술적 사실주의라는 환상이 음산한 「남부」의 어두운 골목이 아니
라 침대에서 즐겁게 펼쳐지는 브라질 영화가 있는데, 「도나 플로르와
두 남편」이 그 제목이다.

    젊어서는 심각한 사회주의 경향의 작품을 쓰다가 나중에는 명쾌한
환상적 소설로 돌아선 조르주 아마두(Jorge Amado, 1912~)의 성향을
보면 알프레드 힛치코크의 초기와 후기 작품들처럼 양상이 대조적으
로 달라진다. 『도나 플로르』는 아마두의 후기 작품들 중에서도 대표적
인 소설이다. 도나 플로르는 무책임하고 놀기만 좋아하는 신랑이 결
혼 초야에 너무 기분을 내다가 급사하자, 얼마 후 마음 착하고 멍청한
남자와 재혼을 하게 되고, 그러자 죽은 남편의 유령이 찾아와 입장을
난처하게 만든다. 한 쪽에는 죽은 남편이 그리고 다른 한 쪽에는 산
남편이 침대에 나란히 누워서 벌이는 희극적 얘기는 아마두 문학세계
의 진수라고 하겠다.

    필자가 대학시절에 읽고는 너무나 재미있다고 생각해서 나중에 번

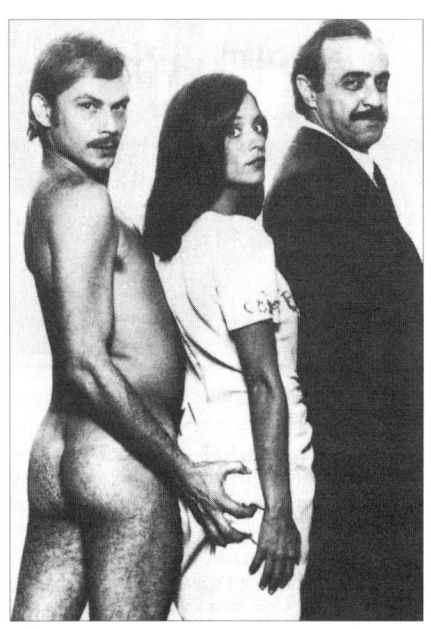
도나 플로르는 성욕이 왕성하지만 죽어 버린 남편의 유령 그리고 안정된 삶을 제공하며 살아 있기는 하면서도 생명력이 결여된 새 남편 사이에서 삼각 관계를 계속한다.

역까지 했던 아마두의 『가브리엘라』역시 영화가 나왔다. 잠자리를 같이 해 주면 남자들이 좋아하니까 여러 남자와 관계를 맺어도 죄가 아니라고 진심으로 믿는 자유분방한 여주인공의 사고방식이 전혀 더럽게 느껴지지 않는 참으로 묘한 작품이다. 번역된 소설을 보내 줬더니 저자 아마두가 필자에게 보낸 편지에서 첫 마디가 "한국에까지 가서 가브리엘라가 바람을 피우게 되었나요?"라고 할 정도였으니, 내용이 쉽게 짐작이 가리라고 생각한다. 이 작품은 브라질에서 텔레비전 연속극으로도 대단한 인기를 끌었다.

폴투갈의 식민지였던 시절에 개성이 강한 흑인 노예를 주인공으로 내세운 「씨카」역시 세계적으로 널리 알려진 브라질 영화이고, 새 영화(Cinema nuovo) 운동의 기수였던 로샤의 대표작 「안또니오 다스 모르떼스」는 민담에 등장하는 총잡이를 주인공으로 내세워 전설과 신화를 통해 브라질의 역사와 사회를 재해석한 작품이다.

가브리엘라와 도나 플로르의 맥을 잇는 「버스를 탄 여인」의 여주인공은 신혼 초야에 아무런 반응을 보이지 않지만, 얼마 안 가서 다른 남자들의 '맛'을 보기 시작하는데, 늦게 배운 도둑질에 밤새는 줄 모를 지경이 된다.

우리나라에 최초로 수입된 브라질 영화이며 세계적으로 명성을 얻은 최초의 브라질 영화이기도 한 「야성(野性)의 순정(純情)」은 배우에

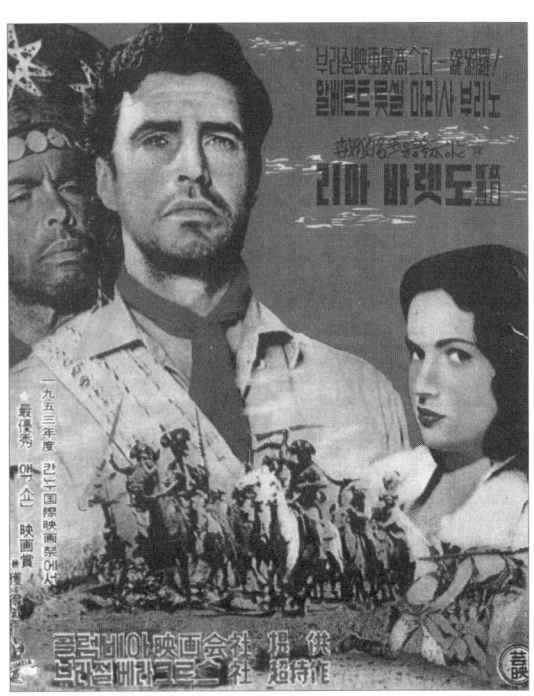

우리나라에 수입된 최초의 브라질 영화 「야성의 순정」은 전세계적인 성공을 거두었고, 이를 계기로 '산적영화(cangaços)'라는 장르까지 생겨났다.

언론인 출신 기록영화 작가였던 리마 바레또(1905~82)의 작품으로서, 흉악한 군도(群盜)에게 납치된 여교사와 산적의 부두목 사이에서 싹트는 사랑 이야기인데, 여자를 탈출시킨 다음 두목에게 붙잡혀 들판에서 처형을 당하는 마지막 장면이 대단히 인상적이었다.

「야성의 순정」은 1950년대 브라질을 선풍적으로 휩쓸었던 '산적영화(cangaços)'의 대표작으로 꼽히는데, 중국의 무협영화나 이탈리아의 스파게티 서부극과 더불어 산적영화는 세계적으로 대단히 유명했던 하나의 고유분야임을 잊어서는 안 된다. 특히, 산적영화와 성격뿐 아니라 언어와 의상까지도 상당히 비슷했던 이탈리아의 스파게티 서부극이 거둔 세계적인 성공을 견주어 보면, 영화예술에서 산업적인 전략이 어째서 중요한지를 새삼스럽게 만든다.

정복의 길로 이어진 에스파냐와 남 아메리카를 배경으로 삼은 기타 시대극을 찾아보면, 「섬나라 공주님」은 1500년대 프랑스의 선장이 아프리카 북서 해안 지역 카나리아 제도의 아가씨와 사랑을 나눈다는 통속극이고, 「황금의 매」는 17세기 카리브 해를 무대로 에스파냐와 잉글랜드가 힘을 합쳐 프랑스와 싸우는 내용을 담은 프랭크 여비(Frank Garvin Yerby, 1916~)의 소설이 원작이고, 「가우초의 길」은 1870년대 아르헨티나의 팜파스에서 역경을 이겨내며 살아가는 '가우초(에스파냐와 인디오의 튀기 또는 남미의 카우보이를 가리키는 말)'가 주인공이다.

사라진 마야와 잉카 문명을 배경에 담은 영화도 두 편이 나오기는 했지만 단순한 오락물의 수준을 넘지는 못했다. 「태양의 제왕」은 마야 민족의 영도자로서 생존자들을 이끌고 자유를 찾아 헤매면서 야만적인 인디언들에게 시달리는 얘기인데, 지극히 강인한 인상의 율 브리너와 함께 출연한 조지 차키리스가 당시 관객을 무척 헷갈리게 했다. 같은 해에 제작된 이탈리아 영화 「부베의 연인(La ragazza di Bube, 영어 제목 Bebo's Girl)」에서 처음 한국 관객으로부터 상당한 인기를 모으며 선을 보인 차키리스의 모습이 대형 사극하고는 너무나 어울리지 않게 나약해 보였기 때문이었다. 「미주리 대평원(Pony Express, 1953)」 같은 활극을 주로 만들던 제리 호퍼 감독이 내놓은 「잉카 제국의 비보(秘寶)」 또한 전설적인 잉카 왕국의 보물을 찾아다니는 모험극 수준에 머물렀다.

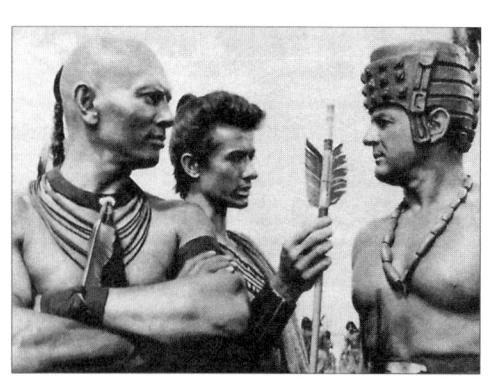

「태양의 제왕」에서는 율 브리너(왼쪽)와 조지 차키리스(가운데)가 참으로 어울리지 않는 한 쌍이었다.

훨씬 현대로 거슬러 올라와서 남 아메리카를 배경으로 삼은 영화로는 두 편의 「장난감 병정들」이 나왔는데, 하나는 반란의 소용돌이에 휩싸인 라틴 아메리카에서 아이들이 친구들을 구해내는 데이비드 피셔 영화이고, 다른 하나는 콜롬비아의 폭력 분자들에게 인질로 잡힌 말썽꾸러기 부잣집 아이들이 갑자기 똑똑한 영웅으로 돌변하는 대니얼 피트리 영화이다.

헨리 킹 감독의 「마리 갈랑뜨」는 한심한 신세가 된 여자가 멋진 남자를 만나서, 파나마 운하를 폭파하려는 자들의 음모를 둘이서 보기 좋게 무찌른다는 내용인데, 이 영화에서 두 곡의 노래를 부르는 헬렌 모건은 1930년대에 까페 가수로 명성을 날려 전기영화(「The Helen Morgan Story」, 1956)까지 나온 유명한 연예인이다.

「파나마 음모」는 아카데미상을 받은 기록영화로서, 파나마에 대한 미국 정부의 간섭과 '음모'를 수십 년에 걸쳐 분석하고, 1989년의 침공에 초점을 맞춰 레이건과 부시 행정부의 외교 정책을 비판하는가 하면, 백악관의 수족 노릇을 하는 언론의 실체도 파헤친다.

「광천수(鑛泉水)」는 카리브의 영국 식민지에서 새로 발견된 값진 광천수를 둘러싸고 벌어지는 희극으로서, 탐욕스러운 미국의 석유업자들과 우스꽝스러운 제3 세계의 혁명과 정신이 나간 갖가지 인간 군상의 틈바구니에서 총독이 무척 고생이 심하다. 영국 수상(Margaret Thatcher)에 대한 풍자도 담긴 이 영화의 기획자들 중에는 링고 스타(Ringo Starr)의 이름도 보인다.

케네드 로브슨(Kenneth Robeson)의 싸구려 소설이 원작이며 시대극이라기보다는 모험극이라고 분류해야 마땅한 「초인 사베지」는 아버지의 죽음에 대한 조사를 하기 위해 5인의 용사(Fabulous Five)를 이끌고 남 아메리카로 찾아가는 닥 새비지(론 일라이) 얘기인데, 공상과학 영화에

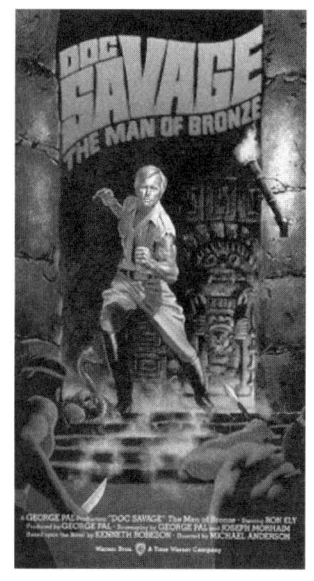

「초인 사베지」는 조지 팔(George Pal)의 공상과학물 식으로 풀어낸 남 아메리카 모험영화이다.

서 자세히 소개할 제작자 조지 팔(George Pal)과 마이클 앤더슨 감독 과 배경 음악으로 동원된 수자(Sousa) 행진곡 모두가 제자리를 못 찾 은 듯 어울리지를 못해서, 기획 의도가 애매하다.

케빈 코스트너가 공동 제작한「라파 누이」는 누가 도대체 왜 만들어 놓았는지를 역사가들이 아직도 알아내지 못했으며 모딜리아니 그림에 서처럼 길다랗고 거대한 얼굴 석상들을 세워 놓은 칠레 서쪽 남태평양 의 이스터 섬(Easter Island)에서, 아직 네덜란드의 식민지 통치가 시작 되기 전인 1680년 지배자 대이족(大耳族, Long Ear tribe)과 노예인 소이 족(Short Ears) 사이에서 벌어지는 로미오와 줄리에트 얘기이다. 'Rapa Nui'는 이스터 섬의 이름으로 '세계의 중심〔中國〕'이라는 뜻이다.

킹 비도어(King Vidor) 감독의 서부극「북서로 가는 길(Northwest Passage, Part One: Rogers' Rangers)」을 완결짓지 못하고 세상을 떠난 미국의 모험소설가 케네드 로버츠(Kenneth Roberts, 1885~1957)가 원 작을 쓴「리디아 베일리」는 1800년대 하이티에서 프랑스 통치자들과 싸우려고 반란을 일으킨 원주민들의 얘기이다.

「혼자만의 전쟁」은 파라과이의 의사이며 유명한 인권운동가인 실 존 인물 필라르티가(Joel Filartiga)가 1976년에 자신의 나라에서 자행 되는 인권 유린을 세계에 널리 알리기 위해 투쟁하는 전기물이고, 「위대한 사기꾼」은 암살을 당한 라틴 아메리카 어느 나라의 독재자 대역을 하기 위해 동원된 배우가 주인공이다. 변장술이 능한 배우가 폭력배와 맞서며 사랑까지 나눈다는 줄거리가 아무래도 2년 전에 선 을 보인「풍운의 젠다성」을 따라 엮어지는데,「풍운의 젠다성」이 아 니라「위대한 사기꾼」으로부터 '영감'을 받아서 다시 나온 희극영화 가「빠라도르의 달빛」이라고 한다.

「빠라도르의 달빛」은 급사한 라틴 아메리카의 독재자 대역을 시키 려고 납치되어 간 미국 배우가 처음에는 내무장관의 요청에 마지못해

서 응하지만, 그에게 진짜 독재자 알폰스에 관한
교육을 시키던 독재자의 정부(情婦)에 반해서 어
쩌고저쩌고 하는 내용뿐 아니라, 가수(Sammy
Davis, Jr.)와 방송인(Dick Cavett)과 희극배우(Ed
Asner)에다 감독 자신까지 특별출연하는 품이 아
무래도「풍운의 젠다성」을 표절한「데이브(Dave,
1993)」의 징검다리 노릇을 하지 않았나 하는 생
각도 들게 한다.

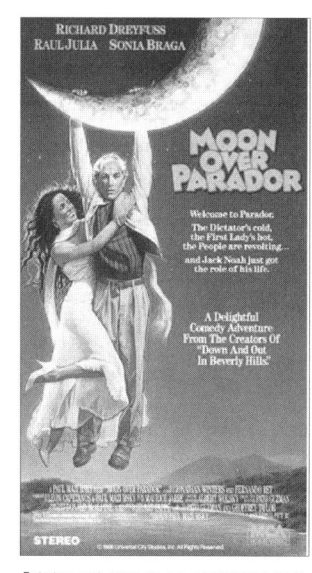

쎄미 데이비스가「베싸메무초」의 가사를 바꿔
가며 군부 독재자를 칭송하는 노래를 부르는 장
면처럼 풍자적인 요소도 가끔 나오는「빠라도르
의 달빛」에서는, 주인공이 단순히 여자를 사랑하
게 되었다는 이유뿐 아니라 비밀경찰의 학살 은

「빠라도르의 달빛」은 남 아메리카로 무대
를 옮긴「풍운의 젠다성」복제품이다.

폐 장면을 보고 정신을 차려 정의를 실현한다는 (조금쯤은 심각한) 설
정을 해 놓았는데, 독재자를 뒤에서 조종하는 미국 CIA 요원(Jonathan
Winters)의 모습을 보면 그냥 앉아서 웃고 지나갈 문제가 아니라는 생
각이 든다.

찾아보기 ●--

▌「도나 플로르와 두 남편(Doña Flor e seus dois maridos, 영어 제목 Dona Flor
 and Her Two Husbands, 1978, 브라질, 106분)」, 감/Bruno Barreto, 출/Sonia
 Braga, Jose Wilker, Mauro Mendoca, Dinorah Brillanti
▌「가브리엘라(Gabriela, cravo e canela, 영어 제목 Gabriela, 1983, 브라질-이탈
 리아, 102분)」, 감/Bruno Barreto, 출/Marcello Mastroianni, Sonia Braga,
 Antonio Cantafora, Ricardo Petraglia
▌「버스를 탄 여인(Lady on the Bus, 1978, 브라질, 102분)」, 감/Neville D'Almedia, 출

/Sonia Braga, Nuno Leal Maia, Paulo Cesar Pereio, Jorge Doria, Yara Amaral, Claudio Marzo

▌「씨카(Xica, 1978, 브라질, 107분)」, 감/Carlos Diegues, 출/Zeze Motta, Walmor Chagas, Jose Wilker, Marcus Vincius, Altair Lima

▌「안또니오 다스 모르떼스(Antonio-das-Mortes: O Dragão da Maldade Contra o Santo Guerreiro, 1969, 브라질, 95분)」, 감/Glauber Rocha

▌「야성의 순정(O Cangaceiro, 영어 제목 The Bandit, 1953, 브라질)」, 감/Lima Barreto, 출/알벨토 롯셀, 마리사 푸라도, 밀튼 리베이로

▌「섬나라 공주님(La principessa delle Canarie, 영어 제목 The Island Princess, 1954, 이탈리아, 98분)」, 감/Paolo Moffa, 출/Marcello Mastroianni, Silvana Pampanini, Gustavo Rojo

▌「황금의 매(The Golden Hawk, 1952, 미국, 83분)」, 감/Sidney Salkow, 출/Rhonda Fleming, Sterling Hayden, John Sutton, Raymond Hatton

▌「가우초의 길(Way of a Gaucho, 1952, 미국, 91분)」, 감/Jacques Tourneur, 출/Gene Tierney, Rory Calhoun, Richard Boone, Hugh Marlowe, Everett Sloane

▌「태양의 제왕(Kings of the Sun, 1963, 미국, 108분)」, 감/J. Lee Thompson, 출/Yul Brynner, George Chakiris, Shirley Anne Field, Richard Basehart, Brad Dexter

▌「잉카 제국의 비보(Secret of the Incas, 1954, 미국, 101분)」, 감/Jerry Hopper, 출/Charlton Heston, Robert Young, Nicole Maurey, Thomas Mitchell, Glenda Farrell, Yma Sumac

▌「장난감 병정들(Toy Soldiers, 1984, 미국, 91분)」, 감/David Fisher, 출/Jason Miller, Cleavon Little, Rodolfo De Anda, Terri Garber, Tracy Scoggins, Willard Pugh, Mary Beth Evans

▌「장난감 병정들(비디오 제목 "캠퍼스 군단," Toy Soldiers, 1991, 미국, 112분)」, 감/Daniel Petrie, Jr., 출/Sean Astin, Wil Wheaton, Keith Coogan, And///rew Divoff, Louis Gossett, Jr., Denholm Elliott, T. E. Russell

▌「마리 갈랑뜨(Marie Galante, 1934, 미국, 88분)」, 감/Henry King, 출/Spencer Tracy, Ketti Gallian, Ned Sparks, Helen Morgan, Sig Rumann, Leslie Fenton, Jay C. Flippen, Stepin Fetchit

▌「파나마 음모(The Panama Deception, 1992, 미국, 91분)」, 감/Barbara Trent, 해설/Elizabeth Montgomery

▌「광천수(Water, 1985, 영국, 95분)」, 감/Dick Clement, 출/Michael Caine, Brenda Vaccaro, Leonard Rossiter, Valerie Perrine, Jimmie Walker, Billy Connolly,

Dennis Dugan

▌「초인 사베지(Doc Savage: The Man of Bronze, 1975, 미국, 100분)」, 감
/Michael Anderson, 출/Ron Ely, Darrell Zwerling, Michael Miller, Pamela
Hensley, Paul Wexler, Robyn Hilton, William Lucking

▌「라파 누이(Rapa Nui, 1994, 미국, 107분)」, 감/Kevin Reynolds, 출/Jason Scott
Lee, Esai Morales, Sandrine Holt, Zac Wallace, George Henare

▌「리디아 베일리(Lydia Bailey, 1952, 미국, 89분)」, 감/Jean Negulesco, 출/Dale
Robertson, Anne Francis, Luis Van Rooten, Juanita Moore, William Marshall

▌「혼자만의 전쟁(One Man's War, 1991, 영국, 100분)」, 감/Sergio Toledo, 출
/Anthony Hopkins, Norma Aleandro, Ruben Blades, Sergio Bustamonte,
Fernanda Torres, Leonardoi Garcia, Rene Pereyra

▌「위대한 사기꾼(The Magnificent Fraud, 1939, 미국, 78분)」, 감/Robert Florey, 출
/Akim Tamiroff, Lloyd Nolan, Patricia Morison, Mary Boland, George Zucco,
Steffi Duna, Robert Warwick

▌「빠라도르의 달빛(Moon Over Parador, 1988, 미국, 105분)」, 감/Paul Mazursky,
출/Richard Dreyfuss, Raul Julia, Sonia Braga, Jonathan Winters, Michael
Greene, Polly Holiday, Charo, Marianne Sägebrecht, Sammy Davis, Jr., Dick
Cavett, Ed Asner, Ike Pappas, (Paul Mazursky)

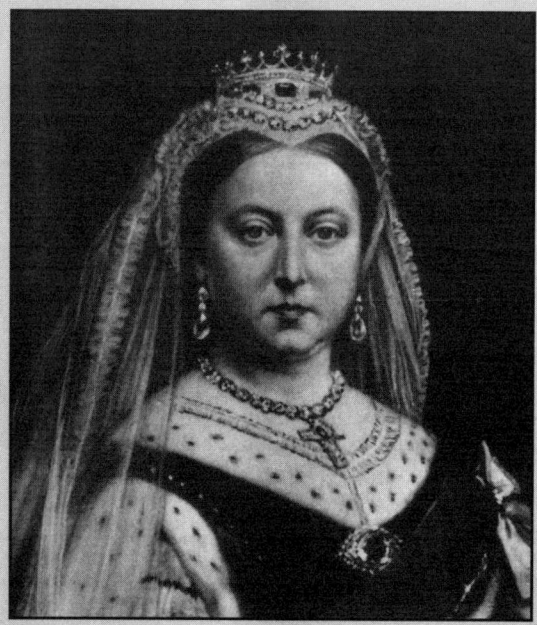

빅토리아 여왕(위)의 시대는 당대의 작품을 모은 시집 (아래)의 표지에서 쉽게 짐작이 가듯이 대단히 장식적 이고 화려한 예술의 시대였다.

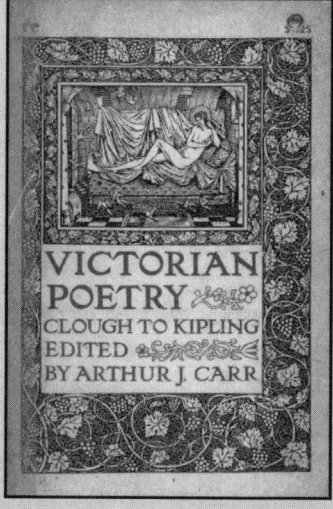

VICTORIAN
POETRY
CLOUGH TO KIPLING
EDITED
BY ARTHUR J. CARR

해가 지지 않는 제국의 역사

식민지 정복의 역사라면 꼬르떼즈의 에스파냐보다도 캐나다, 오스트렐리아, 인도에서 아르헨티나의 옆에 붙은 포클랜드에 이르기까지, 해가 지지 않는 제국을 이루었던 영국을 먼저 얘기해야 하고, 그래서 이미 "신화와 역사의 건널목"에서는 에이레와 스코틀랜드를 살펴보고 넘어왔다. 그래서 이제부터는 잉글랜드 본토와 주요 식민지에 얽힌 영화를 찾아보기로 하자.

잉글랜드의 통치사뿐 아니라 문학사에서도 꼭 짚고 넘어가야 할 인물은 하노버 왕조 제6대의 영국 여왕이었으며 에이레도 통치하고 나중에 인도의 여제(女帝)를 겸하게 되는 빅토리아(Alexandrina Victoria, 1819~1901)이다. 영국의 왕 가운데 통치 기간(1837~1901)이 가장 길었던 빅토리아 여왕은 산업혁명 이후 과학 기술과 예술의 진흥에 힘써서 역사상 가장 영광스러운 시대를 이룩했을 뿐 아니라, 우리들이 흔히 "신사의 나라 영국"이라는 문화 역시 빅토리아 시대의 산물이었다. 예술면에서는, 필자의 경우에만 해도 서강대학교에서 영문학을 공부할 때 "낭만파 시인들"과 더불어 "빅토리아 시대의 시(The Victorian Poetry)"에 관한 강의를 따로 들어야 했었다.

그러니 빅토리아 시대의 영국에 관한 영화도 많을 수밖에 없고, 아예 빅토리아 여왕의 생애를 다룬 전기영화(biopic) 「위대한 빅토리아」도 나왔다. 무남독녀로 태어난 그녀는 아버지와 백부들의 잇단 죽음으로 18세에 영국 여왕이 되었고, 1840년 외사촌 앨버트와 결혼하여 에드워드 7세의 어머니가 된다. 「위대한 빅토리아」는 앨버트와의 사랑이 기둥줄거리를 이룬다.

「위대한 빅토리아」의 속편으로 이듬해에 제작된 「영광의 60년」에서 조명한 통치 기간에서 전반기는 신중하고도 점진적인 정치 개혁, 빠른 산업 성장과 신흥 중류층의 등장이 이루어지며, 당시의 문학에서는 노동 계층과 산업 자본을 등에 업은 귀족층의 대립이 가장 큰 주제로 떠오른다. 후기에는 출산율이 줄어들고, 강경 민족주의(jingoistic nationalism)가 등장하며, 대량 해고와 경제 위기가 서서히 머리를 들고, 다윈의 진화론이 종교의 뿌리를 흔들어 놓았으며, 문학에서는 기존의 도덕관에 대한 회의를 점점 겉으로 드러내기 시작한다.

정통 역사에서 벗어난 시대극 「부랑자」는 훌륭한 반려자였던 앨버트가 세상을 떠난 다음 그녀의 성으로 몰래 숨어 들어온 방랑자와의 만남을 통해 현실로 돌아온다는 내용이다. 이 영화에서 알렉 기네스는 빅토리아 여왕과 무척 가까웠던 디즈렐리 역을 눈부시게 잘 해냈다는 평을 들었는데, 디즈렐리(Benjamin Disraeli, 1804~81)에 관해서는 "신화와 역사의 건널목"에서 이미 소개한 바가 있다.

1875년 영국이 수에즈 운하를 접수하고 빅토리아가 인도의 여제로 등극하는 데 결정적인 역할을 했던 그는 유대인의 핏줄을 평생 자랑으로 삼았으며 젊은 시절 정치와 문학 가운데 어느 쪽을 선택해야 좋을지 고민을 많이 했다지만, 결국 양쪽에서 모두 성공한 인물이다. 심리연애소설(Contarini Fleming, 1832), 역사소설(The Wondrous Tale of Alroy, 1833), 바이런과 셸리에 관한 전기소설(Venetia, 1837), 정치소설 3부작(Coningsby, or the New Generation 그리고 Sybil) 등 많은 작품을 남긴 디즈렐리는 영화 「디즈렐리」에서 위대하고도 교활한 정치인이요 헌신적인 남편으로 재현되었고, 그의 역을 맡았던 조지 알리스는 오스카 상을 탔다.

「브라운 부인」 역시 사랑하는 남편 앨버트가 죽은 다음 런던의 공적인 생활을 떠나 윈저궁에 칩거하는 빅토리아 여왕이 남편의 신임을 받았던 '하일랜더'와 미묘한 관계에 이른다는 내용을 기둥줄거리로 삼았다.

우리는 앞으로 영국의 문학 작품에 나타난 시대상을 비교적 상세하게 살펴볼 텐데, 빅토리아 시대상을 잘 보여 주는 작품으로서 널리 알려진 영화로는 「프랑스 중위의 여자」가 좋은 본보기이겠다. 우리나라에서는 영화뿐 아니라 소설로도 널리 알려진 『콜렉터』의 원작자 존 파울스(John Fowles, 1926~)의 원작을 영국의 유명한 극작가이며 많은 영화 각본을 맡았던 해롤드 핀터(Harold Pinter)의 손을 거쳐 체코 출신의 감독 카렐 라이츠가 사뭇 데이비드 린(David Lean)적인 분위기까

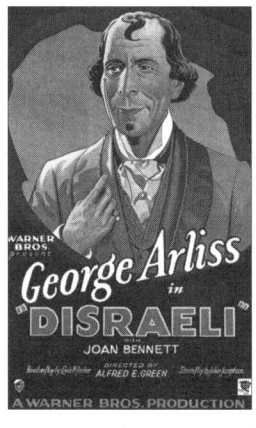

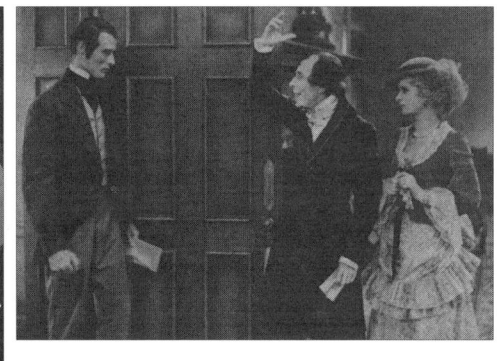

영화 「디즈렐리」는 빅토리아 여왕의 총애를 받았던 주인공을 위대한 정치가요 헌신적인 남편으로 그려 놓는다.

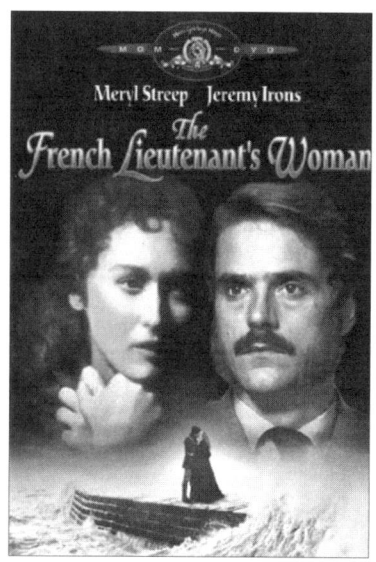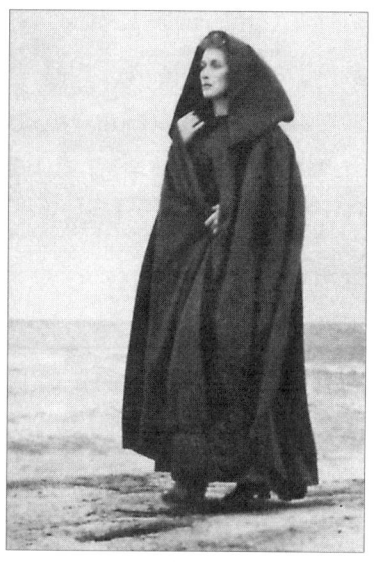

「프랑스 중위의 여자」는 예술적으로 화려했던 빅토리아 시대의 산업 발전이 가져온 그늘을 대단히 사실적으로 보여 준다. 이 영화에서 '가정교사'를 평가하는 대목도 당시 영국인들의 시각을 잘 나타낸다.

지 풍겨 가면서 만들어낸 「프랑스 중위」를 보면, 창 밖의 지저분한 굴뚝 연기와 공장, 어두운 뒷골목에서 창녀와 '공순이'들이 서성거리는 풍경 등이 산업사회로 '발전'하는 시대 분위기를 시각적으로도 잘 보여 준다. 그리고 주인공 찰스와 약혼한 여인 또한 빅토리아 시대의 전형적인 상징이다.

공장굴뚝(smokestack)에서 매연을 뿜어내며 돈을 벌어 대던 산업시대의 신흥 귀족으로서 돈과 신분(학식)의 결혼을 추진하는 프리맨(Freeman) 집안의 딸인 그녀는 평화로운 정원에서 활쏘기나 즐기며, 이성의 환심을 사기 위해 온갖 사교 예식을 몸에 익히고, 인생의 대단히 많은 부분을 사랑놀이로 보내는 부박한 여성으로서, 화려한 문체의 빅토리아 문학 작품에 자주 등장하는 무료하고 평이한 삶의 주인공이다. 그리고 화석을 연구하는 고고학자인 찰스가 "사랑없이 재산과는 결혼을 못하겠다"고 파혼을 선언하자 '더럽게 부자'인 프리맨 씨는 재력과 언론을 동원하여 주인공을 사회적으로 매장해 버리는 부르조아적 위력을 과시하기도 한다.

「프랑스 중위」는 시간적으로 이중 구조를 갖추어서, 빅토리아 시대의 남녀(메릴 스트리프와 제러미 아이언스)가 영화의 주인공이고, 그들의 영화에서 주연을 맡은 현대의 남녀(제러미 아이언스와 메릴 스트리프)가 여과 장치 노릇을 하는데, 현대 남녀가 침실에서 무료하게 나누는 대화에서는 빅토리아 시대 런던에 창녀가 8만 명이었으며, 60가구 가운데 하나가 매음굴이었다는 통계가 나온다. 가정교사가 일자리를 잃으면 창녀가 되고는 했다던 일화도 소개한다.

(영화 속에 나오는 또 다른) 영화의 여주인공 사라(Sarah) 역시 가정교사였다가, 배가 파선을 당해 흘러들어온 유부남 프랑스 '중위'(사실은 정확한 계급의 번역은 아님)와 불륜의 사랑을 했다고 해서 "더러운 주홍글씨의 여자"라는 낙인이 찍히고, 엄격한 사회의 상징인 어머니에게 늘 시달린다. 돌아오지 않을 남자를 회상하며 바람부는 황량한 바닷가와 쓸쓸한 숲속에서 마녀처럼, 또는 청교도처럼, 검은 옷을 걸치고 방황하는 여인을 화석 채취 중에 우연히 만나 사랑하게 되는 찰스는 그녀가 풍기는 슬픔의 신비감에 끌린다. 수치심 때문에 "인간 이하의 삶"을 선택하여 정상적인 여자로서의 일생을 포기한 채로, 고통을 치유받는 대신 저주를 감수하는 사라와의 만남으로 인해서 찰스는 숙명적인 파멸의 사랑을 저지른다.

우리말 제목이나 분위기가 퍽 비슷한 「프랑스 중위의 여자」와 「라이언의 처녀」는 「아라비아의 로렌스」와 「의사 지바고」에서 각본을 맡았던 로버트 볼트(Robert Bolt)와 함께 데이비드 린 감독이 다시 작업하여 내놓은 야심작이었다. 이 영화의 여주인공 로지(Rosie)는 아버지가 워낙 귀여워해 주는 바람에 '공주병'에 걸려서, 원하는 것은 무엇이나 손에 넣어야 하고, 어딘가 「의사 지바고」의 라라를 연상시키는 그런 여인이다. 이러한 로지가 정신적인 낭만과 성적인 만족을 함께 기대하며 중년의 학교 선생과 결혼하지만, 두 가지 가운데 하나도 그녀는 남편에게서 욕구를 채우지 못한다. 그래서 그녀는 마을로 흘러 들어온 바이런(Byron)적인 영국군 소령과의 불륜 관계를 통해 두 가지 욕망을 대신 채운다.

영화의 무대는 에이레이며 때는 1916년, 영국과의 항쟁에서 패배한 에이레인들은 독일로부터 무기를 공급받아 투쟁을 계속하던 터였으므로 로지가 영국군과 간통을 했다는 사실은 모든 사람의 분노를 사고, 영국 장교가 자살한 다음 결국 그녀는 에이레인들의 마을에서 머리를 깎인 채 추방을 당한다.

전쟁과 사랑을 배경에 깔고 대단히 열심히 만들기는 했지만「라이언의 처녀」는「의사 지바고」처럼 성공을 거두기는커녕 비평가들로부터 심한 혹평을 받았고, 이에 충격을 받은 데이비드 린은 한참동안 활동을 중단하기까지 했었다.

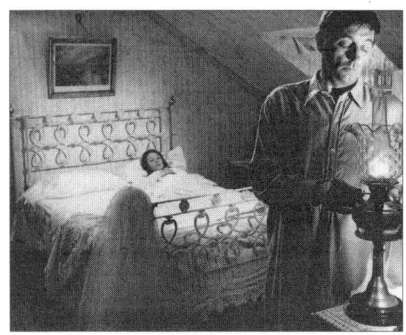

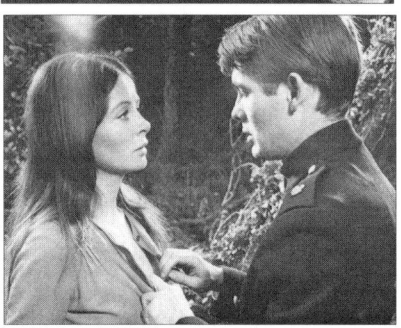

「라이언의 처녀」는 데이비드 린 감독에게 충격을 가져다 준 '야심작' 이었다.

「프랑스 중위의 여자」가 빅토리아 시대 여인의 숙명에 끌려 다니는 반면, 「금단의 거리」에서는 가족의 반대에도 불구하고 신분이 낮은 예술가와 결혼하는 용감한 빅토리아 시대 잉글랜드 여성이 주인공이고, 「여인의 반항」에서는 여권(女權) 투쟁을 벌이는 여주인공이 등장한다.

「집안의 남자」역시 억압된 삶을 벗어나지 못하는 자매가 유산으로 물려받은 이탈리아의 별장에서 겪는 답답한 경험을 담았으며, 시대극 「세기 말」에서는 아주 다른 세 사람이 런던에서 살아가는 삶과 인간 관계를 보여주고, A. S. 바이어트(Byatt)의 중편소설("Morpho Eugenia")을 영화로 만든 「천사와 곤충」에서는 곤충 세계의 사회 질서를 연구하는 사이에 주변의 인간들이 오히려 이상한 존재라는 사실을 깨닫는 박물학자를 만나게 된다.

빅토리아 시대의 엄격한 학교생활을 그린 영화로는 타이론 파워와 앨런 래드가 단역으로 얼굴을 비치고 아역 배우 톰 브라운이 톰 브라운 역을 맡은 「컬버의 톰 브라운」, 그리고 미국과 영국에서 각각 만들어낸 「톰 브라운의 학창시절」이 10년에 한 편씩 선을 보였다. 「컬버의 톰 브라운」은, 이듬해 「톰 브라운의 학창시절」에도 출연하게 되는 유명한 아역 배우 프레디 바톨로뮤와 역시 아역 배우로 명성을 드날렸던 재키 쿠퍼를 내세워, 1939년에 다시 「컬버의 혼」이라는 영화로 세상에 나왔다.

빅토리아 시대를 배경으로 한 "몸바꾸기" 영화도 영국에서 나왔고, 미국에서도 같은 제목을 붙인 「바뀐 사람들」이 40년 후에 등장한다. 영국 영화는 마법의 돌로 바뀌어 버린 주식 중매인과 학생인 그의 아들이 벌이는 희극이고, 미국 영화는 태국에서 가져온 신비한 해골로 인해서 일밖에 모르는 백화점 직원과 아들이 바뀌는데, 미국에서는 두 세대가 자리바꿈을 하는 이런 똑같은 주제의 영화가 1987∼8년 두 해 사이에 네 편이나 나왔다. 일본에 이어 우리나라에서도 똑같은 주제의 「체인지」가 10년쯤 후에 나타난다.

우리 영화 「체인지」가 일본 영화를 베꼈다는 애기가 한때 나돌았지만, 알고 보면 이미 여러 번 언

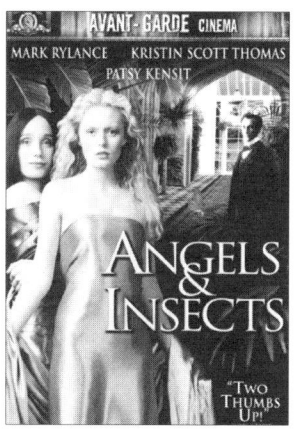

「천사와 곤충」에서는 인간보다 곤충이 천사에 가깝다.

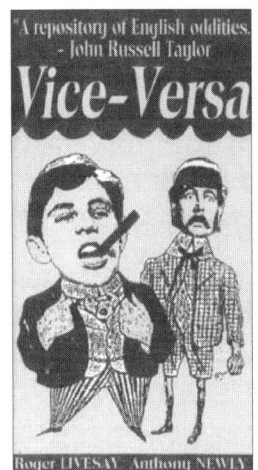

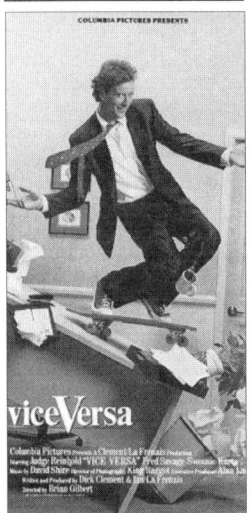

1948년(위)과 1988년(아래)에 나온 다르고도 같은 영화 「바뀐 사람들」처럼 몸과 얼굴만 바뀌고 내용은 비슷비슷한 영화는 손가락이 모자랄 정도로 많다.

급했던 「풍운의 젠다성」을 위시하여 '바꿔치기' 영화는 가장 빈번하게 등장하는 주제들 가운데 하나여서, 미국에서는 아예 "몸바꾸기"라는 뜻의 「스위치」를 제목으로 달고 나온 영화도 있었다. 농락당한 여인에게 총을 맞고 죽은 바람둥이가 여자의 몸으로 환생하여 전생에 저지른 죄를 거꾸로 당한다는 내용을 담은 희극영화 「스위치」도 다시 알고 보면 「잘 가요 찰리」를 옮겨낸 흉내작이다. 「7년만의 외출」, 「티파니에서 아침을」, 「마누라 죽이기(How to Murder Your Wife, 1965)」 같은 작품에서 뛰어난 각색 솜씨를 보여 준 조지 액셀로드(George Axelrod)의 희곡이 원작인 「잘 가요 찰리」에서는 흉악한 폭력배가 죽어서 순진한 아기 같은 데비 레이놀스로 환생한다.

똑같은 영화의 제목 바꿔치기는 거기에서 끝나지를 않고, 사춘기 소녀 시절의 조디 포스터의 모습이 빛나는 「이상한 금요일」에서는 엄마와 딸이 하루 동안 몸을 바꿔치기를 하고, 「부전자전(父傳子傳)」에서는 잘못 술에 탄 신비한 약을 먹고 아버지와 아들이 몸만 바뀌는가 하면, 「작은 꿈」에서는 교통사고 때문에 두 사람의 몸이 바뀐다. 「작은 꿈」은 1994년에 비디오용 속편도 등장했고, 우리나라에서는 「드림 걸」이라는 제목으로 출시되었다.

바꿔치기가 복잡하게 얽힌 족보는 거기에서 끝나지를 않아서, 시대를 좀더 거슬러 올라가면, "신화와 역사의 건널목"에서 자세히 다루었던 헨리 8세가 사망하기 며칠 전, 그의 아들 에드워드 6세(1537~53)가 "몸바꾸기" 대신 장터의 개구쟁이와 "신분바꾸

기"를 하는 마크 트웨인의 유명한 '아동소설' 『왕자와 거지』가 나온
다. 이 소설 또한 영화의 원작으로 널리 사랑을 받아서, 무성영화만
해도 무려 다섯 편이 넘고, 나중에는 에롤 플린의 활극이 되기도 했
다. 1962년에 디즈니사를 위해 돈 채피(Don Chaeffey, 1917~90) 감독
이 TV 연속물에서 조로(Zorro) 역을 맡았던 가이 윌리엄스(Guy
Williams)와 숀 스컬리(Sean Scully)를 주연으로 써서 만든 텔레비전 영
화는 나중에 극장에서 흥행에 들어갔다.

역시 월트 디즈니 작품인 「대신 매맞는 아이」에서는 몸바꾸기가 일
어나지는 않지만, 버르장머리 없는 어린 왕자가 야단을 맞을 때마다
대신 매를 맞게 하기 위해 길거리 아이를 하나 들이자고 아버지를 졸
라대는데, 이렇게 만나 생활을 함께 하게 된 두 아이는 서로 가까워지
면서 상대방의 심성을 배우게 된다는 「왕자와 거지」의 변주곡이다.

월트 디즈니는 미키 마우스와 도널드 덕이 '찬조 출연'을 하는 만
화영화 「왕자와 거지」도 만들었으며, 마크 레스터의 영화는 화려한
세트와 눈부신 배역진에 잭 카디프(Jack Cardiff)의 촬영까지 돋보이는
시대극이었고, 영국에서는 1996년에 텔레비전 판(Keith Mitchell,

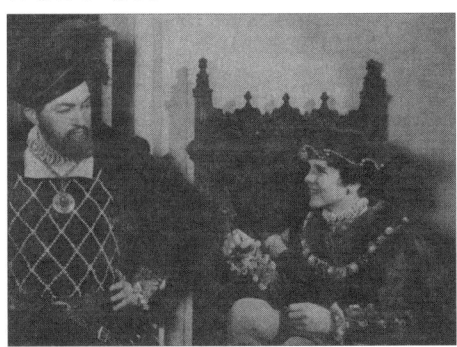
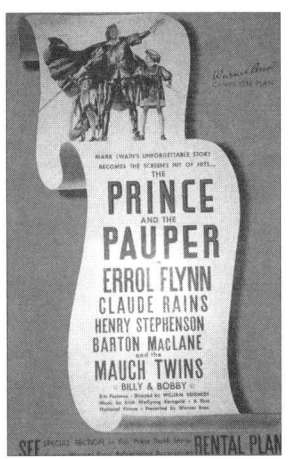

신분 바꾸기 영화 「왕자와 거지(1937)」를 안내하기 위해서 제작
한 프로그램(오른쪽)에는 두 주인공 역할을 1인 2역이 아니라
쌍둥이 형제가 맡았다는 내용도 보인다. 위 사진에 나오는 소년
은 형 빌리(Billy)이다.

Philip Sarson 주연)이 선보였다.

　정말로 신파조 국산 영화 같은 제목으로 우리나라 극장에 붙었던 「순정의 등불」은 에드워드 시대의 잉글랜드를 무대로 한 존 골스워티(John Galsworthy, 1867~1933)의 대하소설이 원작이다. 중상류층 출신으로 변호사 공부를 하다가 항해중 조세프 콘래드를 만나 문학의 길로 들어선 골스워티는 1918년 기사 작위를 거부하고 1932년에는 노벨 문학상을 받은 소설가로서, 평생 여러 권의 작품으로 이어지는 대하소설 『포사이트 가 이야기(The Forsyte Saga)』를 써서 유명한데, 「순정의 등불」은 질녀의 약혼자와 불륜의 사랑을 불태우는 아이린(Irene)이 주인공이다. 참으로 동양적이고 고매한 인품의 상징처럼 보이던 그리어 가슨에게는 어딘가 어울리지 않는 역이기도 했다. 「포사이트 가(家) 이야기」는 영국의 BBC 방송에서 연속물로 제작되기도 했다.

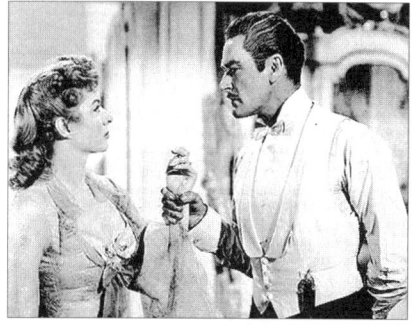
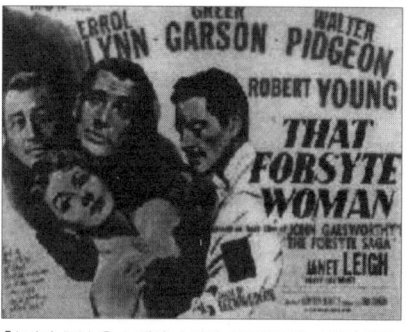

「순정의 등불」은 노벨상 수상자 골스워티의 소설이 원작으로서, 에드워드 시대의 잉글랜드가 배경이다.

　「죽은 연인들을 위한 사라반드」는 잉글랜드의 조지 1세와 불행한 결혼생활을 하는 여인 소피 도로테아(Sophie Dorothea)가 젊은 백작과 불륜의 사랑을 나누다가 도망칠 계획을 세우지만, 남자는 옛 애인의 복수로 목숨을 잃고 여자는 외딴 성에 갇혀 쓸쓸하게 일생을 보낸다는 슬픈 사랑 이야기이다.

　그 이외에도 영국을 배경으로 삼은 시대물로는 네 번의 전쟁에서 돌아오는 네 명의 남편을 맞는 여주인공을 통해 영국 사회에서 여성이 맡은 역할을 재미있게 묘사한 희극영화 「레이디미드의 엘리자베드」, 19세기 잉글랜드에서 경마장을 드나드는 예쁜 아가씨들과 놀아나는 바람둥이 이야기 「에스터 워터스」, 그리고 1800년대 초 실제로 일어났던 사건을 바탕으로 해서, 먼 나라에서 온 공주와 영국의 마음씨 좋은 귀부인이 벌이는 동화 같은 이야기 「카라부 공주」도 있다.

찾아보기 ●--

▌「위대한 빅토리아(Victoria the Great, 1937, 영국, 118분)」, 감/Herbert Wilcox, 출/Anna Neagle, Anton Walbrook, H. B. Warner, Walter Rilla, Mary Morris, C. V. France, Charles Carson

▌「영광의 60년(Sixty Glorious Years, 미국 제목 Queen of Destiny, 1938, 영국, 95분)」, 감/Herbert Wilcox, 출/Anna Neagle, Anton Walbrook, C. Aubrey Smith, Walter Rilla, Charles Carson

▌「부랑자(The Mudlark, 1950, 미국, 99분)」, 감/Jean Negulesco, 출/Irene Dunne, Alec Guiness, Finlay Currie, Anthony Steel, Andrew Ray, Beatrice Campbell, Wilfried Hyde-White

▌「디즈렐리(Disraeli, 1929, 미국, 89분)」, 감/Alfred E. Green, 출/George Arliss, Joan Bennett, Florence Arliss, Anthony Bushell, David Torrence

▌「브라운 부인(Mrs. Brown, 1997, 영국-미국-에이레, 103분)」, 감/John Madden, 출/Judi Dench, Bill Connolly, Geoffrey Palmer, Anthony Sher, Gerald Butler, Richard Pasco, David Westhead

▌「프랑스 중위의 여자(The French Lieutenant's Woman, 1981, 영국, 123분)」, 감/Karel Reisz, 출/Meryl Streep, Jeremy Irons, Leo McKern, Hilton McRae, Emily Morgan, Charlotte Mitchell, Lynsey Baxter

▌「라이언의 처녀(Ryan's Daughter, 1970, 영국, 176분 또는 206분)」, 감/David Lean, 출/Robert Mitchum, Trevor Howard, Sarah Miles, Christopher Jones, John Mills, Leo McKern, Barry Foster

▌「금단의 거리(The Forbidden Street, 또는 Britannia Mews, 1949, 영국, 91분)」, 감/Jean Negulesco, 출/Dana Andrews, Maureen O'Hara, Sybil Thorndike, Wilfrid Hyde-White, Fay Compton

▌「여인의 반항(A Woman Rebels, 1936, 미국, 88분)」, 감/Mark Sandrich, 출/Katharine Hepburn, Herbert Marshall, Elizabeth Allan, Donald Crisp, Doris

Dudley, David Manners, Lucile Watson, Van Heflin
▌「집안의 남자(A Man About the House, 1947, 영국, 83분)」, 감/Leslie Arliss, 출
/Kieron Moore, Margaret Johnston, Dulcie Gray, Guy Middleton, Felix Aylmer
▌「세기말(Century, 1994, 영국, 112분)」, 감/Stephen Poliakoff, 출/Charles Dance,
Miranda Richardson, Clive Owen, Robert Stephens, Lena Headey, Neil
Stuke, Joan Hickson, Fiona Walker
▌「천사와 곤충(Angles and Insects, 1995, 미국-영국, 116분)」, 감/Philip Haas, 출
/Mark Rylance, Kristin Scott Thomas, Patsy Kensit, Jeremy Kemp, Douglas
Henshall, Saskia Wickham, Chris Larkin
▌「컬버의 톰 브라운(Tom Brown of Culver, 1932, 미국, 82분)」, 감/William Wyler,
출/Tom Brown, H. B. Warner, Richard Cromwell, Slim Summerville, Ben
Alexander, Sidney Toler, (Tyrone Power, Alan Ladd)
▌「톰 브라운의 학창시절(Tom Brown's School Days, 또는 Adventures at Rugby,
1940, 미국, 86분)」, 감/Robert Stevenson, 출/Cedric Hardwicke, Freddie
Bartholomew, Gale Storm, Jimmy Lydon, Josephine Hutchinson
▌「톰 브라운의 학창시절(Tom Brown's Schooldays, 1951, 영국, 93분)」, 감
/Gordon Parry, 출/John Howard Davies, Robert Newton, Diana Wynyard,
Hermione Baddeley, Kathleen Byron
▌「컬버의 혼(Spirit of Culver, 1939, 미국, 89분)」, 감/Joseph Santley, 출/Jackie
Cooper, Freddie Bartholomew, Tim Holt, Andy Devine, Jackie Moran
▌「바뀐 사람들(Vice Versa, 1948, 영국, 111분)」, 감/Peter Ustinov, 출/Roger
Livesey, Kay Walsh, David Hutcheson, Anthony Newley, James Robertson
Justice, Petula Clark, Patricia Raine, Joan Young
▌「바뀐 사람들(Vice Versa, 1988, 미국, 100분)」, 감/Brian Gilbert, 출/Judge
Reinhold, Fred Savage, Corinne Bohrer, Swoosie Kurtz, David Proval, Jane
Kaczmarek, William Prince
▌「체인지(1996, 한국, 100분)」, 감/이진석, 출/정준, 김소연, 이경영, 이승연, 임현식,
박원숙, 김민종, 유인촌, 권해효
▌「스위치(Switch, 1991, 미국, 114분)」, 감/Blake Edwards, 출/Ellen Barkin, Jimmy
Smits, JoBeth Williams, Lorraine Bracco, Tony Roberts, Perry King, Bruce
Martyn Payne
▌「잘 가요 찰리(Goodbye Charlie, 1964, 미국, 117분)」, 감/Vincente Minnelli, 출
/Tony Curtis, Debbie Reynolds, Pat Boone, Walter Matthau, Martin Gable, Ellen
McRae (Burstyn)

▌「이상한 금요일(Freaky Friday, 1977, 미국, 95분)」, 감/Gary Nelson, 출/Barbara Harris, Jodie Foster, John Astin, Patsy Kelly, Dick Van Patten, Sorrell Booke, Marie Windsor, Charlene Tilton

▌「부전자전(비디오 제목 "하몬드가의 비밀," Like Father, Like Son, 1987, 미국, 98분)」, 감/Rod Daniel, 출/Dudley Moore, Kirk Cameron, Margaret Colin, Catherine Hicks, Patrick O'Neal, Sean Astin

▌「작은 꿈(Dream a Little Dream, 1989, 미국, 99분)」, 감/Marc Rocco, 출/Corey Feldman, Meredith Salenger, Jason Robards, Piper Laurie, Harry Dean Stanton, William McNamara, Corey Haim, Susan Blakely, Victoria Jackson

▌「왕자와 거지(The Prince and the Pauper, 1937, 미국, 120분)」, 감/William Keighley, 출/Errol Flynn, Billy and Bobby Mauch(쌍둥이), Claude Rains, Alan Hale, Montagu Love, Henry Stephenson, Barton MacLane

▌「왕자와 거지(The Crossed Swords, 또는 The Prince and the Pauper, 1978, 미국, 113분)」, 감/Richard Fleischer, 출/Mark Lester, Oliver Reed, Raquel Welch, Ernest Borgnine, George C. Scott, Rex Harrison, Charlton Heston

▌「대신 매맞는 아이(The Whipping Boy, 1994, 미국, 99분)」, 감/Syd Macartney, 출/Truan Munro, Nic Knight, Karen Salt, George C. Scott, Andrew Bicknell, Kevin Conway, Vincent Schiavelli, Mathilda May

▌「순정의 등불(That Forsyte Woman, 1949, 미국, 114분)」, 감/Compton Bennett, 출/Errol Flynn, Greer Garson, Walter Pidgeon, Robert Young, Janet Leigh, Harry Davenport

▌「죽은 연인들을 위한 사라반드(Saraband for Dead Lovers, 미국 제목 Saraband, 1948, 영국, 95분)」, 감/Basil Dearden, 출/Stewart Granger, Joan Greenwood, Flora Robson, Françoise Rosay, Frederick Valk, Peter Bull, Anthony Quayle, Michael Gough, Megs Jenkins, Christopher Lee

▌「레이디미드의 엘리자베드(Elizabeth of Ladymead, 1948, 영국, 97분 또는 90분)」, 감/Herbert Wilcox, 출/Anna Neagle, Hugh Williams, Michael Laurence, Bernard Lee, Nicholas Phipps, Isabel Jeans

▌「에스터 워터스(Esther Waters, 1948, 영국, 108분)」, 감/Ian Dalrymple, 출/Kathleen Ryan, Dirk Bogarde, Cyril Cusack, Ivor Barnard, Fay Compton, Mary Clare

▌「카라부 공주(Princess Caraboo, 1994, 영국, 96분)」, 감/Michael Austin, 출/Phoebe Cates, Jim Broadbent, Wendy Hughes, Kevin Kline, John Lithgow, Stephen Rea, Peter Eyre, Jacqueline Pearce, Roger Lloyd Pack, John Lynch

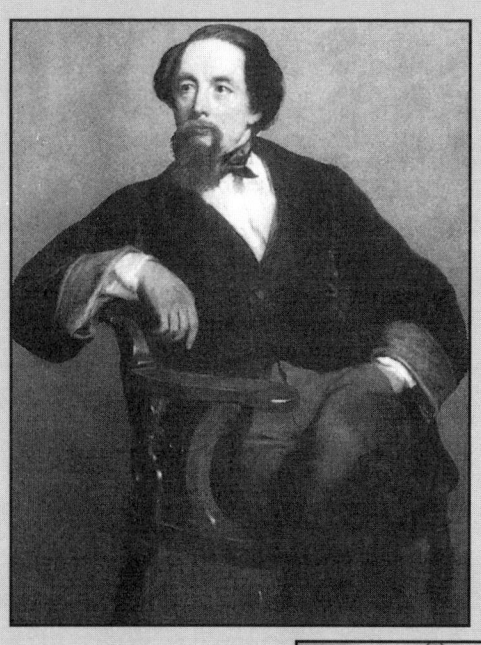

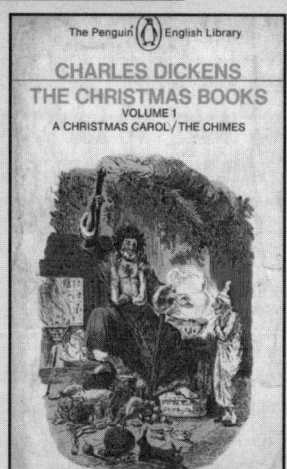

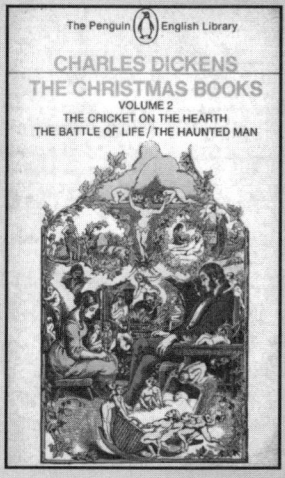

찰스 디킨스는 문학에서 하나의 독립된 세계를 구축했으며, 수많은 영화의 원작
자가 되었다. 어두웠던 어린 시절 때문이었는지 그는 유난히 밝고 화려한 빛깔의
옷을 좋아했다고 한다.
두 권으로 이루어진 디킨스의 『성탄절 이야기(The Christmas Books)』 표지에
는 당시에 삽화로 사용되었던 그림이 실렸다.

찰스 디킨스의 아이들

김승호가 단순히 반 세기 전에 살았고 활동했었다는 이유만으로 그가 주연이나 출연했던 영화들이 많은 경우 저절로 시대극의 역할을 하듯, 많은 문학 작품은 작가가 다른 시대에 살았다는 이유만으로도 역사적인 자료 노릇을 한다. 영국에서는 그런 대표적인 작가 가운데 한 사람이 수많은 영화의 '원작'을 제공한 찰스 디킨스(Charles Dickens, 1812~70)이다.

오스카 와일드가 '언어의 제왕'이라고 칭했던 디킨스의 어린 시절은 그가 소설에서 그려낸 여러 소년 주인공처럼 불행했다. 아버지가 파산을 하고 빚을 져 옥살이를 하는 동안 어린 찰스는 교육도 제대로 받지 못하면서 열두 살 때부터 구두약 공장에서 일을 해야 했다. 날마다 아침이면 감옥으로 가서 부모와 함께 밥을 먹고, 공장에서 일이 끝나면 다시 감옥으로 가서 부모와 저녁을 먹고는 울면서 골방으로 돌아가 잠을 자야 했던 슬픈 시절은, 보다 어렸던 시절의 행복한 나날과는 너무나 대조적으로, 불결함과 수치심과 어둠과 배신감과 분노가 뒤엉켜 그의 기억에 크나큰 흔적을 남겼으며, 훗날 그의 작품에서 음산하고, 어둡고, 우울한 도시의 모습으로 재현된다.

좀더 자라서 그는 법률 사무소에서 급사로 일하다가, 속기를 배워 지방 신문의 기자가 되어 글쓰기 활동을 시작했으며, 50권이 넘는 작품과 2천 명이 넘는 등장인물을 창조해냈다.

그의 어두웠던 어린 시절의 그늘이 담긴 소설『니콜라스 니클비』는 무일푼 아버지가 죽은 다음 숙부에게 시달려 가면서도 잔혹한 세상을 이기며 살아가는 주인공의 얘기인데, 영화보다는 왕립 셰익스피어 극단에서 여덟 시간 반에 걸쳐 공연한 무대 작품이 유명하다. 이 공연은 비디오로도 보급되었다.

못된 숙부와 학교생활을 비판했던 연재소설『니콜라스 니클비(1838~39)』와 같은 시기(1837~39)에 역시 연재물로 태어난『올리버 트위스트』는 런던의 가난과 범죄를 다룬 너무나 유명한 작품으로서, 무성영화로도 이미 여러 차례(Pathé, 1909; Vitagraph, 1910; 독립 영화사, 1912) 영상화되었는데, 1912년 판에서는 내트 구드윈(Nat C. Goodwin)이 소년 범죄단의 두목 페이긴(Fagin) 역으로 명성을 얻었다.

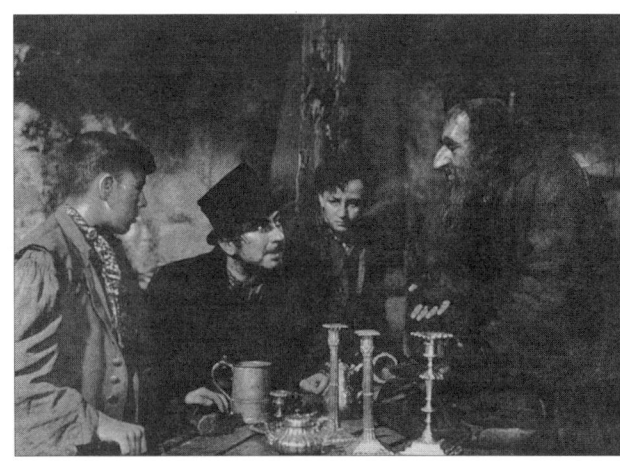

데이비드 린 감독의「올리버 트위스트」에서는 페이긴 역을 맡은 알렉 기네스(오른쪽)의 연기가 돋보였다.

헐리우드의 무성영화에서는 1916년 판에서 털리 마샬(Tully Marshall)이 그리고 6 년 후에는 "천의 얼굴을 가진 사나이" 론 체이니가 같은 역을 했고, 1933년에는 나중에 「인생은 8시 30분에 시작된다(Life Begins at 8:30, 1942)」 같은 영화의 감독으로 더 유명해진 어빙 피셸(Irving Pichel, 1891∼1954)이 페이긴이었으며, 알렉 기네스 또한 데이비드 린의 「올리버 트위스트」에서 잔혹한 페이긴 역으로 각광을 받는다. 어린 소년들을 소매치기로 키워내는 유대인 페이긴은 그만큼 사람들의 시선을 끌었던 흉악무도한 악역으로서, 디킨스가 창조해낸 가장 유명한 주인공이다. 엄청나게 큰 매부리코를 달고 교활한 페이긴의 추악한 모습을 실감나게 그려낸 알렉 기네스의 연기는 어찌나 인상적이었는지, 반유대주의적이라는 이유로 미국에서는 영화의 수입을 보류하기까지 했었다.

클라이브 도너의 텔레비전 영화에서는 조지 C. 스코트가 페이긴이었고, 리처드 드레이퍼스의 텔레비전 영화는 1997년에 제작되었다.

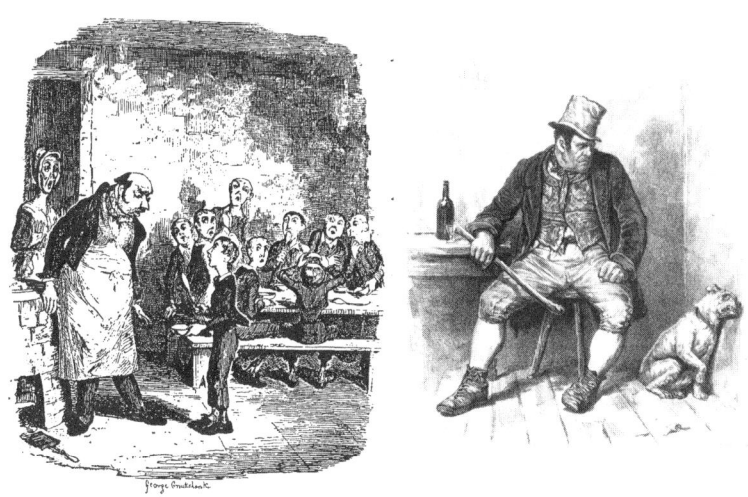

조지 크루이크솅크(George Cruikshank)가 그린 왼쪽 삽화에서는 올리버 트위스트가 음식을 달라고 애걸한다. 오른쪽은 흉악한 페이긴의 심복 노릇을 하는 빌 사이크스(Bill Sikes)이다.

뉴요크의 동성애자들이 주인공으로 등장하는 변종 영화 「트위스티드
(Twisted, 1996, Seth Michael Donsky 연출)」에서는 윌리엄 히키(William
Hickey)가 뚜쟁이(pimp) 페이긴으로 등장한다.

또 다른 변종인 「올리버와 그 일당」은 집없는 새끼 고양이와 페이
긴의 부하인 개들이 주인공으로 나오는 디즈니 만화영화인데, 소매치
기계에서 올리버의 '성님' 뻘인 도저(Dodger)의 목소리를 맡은 빌리
조을은 물론 노래를 부르는 견공(犬公) 노릇을 한다. 그리고 노래라면
라이오넬 바트(Lionel Bart)의 음악극을 영화로 만들어 오스카 작곡상
(John Green)과 안무로 특별상(Onna White)을 받아낸 캐롤 리드의
「올리버!」가 당당하다.

원작에도 충실하고 작품성도 가장 뛰어나다는 평을 들은 데이비드
린의 「올리버 트위스트」와 음악극 「올리버!」를 보면 두 영화에서 모
두 주인공 올리버(John Howard Davies, Mark Lester)가 얼굴이 지나치
게 곱고 깨끗하다는 인상을 받게 되지만, 작품 자체는 원작을 해석하
는 시각이 무척 크게 다르다. 데이비드 린이 각색도 했던 앞 영화의
전반부에서는 디킨스가 원작에서 일차적인 비판의 대상으로 삼았던

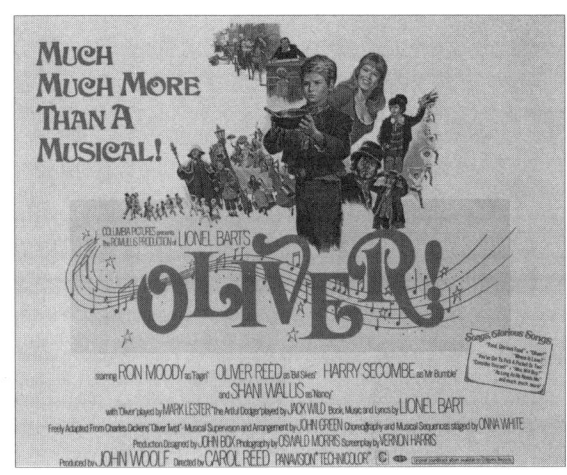

마크 레스터의 음악극 「올리버」를 보면
유쾌한 언어로 비참한 얘기를 하면서
춤추고 노래한다.

구빈원(救貧院, workhouse)의 가혹하고 음침한 분위기를 열심히 그려 낸다. 사리사욕을 채우려는 복지 기관에서 아이들은 굶겨 가며 노동력 착취를 위해 혹사하는 한편, 구빈원 관리들(governors)은 진수성찬으로 배를 채우는 장면, 굶주린 아이들의 야만적인 모습, 장의사로 팔려 가 개와 음식을 나눠 먹는 올리버를 보면 디킨스의 시대상이 참으로 생생하다.

음악극 「올리버!」에서는 "하느님은 사랑이다(God Is Love)"라는 위선적인 표어를 눈에 잘 띄게 벽에다 써놓은 식당에서 맹물죽을 마셔야 하는 아이들이 창 너머로 진수성찬을 훔쳐보고, 배고픔을 불평할 아이를 제비뽑기로 정하는 등 첫 연속장면(sequence)를 보면, 데이비드 린이 연출한 똑같은 장면을 어떻게 다른 목소리와 음악으로 안무했는지 참으로 흥미롭다. 비록 참혹함을 경쾌한 기분으로 구경하는 죄책감이 들기도 하지만 말이다.

데이비드 린은 「올리버 트위스트」를 같이 만든 제작자(Ronald Neame), 촬영감독(Guy Green) 등과 함께 디킨스의 「위대한 유산」도 스스로 각본 집필에 참여하면서 영화로 만들었다. 신데렐라 주제의 뒤집기이며 성장 이야기(initiation story)이기도 한 「유산」은 역시 불우한 환경에서 자라난 고아 소년 피프가 탈옥수를 도와 준 인연으로 해서 촌뜨기 대장장이로 썩어야 할 운명이 런던의 신사로 출세한다는 내용이다. 영국의 '신사(gentleman)'라면 우리 정서로는 '양반'에 해당된다.

피프는 인근 저택에서 해비샴 양(Miss

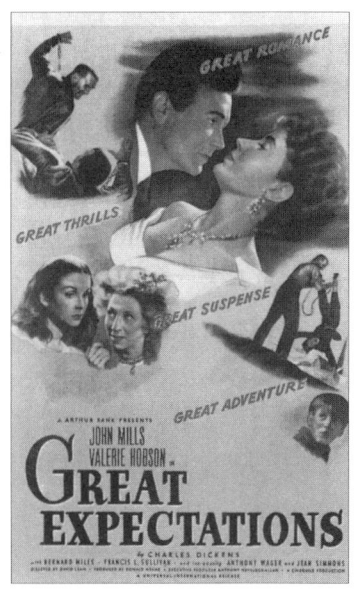

데이비드 린이 디킨스 원작을 문예물로 만든 「위대한 유산」

Havisham)과 단둘이 살아가는 에스텔라(Estella)의 놀이동무로 불려다니다가 그녀를 사랑하게 되고, 프랑스로 숙녀 수업을 떠나는 에스텔라와 신분이 맞는 '신사'가 되고 싶어하던 꿈을 미지의 후원자 덕택에 실현하지만, 자신이 올챙이적 생각을 못 하는 속물로 변해 가는 과정에 대해서 죄책감을 느끼기도 한다. 그리고는 탈옥수와 에스텔라의 관계가 추리소설처럼 재미있게 밝혀지지만, 「위대한 유산」에서 정말로 흥미있는 등장인물은 해비샴 양과 에스텔라이다. 해비샴은 "나의 청춘 마리안느"처럼 결혼식 날 신랑이 나타나지 않아서 충격을 받고는, 결혼식 시간에 시계를 멈춰놓고 창문까지 모두 밀폐한 다음 햇빛을 보지 않으며 집안에서 평생을 보낸다. 그리고도 모자란다는 듯 입양해 들인 에스텔라에게 남자를 미워하도록 훈련시킨다.

린 감독의 영화에서 변덕쟁이에 냉정하고 건방진 소녀시절의 에스텔라 역을 맡았던 진 시몬스는 1989년에 제작된 미니시리즈 「위대한 유산」에서 해비샴 역을 맡는다. 그러나 린의 영화에서 변호사 재거스(Jaggers)로 출연했던 프란시스 설리반은 10 년 전 헐리우드에서 만든 같은 영화에서도 같은 역을 맡았었다.

「올리버!」처럼 「위대한 유산」도 1974년에 텔레비전용 음악극으로 제작되었지만, 결국 노래를 모두 삭제한 다음 극장으로 팔려 나갔다. 최신판(1998)은 미국의 플로리다 늪지대와 뉴요크로 무대를 옮겨 현대화하고, 음악과 회화까지 곁들였는데, 진정한 고전은 이렇게 문화의 시대적 특성을 초월하면서 어떤 형태로든 역시 오래간다는 사실을 입증한다.

올리버 트위스트와 「위대한 유산」의 피프나 마찬가지로 디킨스의 자전적 소설『데이비드 코퍼필드』의 주인공 역시 고아이며, 어려서부터 계부의 매를 맞고 창고에서 하루에 13 시간씩 노동을 하며 혹독한 현실에 시달린다. 채찍이 다스리는 학교생활을 보면 올리버 트위스트

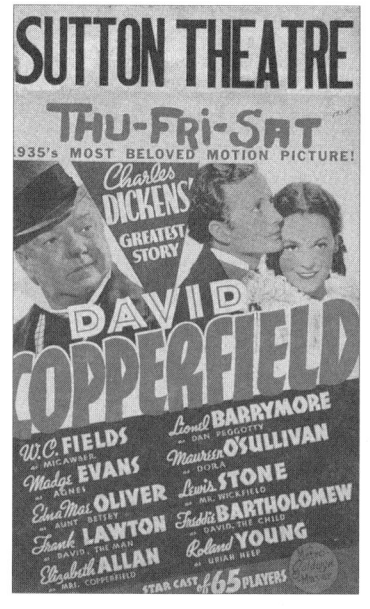

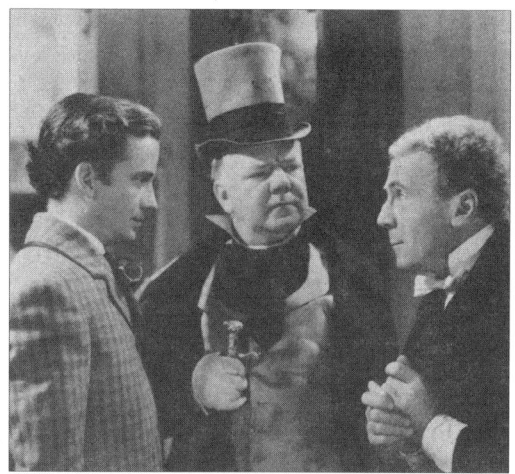

디킨스의 자전적 소설 「데이비드 코퍼필드」의 주인공도 어둡고 고된 어린 시절을 보낸 고아이다. 이 영화 장면(위)은 어른으로 성장한 데이비드 모습(왼쪽, Frank Lawton)을 보여 준다.
왼쪽은 영화 「데이비드 코퍼필드」의 포스터

가 태어나 9년을 성장한 구빈원이 생각날 지경이다. 데이비드 코퍼필드는 작가로 성공하고, 버르장머리 없는 애완견에게 날마다 양고기를 먹일 돈이나 걱정하는 정도밖에는 현실 감각이 없는 여자 도라(Dora Spenlow)와 결혼하지만, 마음의 평화와 행복을 찾기까지는 많은 정신적인 방황을 한다.

몇 편의 무성영화를 거친 다음에 나온 프레디 바톨로뮤의 헐리우드 판 「데이비드 코퍼필드」는 성장기에 초점을 맞추면서 다양한 등장인물을 화려한 출연진이 잘 부각해냈고, 델버트 만 감독의 텔레비전 영화는, 원작의 힘이 크겠지만, 밑줄을 칠 만큼 멋진 '인생 철학'이 담긴 대사가 많이 나온다.

종교와 연관지어 나중에 소개할 스크루지의 이야기 『크리스마스 캐롤』도 그렇지만, 『두 도시의 이야기』 또한 자주 영화로 제작된 디킨스의 대표적인 작품이다. 두 도시(런던과 빠리)의 이야기라기보다

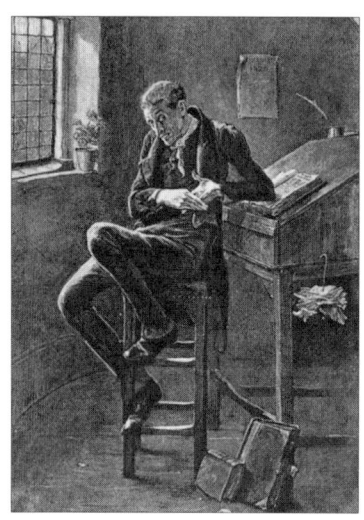
「데이비드 코퍼필드」에서 남의 재산을 탐내는 흉악한 등장인물 히프(Uriah Heep)를 절묘하게 그려 놓은 삽화

는『왕자와 거지』처럼 닮은 두 남자의 이야기라고 해야 할 이 영화(소설)는 미국의 독립전쟁에서 조지 워싱턴 편을 들어 첩자로 몰린 찰스 다네(Charles Darnay)를 재판에서 변호해 준 시드니 카튼(Sydney Carton)이 다네의 애인 루씨 마네트(Lucie Manette)를 사랑하게 되고, 프랑스 혁명이 일어난 빠리에서 찰스가 '공화국의 적(귀족)'으로 처형을 당하게 되자, 사랑하는 여인을 위해 그를 감옥에서 빼내 영국으로 탈출시키고는 카튼이 대신 감옥에 들어가 단두대에서 처형을 당한다는 내용이다.

영국판 「두 도시의 이야기」에서 염세주의적인 얼굴의 카튼(Dirk Bogarde)은 거울을 들여다보며 "나 자신을 좋아하지도 않으면서 왜 나는 나를 닮았다고 해서 그(다네)를 좋아해야 하는가?"라고 냉소를

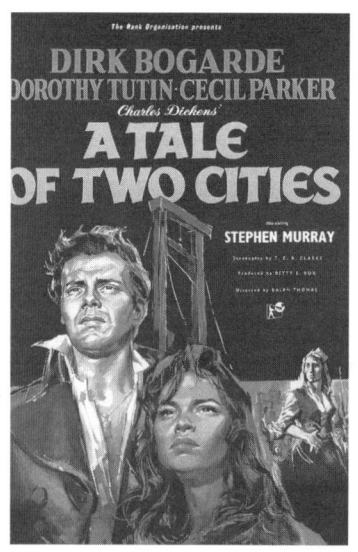

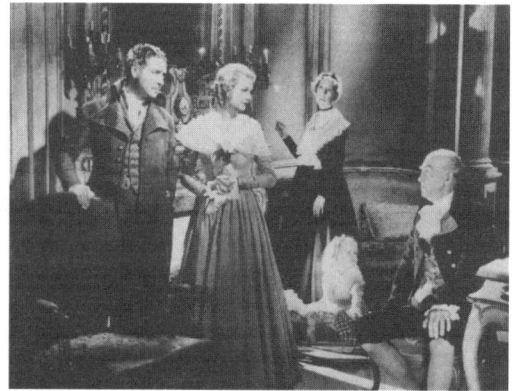
「두 도시의 이야기」는 런던과 빠리를 무대로 삼아 혁명의 소용돌이 속에서 사랑하는 여인의 애인을 구하기 위해 대신 단두대로 끌려가 목숨을 바치는 남자의 이야기이다.

짓기도 하지만, 여인의 사랑을 얻지 못할 바에야 차라리 그녀의 남자를 구해 주기 위해 목숨을 버리기로 한다. 형장으로 가는 마차에서 함께 처형될 귀족 집안의 딸 마리 가벨(Marie Gabelle)이 다네가 다른 남자로 바뀐 사실을 알고는 "그 분을 위해서 대신 죽나요?(Are you dying for him?)"라고 묻자 주인공이 "그리고 또 한 사람을 위해서요.(And another.)"라고 대답하는 마지막 장면은 정말로 가슴이 뭉클해진다.

「최후의 선택(The Only Way)」이라는 제목으로 무대에서도 공연되었던 『두 도시의 이야기』도 여러 차례 무성영화가 나왔는데, 그 가운데에서는 1926년 마틴 하비(Martin Harvey) 주연의 영국판과 웅장한 시가전 장면의 박진감 그리고 주연 배우의 매력에 힘입어 큰 성공을 거둔 헐리우드 1917년 판이 유명하다. 음향시대로 넘어와서는 로널드 콜맨의 영화가 전형적인 MGM 대작 사극으로서 대단한 인기를 끌었으며, 일곱 번째 「두 도시 이야기」인 텔레비전 영화는 TV 문예물 전문인 노먼 로즈몬트(Norman Rosemont)가 제작했다.

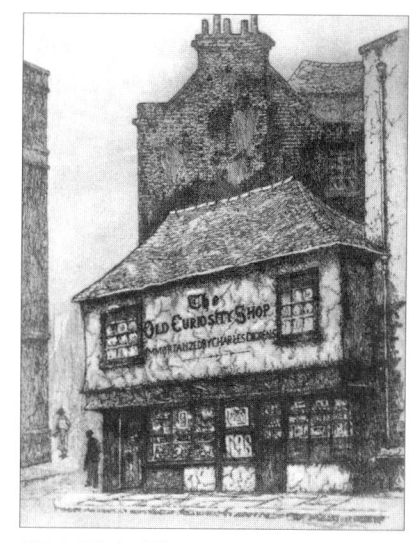

런던의 폴투갈 거리(Portugal Street)에 위치한 이 건물은 『골동품 가게』의 '모델' 이었다고 한다. 어린 넬(Little Nell)과 할아버지가 이 집에서 살았다.

노름 때문에 가게를 날린 할아버지와 어린 넬(Little Nell)이 거지가 되어 떠돌아다니는 슬픈 애기 『골동품 가게』도 1권짜리 무성영화로 세 차례 선을 보이다가 1935년 괴팍한 인물 역을 단골로 맡았던 스코틀랜드의 배우 헤이 피트리(Hay Petrie, 1895~1948) 주연의 유성영화가 나왔고, 40년 후에는 우리나라에도 1950년대 영화에서 자주 얼굴을 보였던 희극배우 앤토니 뉼리 주연에 엘머 번스틴(Elmer Bernstein)의 작곡으로 음악극 「퀼프」의 형태로 제작되었다. 퀼프(Daniel Quilp)는 할아버지에게 돈을 꾸어 준 다음 골동품상을 차지하게 된 꼽추 등장인물의 이름이다. 디즈니사에서도 텔레비전 영화로 「골동품 가게」를 아주 예쁘게 만들었다.

「돈많은 사람의 허영(Rich Man's Folly)」이라는 제목으로 1931년 조지 뱅크로프트(George Bancroft)가 주연했던 영화의 원작 역시 디킨스의 소설로, 원제목은 『돔비와 아들(Dombey and Son)』이다. 이 소설은 자존심이 강하고 감정이 메마른 돔비가 회사를 같이 운영하고 물려줄 아들을 너무 바라던 나머지 딸을 구박하는 등 남아 선호(男兒選好) 사상의 표본적인 인물을 주인공으로 삼았다.

본디 유명한 만화가의 그림을 위해 글을 붙이는 연속물 형태였지만, 디킨스에게 명성을 가져다 준 첫 소설이 되어 버린 『픽위크 페이퍼스(The Posthumous Papers of the Pickwick Club, 1936~7)』도 교활한 배우를 주인공으로 내세운 영화가 되었고, 돈밖에 모르는 일가친척 대신 사랑하는 젊은 여자에게 유산을 물려주려는 『마틴 처즐위트의 이야기(The Life and Adventures of Martin Chuzzlewit, 1844)』는 이상한 인연으로 해서 폰 스트로하임 감독의 영화 「탐욕」과 이어진다.

우리나라에서 「마이클 J. 폭스의 상속작전」이라는 제목으로 출시된 영화의 원제목은 「탐욕스러운 사람들」이며, 갑부인 노인이 돈밖에 모르는 일가친척 대신 사랑하는 젊은 간호사에게 유산을 물려주려고 한다. 이를 막기 위해 노인이 가

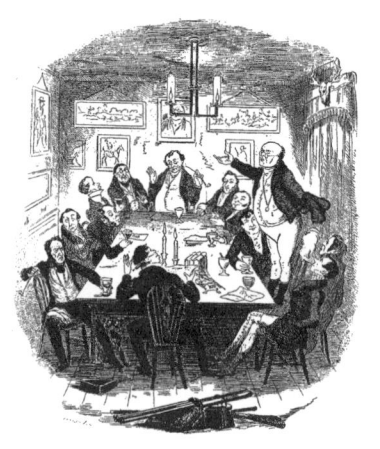

로버트 씨모어(Robert Seymour)가 디킨스의 소설에 삽화로 그린 이 장면에서는 픽위크 씨가 클럽에 모인 사람들에게 연설을 한다.

장 아끼는 조카를 데려다 놓고 보니 역시 돈밖에 모르는 인물이다. 그리고 이 영화의 원작이 바로 디킨스의 『마틴 처즐위트의 이야기』이다. 하지만 주인공의 성(姓, MacTeague)은 폰 스트로하임 영화 「탐욕」에서 가져왔고, 제목도 글자 하나만 다르다.

그런가 하면 폰 스트로하임의 명작 「탐욕」은 디킨스가 아니라 프랭크 노리스([Benjamin] Frank[lin] Norris, 1870~1902)의 소설 『맥티그』를 원작으로 삼았다. 노리스는 시카고 태생으로 젊은 시절 빠리에서 미술을 공부할 때는 연애소설을 썼으며, 캘리포니아 대학교 시절에는 에밀 졸라의 작품을 읽고 빈민가를 무대로 한 자연주의적인 소설 『맥티그』를 집필하기 시작했다. 노리스의 대표작 『문어(The Octopus)』와 더불어 『맥티그』는 미국 자연주의 고전 가운데 효시로 꼽힌다.

1899년에 출판된 『맥티그』의 주인공 마커스 숄러(Marcus Schouler)는 면허증과 학위가 없어 당국에 적발되어 치과의사 노릇을 중단하고, 아내 트리나(Trina)는 5천 달러의 복권에 당첨되지만 인색하기가 짝이 없다. 마커스는 트리나를 죽이고 돈을 훔쳐 죽음의 계곡(Death Valley)으로 도망친다. 맥티그에게 죽음을 당하기 전에 마커스가 재빨리 두

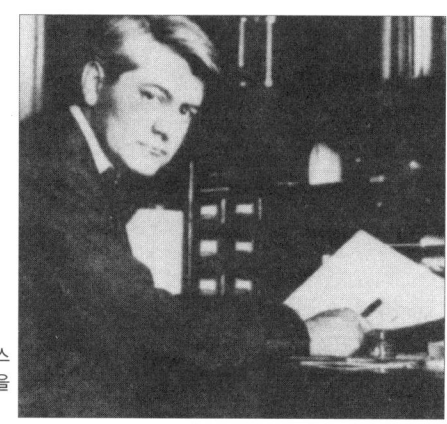

미국의 자연주의 문학을 이끈 프랭크 노리스는 디킨스와 영화 「탐욕」을 이어주는 역할을 했다.

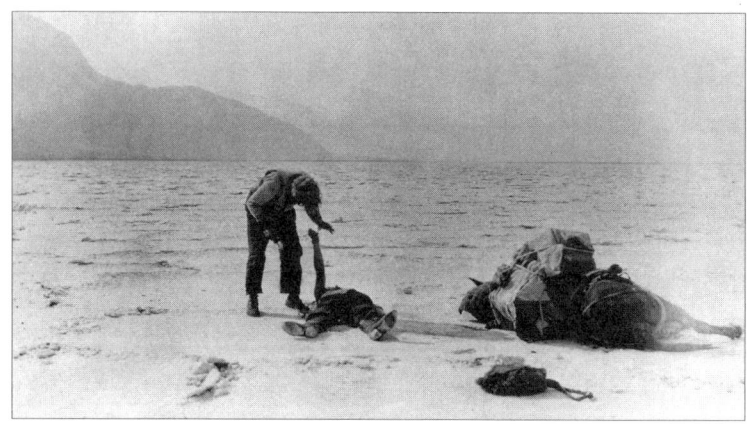

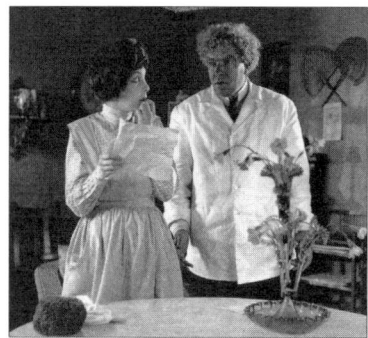

폰 스트로하임 감독은 부자가 되려는 꿈으로 인해서 파멸하는 부부(아래 사진)가 주인공으로 나오는 「탐욕」을 처음에는 8시간짜리 영화로 찍어 놓았으나, MGM에서 제작 담당 부사장이던 젊은 어빙 톨버그(Irving Thalberg)가 두 시간으로 줄여서 편집해 내놓았다. "오만(hubris)의 기념비적인 작품"으로 꼽히는 이 영화는 3분의 1로 편집했는데도 가장 위대한 무성영화의 대표적인 작품들 반열에 올랐으며, "심리적 사실주의의 걸작(a masterpiece of psychological realism)"이라는 평가를 받았다. 특히 '죽음의 계곡(Death Valley)'에서 벌어지는 마지막 장면(위 사진)이 압도적이다.

사람의 손목에 수갑을 채우고, (영화 「탐욕」의 사진에서처럼) 시체에 손이 묶인 맥티그는 꼼짝도 못하고 사막에서 갈증으로 죽게 된다.

맥티그는 나오지 않지만 몬테규 티그(Montague Tigg)가 등장하는 『마틴 처즐위트』는 무성영화도 나왔으며, 현실에서도 이 소설과 비슷한 사건이 발생했었다. 1999년 〈플레이보이〉 잡지에 벌거벗고 나왔던 젊은 여자가 80대의 갑부와 결혼해서, 노인이 곧 죽고 나면 유산을 받으려고 결혼하지 않았느냐고 가족들로부터 의심을 받아 결국 유산싸움이 법정으로 번졌는데, 텔레비전에 나와 죽은 할아버지하고는 돈이 아니라 진실한 사랑 때문에 결혼했노라고 눈물까지 흘리면서 주장하던 플레이보이 아가씨의 얘기를 들어 보면, 두뇌가 젖가슴보다 엄청

나게 작고, 사랑하는 마음은 두뇌보다도 훨씬 더 작은 여자라는 인상
이었다.

　아버지가 빚에 몰리는 바람에 어릴 적 디킨스가 직접 체험해야 했
던 '채무자 감옥(prison for debt)' 제도를 가장 맹렬하게 비판한 풍자
적인 작품으로 알려진 『착한 도리트』는 감옥에서 태어난 어린 에이미
(Amy Dorrit)가 거의 평생을 빚진 아버지 때문에 형무소에서 지내고,
결혼까지도 그곳에서 한다는 줄거리이다. 영화는 2부로 구성되어, 1
부 "누구의 죄도 아니다"는 에이미가 삯바느질로 감옥의 아버지를 부
양하는 고생살이를 보여 주고, 2부 "착한 도리트의 이야기"는 아버지
가 횡재를 해서 모든 가족이 역겨운 졸부의 행태를 벌이지만, 도리트
만큼은 마음이 변하지 않는다는 내용이다.

　도리트 얘기는 독일에서도 1934년 폴란드 태생의 아니 온드라
(Anny Ondra) 주연에 그녀의 남편이었던 라막(Karel 또는 Karl Lamac)

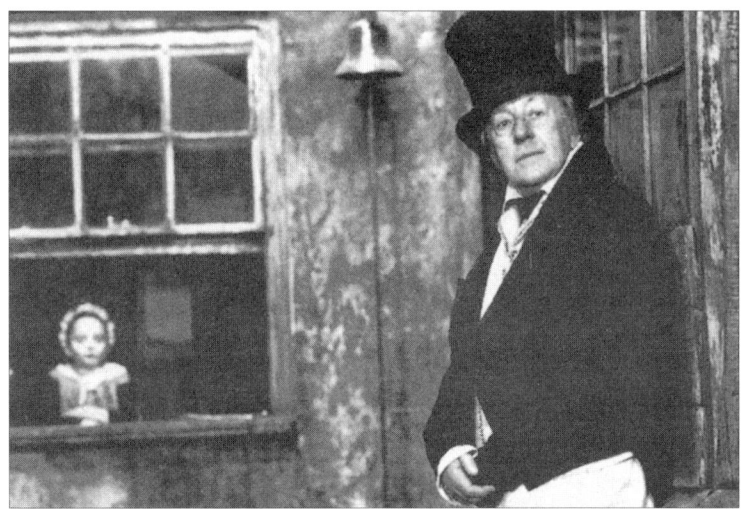

「착한 도리트」는 세 시간짜리 영화 두 편으로 엮어지는 대작으로서, 제1부는 여주인공이 아버지 때문에
감옥에서 살며 고생하는 얘기이고, 2부에서는 횡재를 만난 가족이 졸부 행태를 벌이지만 에이미 도리트
만큼은 착한 심성을 버리지 않는다.

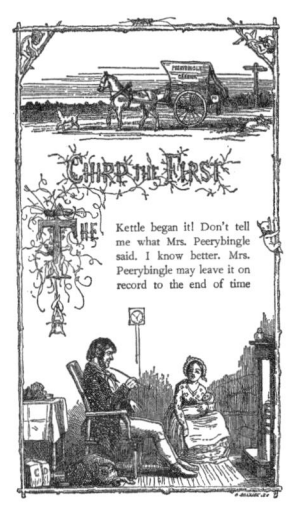

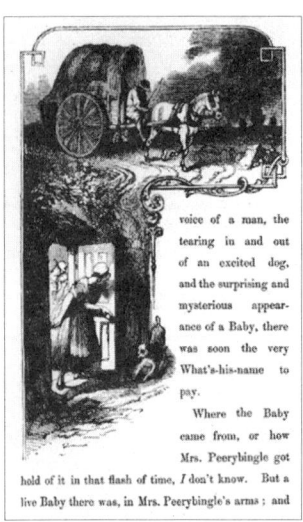

「노변의 귀뚜라미」의 도입부에 들어간 삽화

감독의 영화("Klein Dorritt")가 나왔고, 1987년에는 알렉 기네스를 필두로 하여 리처드 브래번 (Richard Brabourne) 극단이 여섯 시간짜리 공연을 올렸다.

무성영화로만 제작되었던 디킨스 소설로는 좋은 일이 생기면 울어대다가 불길할 때는 침묵을 지키는 『노변(爐邊)의 귀뚜라미(The Cricket on the Hearth)』와 유산과 결혼이 얽혀들어 어딘가 「위대한 유산」을 연상시키는 『우리들의 친구 (Our Mutual Friend)』, 그리고 1780년 가톨릭에 반대하는 런던의 고든 폭동(Gordon Riots)에 얽혀든 우둔한 『바나비 럿지(Barnaby Rudge)』가 있다.

워낙 영화의 원작으로서 인기가 높았던 디킨스인지라, 그의 미완성 소설 『에드윈 드루드의 비밀』 또한 영국에서 무성영화로 소개되었다가 1935년 헐리우드 판을 거쳐 1980년대에는 음악극으로도 제작되었다. 의심이 많은 합창단 지휘자 존 재스퍼(John Jasper)가 약혼녀를 질투하여 벌이는 연쇄 살인극을 다룬 이 소설은 1993년 영국에서도 영화가 나왔다.

찾아보기 ●--

▌「니콜라스 니클비(Nicholas Nickleby, 1947, 영국, 108분, 미국판 95분)」, 감 /Alberto Cavalcanti, 출/Derek Bond, Cedric Hardwicke, Alfred Drayton,

Bernard Miles, Sally Ann Howes, Mary Merrall, Sybil Thorndike

▌「올리버 트위스트(Oliver Twist, 1922, 미국, 77분)」, 감/Frank Lloyd, 출/Jackie Coogan, Lon Chaney, Gladys Brockwell, George Sigmann

▌「올리버 트위스트(Oliver Twist, 1948, 영국, 105분 또는 116분)」, 감/David Lean, 출/Alec Guinness, Robert Newton, John Howard Davies, Kay Walsh, Francis L. Sullivan, Anthony Newley, Henry Stephenson

▌「올리버 트위스트(Oliver Twist, 1933, 미국, 77분)」, 감/William Cowen, 출/Dickie Moore, Irving Pichel, William "Stage" Boyd, Doris Lloyd

▌「올리버 트위스트(Oliver Twist, 1982, 미국, 100분)」, 감/Clive Donner, 출/George C. Scott, Tim Curry, Michael Hordern, Timothy West, Eileen Atkins, Cherie Lunghi, Richard Charles, Lysette Anthony

▌「올리버와 그 일당(Oliver & Company, 1988, 미국, 72분)」, 감/George Scribner, 출(목소리)/Joey Lawrence, Billy Joel, Cheech Marin, Richard Mulligan, Roscoe Lee Browne, Sheryl Lee Ralph, Dom Deluise, Robert Loggia

▌「올리버("Oliver!", 1968, 영국, 153분)」, 감/Carol Reed, 출/Ron Moody, Oliver Reed, Shani Wallis, Mark Lester, Jack Wild, Harry Secombe, Hugh Griffith, Sheila White

▌「위대한 유산(Great Expectations, 1946, 영국, 118분)」, 감/David Lean, 출/John Mills, Valerie Hobson, Bernard Miles, Francis L. Sullivan, Finlay Currie, Martita Hunt, Anthony Wager, Jean Simmons, Alec Guinness

▌「위대한 유산(Great Expectations, 1934, 미국, 100분)」, 감/Stuart Walker, 출/Jane Wyatt, Phillips Holmes, George Breakston, Henry Hull, Florence Reed, Alan Hale, Francis L. Sullivan

▌「위대한 유산(Great Expectations, 1974, 미국-영국, 103분)」, 감/Joseph Hardy, 출/Michael York, Sarah Miles, James Mason, Margaret Leighton, Robert Morley, Anthony Quayle, Joss Ackland, Rachel Roberts

▌「위대한 유산(Great Expectations, 1998, 미국, 111분)」, 감/Alfonso Cuarón, 출/Ethan Hawke, Gwyneth Paltrow, Anne Bancroft, Chris Cooper, Hank Azaria, Robert De Niro, Josh Mostel, Kim Dickens, Stephen Spinella, Nell Campbell

▌「데이비드 코퍼필드(David Copperfield, 1935, 미국, 130분)」, 감/George Cukor, 출/Freddie Bartholomew, Frank Lawton, W. C. Fields, Lionel Barrymore, Madge Evans, Roland Young, Basil Rathbone, Edna May Oliver, Maureen O'Sullivan, Lewis Stone, Lennox Pawle

▮ 「데이비드 코퍼필드(David Copperfield, 1970, 미국, 110분)」, 감/Delbert Mann, 출/Robin Phillips, Susan Hampshire, Edith Evans, Michael Redgrave, Ralph Richardson, Laurence Olivier, Richard Attenborough

▮ 「두 도시의 이야기(A Tale of Two Cities, 1958, 영국, 117분)」, 감/Ralph Thomas, 출/Dirk Bogarde, Dorothy Tutin, Cecil Parker, Stephen Murray, Athene Seyler, Christopher Lee, Donald Pleasence, Ian Bannen, Leo McKern

▮ 「두 도시의 이야기(A Tale of Two Cities, 1917, 미국, 70분)」, 감/Frank Lloyd, 출/William Farnum, Jewel Carmen, Joseph Swickard, Herschell Mayall, Rosita Marstini

▮ 「두 도시의 이야기(A Tale of Two Cities, 1935, 미국, 128분)」, 감/Jack Conway, 출/Ronald Colman, Elizabeth Allan, Edna May Oliver, Reginald Owen, Basil Rathbone, Blanche Yurka, Isabel Jewell, Donald Woods

▮ 「두 도시의 이야기(A Tale of Two Cities, 1958, 미국, 156분)」, 감/Jim Goddard, 출/Chris Sarandon, Peter Cushing, Kenneth More, Barry Morse, Flora Robson, Billie Whitelaw, Alice Krige

▮ 「퀼프(Mr. Quilp, 또는 The Old Curiosity Shop, 1975, 영국, 118분)」, 감/Michael Tuchner, 출/Anthony Newley, David Hemmings, David Warner, Michael Hordern, Jill Bennett, Sarah Jane Varley

▮ 「골동품 가게(The Old Curiosity Shop, 1995, 미국, 200분)」, 감/Kevin Connor, 출/Peter Ustinov, James Fox, Tom Courtenay, Julia McKenzie, Sally Walsh, Adam Blackwood

▮ 「픽위크 페이퍼스(Pickwick Papers, 1954, 영국, 109분)」, 감/Noel Langley, 출/James Hayter, James Donald, Hermione Gingold, Joyce Grenfell

▮ 「탐욕(Greed, 1925, 미국, 140분)」, 감/Erich von Stroheim, 출/Gibson Gowland, ZaSu Pitts, Jean Hersholt, Chester Conklin, Dale Fuller

▮ 「마이클 J 폭스의 상속작전(Greedy, 1994, 미국, 113분)」, 감/Jonathan Lynn, 출/Michael J. Fox, Kirk Douglas, Nancy Travis, Olivia d'Abo, Phil Hartman, Ed Begley, Jr., Jere Burns, Colleen Camp, Bob Balaban, Joyce Hyser

▮ 「착한 도리트(Little Dorrit, 1988, 영국, 1부 Nobody's Fault, 177분, 2부 Little Dorrit's Story, 183분)」, 감/Christine Edzard, 출/Derek Jacobi, Alec Guinness, Roshan Seth, Sarah Pickering, Miriam Margolyes, Cyril Cusack, Max Wall, Eleanor Bron, Michael Elphick, Joan Greenwood, Robert Morley, Sophie Ward

▮ 「에드윈 드루드의 비밀(Mystery of Edwin Drood, 1935, 미국, 87분)」, 감/Stuart

Walker, 출/Claude Rains, Douglas Montgomery, Heather Angel, David Manners, E. E. Clive, Valerie Hobson

▌「에드윈 드루드의 비밀(Mystery of Edwin Drood, 1993, 영국, 102분)」, 감 /Timothy Forder, 출/Robert Powell, Michelle Evans, Jonathan Phillips, Rupert Rainsford, Finty Williams, Peter Pacey, Nanette Newman, Freddie Jones

마틴 스콜시스 감독이 「순수의 시대」를 만들기 위해 위노나 라이더와 대니얼 데이-루이스에게 연기 지도를 한다. 위노나 라이더는 최근 어느 매장에서 물건을 훔친 죄로 재판을 받으러 불려 다니는 바람에 별로 '순수' 하지 못한 모습을 보였다.

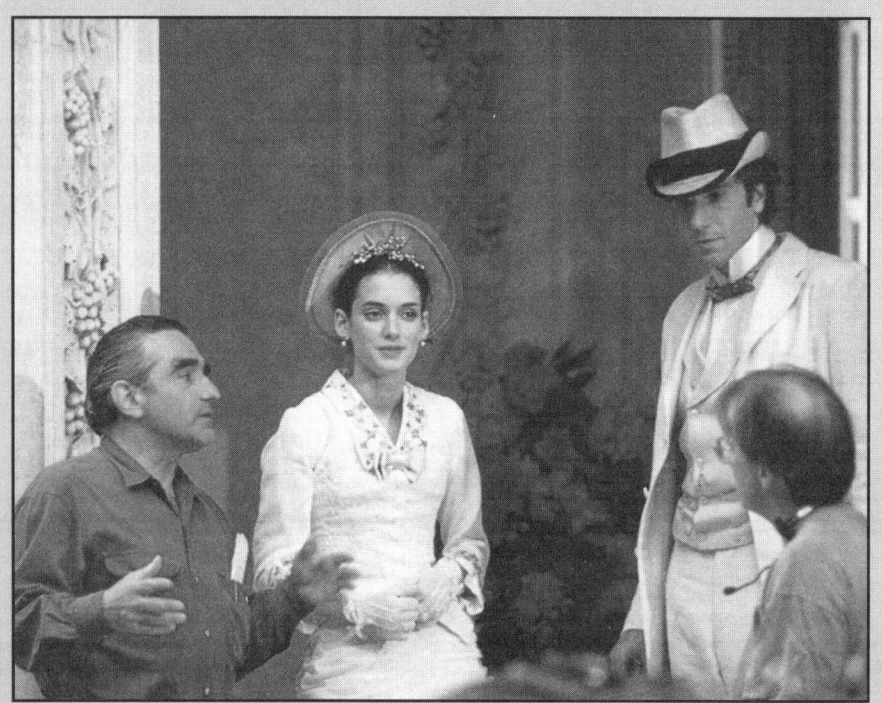

"순수의 시대"와 '컨티넨탈' 문화

   미국의 맨하탄 사교계를 주요 무대로 삼았으며, 미국 여성 작가 이더트 워튼(Edith Newbold Jones Wharton, 1862~1937)이 퓰리처 상을 받아낸 작품이 원작 소설이고, 미국 사람들의 손으로 만들기는 했어도, 「순수의 시대」는 정말로 "순수한 미국의 영화"라고 하기가 힘들겠다. 1924년에 만든 「순수의 시대」에 대해서는 확인할 길이 없지만, 1934년 아이린 던의 연기가 돋보였던 작품에서도 마찬가지였고, 그보다 60 년 후에 훨씬 섬세하고 정교한 연출을 통해 재현된 영화 「순수의 시대」는 유럽 문화에 대한 미국의 경건한 흠모와 향수(鄕愁)가 구석구석 배어 나온다.

   어찌해서 이런 특이한 영화가 헐리우드에서 등장했는지를 이해하려면 원작자의 문학세계부터 살펴봐야 한다. 우리나라 문학도들에게는 『이탄 프롬(Ethan Frome)』이 대표작처럼 알려진 워튼은 헨리 제임스의 추종자로서, 문체까지도 빅토리아 시대의 화려한 장식체(粧飾體)를 그대로 답습한 유럽적 소설을 썼으며, 19세기 말과 20세기 초의 뉴요크 상류사회와 중산층의 유럽식 생활상을 주로 그려냈다.

우리나라 사람들이 미국 문화를 흠모하여 요즈음 너도나도 미국 영어 중독증에서 헤어나지 못하듯, 그리고 「황야의 결투(My Darling Clementine, 1946)」 같은 여러 서부극에서도 잘 나타나듯이, 미국인들은 서부 개척기에는 물론이요, 19세기 말에도 유럽에서 가져온 옷이나 화장품 따위를 신분상승의 상징이나 주물(呪物)처럼 여겼고, 사교계에서는 프랑스어 사용을 한국인이 영어하기만큼이나 좋아했으며, 남북을 합치면 아메리카가 분명히 훨씬 더 큰 대륙이기는 하지만 '대륙(the Continent)'이라는 말은 유럽을 의미했다.

하다못해 건물 양식에서도 식민지 시대를 거쳐 노예를 부리던 농장시대, 그리고 남북전쟁 이후에까지도 멋진 저택은 '대륙풍(Continental)'이었다. 이러한 시대문화사회적인 배경에 따라 워튼은 1907년 아예 유럽으로 건너가 대륙주의(continentalism)의 구성원이 되어 버렸다. 그런 의미에서 보면, 영화 「순수의 시대」에서 영국으로부터 도착한 책꾸러미가 주인공에게 주었을 기쁨은 천민 출신으로서 당연히 느껴야 하는 졸부

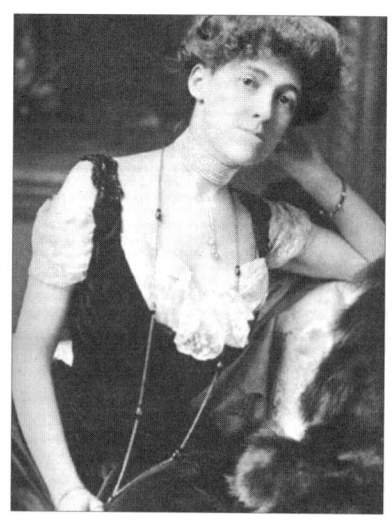
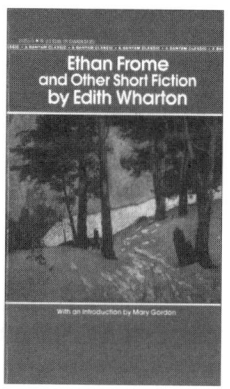

우리나라에서는 「이탄 프롬」(책 표지)으로 널리 알려진 미국 여성 작가 이디트 워튼은 유럽 문화를 숭상했다.

의식을 연상시키기도 한다.

그렇다면 유럽 문화를 흉내낸 미국 문화는 '순수의 시대'(1870년대)에 어떤 모양이었던가? 당시의 흉내 문화는, 현대인의 시각으로 보면, 거북한 옷을 잔뜩 차려입고 음악회와 전시회와 (첫 장면에서처럼) 오페라 구경을 다니면서 때로는 문학과 음악까지도 위선의 수단이 되었던 시대의 가면(假面) 문화였다.

제목 자체가 사대주의적인 향수를 함축한 "순수의 시대"에는, 톨스토이나 도스또예프스끼의 소설에서처럼, 러시아 사교계에서도 부박한 딜레땅뜨(dilettante) 서양 '오렌지족'은 프랑스어를 사용해야 체면이 섰고, "나 잡아 봐라(flirting)"와 구애의 예식(ritual of courting)과 기절하는(swooning) 여성의 아름다움 따위의 정신적인 유희에 수많은 시간을 보내도 좋을 만큼 사람들이 한가했다.

칼쌈과 활쏘기 따위 신사수업(grooming)과 숙녀수업(finishing)을 거쳐, 상류사회의 세련된 허식과 대단히 우아하고 고상한 거짓말하기를 배운 선남선녀들은, 가식의 몸짓으로 위선의 예술을 연출했다. 남의 눈과 귀를 의식해서 입방아(gossip)가 생활의 한 가지 기준이었고, 최고급 요리를 씹는 척만 하고는 먹지도 않고 내버리던 풍족한 사람들은 가문과 족보가 인간 개인보다 소중하다고 생각했으며, 초대장 목록으로 신분을 분류했다.

정말로 별다른 사건이 일어나지 않는 인생이어서 작디작은 사건들을 한없이 장식하고 덧칠하던 사람들, 그들은 삶을 사는 대신 인생을 연극하며 그냥 그것이 생활이라고 생각했다. 그들의 생활에서 가장 큰 덕목 가운데 하나였던 "세련되었다"는 말은, 따지고 보면 자연 그대로가 아니라 인위적으로 가꾸었다는 뜻이다.

그러나 한 시대의 문화는 당시대에서만 비판이 당위성을 갖추고, 당시의 배경과 시각에서 봐야 하며, 그래서 우리는 옛것을 찾아보고 과거의 삶을 살핀다. 그런 의미에서 영화 「순수의 시대」는 단순한 영화구경의 체험이 아니라 문화재 관람을 위한 박물관 여행으로서의 독보적인 작품이고, 충분히 독립된 연구의 대상이다.

물론 연출가의 개성 탓이겠지만, 촬영기의 눈(camera's eye)을 바싹 들이대고 과거의 자취를 재생해 놓은 이 영화는 마치 골동품 전시장 같다. 오스카 상을 받은 의상 분야는 물론이요, 가구에서부터 새로 발명된 만년필과 편지를 담는 접시 따위의 필기구, 노란 장미와 화병과 꽃꽂이와 촛대와 식기와 주방기구, 담뱃갑과 라이터와 명함 상자와 산책용 지팡이와 여송연을 자르는 집게 같은 신사의 휴대품, 그리고 비단 신발과 화살 브루치와 양산 손잡이에 조각된 무늬와 기타 맞춤 제작을 한 온갖 여성용품은 한 장면 한 장면이 천천히 음미해야 하는 사진첩과 같아서, 보석처럼 섬세하고 정교하게 다듬은 소품의 교과서라고 하겠다.

그뿐 아니라 영화에 등장하는 저택의 모든 벽에는 루벤스에서 터너(Joseph Mallord William Turner)에 이르기까지 수많은 그림이 전시되

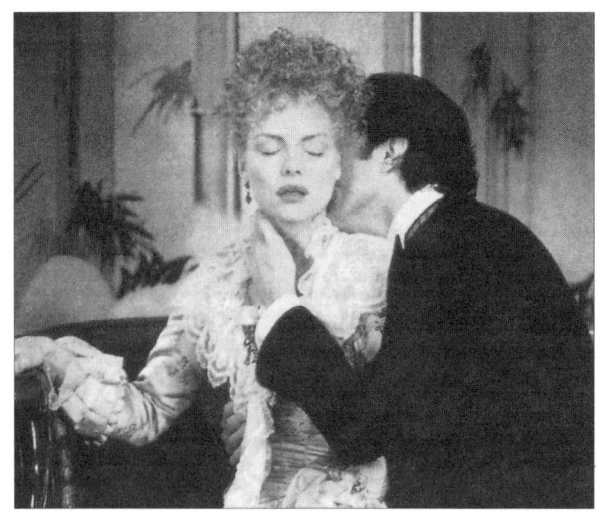

「순수의 시대」는 순수한 아메리카 문화를 제시하는 대신 서구 문화에 대한 갈증과 동경을 가득 담았다.

었고, 화면 구성 자체도 강변의 풍경을 위시하여 석양 진 등대의 올렌스카 뒷모습 그리고 루브르 정원의 풍경에서는 색조까지도 신인상주의(neoimpressionism)가 유령처럼 어른거린다. 그리고 신혼여행지 런던도 회화로 보여 주는가 하면, 두 주인공 메이와 아처는 신혼의 기쁨보다 '대륙'의 화가와 조각가와 작가들과의 만남을 보다 큰 보람으로 여긴다.

이렇게 장황한 배경 설명에 비해 작품의 줄거리 자체는 놀랄 만큼 단순하고 간단하다. 심하게 얘기하면 모파상의 15 쪽짜리 단편소설 하나 정도의 내용이다. 러시아로 시집을 갔던 올렌스카(Ellen Olenska) 백작부인은, 아직 이혼이 순수가 아니라고 여겨졌던 시대였던지라 사회의 이단자로서 고독감을 느끼고, 변호사 아처(Newland Archer)는 올렌스카에게 끌리면서도 약혼녀 메이(May Welland)와 결혼한다. 그러나 결혼한 다음에도 아처는 올렌스카에 대한 감정을 정리하지 못해 미련을 쉽게 버리지 못하고, 결국 불륜 관계를 알면서도 모르는 체하던 사람들에게 밀려 두 사람이 헤어진다는 얘기이다.

분명히 장식이 내용보다 훨씬 화려하다는 뜻이다.

찾아보기 ●--

▌「순수의 시대(The Age of Innocence, 1934, 미국, 81분)」, 감/Philip Moeller, 출/Irene Dunne, John Boles, Lionel Atwill, Helen Westley, Laura Hope Crews
▌「순수의 시대(The Age of Innocence, 1993, 미국, 133분)」, 감/Martin Scorsese, 출/Daniel Day-Lewis, Michelle Pfeiffer, Winona Ryder, Richard E. Grant, Alec McCowen, Geraldine Chaplin, Michael Gough, Mary Beth Hurt, Miriam Margolyes, Sian Phillips, (해설/Joanne Woodward)

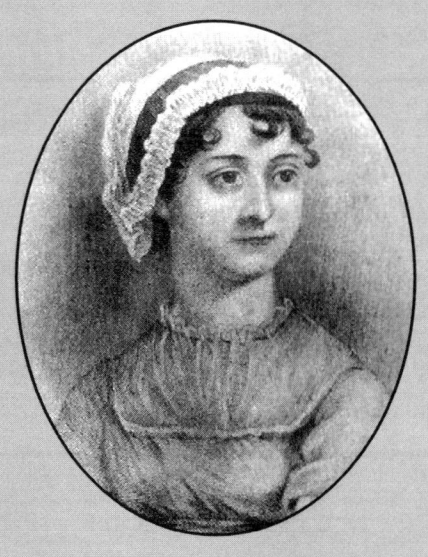

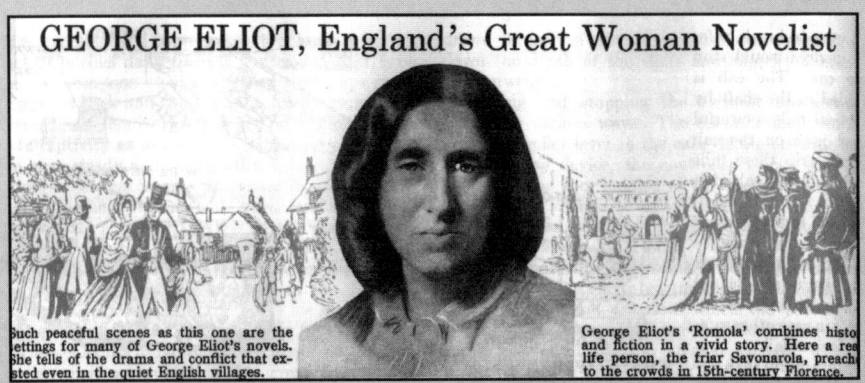

GEORGE ELIOT, England's Great Woman Novelist

Such peaceful scenes as this one are the settings for many of George Eliot's novels. She tells of the drama and conflict that existed even in the quiet English villages.

George Eliot's 'Romola' combines histo and fiction in a vivid story. Here a rea life person, the friar Savonarola, preach to the crowds in 15th-century Florence.

가족이 읽고 즐기도록 열다섯 살부터 희곡과 소설을 썼다는 제인 오스틴(위)은 영국의 시골을 무대로 순수한 유럽 문화를 그려냈고, 남자 이름으로 활동한 조지 엘리오트(아래) 또한 영국 문단에서 독보적인 위치를 차지했던 여성 작가이다.

'대륙'의 여성 작가들

유럽의 얼굴을 한 미국 문화를 미국의 여성 작가가 「순수의 시대」에서 그렇게 '대륙'풍으로 그려냈다면, 과연 영국(유럽)의 여성 작가들은 그들의 시대를 어떻게 보았을까? 대부분의 사람들이 여성 소설가 가운데 가장 위대한 작가라고 손꼽는 제인 오스틴(Jane Austen, 1775~1817)의 작품세계부터 확인하자.

시골 목사의 일곱 번째 딸로 태어난 제인 오스틴은 당시의 대부분 영국 여인들처럼 가족의 울타리를 벗어난 적이 없었다. 평생 결혼을 하지 않은 몸으로 조카들과 살면서, 글을 쓰지 않을 때는 집안살림에만 열심이었던 그녀는 영국의 문단과는 접촉이 전혀 없었고, 그래서 그녀의 세계는 좁기만 했다. 그러나 주변 사람들에 얽힌 자그마한 얘기들만을 가지고도 제인 오스틴은 위대한 문학을 창조해냈다.

우리나라에 가장 널리 알려진 그녀의 작품 『오만과 편견(1813)』은 19세기 잉글랜드의 중류층 베네트(Bennet) 일가를 주인공으로 삼았는데, 어머니는 다섯 딸에게 좋은 배필을 찾아 주는 일을 필생의 과업으

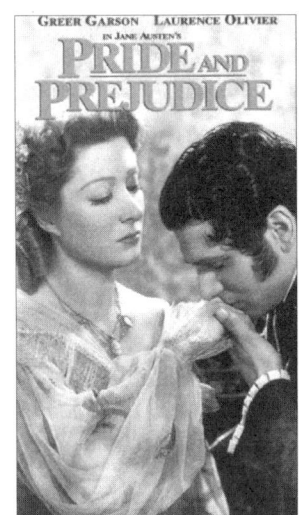
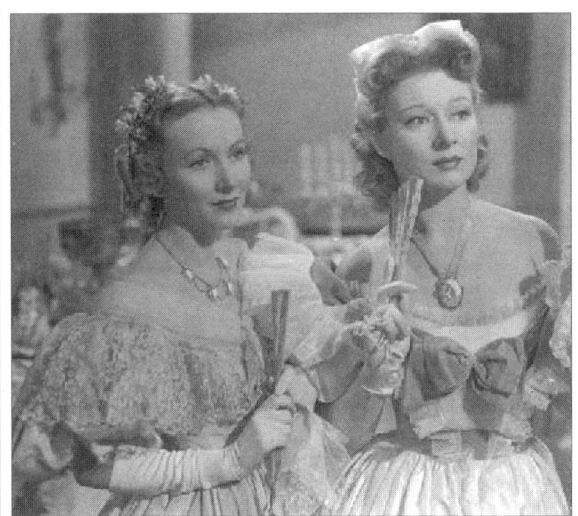

영화 「오만과 편견」의 각색 작업에는 올더스 헉슬리도 참여했다.

로 삼는다. 시집을 잘 가면 평생을 쉽게 해결한다는 인식이 지배하던 시대, 그것은 어쩌면 아직도 결혼을 열쇠의 숫자로 계산하는 우리 사회에 당당하게 건재하는 뚜쟁이 문화와 상통하는지도 모르겠지만, 어쨌든 『오만과 편견』은 1940년 올더스 헉슬리까지 각색에 참여하여 아주 훌륭한 희극영화로 빛을 보았다.

그러나 그 후 반 세기 동안 제인 오스틴은 영화 쪽에서 거들떠보지도 않다가, 1990년대에 재발견이 이루어진다. 이것은 따지고 보면 인도 출신의 제작자 이스마일 머천트(Ismail Merchant, 1936~)와 제임스 아이보리(James Ivory, 1928~) 감독이 설립한 세계적인 영화사 머천트-아이보리에서 만든 일련의 영국 문예 시대극("A Room with a View," "Howards End," "The Remains of the Day" 등)이 크게 성공을 거두자, E. M 포스터의 에드워드 시대 소설과 더불어 시간 속에 굳어 버린 제인 오스틴 소설의 잠재적인 흥행성이 주목을 받았기 때문이었다.

그리고 1990년대에 이렇게 시대극이 사람들의 관심을 끌었던 까닭은 20세기가 끝나간다는 세기말적인 관심에다가, 곧 시작될 제3 천년기(The Third Millennium)를 앞두고 앞 세기를 되돌이켜 보고 싶어하는 서양인들의 집단적인 욕구가 작용했기 때문인 듯하다.

어쨌든 그래서 1995년에는 『오만과 편견』이 텔레비전극으로 다시 선을 보였는가 하면, 심심풀이로 남들의 중매를 열심히 서면서도 자신의 감정이나 그녀에 대한 주변 남자들의 심정에 대해서는 잘 알지 못하는 『에마』를 1990년대 베벌리 힐스의 고등학교로 무대를 옮겨 현대화한 영화 「눈치없는 아가씨(Clueless)」도 나왔다. 유명한 가수들의 이름을 딴 셰어(Cher)와 디온(Dionne)을 내세운 이 풍자극은 텔레비전 연속물로 발전하기도 했으며, 「에마」는 1996년에 정식으로 다시 영화로 선을 보였다.

문예물을 열심히 만들기로 유명했던 클라렌스 브라운 감독의 「에마」는 제인 오스틴이 아니라 프란씨스 매리온(Frances Marion)의 소설이 원작으로서, 가정부 겸 유모로 일하던 착한 여인이 홀아비가 된 주인 남자와 결혼하게 된다는 감상적인 영화이다.

제인 오스틴 원작의 「에마」는 남들을 짝지워 주기는 잘 해도 자신의 주변에서 맴도는 남성들의 심리를 이해하지 못하는 여자가 주인공이다.

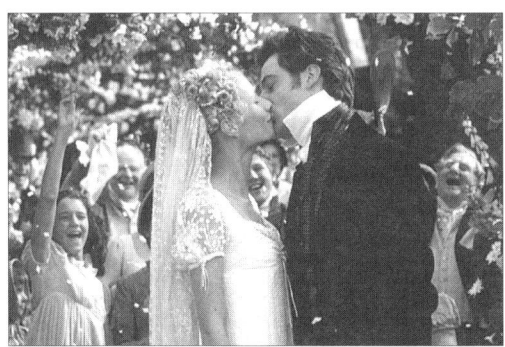

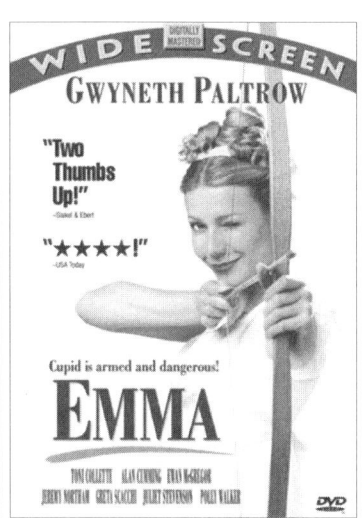

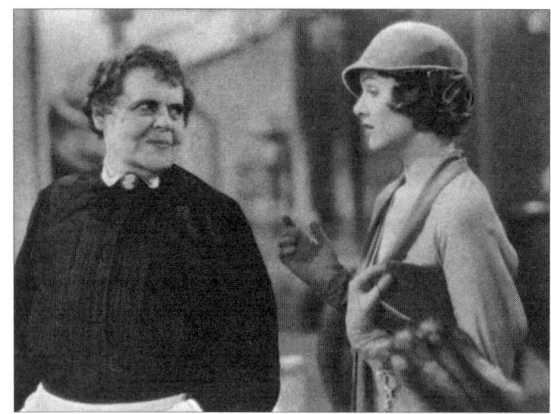

착한 가정부 에마(왼쪽의 뚱뚱한 여인)가 주인 아저씨와 결혼하는 내용의 영화 「에마」는 제인 오스틴의 원작이 아니다. 오른쪽 모자를 쓴 여자는 젊은 시절의 머나 로이(Myrna Loy)이다.

1955년에는 『오만과 편견』과 『눈치없는 아가씨』뿐 아니라 『설득』에다 『분별과 감성』에 이르기까지, 제인 오스틴이 평생 완성한 여섯 편의 소설 가운데 네 작품이 한꺼번에 영화로 만들어지는 기록을 수립했다.

영국, 미국, 프랑스가 합작으로 내놓은 「설득(1818)」은 주인공 앤 엘리오트(Anne Elliott)와 8년 동안이나 사귀어 온 웬트워트(Wentworth)가 가족과 친구들의 뜻에 따라 헤어지지만, 격랑의 세월을 거친 다음 다시 맺어진다는 내용이고, 「음식남녀」의 대만 출신 리안(李安) 감독이 미국으로 건너가 만들었으며 우리나라에서는 무슨 뜻인지 알 길조차 없는 "센스, 센서빌리티"라는 해괴한 제목으로 극장에 붙었던 「분별과 감성(1811)」 역시 갑자기 가난해진 집안의 두 딸 엘리노어(Elinor Dashwood)와 마리앤(Marianne)이 사랑하는 남자들에게서 '버림'을 받고 오지 않는 님을 그리워하는 처지가 되지만, 결국 제 짝을 잘 만나 결혼에 성공한다는 내용이다.

"분별과 감성"에서 '분별'은 이별의 고통을 잘 참아 가는 큰딸 엘리노어를, 그리고 '감성'은 "감정을 뭣 하러 숨겨?"라면서 "낭만을 중요시하다 보니 예절을 경시"하게 되고, '예절바른 사랑'보다는 극적인

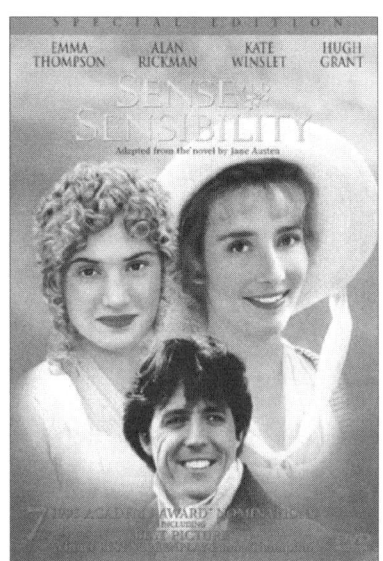

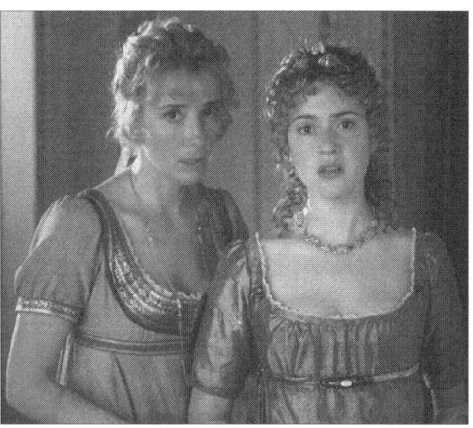

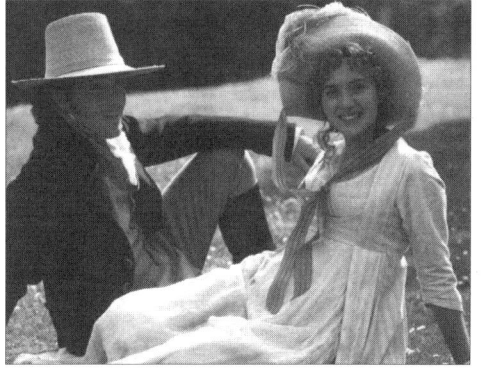

우리나라에서 무슨 뜻인지조차 알 길이 없게 "센스, 센서빌리티"라는 이상한 제목을 붙인 영화의 원제목 「분별과 감성」은 주인공으로 나오는 두 자매를 상징하는 말이다.

사랑을 원하다가 얻은 이별의 고통까지도, 남들의 시선을 개의치 않고 격렬하게 표현하는 둘째 마리앤을 상징하는 말이다.

신분상승의 역설적 맥락인 귀족의 몰락사를 그리기도 하는 「분별과 감성」에서는 먹고 살 돈은 한푼도 없으면서 피아노를 치고 노래를 부르는 마리앤의 모습이 퍽 상징적이다. 우리나라의 무능력하고 가난한 '양반'을 연상시키는 대시우드 일가는 어머니와 세 딸, 이렇게 여성으로만 구성되었고, 스스로 살아갈 능력이 전혀 없어 무위도식을 하는 올렌스카 백작부인(「순수의 시대」)과 같은 계층이다. 엘리노어가 사랑하는 'F'(=Edward Ferras)가 누구냐는 질문에 막내딸 마거리트가 "그 남자는 직업이 없어요"라는 대답을 하니까 "그렇다면 지체 높은 신사겠구만"이라고 하던 해석 또한 사회주의 혁명 이전에 신분과 유산으로만 먹고 살던 유산계급에 대한 풍자로 해석된다.

그리고 신분이 낮으면서 'F'처럼 돈많은 남자를 찾아다니다가 결국 'F'의 동생이 물려받는 돈과의 결혼에 성공하는 루씨, 그리고 마리앤을 버리고 5천 파운드의 재산을 소유한 여자와 결혼하는 존 윌로우비(John Willoughby)라는 인물상 또한 별로 순수하지 못했던 시대의 산물이라고 하겠다.

오스틴의 소설 『맨스필드 공원(Mansfield Park, 1814)』역시 1999년, 20세기의 마지막 해에 영화로 만들어졌다. 그리고 제임스 아이보리는 새로 발굴된 제인 오스틴의 희곡을 무대에 올리려는 두 경쟁자를 주인공으로 삼은 묘한 영화 「맨하탄의 제인 오스틴」을 만들기도 했다.

1950년대 을유문화사를 위시한 서울의 세 출판사에서 최초로 "세계명작전집"을 경쟁적으로 기획했을 때 항상 제인 오스틴과 함께 같

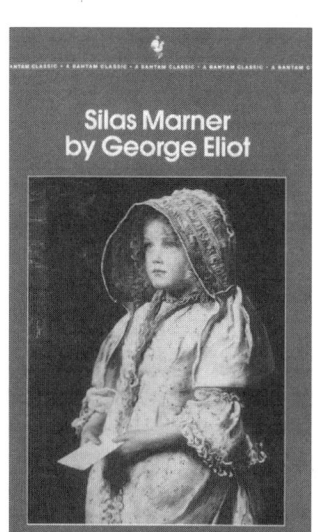

『사일러스 마너(Silas Marner)』책의 표지

은 책에 묶여 나오고는 했던 빅토리아 시대의 여성 작가 조지 엘리오트(George Eliot, 1819~80, 본명 Mary Ann 또는 Marian Evans)의 작품 가운데 『플로스 강의 물레방아(1860)』는 작가의 '정신적 자서전'으로 알려졌는데, 세속적인 오빠를 사랑하는 아름다운 영혼의 소유자가 홍수를 만났을 때 배를 타고 함께 물에 빠져 죽는 비극적인 얘기로서, 영화는 사이가 나쁜 두 집안의 아들딸이 사랑하게 된다는 로미오와 줄리에트 모양을 갖추었다.

우리나라에 최초로 번역된 조지 엘리오트의 소설 『사일러스 마너(Silas Marner, or the Weaver of Raveloe, 1861)』는 친구 대신 도둑으로 몰려 사랑하는 여인도 잃고 은둔생활을 하며 수전노가 된 주인공이 (나중에 자신의 딸로 밝혀지지만) 버려진 계집아이 에피(Eppie)를 데려다 키우면서 새로운 사랑과 인생의 의미를 찾는다는 줄거리로서, "순수하고 자연스러운 인간 관계는 슬픔을 치유한다"는 주제를 담았다고 엘리오트 자신이 설명한 작품이다. 1985년 영국에서 영화로 제작되었던 이 소설은 10년 후에 장난스러운 스티브 마틴이 주연한「운명의 장난」이 되어 버렸다.

그러나 영화로 만들어진 작품이 많지는 않으면서도 은막을 통해 가장 널리 알려진 영국의 여성 작가는 브론테 자매(the Brontë sisters)일 듯싶다. 언니 샬로트(Charlotte, 필명 Currer Bell, 1816~55)의 『제인 에어』는 1934년 저예산 영화를 줄줄이 만들어내던 모노그람(Monogram)사에서 제작했었고, 고전으로 꼽히는 1944년 판에 이어서, 1970년 델버트 만 감독의 텔레비전 영화가 나왔으며, 최근에는 프랑코 제피렐리 감독의 작품도 선보였다.

오손 웰스와 조운 폰테인이 주연한「제인 에어」는 내용뿐 아니라 연출 분위기까지도 알프레드 힛치코크의「레베카(Rebecca, 1940)」와

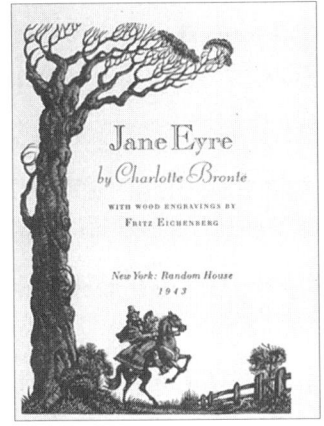
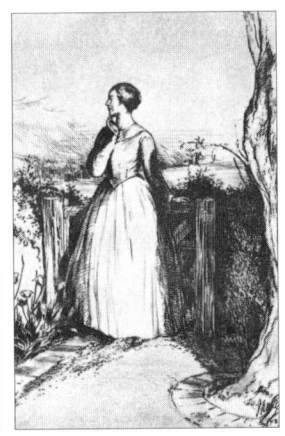
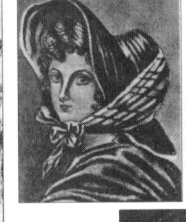
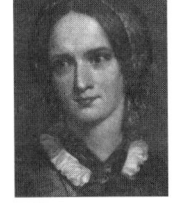

에밀리(오른쪽 위)와 샬로트 브론테는 영화를 통해서도 널리 알려진 소설가 자매이다. 왼쪽은 『제인 에어』의 표지와 삽화

혼동하기가 쉬운데, 아마도 그것은 두 영화에서 모두 조운 폰테인이 주연을 맡았던 역이 별채에서 유령처럼 공포를 만들어내는 비밀의 '첫 번째 여인'에게 시달리는 인물이기 때문인지도 모른다. 더구나 조운 폰테인의 상대역인 오손 웰스와 로렌스 올리비에가 두 사람 다 셰익스피어 연극으로 익숙해진 어둠을 지닌 연기파였을 뿐 아니라, 그들이 맡았던 남자 주인공의 역이 거대한 저택의 '성주(城主)'로서 '군림하는 남성상'을 인상적으로 부각시킨다는 사실도 일치한다. 그렇기 때문에 여주인공은 상대적으로 위축될 수밖에 없다.

텔레비전 연속물 「하버드 대학의 공부벌레들(The Paper Chase, 1978, 1983)」에서 근엄한 킹슬리 교수 역으로 우리나라에서도 대단히 유명해졌던 무대배우 출신의 존 하우스만(John Houseman, 1902~88, 본명 Jacques Hausmann)과 작가 올더스 헉슬리(Aldous Huxley)가 로버트 스티븐슨 감독과 공동으로 각색한 「제인 에어」에서는 여주인공이 고아로서, 엄격한 로우드 학교(Lowood Institution)에서 미운 오리새끼("마귀")로 몰리며 디킨스적인 어린 시절을 보낸 다음, 가정교사로 로체스터(Edward Rochester)의 성으로 들어가 나중에 안주인이 된다.

그러나 로체스터 '주인님'과의 첫 만남에서 무뚝뚝하고 무례한 오손 웰스로부터 "명령하는 대신 30 파운드를 준다"며 모욕을 당하는 장면이나 무도회가 열리면 옆방으로 물러나서 초라한 모습으로 기다리는 장면, 그리고 모든 가정교사를 헐뜯는 귀부인들의 대사를 들어보면 가정교사가, 「프랑스 중위의 여자」에서처럼, "끼어들지 못하는 낮은 신분"임이 또다시 확인된다. 우리나라에서도 전후에 가난하고 머리 좋은 대학생들이 '입주 가정교사'로 들어가서 주인집 딸과 맺어지는 경우가 많았는데, 지금처럼 남녀의 만남이 쉽지 않았던 탓도 있겠지만, 어쨌든 영국의 가정교사는 천민 출신 여성의 신데렐라 식 신분상승을 위한 전형적인 한 가지 통과 과정이요, 지름길로 질러가는

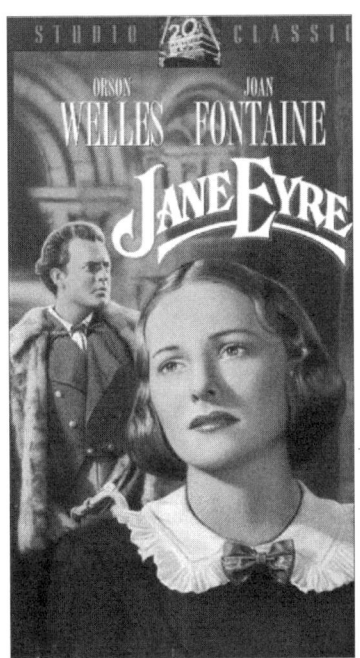

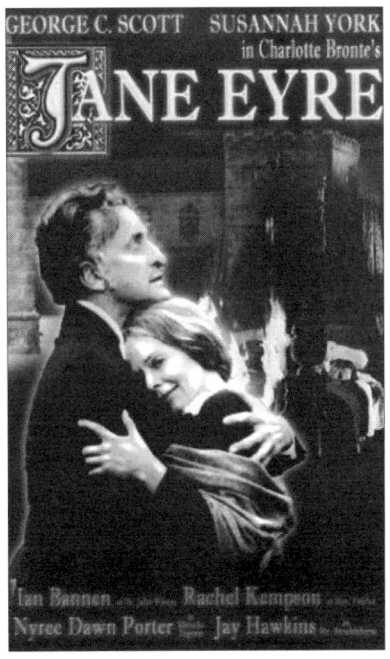

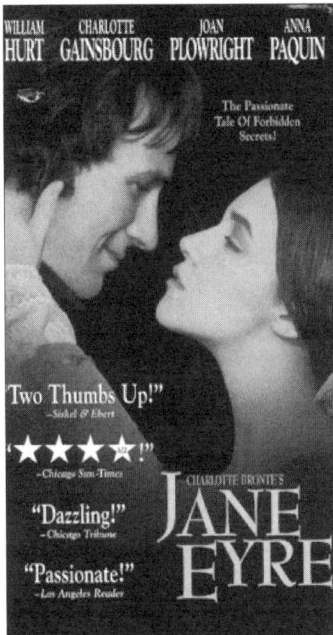

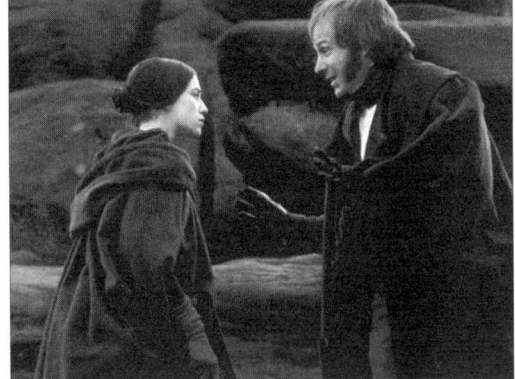

「제인 에어」는 가장 여러 번 영화로 선을 보인 고전 소설 가운데 하나
이지만, 대표적인 작품은 오손 웰스와 조운 폰테인이 주연한 영화(위칸
의 왼쪽 포스터)이다.

방법이었다.

「레베카」에서도 비슷한 신분 상승의 과정을 거치는 조운 폰테인은 여주인공이면서도 영화에서 "드 윈터 부인"이라고만 하지 이름조차 나오지 않아서, 여권주의 비평가(Mary Ann Doane, "The Desire to Desire: The Woman's Film of the 1940s")로부터 여성을 비하시켰다는 비난을 받기도 했었다. 그리고 「제인 에어」에서는 헬렌 역을 맡은 아역배우 엘리자베드 테일러가 폐병을 앓으면서도 비가 쏟아지는 마당에서 다리미를 양손에 들고 제인 에어와 벌을 선 다음 죽는 장면이 나오는데, 착한 아이는 무작정 착하기만 하다는 흑백 논리에 따라 정말로 불쌍하면서도 예쁘게 죽는다.

그러나 원작 소설에서는 제인 에어가 그려내는 여성상이 그렇게 나약하지만은 않다. "지옥에 가지 않으려면 어떻게 해야 하느냐?"는 선생의 질문에 "죽지 않으면 된다"고 반항적으로 맞서는 대화에서처럼, 제인 에어는 표피적인 미모와 매력을 지녔으며 걸핏하면 기절하던 당시의 나약한 소설 여주인공들과는 달리, 대단히 개성이 강하다. 그리고 남주인공 로체스터 또한 '영국 신사'와는 거리가 멀어서, 예절 따위는 신경조차 쓰지 않는 난폭한 남자로 묘사했다.

그러나 텔레비전 영화의 조지 C. 스코트를 거쳐 제피렐리의 「제인

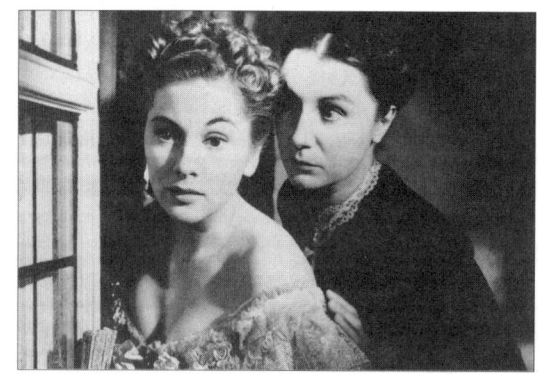

조운 폰테인(Joan Fontaine)은 「레베카」에서 한 번도 이름이 나오지 않고 '드 윈터 부인(Mrs. de Winter)'이라고만 호칭되어서, 여권주의자 비평가로부터 '지적'을 당했다.

에어」에 이르면 에드워드 로체스터는 난폭한 남자보다는 불행한 '신사'로 변모한다. 난폭함의 박력은 사라지고 정신이상인 아내를 유폐시킨 채 살아가는 고뇌를 부각함으로써 브론테 문학이 처음 시도한 파격적 주인공이라는 의미가 사라졌다. 시대가 달라지면 시각도 달라지게 마련이어서, 당시의 시각으로 얘기하면 요즈음 관객이 언어의 괴리를 느끼리라는 배려가 작용했는지도 모르겠지만, 오페라 영화를 열심히 만든 제피렐리 감독의 판(version)에서는 윌리엄 허트가 제인 에어와의 첫 만남이 "요정을 본 듯" 했노라고 설명한다.

여기에서도 신분 문제는 두드러진다. 두 주인공의 결혼식장에 나타난 매형(Richard Mason)의 폭로를 거쳐, 로체스터는 가문을 일으키기 위한 아버지의 계획에 따라 3대가 정신이상을 일으킨 집안의 여자와 정략 결혼을 했다는 비밀도 드러난다. 그리고 제인 에어는 뜻밖의 유산을 상속받는다는 편리한 신분 상승 장치를 통해 힘든 삶이 순식간에 끝나고, 맹인이 된 로체스터와 신분 역전이 이루어진다.

「제인 에어」의 속편이 아니라 전편(前篇, prequel)에 해당하는 「사르가소의 넓은 바다(비디오 제목은 "카리브해의 정사")」는 자마이카를 배경으로 삼아 관능적인 앙뜨와네트와 영국 신사 로체스터의 불안한 사랑이 기둥줄거리인데, 로체스터가 결혼하는 이유가 유산으로 물려받을 그녀의 광활한 농장 때문이고, 앙뜨와네트가 집에 불을 지른다는 내용이 「제인 에어」와 연결되는데, 희한한 것은 원작자가 샬로트 브론테가 아니라 조운 리스(Jean Rhys, 1894~1979)라는 사실이다. 이 영화는 문예물이 아니라 외설로 분류된다.

리스는 서인도 제도에서 태어나 영국에서 교육을

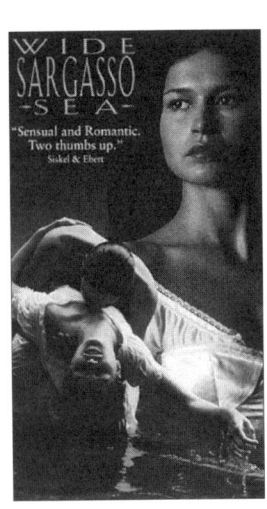

「사르가소의 넓은 바다」는 「제인 에어」의 전편에 해당되지만, 샬로트 브론테와는 전혀 관계가 없는 작품이다.

받았고, 아버지가 죽은 다음 가난에 시달리다가 언론인과 결혼하여 빠리로 가서 영국 소설가 포드 매독스 포드(Ford Madox Ford)의 도움을 받아 소설가가 되었다. 그녀가 평생 문학에서 추구했던 주제는 경제력 때문에 남자한테 의존해야 하는 여자들이 겪어야 하는 희생과 고독, 그리고 남성 위주의 세계에 대한 비판이었다. 1966년에 출판되어 세 개의 문학상을 받고 엄청난 성공을 거둔 『사르가소의 넓은 바다』가 『제인 에어』에서 차용한 '유폐된 아내'의 주제는 부두(voodoo) 예식과 전설까지 곁들인 1943년 공포영화 「망령과의 산책」에서 이미 카리브 해를 지리적인 배경으로 삼아 재활용되기도 했었다.

찾아보기 ●--------------------------------------

Walter, Gemma Jones, Robert Hardy, Greg Wise

▌「맨하탄의 제인 오스틴(Jane Austen in Manhattan, 1980, 미국, 108분)」, 감/James Ivory, 출/Robert Powell, Anne Baxter, Michael Wager, Tim Choate, John Guerrasio, Katrina Hodiak, Kurt Johnson, Sean Young

▌「플로스 강의 물레방아(The Mill on the Floss, 1937, 영국, 94분)」, 감/Tim Whelan, 출/Frank Lawton, Victoria Hopper, Fay Compton, Geraldine Fitzgerald, Griffith Jones, James Mason, Mary Clare

▌「사일러스 마너(Silas Marner, 1985, 영국, 92분)」, 감/Giles Foster, 출/Ben Kingsley, Jenny Agutter, Patrick Ryecart, Jonathan Coy

▌「운명의 장난(A Simple Twist of Fate, 1994, 미국, 106분)」, 감/Gillies MacKinnon, 출/Steve Martin, Gabriel Byrne, Catherine O'Hara

▌「제인 에어(Jane Eyre, 1934, 미국, 67분)」, 감/Christiy Cabanne, 출/Virginia Bruce, Colin Clive, Beryl Mercer, Aileen Pringle

▌「제인 에어(Jane Eyre, 1944, 미국, 96분)」, 감/Robert Stevenson, 출/Orson Welles, Joan Fontaine, Margaret O'Brien, Henry Daniell, John Sutton, Agnes Moorhead, Elizabeth Taylor, Peggy Ann Garner

▌「제인 에어(Jane Eyre, 1971, 영국, 110분)」, 감/Delbert Mann, 출/George C. Scott, Susannah York, Ian Bannen, Jack Hawkins, Rachel Kempson, Jean Marsh, Nyree Dawn

▌「제인 에어(Jane Eyre, 1996, 프랑스-이탈리아-미국-영국, 117분)」, 감/Franco Zeffirelli, 출/William Hurt, Charlotte Gainsbourg, Anna Paquin, Geraldine Chaplin, Fiona Shaw, Elle Macpherson, John Wood, Joan Plowright

▌「사르가소의 넓은 바다(Wide Sargasso Sea, 1993, 미국-오스트렐리아, 100분)」, 감/John Duigan, 출/Karina Lombard, Nathaniel Parker, Rachel Ward, Michael York, Martine Beswicke

▌「망령과의 산책(I Walked with a Zombie, 1943, 미국, 69분)」, 감/Jacques Tourneur, 출/Frances Dee, Tom Conway, James Ellison, Edith Barrett

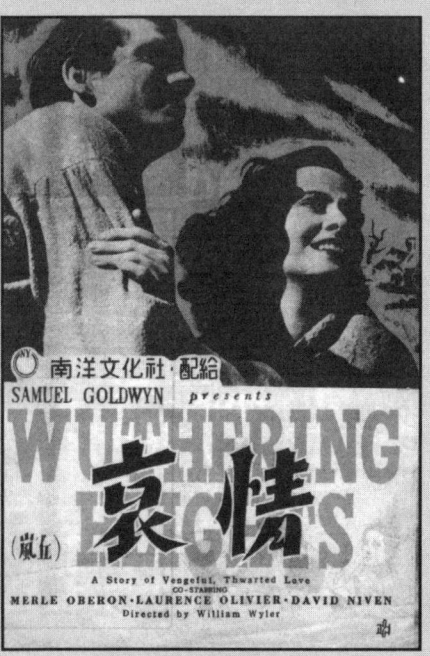

에밀리 브론테의 소설 『폭풍의 언덕』이 원작인 영화 「애정 (哀情)」은 가난한 시절에 환상으로 채색해 가면서 히드클리프를 사랑했던 여주인공이 부유한 집안의 남자를 만나 현실적인 선택을 하면서 비극의 싹이 튼다. 음울한 복수극이 기동줄거리를 이루는 이 영화는 윌리엄 와일러의 흑백시대 대표작 가운데 하나이다.

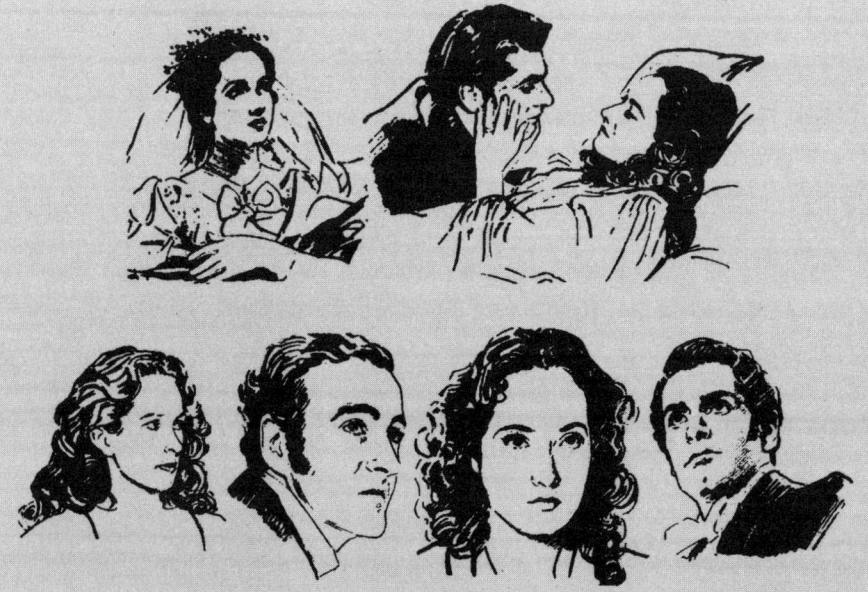

폭풍의 언덕과 버지니아 울프

　샬로트 브론테의 동생 에밀리(Emily Jane Brontë, 필명 Ellis Bell, 1818 ~48)는 『폭풍의 언덕(1847)』에서 역시 폭풍처럼 개성이 격렬한 남녀 주인공을 등장시키는데, 영국에서 이미 무성영화가 만들어지기도 했던 『폭풍의 언덕』은 벤 헥트(Ben Hecht)가 각본을 쓴 헐리우드 판이 대표작으로 꼽힌다. 우리나라에서는 「애정(哀情)」이라는 제목으로 알려진 윌리엄 와일러 감독의 이 영화에서 로렌스 올리비에는 「제인 에어」의 오손 웰스보다도 훨씬 격정적이고 험악하게 히드클리프(Heathcliff)를 연기해 낸다.

　리버풀 길거리에서 아버지가 주워 온 소년 히드클리프와 함께 들판에서 야성적인 사랑을 나누면서도 캐더린(Catherine Earnshaw)은 그를 중국 황제와 인도의 왕비 사이에서 태어난 '왕자님(prince in disguise)'이라고 상상하면서 환상 속에서 살아간다. 그러나 몰래 무도회를 구경하려고 담을 넘어 들어갔던 린톤(Linton) 저택의 에드가(Edgar)를 만나면서 캐더린은 세련되고 화려한 부유층의 삶을 맛보게 되고, 집에서 오빠 힌들리(Hindley)가 마부로 부리던 히드클리프의 현실에 대해서 서서히 거부감을 느끼기 시작한다.

두 세계를 대변하는 두 남자 히드클리프와 에드가 사이에서 갈등하던 캐더린은 들판의 말괄량이에서 곱게 가꾼 숙녀로 자신도 변신해 가면서 "린튼 씨와 결혼하면 천국에서 사는 셈"이고 '손이 더러운 남자'와 결혼하면 "내 신분이 낮아진다(degrade)"면서 결국 에드가에게로 시집을 가겠다는 결심을 한다. 그러나 옆방에서 우연히 이런 말을 엿들은 히드클리프는 "내가 바로 히드클리프(I am Heathcliff)!"라고 뒤늦게 소리치는 캐더린의 외침을 듣지 못한 채로, 히드클리프는 힌들리의 말을 훔쳐 타고 폭풍의 언덕을 떠난다.

페니스톤 바위산(Peniston Crag)을 그들 두 사람의 성(城)이라고 상상했던 캐더린이 "도망가서 부자가 된 다음 나를 구하러 와 달라"고 했던 예언적인 상상 그대로, 미국에 가서 부자가 되어 몽뜨 크리스또

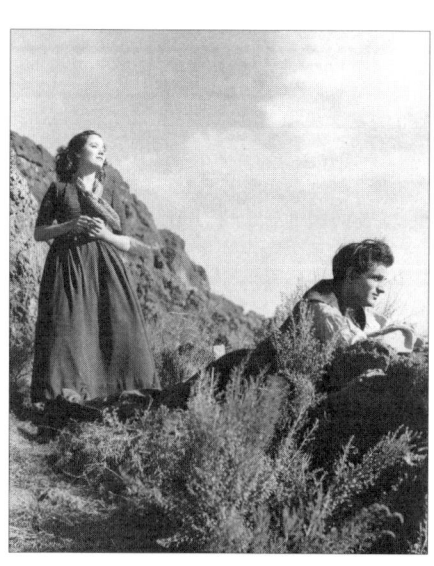

캐더린(멀 오베론)과 히드클리프(로렌스 올리비에)는 황량한 페니스톤 바위산에 올라 온갖 상상력을 동원하여 화려한 사랑의 꿈을 키워나간다.

백작처럼 돌아온 히드클리프는 폭풍의 언덕을 손에 넣으면서 그를 괴롭히며 종으로 부렸던 힌들리에게 우선 복수를 하고, 캐더린을 그에게서 빼앗아간 에드가의 여동생 이사벨라와 결혼한 다음 냉담하게 방기(放棄)하여 또 다른 복수를 한다.

그러나 증오로 삶을 낭비하는 짓은 부질없을 따름이고, "어둡고도 무서운 사람"의 황량해진 마음은 끝내 증오와 복수만으로는 즐거움으로 채워지지를 않는다. 자신과 주변 사람들을 파괴하는 정열적인 사랑은 결

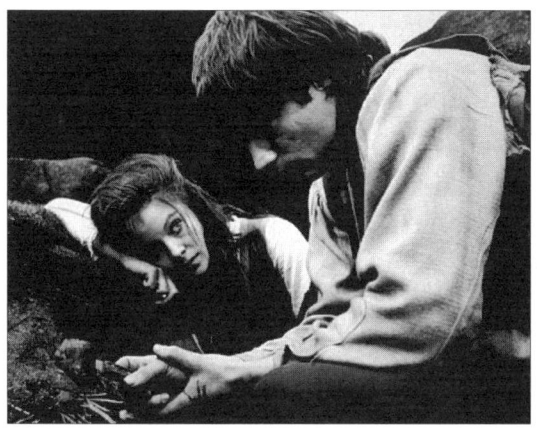
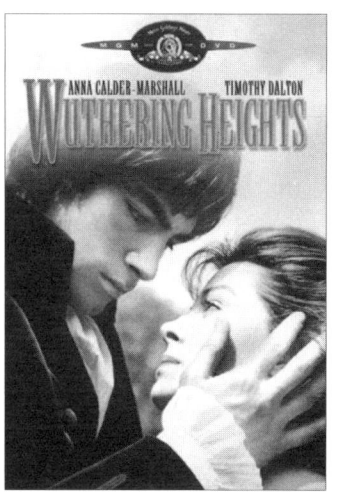

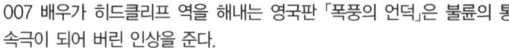
007 배우가 히드클리프 역을 해내는 영국판 「폭풍의 언덕」은 불륜의 통속극이 되어 버린 인상을 준다.

국 캐더린의 죽음을 맞고, "내가 바로 히드클리프!"라고 외쳤던 캐더린에게 뒤늦은 대답이라도 하듯, 히드클리프는 캐더린의 시체를 침대로 안아 옮기며 의사에게 선언한다. "캐더린은 이제 내 여자요.(She is mine.)"

빼앗긴 사랑에 대한 복수의 슬픈 얘기는 부뉘엘 감독의 손을 거쳐 멕시코 영화 「정열의 나락」이 되기도 했다. 그런가 하면 007 배우(Timothy Dalton)가 열심히 로렌스 올리비에 흉내를 내던 영국판 「폭풍의 언덕」은 고전적인 분위기가 모두 사라지고, 극적인 전개가 부족한데다가, 멀 오베론의 치열한 갈등도 보이지 않는 불륜의 통속극으로 수준이 떨어진다. 007 언덕에서는 달빛이 비친 구름과 밤의 어둠과 황량한 들판 따위의 풍경, 사람이 없는 실제 현장 풍경의 '연기'가 그나마 좋은 구경거리라도 되겠다.

1992년 판 「폭풍의 언덕」에서는 에밀리 브론테(Sinéad O'Connor)가 단역으로 등장하기도 하지만, 아예 브론테 자매가 주인공인 영화도 세 편이나 나왔다. 「브론테 자매」는 에밀리를 중심으로 삼은 세 문인 자매에 관한 전기영화이고, 「브론테」는 샬로트의 글을 기초로 삼은 방송극을 영상화한 1인극이며, 「헌신(獻身)」은 브론테 자매가 얽힌 삼각 관계를 다루었다.

세 명의 소설가 자매를 배출한 브론테 집안의 얘기는 워낙 유명하지만, 1821년 아내가 세상을 떠나자 패트릭(Patrick) 브론테 목사는 여섯 아이의 양육을 처제에게 맡겼다가, 하나만 남기고 모두 성직자의 딸들을 맡아 교육하는 학교로 보낸다. 육체적인 고통이 정신적인 양식이라고 믿었던 이 학교의 참담한 생활은 「제인 에어」의 로우드 학교로 재현된다.

1825년 두 딸이 이 학교에서 결국 죽었고, 샬로트와 에밀리는 집으로 돌아가서 네 남매가 요크셔의 황무지를 놀이터로 삼아 어린 시절을 보낸다. 샬로트는 황무지를 아프리카의 거대한 제국 앙그리아(Angria)라고 상상하고는 그곳에 사는 사람들의 삶과 모험을 글로 적었는데, 에밀리의 소설 『폭풍의 언덕』에서 페니스톤 돌산의 성(城) 얘기에 이 대목이 잘 나타난다. 이 무렵 에밀리는 신비한 북쪽 나라에서 왕당파와 공화파가 벌이는 전쟁과 음모 『곤달의 역사(Gondal Chronicle)』를 썼다.

샬로트는 제인 에어처럼 가정교사로 일하다가 에밀리와 함께 브룻셀로 가서 공부하고, 1846년에는 동생 앤(Anne, 1820~49, 필명 Acton Bell)과 함께 필명으로 시집을 자비로 출판하지만, 2 부밖에 팔지 못했다. 샬로트와 에밀리는 크게 성공을 거두지만 앤은 필력이 그들에 미치지 못했고, 샬로트의 동생이며 에밀리와 앤의 오빠인 브란웰(Branwell)은 술과 아편에 중독되어 폐병으로 죽었으며, 그의 장례식에서 감기에 걸린 에밀리는 몇 달 후에, 『폭풍의 언덕』을 발표한 다음 해에 역시 세상을 떠났다. 앤도 스물아홉이라는 젊은 나이에 죽었으며, 샬로트는 런던으로 진출하여 대커리(Thackeray) 등 여러 작가와 교류하다가 1857년 결혼하고는 이듬해 세상을 떠났다. 참으로 우울한 가족사(家族史)이다.

같은 영국의 여성 작가이면서도 브론테 자매와는 정반대의 환경과 분위기에서 살았고 활동했던 버지니아 울프(Adeline Virginia Woolf)는 1882년 영국의 석학 레슬리 스티븐(Sir Leslie Stephen, 1832~1904)의 딸로 태어나 어려서부터 문학과 학문을 가까이 접했고, 케임브릿지 대학교에서 많은 화가와 작가를 사귀었으며, 평론가 레너드 울프와 결혼하여 호가트 출판사(Hogarth Press)를 차리고는 캐더린 맨스휠드, E. M. 포스터, T. S. 엘리오트, 그리고 울프 자신의 초기 작품들을 펴냈다.

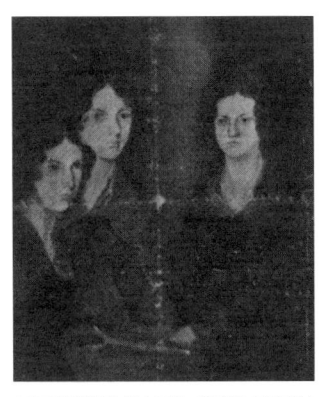

브론테 집안의 네 남매는 황량한 들판에서 상상의 세계를 꿈꾸며 살았고, 세 자매가 모두 문학의 길로 들어선다. 브론테 세 자매를 하나의 화폭에 모두 담은 이 희귀한 그림은 샬로트의 동생이며 에밀리의 오빠인 브란웰의 솜씨이다. 왼쪽으로부터 앤, 에밀리, 샬로트이다.

제임스 조이스와 동시대인으로서 버지니아 울프는 내면의 독백과 의식의 흐름 같은 새로운 창작 기법을 사용했으며, 시간의 흐름이라든가 내면의 시간과 외부의 시간을 다루는 작품을 여럿 발표했다. 현대 소설에서는 미래에 대한 상상과 과거의 회상이 사실상 일반화한 기교이기는 하지만, 울프는 연대기적인 질서와 차례를 따르는 구성을 벗어나기 위해 과거와 연대를 넘나들며 시간 무너뜨리기에 많은 노력을 기울였다.

1895년에 어머니를 잃고는, 자식키우기에 대해서 거의 알지 못했던 아버지 밑에서 울프 네 자매는 힘겨운 어린 시절을 보냈으며, 버지니아는 이미 이때부터 '여성의 한계'를 느꼈다. 이러한 경험을 거쳐 여권주의 시각에서 열심히 썼던 작품 가운데 하나가 『3 기니(Three Guineas, 1938)』이다.

울프의 여러 작품 가운데 영화로 선을 보인 대표작은 1925년에 발표한 소설 『댈러웨이 부인』이다. 국회의원의 아내이며, 나이 52살이 된 중년의 영국 사교계 여성인 클라릿사 댈러웨이(Clarissa Dalloway) 가 저녁에 열릴 파티를 준비하면서 과거를 회상하는 하루 동안의 애기가 이 작품("신화와 역사의 건널목" 41~2쪽 참조)에 담겼다. 한때는 그녀가 정열적으로 사랑했지만, 「폭풍의 언덕」의 여주인공 캐더린 언쇼가 그랬듯이 안정된 미래와 높은 신분을 보장하는 다른 남자와 결혼하기 위해 헤어졌던 피터 월시(Peter Walsh)가 다시 인도에서 돌아오고, 정신이상으로 혼자만의 세계에 칩거하다가 파티가 열리는 밤에 자살하는 셉티머스(Septimus Warren Smith)는 한 번도 피터와 직접 만나지는 않지만, 두 남자는 그녀의 삶을 통해서 이어진다.

댈러웨이 부인은 작가 울프 자신과 마찬가지로 자신이 투명하다는 부존재의 의식을 느끼고, 주변의 모든 사람이 실체가 아닌 듯한 착각에 시달리며, 현실 의식이 부족한 망령(zombie)처럼, 광기와 정상의 불안한 울타리 안에서 집요한 자살의 충동에 시달리는가 하면, 샐리(Sally Seton)와의 동성애적 유대감에서 행복감을 맛보기도 한다.

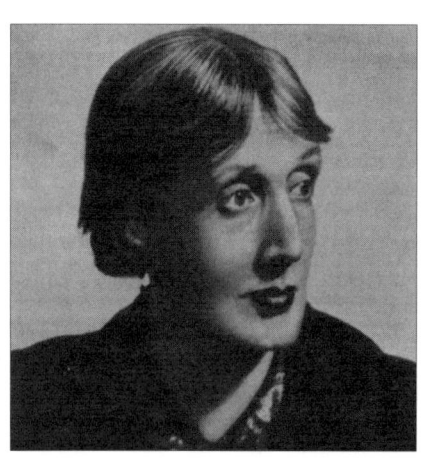

내면의 독백과 의식의 흐름을 소설에서 구사했던 작가 버지니아 울프

"인간은 언어이고 음악이며 존재 그 자체"라고 믿었던 버지니아 울프의 환상소설 『올란도(1928)』는 워낙 문학적 인유(引喩, allusion)가 많은 작가의 특성뿐 아니라, 주인공이 3백 년 동안 남자와 여자로 성을 바꾸면서 살아간다는 줄거리 자체가 어려움에도 불구하고, 시대극의 중흥기인 1990년대 초반에 역시 영상화가 이루어졌다.

울프의 친구이며 소설가이자 시인이었던 색빌-웨스트(Victoria Mary

Sackville-West, 1892~1962)를 주인공으로 삼았다는 『올란도』는 여러 시대와 나라를 넘나들며 "여자로 태어남이란 가치없는 존재가 됨이다"라는 대사에서처럼 여성성(女性性, femininity)에 대한 시각을 곁들인다. 그리고 여성이 남성 역을 맡은 올란도 경과 여성이 여성 역을 맡은 러시아의 알렉산드라가 설경 속에서 키스를 하는 장면에서처럼 성별(性別, sexuality)의 벽도 무너뜨린다. 이것은 여권주의적 성향이 강했던 작가 버지니아 울프와 여권주의 영상 작가인 샐리 파터 감독의 만남에서라면, 차라리 당연한 결과인지도 모른다.

올란도는 젊은 남성 시인으로 시작하여, 엘리자베드 1세로부터 1600년에 "나이도 먹지 말고 늙지도 말라"는 명령을 받는다. 1610년 영국 남성과 러시아 여성이 프랑스어로 대화를 나누던 사랑이 해빙과 함께 알렉산드라가 떠남으로써 끝나고, 엿새 동안의 깊은 잠을 거쳐 올란도는 "나라를 수집하는 나라" 영국의 앤 여왕에게 대사로 발탁되어 1700년 터키로 간다. 터키가 제국주의에 항거하는 전운에 휘말리면서 올란도는 여성으로 다시 태어나 콜세트로 몸을 단단히 죄고는 걷기

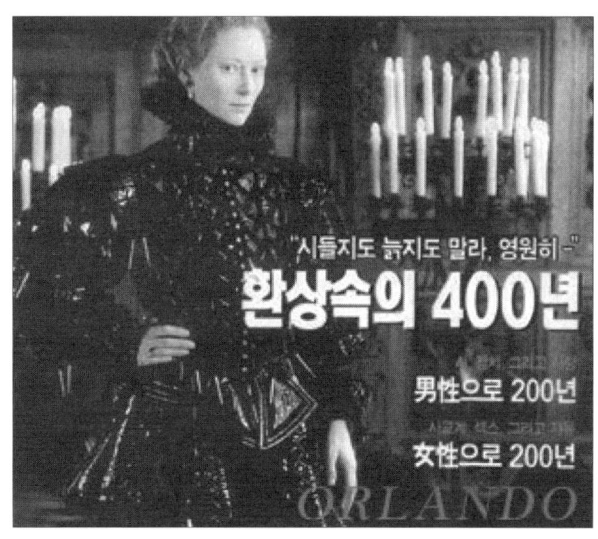

「올란도」에서는 4백 년을 살아가는 주인공이 자웅동체임 셈이다.

조차 불편한 넓은 공작새 치마를 걸치고 1750년 사교계에 나타난다.

여기에서 "시인은 모두 바보이지만 바보가 모두 시인은 아니다"라는 명제를 내세우는 남자들이 여자인 그녀에게 "여자는 남자를 위한 '짝'일 따름"이며, "여자는 다 자란 아이일 뿐이고 욕망이 없다"거나, "모든 여성은 모순의 덩어리여서 개성을 찾기가 불가능하다"거나, "여성은 아버지나 남편에 의지해서만 개성을 발휘한다"거나, "지성의 장은 고독하기 때문에 여성에게는 알맞지 않다"는 따위의 조선시대 성차별을 겪고 나서, 결국 여자이기 때문에 재산과 영지를 물려받지 못하는 처지로 몰리기까지 한다. 빅토리아 여왕은 끝내 아들을 생산하지 못하면 여성 올란도의 재산을 몰수하겠다는 판결을 통고한다. 이러한 낡은 인습은 여자를 호주로 인정하지 않는 21세기 대한민국에서 아직도 건재하다.

거추장스러운 치마를 두 손으로 치켜들고 미로를 따라 달려가던 올란도는 1850년으로 나가 들판에서 모험가를 만나고, 활인화(活人畵)

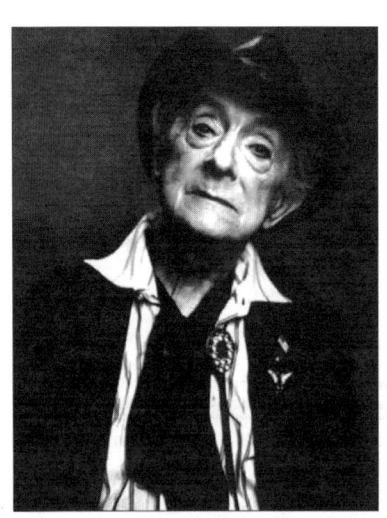

주인공이 남성인지 여성인지 헷갈리게 만드는 「올란도」에서 여왕 엘리자베드 1세 역을 맡았던 배우는 이 남자이다.

로 연출된 나체의 포옹을 나눈 다음 모험가는 미국으로 가기 위해 남서풍 비바람 속으로 사라진다. 임신한 올란도는 전쟁터의 포연 속에서 헤맨다. 그러나 소설에서 3세기를 살았던 올란도는 영화에서 한 세기를 더 살고, 아들을 생산하지는 못하지만 딸을 낳아서 빅토리아 시대에 빼앗긴 그녀의 집을 찾아간다. 4백 살이 되어서야 여자로 태어난 운명의 구속을 받지 않고 새로운 삶을 시작하는 이 영화에는 "여성사(女性史)"라는 제목이 잘 어울릴 듯싶다.

「올란도」에는 제임스 1세, 메어리 여왕 등 영국의 통치자들이 대대로 등장하는데, 가장 먼저 화면에 나오는 군주인 늙은 엘리자베드 1세 역을 맡았던 퀜틴 크리습(본명 Denis Pratt, 1909~)은 여자가 아니라 남자이다. 영국의 작가이며 비평가에 심심풀이로 배우 노릇도 가끔 했던 그는 자신의 동성애를 자세히 다룬 자서전 『벌거벗은 공무원 (The Naked Civil Servant)』으로 유명해져 미국과 영국 순회 공연길에도 올랐었다.

"나는 언어의 유희를 즐기는가, 아니면 실체를 전달할 능력을 지녔는가"라며 회의에 빠져 시달리기도 했던 작가 버지니아 울프는, 1941년 전쟁으로 인해 극도로 우울증에 시달리고, 신경쇠약이 재발할까봐 심하게 걱정하던 나머지 물에 빠져 자살한다.

찾아보기 •---

▌「애정(Wuthering Heights, 1939, 미국, 103분)」, 감/William Wyler, 출/Merle Oberon, Laurence Olivier, David Niven, Flora Robson, Donald Crisp, Geraldine Fitzgerald, Leo. G. Carroll, Cecil Kellaway, Miles Mander, Hugh Williams

▌「정열의 나락(Abismos de Pasión, 영어 제목 Wuthering Heights, 1954, 멕시코, 90분)」, 감/Luis Buñuel, 출/Iraseme Dilian, Jorge Mistral, Lilia Prado, Ernesto Alonso, Luis Aceves Castaneda

▌「폭풍의 언덕(Wuthering Heights, 1970, 영국, 105분)」, 감/Robert Fuest, 출/Anna Calder-Marshall, Timothy Dalton, Harry Andrews, Pamela Browne, Judy Cornwell, Ian Ogilvy, Hugh Griffith, Julian Glover

▌「폭풍의 언덕(Emily Brontë's Wuthering Heights, 1992, 미국-영국, 106분)」, 감/Peter Kosminsky, 출/Juliette Binoche, Ralph Fiennes, Janet McTeer, Sophie Ward, Simon Shepherd, Jeremy Northam

▌「브론테 자매(Les Soeurs Brontë, 영어판 제목 The Brontë Sisters, 1979, 프랑스, 115분)」, 감/Andre Téchiné, 출/Isabelle Adjani, Marie-France Pisier, Isabelle

Huppert, Pascal Gregory, Patrick Magee

▌「브론테(Brontë, 1983, 에이레-미국, 88분)」, 감/Delbert Mann, 출/Julie Harris

▌「헌신(Devotion, 1946, 미국, 107분)」, 감/Curtis Bernhardt, 출/Olivia de Havilland, Ida Lupino, Paul Henreid, Sydney Greenstreet, Nancy Coleman, Arthur Kennedy, Dame May Whitty

▌「댈러웨이 부인(Mrs Dalloway, 1998, 영국-네덜란드, 97분)」, 감/Marleen Gorris, 출/Vanessa Redgrave, Natascha McElhone, Rupert Graves, Michael Kitchen, Lena Heady, Amelia Bullmore

▌「올란도(Orlando, 1993, 영국, 93분)」, 감/Sally Potter, 출/Tilda Swinton, Billy Zane, Lothaire Bluteau, John Wood, Charlotte Valandrey, Heathcote Williams, Quentin Crisp, Peter Eyre, Thom Hoffman, Kathryn Hunter, Ned Sherrin

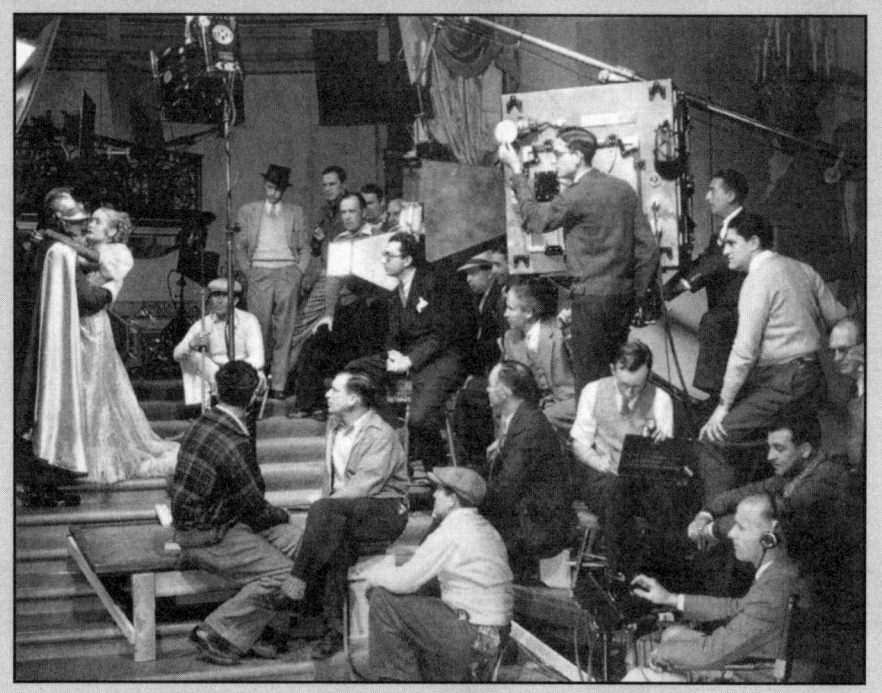

윌리엄 대커리의 대표작 「허영의 시장」에 나오는 주인공의 이름을 붙인 영화
「베키 샤프」의 촬영 현장. 가운데 안경을 쓰고 앉은 사람이 루벤 마물리안 감독
이다. 「베키 샤프」는 테크니칼라로 찍은 최초의 영화였다.

모험과 욕정의 사이

버지니아 울프의 아버지 레슬리 스티븐 경은 인도에서 부유한 상인 집안의 아들로 태어난 윌리엄 대커리(William Makepeace Thackery, 1811~63)의 사위였다. 대커리는 아버지가 세상을 떠나자 영국으로 돌아가 언론인 생활을 했고, 빠리에서 미술도 공부했지만 화가로는 성공하지 못했으며, 유명한 유머 잡지 〈펀치(Punch)〉에 풍자적인 글을 많이 쓰면서 문명(文名)을 닦아 나갔다.

대커리의 출세작 『허영의 시장(Vanity Fair, a Novel Without a Hero, 1848)』은, 비록 "주인공이 없는 소설"이라는 부제가 달렸지만, 속물적인 여러 인물이 등장하며, 그들 가운데에서도 실질적인 주인공은 여성인 베키 샤프이다. 베키는 기숙사 학교에서 친구였던 세들리(Amelia Sedley)의 멍청한 오빠에게 접근하는가 하면, 가정교사로 일하던 집의 아들 크롤리(Rawdon Crawley)와 비밀 결혼을 하는 등 신분 상승을 위해 술수를 아끼지 않는 기회주의자 유형이다.

이렇게 가정교사가 결혼을 통해 신분이 달라지는 과정을 다룬 영화는「제인 에어」와「베키 샤프」말고도 18세기 영국을 무대로 삼은「마지못한 미망인」도 있다.

최근에 제작된 영국 영화「가정교사」에서는 1800년대 초 런던에서 집안이 경제적인 파탄을 맞자 젊고 씩씩한 유대인 여자가 가정교사 자리를 구해 스코틀랜드의 외딴 섬으로 찾아가서는 주인과 열렬히 사랑하는 사이가 된다. 거의 반세기 전에 제작되어 영국에서 대단한 인기를 끌었던 영화「코트니 댁에서 생긴 일」은 가정교사가 아니라 하녀가 젊고 부유한 주인과 결혼한다는 내용으로서, 1900~45년에 걸쳐 한 집안의 변천사를 그린 연대기적 말랑드라마이다.

「허영의 시장」은 1923년과 1932년에 영화가 나왔지만,「베키 샤프」의 이름이 제목으로 붙은 작품은 3도 테크니칼라를 활용한 최초의 총천연색 영화로 유명하다.

대커리 '악한소설(惡漢小說, picaresque novel)'의 주인공 "배리 린든"도 성공과 정복이라는 망상에 사로잡힌 18세기 에이레의 악당으로서, 회고록 형식을 취한 원작 소설("The Memoirs of Barry Lyndon, Esq., Written by Himself," 1844)에서는 미망인이 된 린든 백작부인을

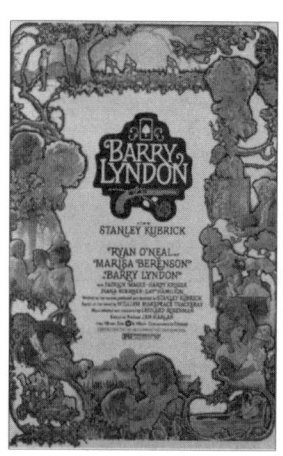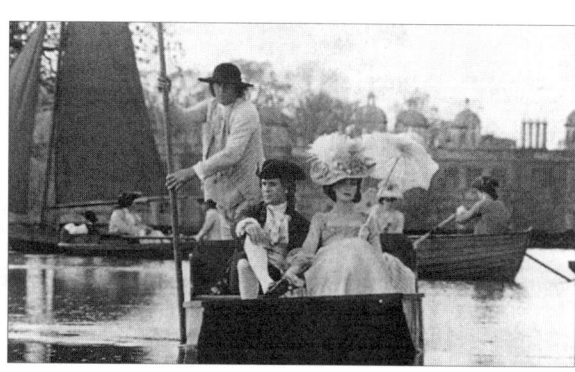

「배리 린든(Barry Lyndon)」은 대커리의 '악한소설'을 원작으로 삼은 영화이다. 빅토리아 여왕 시대의 소설 표지처럼 장식한 포스터가 재미있다.

유혹하고 그녀의 돈을 탕진한 다음에도 온갖 못된 짓을 계속하다가 결국 감옥에서 죽지만, 자신이 "수많은 잔인한 박해와 음모와 비방의 희생자"라면서 정당화하기에 바쁘다.

　이탈리아의 카사노바, 프랑스의 발몽(「위험한 관계」), 그리고 에스파냐의 돈 후안을 관통하는 피카레스크 핏줄은 영국의 배리 린든뿐 아니라 영문학사상 가장 위대한 걸작 가운데 하나로 꼽히는 헨리 필딩(Henry Fielding, 1707~54)의 소설 『업둥이 톰 존스의 일대기(The History of Tom Jones, a Foundling, 1749)』로도 이어진다.

　헨리 필딩은 명문 이튼교를 다녔으나, 여자 관계로 네덜란드로 건너가 법률학을 공부하다가 귀국하여, 친척이었던 사교계의 여왕 몬테규(Montague)의 후원을 얻어 소극(笑劇)과 광대극을 통해 극작가로 활동하다가 소설로 넘어온다. 이렇게 굴곡이 심한 삶을 살았던 필딩이 소설에서 한껏 발휘한 풍자적인 재치와 정신은 극작가 존 오스본(John Osborne)의 각색과 작품상 등 네 개의 오스카를 받아낸 영화 「톰 존스」에서 잘 나타난다.

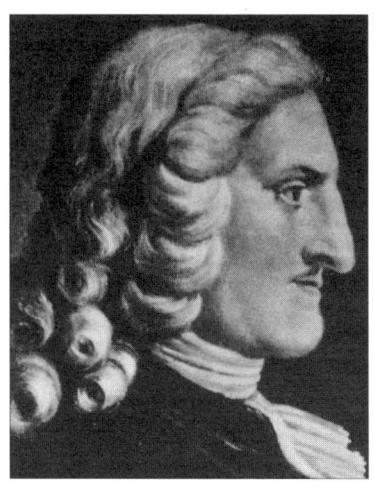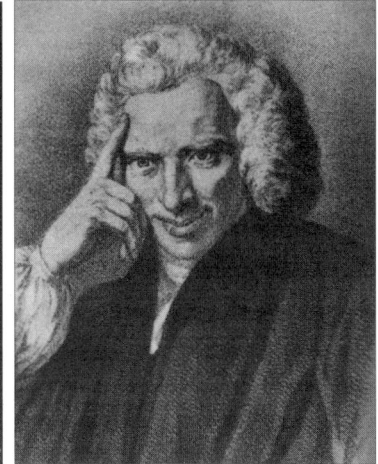

작가 헨리 필딩의 모습에서 톰 존스의 분위기를 보았다면, 그것은 착각일까?

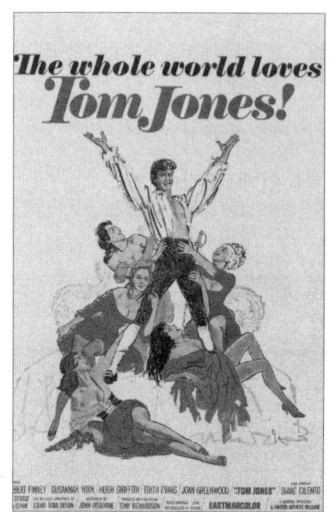
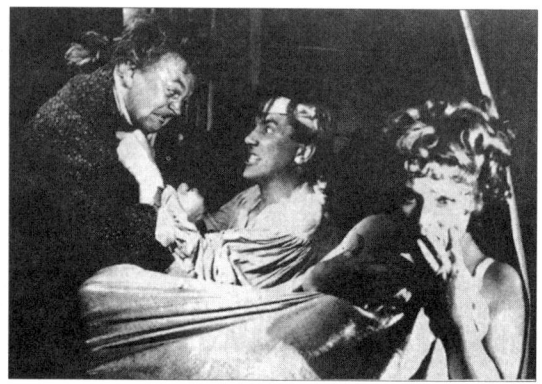

바람둥이의 사악한 행각을 그린 영화 「톰 존스」는 포스터까지도 경쾌한 악한소설적 내용에 걸맞는 분위기를 자아낸다.

영화 「톰 존스」의 도입부에서는 "사생아로 태어나서 교수형에 처해질 운명"임을 다짜고짜 선언하는가 하면, 이어지는 희극적 해설, 관객에게 등장인물이 직접 농담하기(aside), 모자로 촬영기를 덮어 버리는 '검열', 거기에다 활인화(活人畵)의 기법에 이르기까지, 온갖 영화적 장난기를 통해 작가의 경험이 즐겁게 영상으로 살아난다.

무성영화의 대화 방식으로 처리한 들어가기(prologue)에서 톰 존스는 누가 내버린 아이(棄兒)로 세상에 태어난다. 다음 장면에서 이미 다 성장한 톰 존스는 사냥터지기의 딸이며 남자 하나로는 만족할 줄 모르는 천박한 탕녀 몰리와 관계를 맺는 틈틈이 런던과 빠리에서 2년 동안 숙녀수업을 받고 돌아온 소피(Sophie Western)를 쫓아다니느라고 바쁘지만, 소피의 재산을 노리고 결혼을 꿈꾸는 블리필(Blifil)의 농간으로, 이름까지도 장난스럽게 올워디(Allworthy) 영주(領主)인 양부에게서 쫓겨나 런던으로 가서 '모험'을 계속한다.

가는 곳마다 여자와 얽히고, 런던 사교계에서도 "교육상 좋지 않다"며 해설자가 생략하는 장면들을 통해 여성 편력(여자 정복)을 멈추지 않다가, 아내를 농락했다고 화가 나서 덤벼드는 남자를 결투 끝에 길거리에서 해치우고는, 엉뚱하게도 톰 존스는 노상강도죄로 체포되어 사형을 선고받는다. 하지만 도입부에서 장난스럽게 "교수형에 처해질 운명"임을 해설자가 언급했다는 사실로 미루어 쉽게 짐작이 가겠지만, 그는 교수대에서 구출되어 '태생'이 증명된 다음, 상속권을 받아 "톰 존스는 복이 있나니 천하를 얻을지니라"라는 말씀으로 영화가 끝난다.

이 작품의 종결을 놓고 바이런 경은 "성공한 깡패(accomplished blackguard)"라고 톰 존스의 인생을 분류했는데, 필딩의 소설은 런던에서 음악극이 되었다가 「톰 존스의 음탕한 모험」이라는 영화로 만들어지기도 했었다. 이 영화에서는 방탕아 톰 존스가 벌이는 사랑의 모험이 훨씬 얌전해져서, 오히려 여도적 블랙 베스(Black Bess) 역을 맡았던 조운 콜린스가 돋보였다.

「톰 존스」를 만든 토니 리처드슨 감독은 1977년 다시 필딩의 출세작 『쎄르반테스의 방식을 모방해서 쓴 조세프 앤드루스와 그의 친구 에이브래험 애덤스의 모험담(The History of the Adventures of Joseph Andrews and of his friend, Mr. Abraham Adams, written in Imitation of the Manner of Cervantes, 1742)』을 영화로 만드는데, 조세프는 톰 존스와는 좀 다른 여성관의 소유자이다. 신분이 높은 미망인 부비 부인(Lady Booby)의 유혹을 물리치고 참된 사랑(Fanny Goodwill)을 찾아 런던으로 떠나니까 말이다. 찰스 디킨스도 마찬가지이고, 지금까지 소개한 많은 작가의 작품이 그렇지만, 필딩도 「톰 존스」의 "뭐든지 다 착해(Allworthy)"와 여기에 등장하는 "바보 여편네(Lady Booby)"와 "선심 쓰는 엉덩이(Fanny Goodwill)"처럼 주인공들에게 재미있는 이름을 많이 붙여 주었다.

영웅호걸의 주색잡기를 미화하는 전통이라면 동서양이 난형난제이고, 요즈음 한국 영화에서 조직폭력배를 숭배하는 경향이 두드러지듯,

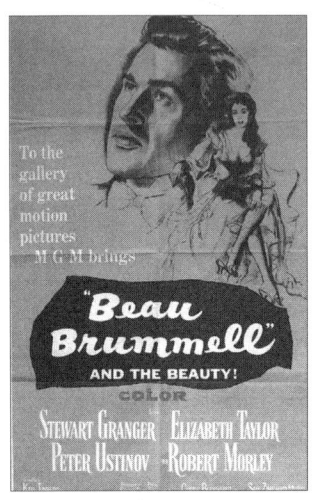

보 브뤼멜은 톰 존스와 조세프 앤드루스 못지않게 무책임한 호방함을 미덕으로 삼는 주인공이다.

남성의 무책임한 호방함은 19세기 영국에서도 영웅 취급을 받았는데, 조지 4세가 된 웨일스 공의 친구였으며 노름빚에 몰려 프랑스 깔레로 도망쳐 정신병원에서 일생을 마친 '멋쟁이 브뤼멜 (Beau Brummell, 본명, George Bryan Brummell, 1778~1840)' 또한 그런 부류의 인물로, 영국의 카사노바로 유명해져 결국 여러 영화의 주인공까지 되었다.

언론인 시절에 로브 로이(Rob Roy)를 영웅으로 만들어 놓았던 대니얼 데포(Daniel Defoe)는 여성판 톰 존스를 창조하기도 했다. 『뉴 게이트 태생이며, 어린 시절을 제외하고도 60 년에 걸친 다채로운 삶을 살아가는 동안, 12 년은 창녀 노릇을 했고, (남매간이었던 한 남자를 포함해서) 남편이 다섯이나 되었으며, 12 년은 도둑질로 살았고, 8 년은 중죄인으로 버지니아에서 유형 생활을 하다가, 마침내 부자가 되어 정직한 삶을 살고는, 참화 속에서 죽어간 그녀 자신의 회고록을 기초로 삼아 집필한 유명인 몰 플랜더스의 파란만장한 생애 (The Fortunes and Misfortunes of the Famous Moll Flanders, &c who was Born at Newgate, and during a Life of continued Variety for Threescore Years, besides her Childhood, was Twelve Year a Whore, five time a Wife 「whereof once to her own Brother」 Twelve Year a Thief, Eight Year a Transported Felon in Virginia, at last grew rich, liv'd Honest, and died a Penitent, Written from her own Memorandums, 1722)』라고 대단히 길게 설명한 제목을 붙인 데포의 피카레스크 소설이 영화로 제작되어 나왔을 때는 여주인공을 "18세기의 여성 톰 존스"라고 부도덕성을 선전하면서, 『몰 플랜더스의 호색적인 모험』이라는 제목을 붙여 놓았다. 그

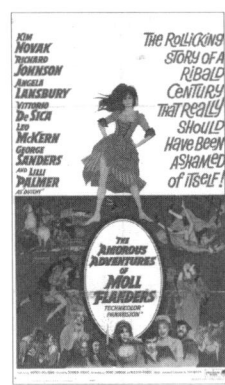

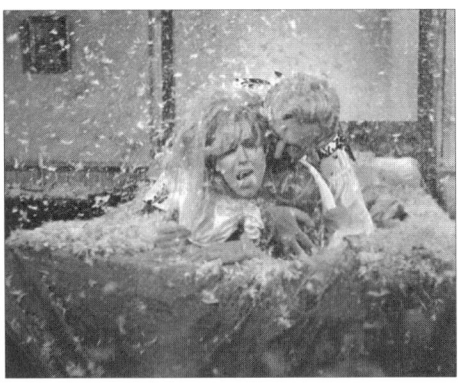

대니얼 데포 원작을 영화로 만든 「몰 플랜더스의 호색적인 모험」은 "여성판 톰 존스"라고 선전했다.

러나 원작은 영국 사회소설의 선구적인 작품으로서, 동정적인 사실주의를 담은 작품이다.

　호색적인 모험을 벗어난 내용을 다룬 영국 문학에서 파생된 시대극을 살펴보면 워낙 유명한 『캔터베리 이야기』도 있는데, 빠솔리니 감독의 중세 3부작 가운데 2편에 해당되는 이탈리아와 프랑스 합작 영화에서는 빠솔리니가 초서(Chaucer) 역으로 출연한다.

　레슬리 하틀리(Leslie Poles Hartley, 1895~1972) 원작의 「고용인」은

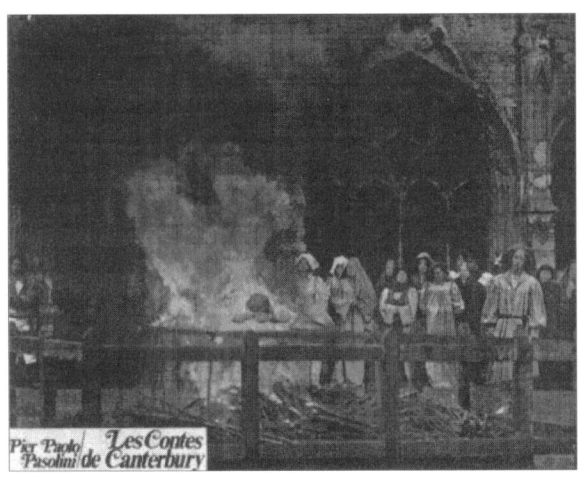

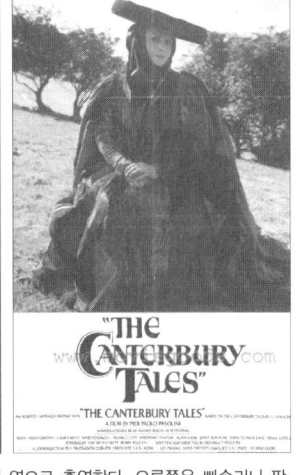

"중세 3부작"에서 두 번째 영화인 「캔터베리 이야기」에서 빠솔리니 감독은 초서 역으로 출연한다. 오른쪽은 빠솔리니 판 「캔터베리 이야기」의 포스터

우울증에 시달리는 부유층 미망인과 그녀가 고용한 운전사의 관계를 통해 신분의 장벽과 사랑을 살펴보는데, 영국의 신분사회는 작가 하틀리가 깊은 관심을 보였던 분야의 소재이다.

그러나 신분의 장벽을 넘나드는 사랑(욕정)의 얘기는 누가 뭐라고 해도 『채털리 부인의 사랑』이 앞장이다. 제목을 보다 정확히 번역한다면 "채털리 부인의 정부(情夫)"여야 하는 이 소설의 내용은, 우리가 흔히 생각하는 사랑보다는 정욕을 주제로 다루고, 사냥터지기 멜로스(Mellors)도 '연인'이라기보다는 전쟁터에서 성불구가 된 남편 클리포드(Clifford Chatterley) 대신 부인 콘스탄스(Constance)의 육체적인 욕구를 채워 주는 '기능'을 주로 담당한다.

탄광을 소유한 귀족 남편과 산업 사회에 물들지 않아 '순수'한 정부 사이에서 콘스탄스가 내린 선택은 상당히 합리적이기는 하지만, 당시(1928년)에는 대단히 경이적인 내용이었고, 더구나 남자의 성기를 쥐고 귀부인이 소유권자임을 부르짖는 다분히 원시적인 장면에서처럼 거침없는 언어와 구체적인 성묘사는 판매금지를 시키기에 충분한 이유가 되었다.

D. H. 로렌스의 가장 유명한 소설 『채털리 부인의 사랑』은 역사적인 재판을 거쳐 미국에서는 1959년, 그리고 이듬해 영국에서도 판매금지 조처가 풀렸다. 그러나 영화는 그보다 이미 5 년 전인 1955년 프랑스에서 나왔는데, 당시의 제작 여건 때문이었는지 아니면 우리나라의 검열 때문이었는지는 몰라도, 헐리우드 키드가 서울에서 본 작품은 「호반(湖畔)의 밤」이나 「연인들(Les Amants, 영어 제목 The Lovers, 1958, 프랑스, 감/Louis Malle, 출/Jeanne Moreau, Alain Cuny)」에 근접할 만큼 퍽 예술적인 사랑영화여서, 때로는 달빛처럼 시적이기까지 했었다.

「채털리」는 1981년 「엠마누엘(Emmanuelle, 1974)」의 감독이 실비

아 크리스텔을 주연시켜 속이 빤한 영화로 다시 만
들었고, 1993년에는 텔레비전 영화까지 나왔다. 그
러나 D. H. 로렌스(David Herbert Richards
Lawrence, 1885~1930)는 지금까지 수많은 사람들
이 오해했듯이 영화「엠마누엘」형의 작가가 아니
다. 원시 종교와 자연의 신비주의에 관심이 많았던
그는 정신분석학, 신지학(神智學), 역사학, 고고학
을 바탕으로 삼아 자신의 독특한 사상 체계를 이루
었는데, 성관계에 대한 이상주의적 이론 또한 여기
에 속한다. 그는 잠재의식인 성과 자연이 산업 사회
에 적응하기 위한 치유 수단이라고 믿었다. 이러한
그의 철학이 가장 잘 녹아든 작품이『채털리 부인
의 사랑』과『사랑하는 여인들(1920)』이다.

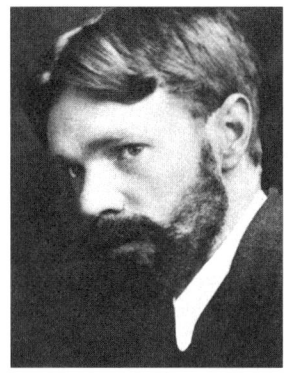

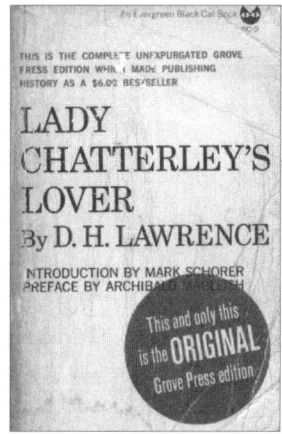

『사랑하는 여인들』의 전편(前篇)인 『무지개
(1915)』는 로렌스의 어릴 적 고향인 노팅엄셔
(Nottinghamshire)가 무대이며, 로렌스가 그랬던 것
처럼 제한된 환경을 탈출하여 대학을 거쳐 교사가
된 다음 열정적인 사랑을 하는 반항적인 여성 어술
라(Ursula Brangwen)가 주인공이다. 이 소설은 음란

『채털리 부인의 사랑』(아래 책 표지)으
로 세상을 떠들썩하게 했던 작가 D.
H. 로렌스는 그의 철학을 과감하게 피
력한 사상가였다.

하다는 비난을 받고 법원으로부터 판매금지 조처를 당했는데, 이 조
처는 로렌스가 제1차 세계대전 중 당시 독일에 동조하는 성향을 보였
기 때문에 내려진 박해였다고도 한다.

『사랑하는 여인들』에서 어술라가 결혼하는 장학관 루퍼트 버킨
(Rupert Birkin)은 작가 로렌스의 사상을 대변하는 인물로서, 현대인은
산업 사회의 압력과 지성으로 인해서 스스로 자신을 속박하기 때문에
죽음과 같은 삶을 살아간다고 주장한다. 두 주인공의 이상적이고도 관

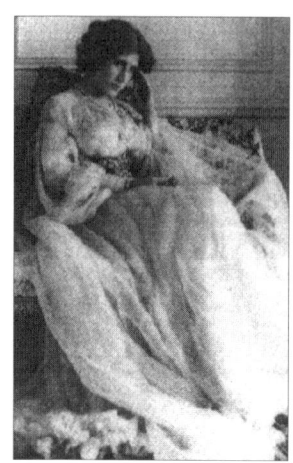

로렌스는 프리다(위)와의 관계를 가장 이상적인 결합이라고 믿었다.

능적인 결합은 로렌스와 그의 아내 프리다(Frieda von Richthofen, 1879~1956)의 관계를 재현한 내용이다. 영국의 문헌학자이며 로렌스의 은사였던 어네스트 위클리(Ernest Weekley)와 결혼한 유부녀이며 세 아이의 어머니였고 나이도 여섯 살이나 위였던 프리다는 로렌스와 만나 불륜의 사랑에 빠져서 1912년에 독일로 함께 도망까지 쳤는데, 요란하고도 행복했던 그들의 결혼생활은『사랑하는 여인들』말고도 니체의 초인(Uberman, 영어로는 Superman이라고 했다가 Overman으로 바뀌었음, 超人) 사상을 반영한 소설『캥거루(Kangaroo, 1923)』와『보라! 우리는 해냈다(Look! We Have Come Through, 1917)』라는 시집에서도 잘 나타난다.

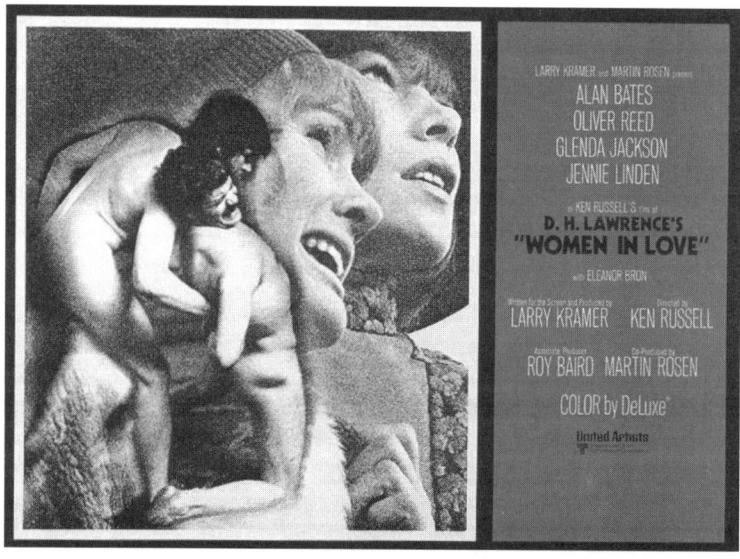

글렌다 잭슨은 「사랑하는 여인들」에서 나체 레슬링을 벌이고 첫 아카데미 상을 받았다.

로렌스와 프리다의 사랑을 현대
식으로 풀이한 영화의 제목 역시
「우리는 해냈다」이다. 「사랑의 성
직자」는 프리다와의 결혼생활, 그
리고「채털리 부인의 사랑」 출판과
얽힌 내용이다.

여담이지만, 프리다의 동생 만프
레드 폰 리히토펜(Manfred von
Richthofen, 1892~1918)은 제1차 세
계대전 당시 80 대의 적기를 격추
시켜 미국에서 "붉은 남작(The Red
Baron)"이라는 별명을 얻은 유명한
비행사이다. 그리고 또 여담이지
만, 「무지개」에 이어서 켄 럿셀 감
독이 만든 영화「사랑하는 여인들」
에서는, 대단한 눈요깃감을 제공하
는 나체 레슬링을 벌인 글렌다 잭
슨이 첫 오스카 상을 받았다.

자전적인 소설이라고 알려진『아

On April 21, 1918, the Red Baron of Germany and the Black Sheep of the R.A.F. met in the skies of France. One came for a gentlemen's duel, the other—to kill!

the Red Baron

로저 콜맨(Roger Corman) 영화 〈붉은 남작(The Red Baron, 1971)〉은 1918년 4월 21일 영국군 조종사와 '붉은 남작'의 숙명적인 대결을 기둥줄거리로 삼는다. 실존 인물인 '붉은 남작'은 찰스 슐츠(Charles Schultz)의 유명한 만화("Peanuts")에서 스누피(Snoopy)의 숙적으로 등장하기도 한다. 이토록 유명한 독일 조종사는 D. H. 로렌스의 처남이었다.

들과 연인(1913)』에서 로렌스의 젊은 시절을 보여 주는 주인공 폴 모
렐(Paul Morel)의 어머니 거트루드(Gertrude)는 청교도적인 중류층 집
안 출신이지만, 육체적인 매력에 이끌려 광부 월터와 결혼한다. 하지
만 그 과정이나 월터가 아내와 자식들에게 폭력을 휘두르는 부분을
영화에서는 생략하고 넘어갔으며, 폴은 광부의 삶과 예술적인 욕구
사이에서 갈등하는 젊고 상당히 지적인 화가로 나온다. 그리고 그는
첫 성교 때 "눈을 감고 주먹을 꼭 쥐었기 때문에" 그에게 성행위에 대

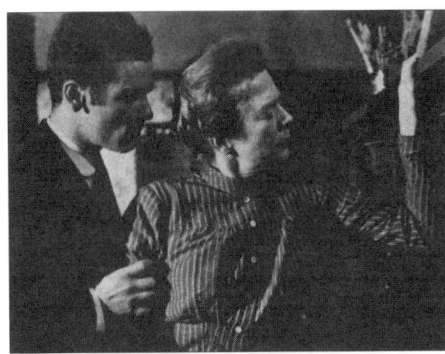

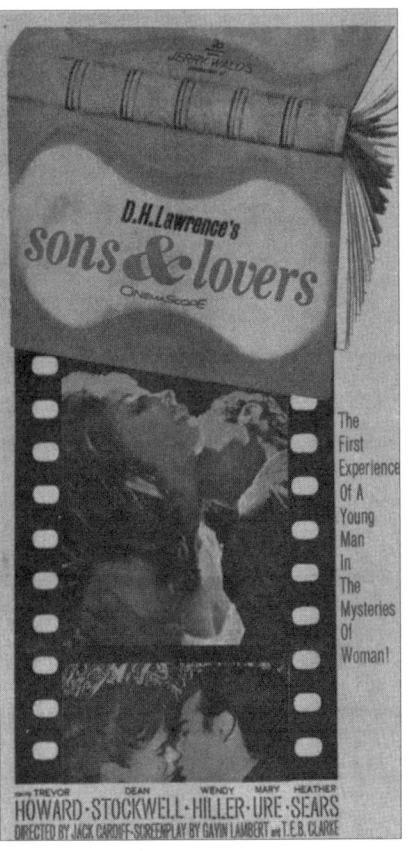

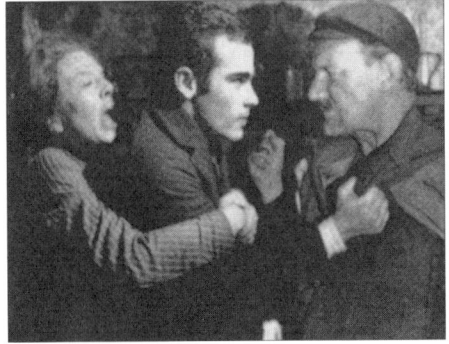

「아들과 연인」에서 예술가 기질을 타고난 아들은 동물적인 아버지의 삶에 대해서 강한 반발을 나타낸다.

한 죄의식을 느끼게 한 미리암(Miriam)과 여권신장 운동가로서 "남자들이 무서워하는 여자"인 유부녀 클라라(Clara Dawes) 사이에서도 갈등한다. 하지만 "영혼만으로는 행복할 수 없다"고 가르치는 어머니 거트루드와 지나치게 사이가 가까운 나머지 폴은 "미워하게 되기 전에" 두 여자와 모두 헤어진다.

영화 「아들과 연인」은 40년대 아역 배우로 이름을 떨쳤던 딘 스토크웰이 어른 역을 맡은 첫 주요 작품으로서 크게 주목을 받았지만, 결국 아역 시대의 명성은 이어가지 못했다. 또한 감독 잭 카디프는 촬영

감독으로 지금까지도 명성이 높은데, 그가 연출한 「아들과 연인」에서 탄광촌의 분위기를 생생하게 잡아내어 아카데미 촬영상을 받아낸 사람은 프레디 프란시스(Freddie Francis)였다.

성직자의 딸이 집시와 사랑에 빠진다는 내용의 「처녀와 집시」는 로렌스의 중편소설이 원작이고, 동성애를 하는 두 여자가 주인공인 「여우」는 그의 단편소설이 원작이다.

「목마와 소년」은 'D. H. 로렌스 원작'치고는 참으로 특이한 영화이다. 한 직장에 오래 붙어 있지를 못하는데다가 도박으로 늘 돈을 잃기만 하는 아버지 리처드와 낭비가 심해서 늘 돈이 모자라는 어머니 헤스터의 아들 폴은 성탄절 선물로 목마를 받은 얼마 후부터 집에서 유령의 외침처럼 돈타령("Money! More money! More money!")이 울려대는 환청을 듣게 된다. "내가 원하는 것(비싼 옷과 부엌 수리 등등)은 하나도 포기할 수 없으니까 돈을 더 구하는 도리밖에 다른 방법이 없다"는 어머니의 돈타령이 심해질수록 집안의 메아리는 악령들의 아우성처럼 더욱 시끄러워지고, 그래서 어린 아들은 엄마를 도와 주기 위해 정신을 집중해서 경마의 우승마를 알아내어 돈을 벌기 시작한다.

파산 직전까지 가서 집달리에게 시달리던 엄마는 변호사를 통해 아

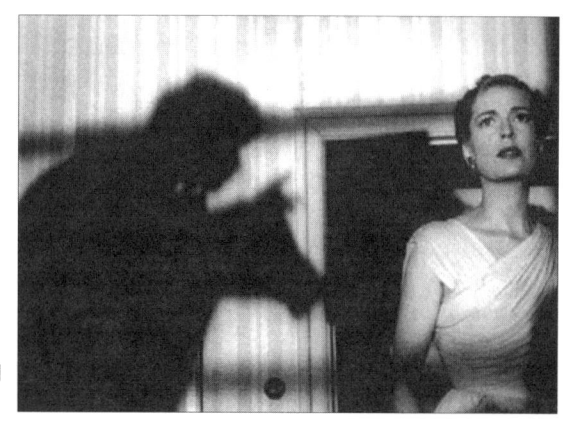

우승마를 알아내는 "하늘이 내려 주신 재능"의 대가로 아들은 영혼을 잃는다.

들과 오스카 오빠가 먼 친척의 유산이라며 비밀리에 전해 주는 돈으로 사치스러운 생활을 계속하고, 소년은 흔들목마에 앉아 원하는 곳으로 가기 위해 미친 듯 달리며 우승마의 이름을 알아내려고 한다. 목마는 결국 제자리에서 흔들릴 따름인데도 말이다. 우승마를 알아내는 "하늘이 내려 주신 재능" 때문에 엄마는 8만 파운드의 돈이 생기지만, 그 대가로 아들의 영혼을 잃는다는 이 영화의 가르침은 요즘 황금만능주의에 찌든 대한민국의 우리 사회에도 적용이 가능하다.

찾아보기 ●--

■ 「베키 샤프(Becky Sharp, 1935, 미국, 83분)」, 감/Rouben Mamoulian, 출/Miriam Hopkins, Frances Dee, Cedric Hardwicke, Billie Burke, Nigel Bruce
■ 「마지못한 미망인(The Reluctant Widow, 1951, 영국, 86분)」, 감/Bernard Knowles, 출/Jean Kent, Guy Rolfe, Kathleen Byron, Paul Dupuis
■ 「가정교사(The Governess, 1998, 영국, 112분)」, 감/Sandra Goldbacher, 출/Minnie Driver, Tom Wilkinson, Florence Hoath, Jonathan Rhys-Meyres, Harriet Walter, Arlene Cockburn, Emma Bird
■ 「코트니 댁에서 생긴 일(The Courtney Affiar 또는 The Courtneys of Curzon Street, 1947, 영국, 112분 또는 200분)」, 감/Herbert Wilcox, 출/Anna Neagle, Michael Wilding, Gladys Young, Coral Browne, Michael Medwin
■ 「배리 린든(Barry Lyndon, 1975, 영국, 183분)」, 감/Stanley Kubrick, 출/Ryan O'Neal, Marisa Berenson, Patrick Magee, Hardy Kruger, Steven Berkoff, Gay Hamilton, Murray Melvin, Frank Middlemass, Andre Morell
■ 「톰 존스(Tom Jones, 1963, 영국, 129분)」, 감/Tony Richardson, 출/Albert Finney, Susannah York, Hugh Griffith, Dame Edith Evans, Joyce Redman, Diane Cilento, Joan Greenwood, David Tomlinson, Peter Bull, David Warner
■ 「톰 존스의 음탕한 모험(The Bawdy Adventures of Tom Joes, 1976, 영국, 94분)」, 감/Cliff Owen, 출/Nicky Henson, Trevor Howard, Joan Collins, Terry Thomas, Arthur Lowe, Georgia Brown

▋「조세프 앤드루스(Joseph Andrews, 1977, 영국, 103분)」, 감/Tony Richardson, 출/Ann-Margret, Peter Firth, Michael Hordern, Beryl Reid, Jim Dale, Natalie Ogle, Peter Bull

▋「보 브뤼멜(Beau Brummel, 1954, 미국-영국, 113분)」, 감/Curtis Bernhardt, 출/Stewart Granger, Elizabeth Taylor, Peter Ustinov, Robert Morley

▋「몰 플랜더스의 호색적인 모험(The Amorous Adventures of Moll Flanders, 1965, 영국, 126분)」, 감/Terence Young, 출/Kim Novak, Richard Johnson, Angela Lansbury, George Sanders, Vittorio De Sica, Lilli Palmer, Leo McKern, Cecil Parker

▋「캔터베리 이야기(A Canterbury Tale, 1944, 영국, 124분, 미국판 95분)」, 감/Michael Powell, 출/Emeric Pressburger, Eric Portman, Sheila Sim, John Sweet, Dennis Price, Esmond Knight, Charles Hawtrey, Hay Petrie

▋「캔터베리 이야기(The Canterbury Tales, 1971, 이탈리아-프랑스, 109분)」, 감/Pier Paolo Pasolini, 출/Laura Betti, Ninetto Davoli, Pier Paolo Pasolini, Hugh Griffith, Josephine Chaplin, Michael Balfour, Jenny Runacre

▋「고용인(비디오 제목 "하수인," The Hireling, 1973, 영국, 108분)」, 감/Alan Bridges, 출/Robert Shaw, Sarah Miles, Peter Egan, Elizabeth Sellars, Caroline Mortimer, Patricia Lawrence

▋「채털리 부인의 사랑(L'Amant de Lady Chatterley, 영어 제목 Lady Chatterley's Lover, 1955, 프랑스, 111분)」, 감/Marc Alléqret, 출/Danielle Darrieux

▋「채털리 부인의 사랑(L'Amant de Lady Chatterley, 영어 제목 Lady Chatterley's Lover, 1981, 프랑스-영국, 105분)」, 감/Just Jaeckin, 출/Sylvia Kristel, Nicholas Clay, Shane Briant, Ann Mitchell, Elizabeth Spriggs

▋「무지개(The Rainbow, 1989, 영국, 104분)」, 감/Ken Russell, 출/Sammi Davis, Amanda Donohoe, Paul McGann, Christopher Gable, David Hemmings, Glenda Jackson, Ken Colley

▋「사랑하는 여인들(Women in Love, 1970, 영국, 129분)」, 감/Ken Russell, 출/Alan Bates, Oliver Reed, Glenda Jackson, Eleanor Bron, Jennie Linden

▋「우리는 해냈다(Coming Through, 1985, 영국, 80분)」, 감/Peter Barber-Fleming, 출/Kenneth Branagh, Helen Mirren, Alison Steadman, Philip Martin Brown, Norman Rodway

▋「사랑의 성직자(Priest of Love, 1981, 영국, 125분)」, 감/Christopher Miles, 출/Ian McKellen, Janet Suzman, Ava Gardner, Penelope Keith, John Gielgud, Sarah Miles

▌「아들과 연인(Sons and Lovers, 1960, 영국, 103분)」, 감/Jack Cardiff, 출/ Dean Stockwell, Trevor Howard, Wendy Hiller, Mary Ure, Heather Sears, William Lucas, Donald Pleasence, Ernest Thesiger

▌「처녀와 집시(The Virgin and the Gypsy, 1970, 영국, 92분)」, 감/Christopher Miles, 출/Joanna Shimkus, Franco Nero, Honor Blackman, Mark Burns, Maurice Denham, Fay Compton, Kay Walsh

▌「여우(The Fox, 1968, 미국, 110분)」, 감/Mark Rydell, 출/Sandy Dennis, Keir Dullea, Anne Heywood, Glyn Morris

▌「목마와 소년(The Rocking Horse Winner, 1949, 영국, 91분)」, 감/Anthony Pelissier, 출/Valerie Hobson, John Howard Davies, John Mills, Ronald Squire

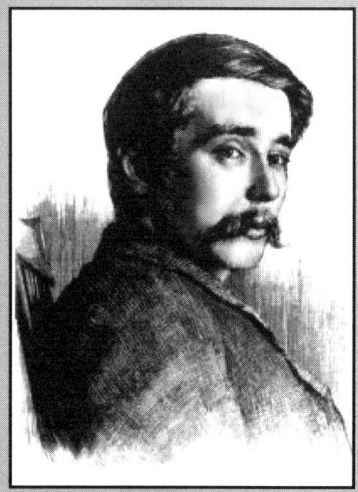

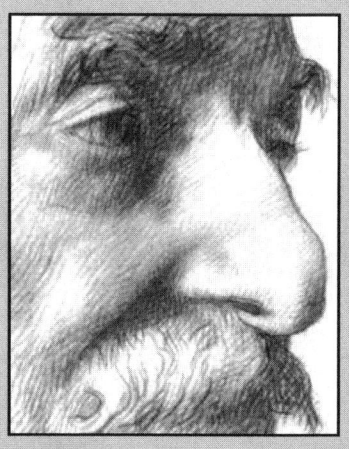

토마스 하디(오른쪽)뿐 아니라 흔히 공상과학 소설로 널리 알려진 H. G. 웰스(위), 그리고 믿어지지 않을 만큼 우리나라에서 두터운 독자층을 확보하고 꾸준히 팔려 나가는 A. J. 크로닌(아래)은 작품을 통해서 그들이 살았던 시대의 사회상을 충실하게 전달한다.

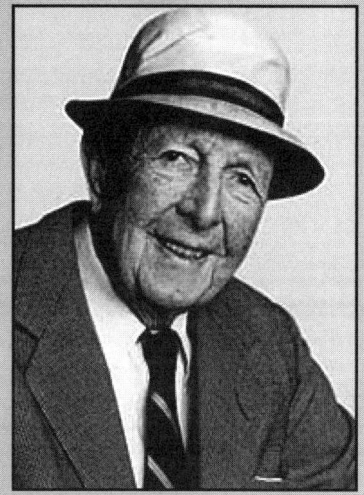

하디와 웰스와 크로닌

벌써 40년도 더 지난 옛날, 고등학교 시절이었지만, 토마스 하디
(Thomas Hardy, 1840~1928)의 소설 『테스(Tess of the D'Urbervilles; A
Pure Woman, 1891)』를 번역본으로 처음 읽었을 때, 결혼 초야에 신랑
이 "당신을 잃을까 봐 여태 말을 못했다"면서 용서를 빌기 위해, 런던
에서 잠시 연상의 여인과 관계를 가졌던 자신의 과거를 고백하자, 여
주인공도 숨길 일은 숨겨야 한다는 어머니의 현명한 충고를 어기고,
"저도 비슷한 얘기를 고백하겠어요"라고 덩달아 자신의 과거를 털어
놓았다가 소박을 맞는 대목에서, 필자는 어쩌면 저렇게 상황이 동양
적이고 한국적일까 놀랐었다.

『테스』의 한국적인 요소는 거기에서 끝나지 않는다. 마을의 사가(史
家)인 목사에게서 더비휠드(Durbeyfield) 가문이 사실은 유명한 더버
빌 후손이라는 얘기를 듣고 아버지 존이 혹시 무슨 덕이라도 보지 않
을까 싶어서 인사차 인근 마을의 부유한 더버빌 집으로 딸 테스를 보
내는 상황은 지금까지도 지연이니, 학연이니 연줄을 열심히 찾아다니

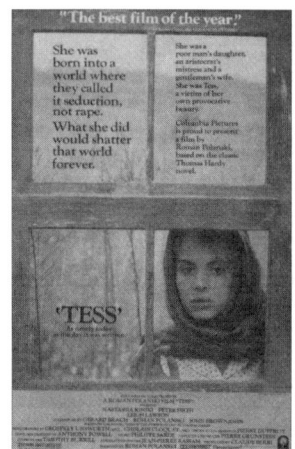
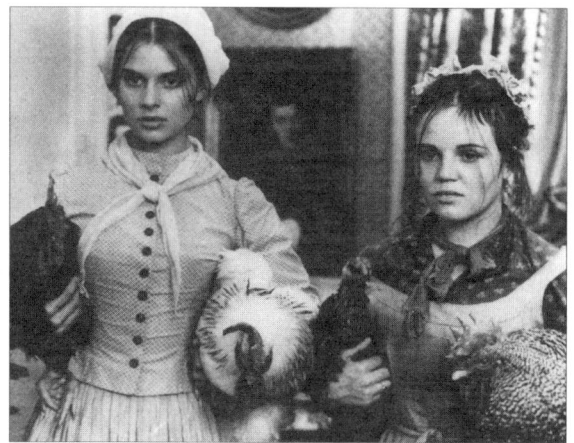

남자가 과거를 고백한다고 처녀가 아니라는 고백을 한 "테스"는 한국식으로 소박을 맞는다.

는 정치판이나 직장에서 보여주는 우리의 속성과 너무나도 비슷하다.

기껏 찾아가서 알아보니 더버빌 일가는 본디 성이 스토크이며, 명문 이름을 돈으로 샀다는 내용도 조선시대의 양반 감투 사들이기 그대로이며, 테스는 기껏 그 집 양계장에서 일자리를 구하지만, 아들 알렉(Alec)에게 몸을 버리고는 임신한 채 집으로 돌아간다.

사생아가 죽은 다음 일자리를 찾아 나선 테스가 밭에서 볏단을 묶는 솜씨는, 사실은 벼가 아니라 밀이지만, 우리 시골에서 흔히 보던 방식 그대로이고, 낙농장에서 만나 사랑하게 된 에인젤(Angel Clare)과 결혼 초야에 주고받은 동양적 고백은 이미 앞에서 얘기했다. 그리고 자신은 용서를 받았으면서도 여자를 용서하지 못하겠다며 천사(Angel)는 브라질로 가겠다며 테스를 버리고 떠난다. 에인젤이 그토록 가고 싶어했던 '식민지' 브라질 또한 우리나라 사람들이 한때 열심히 이민을 갔던 나라이다.

에인젤에게 버림을 받고 온갖 고생을 하며 집시처럼 떠돌아다니던 테스는 "난 나쁜 놈이니까"라는 의도적인 고백도 유혹의 수단으로 삼는 알렉의 집요한 추적에 결국 끌려가서, 그녀의 신세를 망쳐 놓은 남자와 살게 된다. 그리고는 또 세월이 흘렀고, 뒤늦게 후회하며 에인젤이 찾아오자 테스는 이제 알렉을 죽이고 에인젤과 도망을 치는 신세가 된다. 이렇게 두 남자에게 다른 방법으로 괴롭힘을 당한 테스는, 저마다 지켜주마고 약속하는 두 남자의 보호를 어느 쪽에서도 받지 못한 채로, 스톤헨지(Stonehenge)에서 마지막 밤을 보낸 다음 해가 돋는 시간에 체포되어 교수형으로 인생을 마감한다.

석공의 아들로 태어나 건축사무소에서 일하다가 아무래도 그런 일이 자신의 소명은 아니라고 생각해서 독학으로 문학을 공부한 토마스 하디는 인간이란 그가 이해하지도 못하고 통제하지도 못하는 힘들에 종속된다는 19세기 유물주의적 숙명론(mterialistic determinism)으로 기울었고, 그래서 그의 소설에서는 주인공들이 육체적이고 사회적인 환경, 그들 자신의 충동적인 욕구, 그리고 변덕스러우며 악의적인 우발성과 끊임없이 투쟁하지만 계속해서 패배하는 경향을 나타내는데, 테스가 바로 그런 대표적인 인물이다.

1914년 이후 다섯 차례나 영화로 만들어진 「역경 속의 테스」는 스코틀랜드의 아가씨가 미국으로 건너가 펜실배니어의 네덜란드 정착민들 사이에서 삶에 적응해 가는 내용을 그린 그레이스 화이트(Grace White)의 소설이 원작이어서, 토마스 하디하고는 아무 관계가 없다. '테스(Tess)'는 '테레사(Theresa)'의 애칭이다.

『테스』가 발표되었을 때 토마스 하디는 지나치게 비타협적이라는 이유로 대중으로부터 맹렬한 비난을 받았는데, 이런 비난은 『하찮은 인간 주드(Jude the Obscure, 1895)』의 경우도 마찬가지였고, 이로 인한 충격으로 하디는 더 이상 소설을 쓰지 않고 세상을 떠날 때까지 시에만 몰두했다. 이것 또한 시청자가 작가의 창작에 지나치게 간섭하는 현재 우리나라의 방송극 상황과 비슷하다.

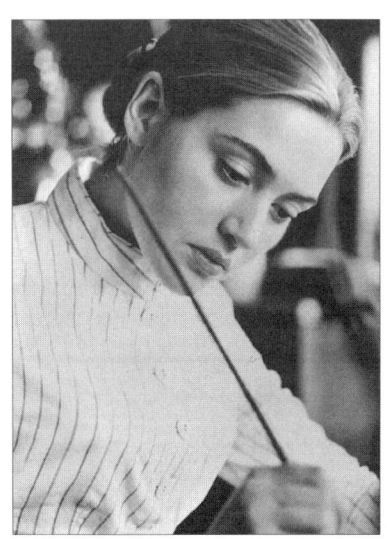
「주드」는 인간의 꿈과 현실이 얼마나 어긋나는지를 잘 보여 주는 숙명론적 얘기이다.

가난한 석공 주드(Jude Fawley)는 청년 시절부터 지적인 성숙을 위한 열망과 비참한 삶의 현실 사이에서 갈등한다. 욕정에 휘말린 그는 짐승 같은 여자 아라벨라(Arabella)와 결혼하여 아들까지 낳지만, 아내에게 버림을 받는다. 다음에 그가 사랑하게 되는 친척 수(Sue Bridehead)는 이지적이고 다정다감한 여자인데, 교사인 필롯슨(Phillotson)과 결혼했다가 육체적으로 거부감을 느끼고는 주인공에게로 돌아온다.

사회로부터 멸시를 받으면서도 그들은 자식들을 낳고 잘 살아가지만, 아라벨라의 아들이 "아이가 너무 많다"는 이유로 두 사람의 자식들을 살해한다. 이러한 비극에 무너진 두 사람은 각각 아라벨라와 필롯슨에게로 돌아간다.

미모의 한 여인이 주변의 세 남자에게 끼치는 심오한 영향을 그린 하디의 1874년 소설 『시끄러운 무리를 떠나서』는 뛰어난 연출자와 배역진의 손을 거쳐 3 시간짜리 영화로 만들어졌는데, 아주 훌륭한 작품이었음에도 불구하고 이해가 부족한 관객으로부터 큰 호응을 받지 못했다.

공상과학과 미래 분야에서 프랑스의 쥘 베르느와 함께 묶어 보다 자세히 소개하겠지만, 영국의 작가요 언론인이었던 H. G. 웰스(Herbert George Wells, 1866~1946)는 『투명인간』, 『타임머신』, 『우주전쟁』 같은 미래형 소설뿐 아니라 그가 살았던 시대를 사실적으로 그린 작품도 여럿 남겼다. 귀족 저택에서 일하던 가정부의 아들로 태어

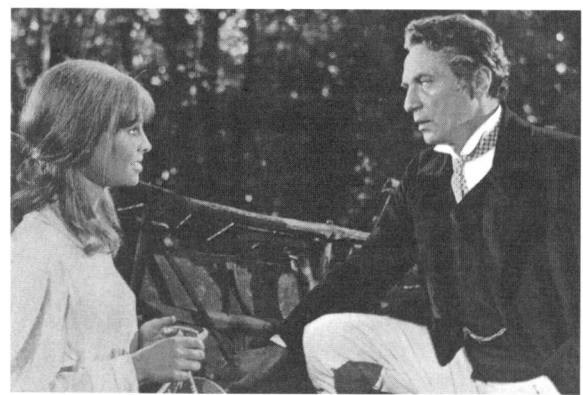
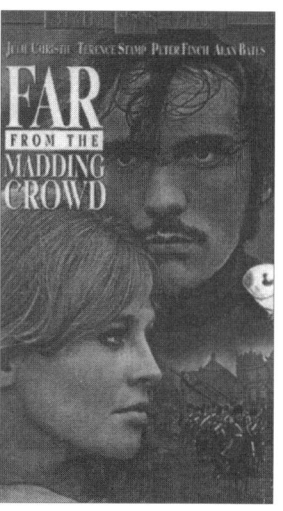

토마스 하디 원작 소설로 만든 세 시간짜리 「시끄러운 무리를 떠나서」는 이해가 부족한 관객으로부터 큰 호응을 받지 못했다.

나 독학으로 런던대학교에 입학하여 위대한 생물학자 토마스 헉슬리 (Thomas Huxley) 밑에서 공부한 그는 사회주의, 여권주의, 진화론, 과학 발전에 깊은 관심을 보였으며, 그런 경향은 작품에서도 엿보인다.

그의 사실주의 소설 계열에 속하는 『킵스(1905)』는 포목점 점원이 횡재(유산 상속)를 하고는, 야심이 많은 상류층 여자와 결혼하지만, 새로운 사회에 적응하지 못해 불행한 삶을 살다가 어려서 꿈의 여인이었다고 생각했던 하녀와 결혼하고, 그리고는 사기를 당해 재산을 다 날려 다시 가난해진 다음에야 행복을 찾는다는 내용이다. 나중에 이 작품은 「서푼짜리 인생」이라는 음악극으로 다시 태어난다.

빅토리아 시대를 배경으로 한 희극 「폴리 씨의 모험」 역시 포목

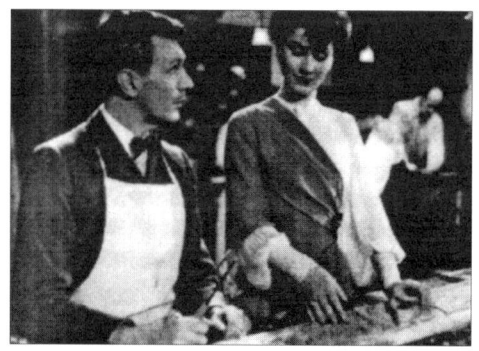

캐롤 리드의 영화 「킵스」의 주인공은 벼락부자가 되어 상류층 여자와 결혼하지만, 다시 가난해진 다음에야 겨우 행복을 찾는다.

점 점원이 주인공인데, 소심한 중년 남자인 폴리는 억센 아내에 주눅이 들린 인생이 너무 따분해서 자살을 하려고 집에 불을 지르지만 목숨을 건지고, 그래서 세상에 죽었다고 알려진 틈을 타 자유와 환상의 새로운 삶을 시작한다.

역시 웰스의 소설이 원작인 「어느 여인의 이야기」는 상류사회에서 벌어지는 사랑의 삼각 관계가 기둥줄거리를 이룬다.

외국 문학을 우리말로 번역하거나 영어와 우리말로 소설을 쓰면서 살아온 필자는 시끄럽게 선전을 하지 않고도 놀랄 만큼 넓은 독자층을 형성하는 작가를 가끔 발견하고 부러움을 느끼고는 하는데, 스코틀랜드 태생으로 런던에서 의사로 활동하다가 문학으로 전향한 영국 소설가 A. J. 크로닌(Archibald Joseph Cronin, 1896~1981)이 바로 그런 인물이다. 그는 의사로서의 경험을 살린 작품을 많이 썼으며, 영국에서는 그의 소설들을 기초로 삼아 「휜리 박사의 사례집(Dr. Finlay's Casebook)」이라는 텔레비전 연속물을 장기간 방영하기도 했다.

한국에서 여러 출판사가 번역하여 가장 많이 읽힌 크로닌의 대표작

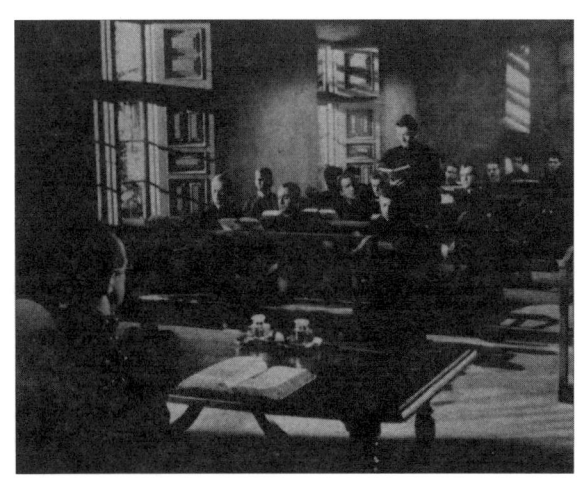

선교사의 삶을 그린 영화 「천국의 열쇠」는 크로닌의 소설이 원작인데, 우리말로 번역되어 은근하게 계속 잘 팔려나가는 대표적인 작품으로도 유명하다.

은 선교사의 삶을 그린 『천국의 열쇠(1941)』와 물욕에 눈이 어두웠던 가난한 의사가 참된 인간성의 가치를 깨닫는 내용을 담은 『성채(城砦, 1937)』인데, 두 소설 모두 발표된 지 3년 안에 헐리우드에서 영화로 나왔으며, 『성채』는 영국에서 텔레비전 미니시리즈로도 제작되었다.

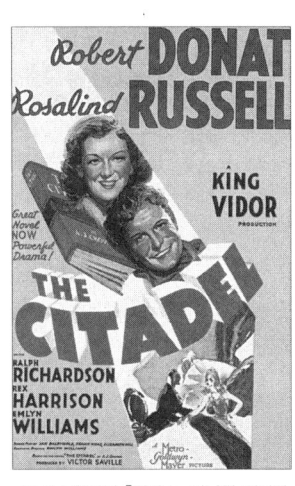

크로닌 원작의 「성채」는 가난한 의사가 물욕에 눈이 어두웠다가 참된 길을 찾는다는 '종교적' 분위기의 작품이다.

그 이외에도 영화로 소개된 크로닌의 원작을 찾아보면 사회적으로 인정받기 위해 악착같이 노력하는 가난한 남자의 얘기 『모자 장수의 누각(樓閣, 1931)』, 외교관의 아들과 정원사의 우정에 얽힌 얘기 『에스파냐 정원사』, 그리고 웨일스 광부들의 치열한 삶을 격동적으로 그려낸 『별이 보이는 밤에』가 나온다. 새로 채용한 조수가 그를 사랑한다는 사실조차도 눈치를 채지 못하면서 심리학을 연구한다는 남자가 주인공인 「빛나는 승리」는 크로닌의 희곡이 원작이다. 고아가 된 에이레 소년이 스코틀랜드의 외가를 찾아가 성장기를 보내는 슬프고도 감상적인 영화 「푸르른 시절」도 크로닌이 원작자이다.

찾아보기 ●

▌「테스(Tess, 1979, 프랑스-영국, 170분)」, 감/Roman Polanski, 출/Nastassia Kinski, Peter Firth, John Bett, Tom Chadbon, Rosemary Martin, Leigh Lawson, Sylvia Coleridge

▌「역경 속의 테스(Tess of the Storm Country, 1960, 미국, 84분)」, 감/Paul Guilfoyle, 출/Diane Baker, Jack Ging, Lee Philips, Wallace Ford, Robert F. Simon, Bert Remsen

▌「주드(Jude, 1996, 영국, 123분)」, 감/Michael Winterbottom, 출/Christopher

Eccleston, Kate Winslet, Rachel Griffiths, Liam Cunningham, June Whitfield, Ross Colvin Turnbull

▌「시끄러운 무리를 떠나서(Far From the Madding Crowd, 1967, 영국, 169분)」, 감/John Schlesinger, 출/Julie Christie, Peter Finch, Terence Stamp, Alan Bates, Prunella Ransome

▌「킵스(Kipps, 1941, 영국, 82분, 미국판 제목 The Remarkable Mr. Kipps, 108분)」, 감/Carol Reed, 출/Michael Redgrave, Diana Wynyard, Arthur Riscoe, Phylls Calvert, Max Adrian, Helen Haye, Michael Wilding

▌「서푼짜리 인생(Half a Sixpence, 1967, 미국, 148분)」, 감/George Sidney, 출/Tommy Steele, Julia Foster, Penelope Horner, Cyril Richard

▌「폴리 씨의 모험(The History of Mr. Polly, 1949, 영국, 96분)」, 감/Anthony Pelissier, 출/John Mills, Sally Ann Howes, Finlay Currie, Betty Ann Davies, Edward Chapman, Megs Jenkins, Juliet Mills

▌「어느 여인의 이야기(The Passionate Friends, 미국 제목 One Woman's Story, 1949, 영국, 95분)」, 감/David Lean, 출/Ann Todd, Trevor Howard, Claude Rains, Betty Ann Davies, Isabel Dean, Wilfrid Hyde-White

▌「천국의 열쇠(The Keys of the Kingdom, 1944, 미국, 137분)」, 감/John M. Stahl, 출/Gregory Peck, Thomas Mitchell, Vincent Price, Edmund Gwenn, Roddy McDowall, Cedric Hardwicke, Peggy Ann Garner

▌「성채(The Citadel, 1938, 미국-영국, 112분)」, 감/King Vidor, 출/Robert Donat, Rosalind Russell, Ralph Richardson, Rex Harrison, Emlyn Williams, Penelope Dudley-Ward, Francis L. Sullivan

▌「모자 장수의 누각(Hatter's Castle, 1941, 영국, 90분)」, 감/Lance Comfort, 출/Deborah Kerr, James Mason, Robert Newton, Emlyn Williams

▌「에스파냐 정원사(The Spanish Gardener, 1956, 영국, 95분)」, 감/Philip Leacock, 출/Dirk Bogarde, Maureen Swanson, Jon Whiteley, Cyril Cusack, Bernard Lee, Michael Hordern

▌「별이 보이는 밤에(The Stars Look Down, 1939, 영국, 110분)」, 감/Carol Reed, 출/Michael Redgrave, Margaret Lockwood, Edward Rigby, Emlyn Williams, Nancy Price, Cecil Parker, Linden Travers

▌「빛나는 승리(Shining Victory, 1941, 미국, 80분)」, 감/Irving Rapper, 출/James Stephenson, Geraldine Fitzgerald, Donald Crisp, Barbara O'Neil, Montague Love, Sig Ruman

▌「푸르른 시절(The Green Years, 1946, 미국, 127분)」, 감/Victor Saville, 출/Charles

Coburn, Tom Drake, Hume Cronyn, Gladys Cooper, Dean Stockwell, Jessica Tandy, Norman Lloyd, Wallace Ford

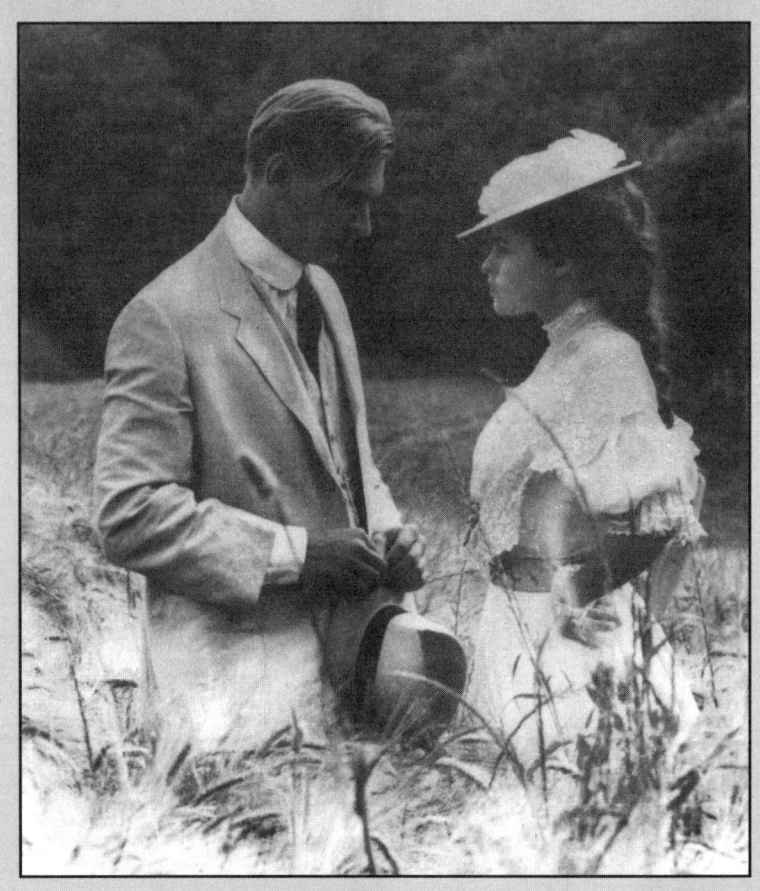

E. M. 포스터의 소설을 영화로 만든 「전망좋은 방」은 별다른 사건이나 줄거리가 없이도 한 시대의 사회상과 문화를 정교하게 재현하여 관객을 사로잡는다.

'성채(城砦)'의 언저리에서

　'국가(國家)'라 함은 큰 나라(國)와 작은 나라(家)를 통틀어 일컫는 말이다. 유기적인 통치와 행정의 단위인 국가는 아메리카 합중국이나 캐나다나 러시아나 인도네시아처럼 광활한 영토를 소유하기도 하며, 모나코나 리히텐슈타인(Liechtenstein)처럼 작은 형태를 취하기도 한다. 한국에는 역사상 국가를 견제할 만한 호족이 없었던 셈이지만, 중세 유럽의 봉건시대에는, 현재 아메리카 합중국의 연방주(federal state)나 마찬가지로, 한 나라(國) 안에 여러 나라(家)가 존재하는 이중적인 형태를 갖추었다고 하겠다. 그리고 일본의 바쿠후(幕府, shogunate)처럼 중세 유럽에서는 메디치나 보르지아 같은 가문 형태의 나라(家)가 존재했고, 아더왕의 카멜로트 같은 하나의 성(城)이 국가의 단위를 이루기도 했다. 그리고 이런 성은 장원(莊園, manor)의 모양을 취하기도 했으며, 시간이 더 지난 다음에는 귀족들의 저택이 영주의 장원 노릇을 했다.

　A. J. 크로닌처럼 요란하지 않으면서도 소설 문학을 통해 깊은 감동

을 오늘날의 독자에게까지 제공하는 영국 작가 E. M. 포스터(Edward Morgan Forster, 1879~1970)는 말하자면 이런 장원과 저택 단위를 예리한 눈으로 관찰하던 '성문학(城文學)'의 대가였다.

화가인 바넷사와 클라이브 벨(Vanessa, Clive Bell) 부부, 작가 버지니아 울프와 경제학자 케인스(John Maynard Keyenes), 철학자 무어(G. E. Moore)와 버트란드 럿셀, 그리고 루퍼트 브루크(Rupert Brooke) 등과 더불어 런던의 블룸스베리 지역에서 자주 모이던 사회주의 경향의 혁신적인 탐미주의자들이었던 '블룸스베리 파(the Bloomsbury Group)'에 속한 포스터는 당시 "현대적인 주제를 일찍부터 다룬 선구적인 작가"로 이름이 났지만, 그의 활동기가 이제 백 년이나 지나고 보니 오히려 '선구적 현대성'은 20세기 말 영화인들로 하여금 에드워드 시대에 대한 향수(鄕愁) 분위기를 담아내는 시대극을 만들게끔 하는 복고적 원동력이 되었다.

머천트─아이보리가 포스터의 1908년 작품을 원작으로 삼아서 만든 첫 영화 「전망좋은 방」은 어머니가 선택한 약혼자가 마음에 안 들어서 파혼하고, 전에 여행하다가 피렌쩨 여관에서 만나 전망좋은 방을 양보했던 남자와 결혼한다는 내용말고는 별다른 줄거리도 없다. 그러나 과거의 생활 양식과 신분을 저울질하는 사회 의식을 보여 주는 여러 장치가, 시대물적인 요소로서, 충분한 볼거리 노릇을 한다.

성격소설의 요소가 강한 이 작품에서는, 주인공 루씨(Lucy Honeychurch)의 보호자격이라면서 공짜로 피렌쩨 여행에 따라온 샬로트가 우선 대단히 풍자적인 인물이다. "격조 높은 행실"과 위선적인 격식에 열중하고, 누가 그녀에게 호의를 베풀기라도 하면 비록 가난하기는 하지만 양반인데도 깔봤다고 자존심이 상하고, 푼돈과 하찮은 일에 신경을 쓰느라고 정신적인 낭비가 심하며, "여행 안내서가 세상의 전부인 것처럼" 살아가는 부류 중에서도 겨우 변두리에서나 따라

다니는 샬로트가, 뭐랄까, 하나의 시대상을 통째로 보여 주기 때문이다.

그리고 루씨의 약혼자 쎄실(Cecil Vyse)은 인습이 만들어낸 얕고도 얕은 인물로서, "나하고 결혼하는 여자가 팔자 고친다"며 여자를 깔보고, 루씨를 진심으로 사랑하는 대신, 소유하고 자랑하기 위한 미술품이나 장정본 책처럼 생각하는가 하면, 자신도 그들보다 전혀 나을 바가 없으면서도 모든 '속물'을 혐오하고 경멸한다.

지나치게 광대처럼 묘사하면서 다분히 허화적인 인물로 제시된 쎄실은 건방지고, 오만하고, 안하무인이어서, 개인의 인

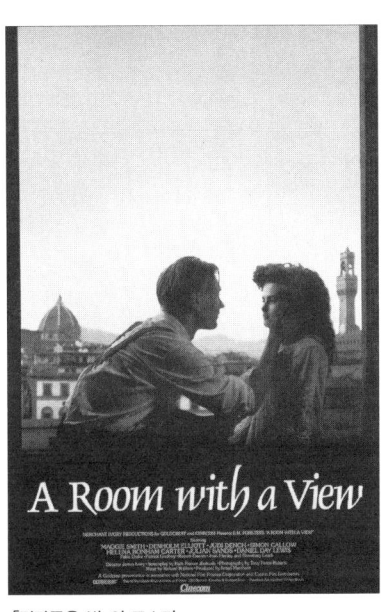

「전망좋은 방」의 포스터

격보다는 그가 소속된 가문의 신분이 지나치게 높다는 기분이 들기도 한다. 신분과 가문이 만들어낸 그는 껍질뿐인 남자로서, 워낙 현실 감각이 부족하기 때문에 키스도 제대로 할 줄을 모른다. "이탈리아처럼 냉정하면서도 정열적인 남자"라고 자처하던 쎄실은 저속함을 못견디어 남들을 비꼬고 조롱하기가 일쑤이며, "제가 워낙 독특하다 보니, 하고 싶은 대로 하면서 살기 때문에 직업이 없습니다"라고 말한다. 우리 주변에서도 흔히 눈에 띄는 인간상이다.

그리고 사랑의 기쁨을 알지 못했던 그는 "후회하게 되기 전에 갈라서자"는 루씨의 선언을 듣고 헤어짐의 슬픔조차도 제대로 느끼지 못한다.

그러니 난폭한 살인이 벌어지는 피렌쩨 광장에서 비록 귀부인답게 기절(swooning)은 할지언정 웬만한 남자보다 개성이 뚜렷하고 적극적으로 행동하는 처녀 루씨가 "머리는 좋은데 생각이 정리가 안 된"

남자를, 나무에 올라가 "아름다움! 진리! 자유!"를 외치는 조지 (George Emerson)를 선택한다는 결말은 필연적이다.

이 영화는 「순수의 시대」와 참으로 비슷하다. 우리 시골 장터의 혁필(革筆)을 연상시키는 그림으로 장식한 자막이 해설 역할을 하는 가운데 이어지는 고풍스러운 전람회 분위기가 우선 그렇다. 「순수의 시대」가 소품의 사진첩이라면 「전망좋은 방」은 벽화와 길거리 조각품과 갖가지 건물이 담긴 문화재 도록(圖錄)이나 마찬가지이다. 그리고 양귀비가 흐드러진 들판과 아름다운 풍광을 보여 주는 그림엽서 같기도 하다.

그렇다면 왜 20세기 말에 영화 관객은 「순수의 시대」와 「전망좋은 방」을 원했을까? 아마도 그것은 벌거벗은 욕정이 넘치는 외설물과, 집단 학살의 방혈(防血)이 주제인 폭력물과, 첨단 과학에 얽힌 특수효과의 눈요기와, 껍질뿐인 멍청영화에 식상해서, 그에 대한 반동으로 순수의 시대를 향수하기 시작했던 때문이 아니었나 추측이 가능하다.

「전망좋은 방」의 성공으로 크게 고무된 머천트―아이보리는 이듬해 다시 포스터의 소설 『모리스』를 영화로 만들어 내놓는다. 1913년에 쓰기는 했지만 작가의 사후 1971년에야 발표된 『모리스』는 1910년대 영국 청년의 성장기와 동성애 주제가 밑에 깔렸는데, 이 작품을 놓고 사람들은 작가 자신의 동성애 문제를 '문학적 사실성'에 입각해서 구현하기가 어려워 에드워드 시대라는 시간적인 배경을 벗어나지 못했다고 평했다.

1990년대로 들어서자마자 포스터의 첫 소설(1905) 『천사들이 밟지 못하는 땅』도 영화로 나타난다. 「전망좋은 방」에서처럼, 섬나라 영국인에게 이탈리아의 문화와 분위기가 끼치는 영향을 엿보기도 하는 이 소설에서, 33살의 영국 미망인 릴리아(Lilia Herriton)는 무책임한 이탈리아 청년 지노(Gino Carelli)와 충동적인 결혼을 하고는 아이를 낳다

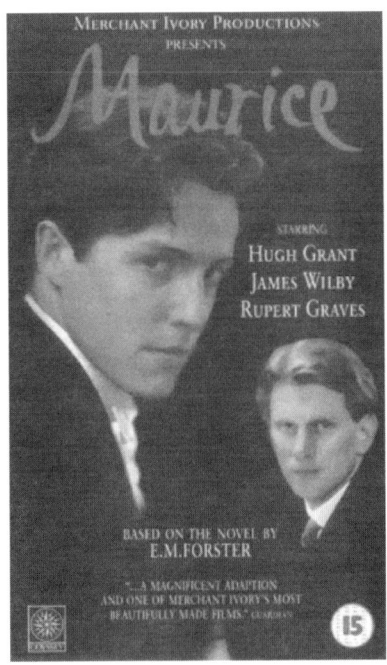

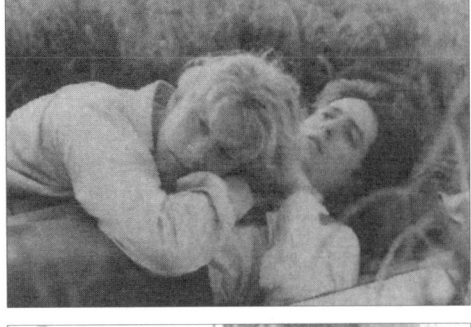

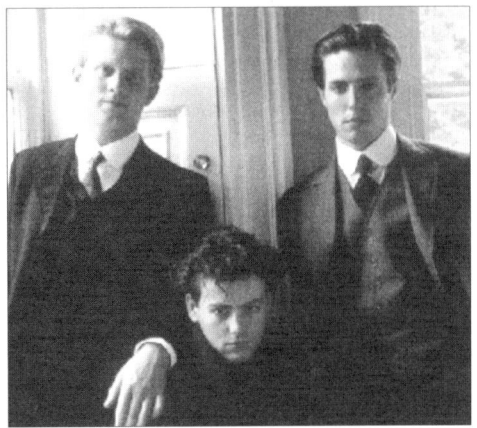

머천트-아이보리가 영화로 만든 「모리스」에서는 작가 포스터 자신의 동성애를 현대적인 배경을 통해 표출하기가 어려워 에드워드 시대를 선택했다고 한다.

가 사망한다. 영국 가족과 지노가 서로 양육권을 놓고 납치극까지 벌이며 싸우는 사이에 릴리아가 죽고 마는데, 상류층의 억압된 성생활을 주제로 다룬 이 작품의 제목은 알렉산더 포우프의 글("For fools rush in where angels fear to tread.")에서 따온 것이다.

어쨌든 시대적인 요구에 호응하여 아이보리 감독은 세 번째 포스터 영화인 「하워즈 엔드」를 「천사들」 다음해에 내놓는다. 1910년에 출판된 「하워즈 엔드」는 영국 시골 별장의 이름으로, 그곳에 모인 물질주의적 윌콕스(Wilcox) 일가(一家), 이상주의적이고 문화적인 슐리겔(Schlegel) 자매, 그리고 가난한 은행원 레너드 바스트(Leonard Bast) 이렇게 세 계층의 신분이 충돌하는 내용을 다룬다.

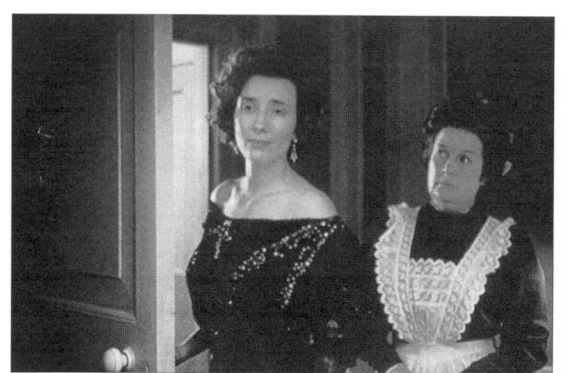
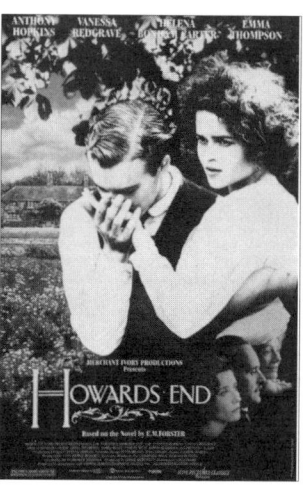

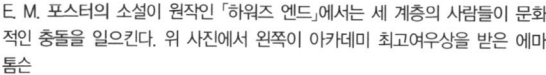
E. M. 포스터의 소설이 원작인 「하워즈 엔드」에서는 세 계층의 사람들이 문화적인 충돌을 일으킨다. 위 사진에서 왼쪽이 아카데미 최고여우상을 받은 에마 톰슨

이런 식으로 이어지던 영국 시대극의 물줄기에 머천트―아이보리는 「남아 있는 나날」을 보태기에 이른다. 대저택에 사는 상류층을 배경에 깔고 집사장과 하녀장의 갈등과 숨긴 사랑을 회상하는 형식을 취한 이 '영지(領地) 영화(manor movie)'에서는 하인이 귀족의 삶을 함께 나누지만, "정치에 관여해 봤나요?"라는 질문을 받은 스티븐스 씨(집사장)가 "직접은 아니죠"라고 대답하는 장면에서처럼, 언저리에서만 살아가는 '서당 개'의 비애가 느껴진다.

그리고 "떼돈을 버는 신흥 귀족(졸부) 미국인"이라는 '순수의 시대'적 개념조차도, 독일을 지지하는 유럽의 정치가들에게 "신사 정치가 아니라 전문가의 정치를 할 줄 모르는 당신들은 풋내기(amateurs)"라고 만찬석상에서 미국 펜실배니어의 잭 루이스 상원의원이 선언하는 장면에서, 필연적인 전복이 이루어진다. 할 말을 지나치게 삼가기 때문에 사랑하는 방법이 서툴렀던 두 주인공 남녀 하인이나 마찬가지로, 격식과 허식으로 몰락하는 '대륙의 신사' 전통은 새로운 시대에 가치를 상실하기 때문이다.

대륙의 명예는 아메리카의 실용주의에 이렇게 밀려나지만, 그러나 잭 루이스가 번 '떼돈'은 유럽식으로 재벌 가문의 상속이라는 전통과 비슷한 모습을 갖추기도 한다. 그리고, 미국 귀족 역을 맡은 배우가 수퍼맨(Christopher Reeve)이라는 사실은 참으로 흥미있다.

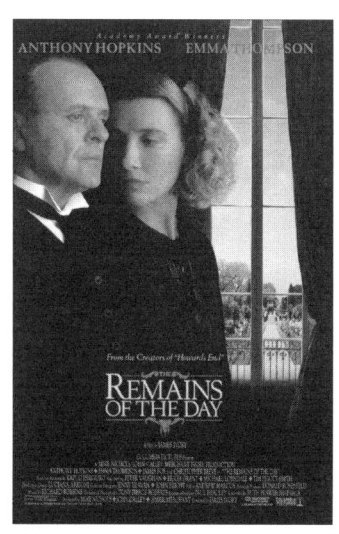

더욱 흥미있는 사실은 「남아 있는 나날」의 원작이 일본계 영국인 작가 이시구로 카즈오(Kazuo Ishiguro, 石黑一雄)라는 점이다. 그래서인지 전형적인 머천트―아이보리 영화 같으면서도 "부지런히 하되 서두르지 말라"는 동양적 잠언을 비롯하여 금욕적으로 절제된 주인공의 감정, 그리고 아버지의 임종을 지켜보는 대신 식탁에서 시중을 들고 충성하는 모습이 일본성(日本性)의 잔영을 보여 준다.

「남아 있는 나날」은 일본계 영국인 소설가의 작품이 원작이어서인지, 영국인 주인공들이 동양인처럼 행동하고 생각한다는 인상을 준다.

이시구로는 1954년 나가사끼 태생으로, 다섯 살 때 해양학자였던 아버지를 따라 영국으로 건너가 귀화했는데, 처음에는 음악을 하려다가 실패하자 문학으로 돌아섰다고 한다. 켄트대학교(University of Kent at Canterbury)에서 문학과 철학을 전공한 후 이스트 앵글리아(the University of East Anglia)에서 창작을 공부하여 1970년대 말부터 단편을 쓰기 시작했고, 1989년에는 「남아 있는 나날」로 영국의 퓰리처 상에 해당되는 부커 상(the Booker Prize)을 받았다.

동양 태생으로서 영어로 작품을 쓰는 자신의 입장에 대해 그는 "국제적인 소설을 쓰고 싶어하는 작가(writer who wishes to write international novels)"라고 표현했다. 그가 생각하는 '국제적인 소설'이란 "배경이 다른 전세계 사람들에게 호소력을 지닌 삶의 모습(a vision of life)을 담은 작품"인데, 하지만 '한국' 영화 「춘희」나 「암굴왕」, 「레 미제라블」이나 「여자의 일생」 수준의 번안이 아니라, 동양에서 태어난 문화적 배경을 바탕으로 해서 서양 문학을 탄생시킨 이시구로는, E. M. 포스터의 소설을 영화로 만든 데이비드 린의 마지막 작품 「인도로 가는 길」이 뼈아프게 그려내는 문화의 충돌을 완전히 극복하고, 요즈음 우리나라 식당가나 가요에서 남발되는 '융해(融解, fusion)'의 참된 의미가 무엇인지를 잘 보여 준다.

찾아보기 ●---

▍「전망좋은 방(A Room with a View, 1986, 영국, 115분)」, 감/James Ivory, 출/Maggie Smith, Helena Bonham Carter, Denholm Elliott, Julian Sands, Daniel Day-Lewis, Simon Callow, Judi Dench, Rosemary Leach, Rupert Graves

▍「모리스(Maurice, 1987, 영국, 135분)」, 감/James Ivory, 출/James Wilby, Hugh Grant, Rupert Graves, Denholm Elliott, Simon Callow, Billie Whitelaw, Ben Kingsley, Judy Parfitt, Phoebe Nicholls, (Helena Bonham Carter)

▍「천사들이 밟지 못하는 땅(Where Angels Fear to Tread, 1991, 영국, 112분)」, 감/Charles Sturridge, 출/Helena Bonham Carter, Judy Davis, Rupert Graves, Giovanni Guidelli, Barbara Jefford, Helen Mirren, Thomas Wheatley

▍「하워즈 엔드(Howards End, 1992, 영국, 140분)」, 감/James Ivory, 출/Anthony Hopkins, Vanessa Redgrave, Helena Bonham Carter, Emma Thompson, James Wilby, Sam West, Jemma Redgrave, Nicola Duffett

▍「남아 있는 나날(The Remains of the Day, 1993, 미국, 135분)」, 감/James Ivory, 출/Anthony Hopkins, Emma Thompson, James Fox, Christopher Reeve, Peter Vaughan, Hugh Grant, Michael Lonsdale, Patrick Godfrey

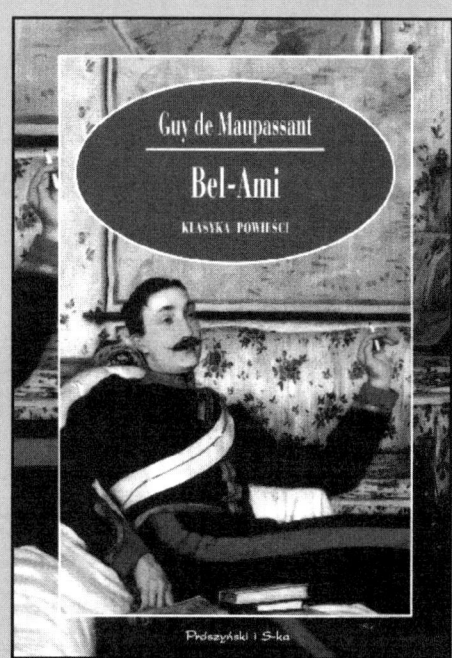

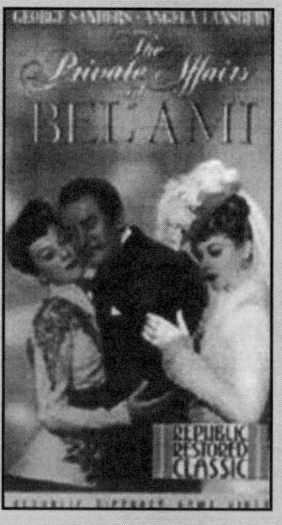

모파상의 소설(위)을 영화(오른쪽)로 만든 「벨-아미 이야기」는 출세를 위해서 주로 여자들을 이용하는 무자비한 악한의 일대기이다.

나쁜 남자들의 문예 시대극

    탐험의 나라와 지적 모험의 나라를 찾아가는 여행을 다음 권에서 시작하기 전에, 유럽의 시대극 가운데 영국을 제외한 다른 여러 나라의 문예물을 마저 정리해 두기로 하면, 우선「위험한 관계」의 나라 프랑스에서는 발몽(Valmont)에다가 스땅달의 쥘리앙 소렐까지 곁들인 듯싶은 유명한 주인공이 하나 더 발견되는데, 바로 기 드 모파상의 소설『벨-아미(Bel-Ami, 1885)』에 등장하는 인물이다.

    고전시대 헐리우드 영화인「벨-아미 이야기」는 다짜고짜 "이것은 어느 악당의 일대기이다.(This is the history of a scoundrel.)"라는 안내문으로 시작된다. 등장인물들의 이름을 모두 영어식으로 바꿔놓은 이 영화의 '악당' 주인공 조르주 뒤루아(Georges Duroy)는 가난한 철도 국원으로, 아프리카에서 함께 근무했던 전우 샤를르 포레스띠에(Charles Forestier)를 1880년 빠리의 거리에서 우연히 만나 샤를르가 기자로 일하는 신문〈라 비 프랑세즈〉에 "알제리아 용기병(龍騎兵)의 추억"이라는 글을 연재할 기회를 얻는다.

모자라는 글재주는 샤를르의 아내인 마들렌(Madeleine)의 대필로 보충하느라고, 자신의 목적을 위해 여자를 이용해 먹는 솜씨를 발휘하기 시작하는 주인공은 친구가 폐병으로 죽게 되자 임종을 앞둔 샤를르를 옆에 눕혀둔 채로 청혼을 해서 마들렌과 결혼하는데, 이 결혼을 위해 그는 젊은 미망인 끌로띨드(Clotilde de Marelle)와의 '사랑'도 그야말로 헌신짝처럼 내버린다. 나를 버리지 말라고 애절하게 사랑을 호소하면서 끌로띨드가 보낸 편지로 조르주가 면도날의 비누를 씻어버리는 장면은 악당의 인물 탐구를 위해 참으로 인상적인 자료가 되겠다.

그에게 부족한 교양과 지식을 미모와 재치로 감춰 가며 조르주는 언론계와 사교계에서 명성을 얻고는, 여자들로부터 "멋진 친구"라는 뜻의 '벨-아미'라는 별명도 얻는다. 보드렉(Vaudrec) 백작이 죽자 아내와 공모하여 그녀가 백작의 정부였다고 거짓말을 하여 백작의 재산을 가로채는 내용은 너무 지나치다고 생각해서인지 영화에서는 약간 손질을 했고, 마들렌의 미모를 이용해 정계의 적인 라로시-마티외(Laroche-Mathieu)에게 접근해서는 정사 장면을 경찰에게 미행시켜 파멸로 몰아넣는 대목은 아예 생략되었지만, 그래도 '멋진 친구'의 행각은 그치지를 않아서; 일단 재산과 명성의 발판을 어느 정도 확보하려던 목적을 달성한 그는 아예 애정이 없었던 마들렌과 이혼하고 다음 작전에 돌입한다. 처음부터 그는 "결혼이란 돈을 얻는 수단"이라는 인생철학을 천명했었다.

요즈음에도 신문의 막강한 힘을 등에 업고 그런 짓을 하는 악덕 기자가 적지 않지만, 언론인이라는 신분을 이용하여 나름대로의 권력을 확보한 그는 아예 신문사를 쥐고 흔들기 위해 우선 사장의 부인을 유혹하여 자기 여자로 만든 다음 발테르를 은퇴시키고, 회사를 손에 넣은 다음에는 모로코의 주식 작전으로 거부가 된다. 그래도 모자라서 그는 사장의 어린 딸(16살)도 유혹하여, 소설에서는 결혼에 성공하지만, 영화에서는 결혼식을 눈앞에 두고 비오는 날 새벽에 결투에서 총을 맞아 죽는다. 대가 끊긴 어느 귀족 집안의 성을 몰래 이어받아 귀족이 되려고 획책하던 그를, 여태까지 시달려 온 적과 여자들이 힘을 모아 '멋진 친구'를 제거하는 데 성공하는 것이다.

「벨-아미 이야기」는 흑백영화이지만, 중간에서 난데없이 몇 초 동안, 주로 붉은색뿐이기는 하지만, '천연색'으로 바뀐다. 이것은 인화과정의 실수가 아니고, 독일 태생으로서 다다이즘을 일으킨 프랑스의 초현실주의 화가 막스 에른스트(Max Ernst, 1891~1976)의 그림 "성 안토니우스의 유혹(The Temptation of Saint Anthony)"을 '특별출연'시킨 데 대한 예우(homage)로서 그렇게 했음을 알아두기 바란다. 지금 보면 퍽 촌스럽기는 하지만, 지난날의 골동품적인 면모가 흥미거리이다.

출세욕에 눈이 멀어 닥치는 대로 타인들을 짓밟는 무자비한 인간성의 전형인 벨-아미의 이야기는 "믿음이 없다면 우리는 모두 꼭두각시나 마찬가지(We are all no more than puppets unless we believe)"라는 훈계(morale)로 끝나는데, 이때 화면에 보이는 마지막 장면은 결투가

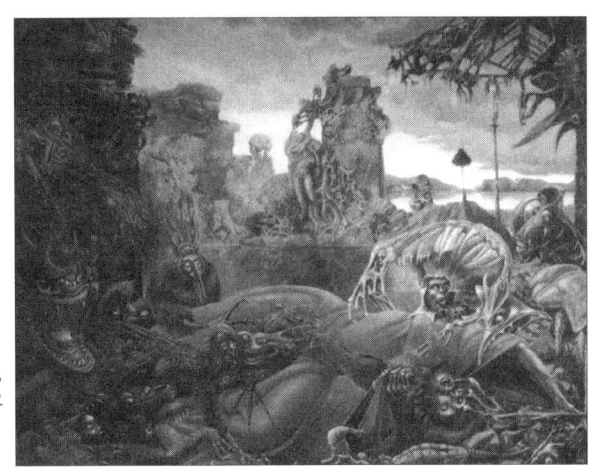

「벨-아미 이야기」는 흑백 영화이지만, '특별출연'한 막스 에른스트의 그림(오른쪽)이 나오는 몇 초 동안만 '천연색'이다.

벌어졌던 텅 빈 공원 한 쪽 구석에 위치한 옛날 담배가게 비슷한 소형 노천 극장이다. "작은 꼭두각시(Le Petit Guignol)"라는 글이 적힌 이 궤짝 극장에서는 영화의 앞 부분에서 풀밭에 아이들을 잔뜩 앉혀놓고 펀치(Punch)를 주인공으로 삼은 인형극을 공연했는데, '벨-아미'가 자신과 비슷하기 때문이어서인지 "성공한 악당"이라고 호의적인 해석을 내렸던 펀치는 서양의 문학과 영화에 자주 등장하기 때문에 꼭 알아둬야 하는 인물이다.

펀치와 주디(Judy)는 잉글랜드의 수많은 꼭두각시극에 등장하는 남녀 주인공으로서, 기본적인 줄거리를 보면 펀치가 홧김에 아기를 죽이고 아내 주디도 몽둥이로 때려죽이고 감옥으로 가지만, 탈옥한 다음 악마를 비롯한 몇 명의 등장인물을 골탕먹인다. 못된 성미에 꼽추이고 매부리코인 펀치는 이탈리아 꼭두각시극에서 큰 인기를 얻은 나폴리의 하인 뿔치넬라(Pulcinella)가 원형이라고 하는데, 1650년경 프랑스로 넘어가 뿔리시넬르(Polichinelle)가 되었다가 영국에 가서 펀치

대단히 폭력적인 인형극의 주인공 펀치는 유럽 각국의 문화에서 널리 인용이나 차용되는 주인공이다.

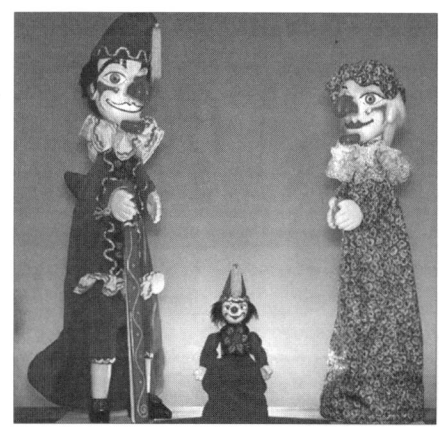
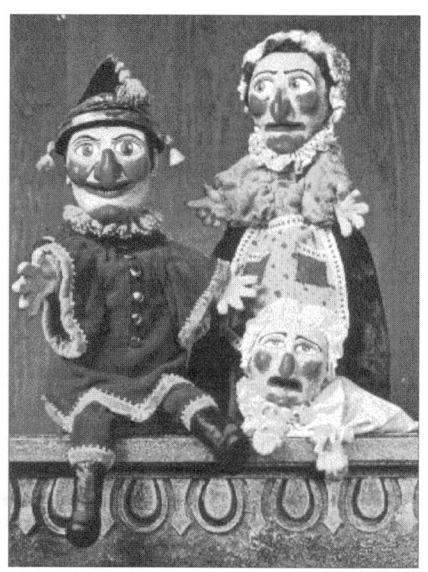

(Punch)로 이름이 바뀌었고, 1880년경에는 그의 아내 조운(Joan)이 등장하기 시작해서 주디라는 이름으로 정착되었다.

1841년 영국에는 꼭두각시극의 제목 「펀치와 주디」에서 제목을 딴 주간지 〈펀치〉가 등장한다. 이 잡지의 편집자로 설정된 펀치는 해학적이고 박식한 사상가의 모습을 갖추는데, 미국 풍자 만화 잡지 〈매드(Mad)〉에서 늘 얼굴을 내미는 알프레드 E. 뉴먼과 비슷한 상징적 인물이다. 이름난 작가, 화가, 해학가들이 기고를 했던 이 사회 풍자 잡지는 '만화(cartoon)'를 비롯한 많은 단어를 만들어내기도 했으며, 소련을 상징하는 곰과 '엉클 샘' 같은 등장인물도 바로 이 잡지를 통해서 창조되었다. 영국의 〈펀치〉는 1992년 폐간되었으며, 일본의 유명한 잡지 〈헤이벰 빤찌(平凡 Punch)〉 역시 같은 계열의 잡지라고 하겠다.

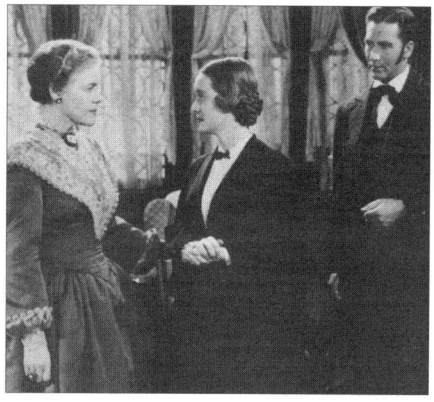

'벨-아미' 역을 맡았던 조지 샌더스는 10 년 후 「불한당의 죽음」이라는 영화에서도 출세를 위해 온갖 여자들을 동원하고 이용해 먹는 비열한 남자 끌레망띠 사부랭(Clementi Sabourin)으로 나와서 배반과 살인과 유혹과 도둑질의 예술을 한껏 발휘한다.

미국으로 건너가 같은 이름(Charles Boyer)이면서도 '찰스 보여'로 활동했던 샤를르 부아이에 역

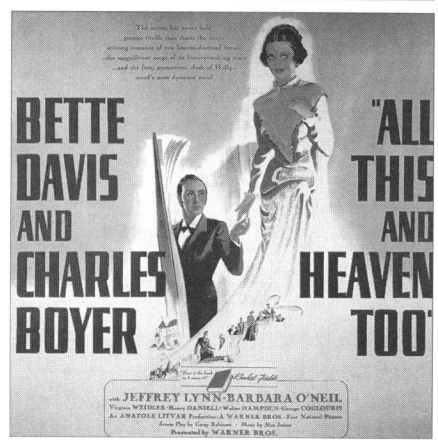

「거기에다 천국까지」에서 샤를르 부아이에는 '낭만적인 연인(the romantic lover)'의 면모를 씻어 버리고 악한소설적 주인공이 된다. 아래는 「천국까지」의 포스터

시 '불한당' 영화를 적어도 세 편이나 만들었다. 「막심」은 1910년대 빠리의 '악당'이 호된 적수 여자를 만나 사랑의 묘기를 보인다는 내용의 앙리 베르뉘 영화이고, 「거기에다 천국까지」는 19세기 프랑스에서 가정교사와 귀족이 사랑에 빠져 추문과 죽음으로 연결되는 레이첼 필드(Rachel Field, 1894~1942) 원작의 아나톨 리트바크 영화이다.

찰스 보여(샤를르 부아이에)가 악역으로 가장 두드러진 인상을 심어 주었던 작품은 누가 뭐라고 해도 「개스등(燈)」이다. 영국의 빅토리아 왕조 시대, 아내가 숨겨 둔 보물을 찾아내기 위해 정신이상의 범죄자인 남편 그레고리 안톤(Gregory Anton)이 몰래 개스등을 조작해 가며 여주인공을 정신이상으로 몰아 살해하려는 계획을 추진한다는 대단히 힛치코크적인 내용인데, 아내 폴라(Paula Alquist) 역을 맡아 아카데미 상을 받았던 잉그리드 버그만은 그 후 2 년 계속해서 힛치코크의 「망각의 여로(Spellbound, 1945)」와 「오명(Notorious, 1946)」에서 주연을 맡게 된다.

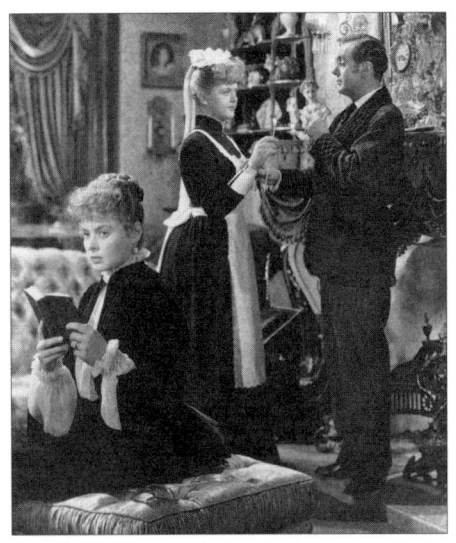

샤를르 부아이에는 「개스등」에 이르러 아내(Ingrid Bergman)를 정신이상으로 몰아 가면서 서서히 죽이려고 하는 진짜 악한이 된다. 가운데 하녀 역은 젊었을 때의 안젤라 란스베리이다.

영국의 소설가이며 극작가인 패트릭 해밀턴(Patrick Hamilton, 1904~62)의 유명한 무대극이 원작인 「개스등」은 내용 못지않게 영화 자체에 얽힌 얘기도 스산하다. 영국에서 영화로 만든 「개스등」이 크게 성공하자 미국의 MGM사는 재빨리 원본 필름을 사들여 헐리우드 판을 만들기에 앞서서 파기해 버렸지만, 아프리카 야수들이 경쟁자를 아예 죽여 버리는 행태를 연상시키는 미국측의 비예술적인 음모는 실패로 끝나고, 영국판은 겨우 살아남았으며, 「천사의 거리」라는 제목으로 나중에 미국에서도 상영되었다. 그런가 하면 영국에서는 미국판 「개스등」을 「손튼 스퀘어의 살인사건」이라는 제목으로 바꿔 달아서, '개스등'은 대서양을 넘나들며 영화에서처럼 꺼졌다 켜졌다를 반복한 셈이다.

다시 모파상 원작의 영화로 돌아가자면, 「여자의 일생」과 「벨-아미 이야기」말고도 「마드무아젤 퓌퓌」가 나왔다. 프랑스와 프러시아가 전쟁을 벌이던 무렵 함께 마차 여행을 하는 여러 사람에 얽힌 사건들이 전개되는데, 다른 손님들이 깔보던 세탁부가 나중에 보니 가장 애국적이고 인간답더라는 내용이 담긴 이 「역마차」적인 영화는 두 편의 단편소설을 함께 엮으면서 거기에다 제2차 세계대전의 현실을 가미한 일종의 선무공작용 영화였다. 윈스턴 처칠 수상이 꽤 좋아한 '작품'이라는 소문이다.

젊은 시절 생활고에 시달렸고 신문사에 입사해서는 미술 비평과 통속소설 연재로 글쓰기를 시작했던 자연주의 작가 에밀 졸라 원작인 「장난은 끝났다」에서는 여자가 악당이어서, 돈 많은 남자와 결혼한 다음 그의 아들을 유혹함으로써 여성판 '벨-아미' 노릇을 한다.

졸라의 작품을 '참조' 정도만 원작으로 삼았다는 「선언서」는 무정부주의적 흑색 희극으로서, 1920년대 발칸 지방의 어느 지역에서 벌어지는 암살 음모와 성적인 자유가 정신없이 뒤엉키는 내용을 담았다.

"세상을 놀라게 할" 작품을 쓰겠다며 소르본느 학창시절 문학에 뜻을 두어 사실주의적인 작품을 무려 90 편이나 남겼음에도 불구하고, 그의 문학세계보다는 빚에 몰려 고생을 많이 했다는 일화적인 면이 더 유명한(?) 발자크(Honoré de Balzac, 1799~1850)는 이상하리 만큼 영화의 원작을 많이 내지 못했는데, 그의 희곡을 무성시대의 희극왕 버스터 키튼까지 동원해서 영화로 옮긴 「사랑스러운 사기꾼」의 주인공이 빚쟁이들에게 쫓기는 사람이고 보니, 희극은 눈물을 먹고 산다는 공식이 생각나기도 한다.

발자크의 작품은 20세기를 겨우 2 년 남겨 놓은 1998년, 프랑스가 아니라 영국과 미국에서 한꺼번에 영상화가 되기도 했다. 미국에서 만든 「종매(從妹) 베뜨」는 1840년대 빠리에서 버르장머리 없는 미모의 종매가 죽자 새로운 기반을 확보하게 된 여주인공이 여태까지 받아온 푸대접에 대해서 달콤한 분풀이를 하려고 계획을 세우지만, 다른 사람들이 저마다 다른 욕심을 챙기느라고 바쁜 바람에 뜻대로 안 된다는 줄거리를 담았다.

폭은 넓어도 깊이가 없는 발자크의 문체가 세련되지 못하다는 인상을 주는 부분적인 이유가 이렇게 희극에서조차도 사악한 여러 인물을 다루기 때문이라는 해석도 있지만, 어쩌면 바로 그런 거친 면에서 발자크 문학의 힘이 생겨 나는지도 모를 일이다.

1995년에 완성했지만 「종매 베뜨」와 같은 해에 선을 보인 「사막의 두 사람」은 1798년 나뽈레옹 전쟁 당시 이집트의 사막에 낙오한 프랑스 육군 대위와 화가 사이에서 이루어지는 인간적인 관계를 탐구한 영화이다.

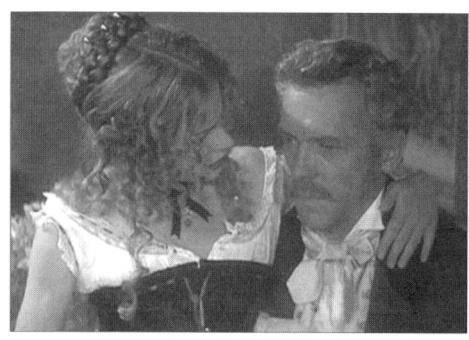

「종매 베뜨」는 영화와 별로 인연이 없는 발자크의 작품을 원작으로 삼았다.

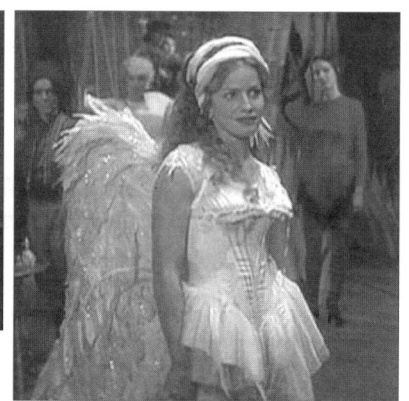

독실한 천주교 신자였던 어머니에게서 성장한 프랑수아 모리악 (François Mauriac, 1885~1970)이 1927년에 발표한 『떼레즈 데께이루』는 부르조아 결혼생활의 답답한 속성에 권태감을 느껴 '성격차이'가 심한 남편을 독살하려다가 미수로 끝난다. 재판에서 그녀는 소문을 꺼려 덮어 두려는 가족 때문에 법적으로는 풀려나지만, 그렇다고 해도 나름대로의 정신적인 벌은 치르게 된다.

마지막으로 프랑스에서 만들지는 않았지만 프랑스와 관련된 두 편의 특이한 작품을 소개하면서 "정복의 길"을 마감하겠다. 「쌩떽쥐뻬리」는 천연색과 흑백을 섞어 가며 시적이고도 초현실주의적으로 작가의 생애와 세계를 자유분방하게 탐험하는 영화로서, 실제로 쌩떽쥐뻬리를 알았던 사람과의 대담을 중간중간에 삽입했다.

「내가 없어도 혁명은 시작하라」는 프랑스 혁명 직전에 짝이 잘 안 맞는 듯한 두 쌍의 쌍둥이가 벌이는 정신나간 희극영화인데, 멜 브룩스식 연기에 익숙한 진 와일더가 주연했으며, 극장에 내걸릴 당시에는 별로 빛나지를 않았지만 지금은 '나만의 영화(cult movie)'로서 뚜렷한 자리를 굳혀 가는 중이다.

그러면 이제 여기에서 프랑스와 영국, 남 아메리카와 에스파냐, 그리고 여성들의 삶을 둘러보는 영화 여행을 끝내고, 다음 책 "지성과 야만"에서는 러시아의 찬란한 문학세계에서 시작하여 아프리카의 만지로 험난한 모험을 떠나 보겠다.

찾아보기 ●━━━━━━━━━━━━━━━━━━━━━━━━━━━━━━

▌「벨-아미 이야기(The Private Affairs of Bel Ami, 1947, 미국, 112분,)」, 감/Albert Lewin, 출/George Sanders, Angela Lansbury, Ann Dvorak, Frances Dee, Albert Basserman, Warren William, John Carradine

▌「불한당의 죽음(Death of a Scoundrel, 1956, 미국, 119분)」, 감/Charles Martin, 출/George Sanders, Yvonne de Carlo, Zsa Zsa Gabor, Victor Jory

▌「막심(Maxime, 1958, 프랑스, 93분)」, 감/Henri Verneuil, 출/Michele Morgan, Charles Boyer, Arletty, Felix Marten

▌「거기에다 천국까지(All This, and Heaven Too, 1940, 미국, 143분)」, 감/Anatole Litvak, 출/Bette Davis, Charles Boyer, Jeffrey Lynn, Barbara O'Neil, Virginia Weidler, Helen Westley, Walter Hampden, Henry Daniell

▌「개스등(Gaslight, 미국 제목 Angel Street, 1940, 영국, 84분)」, 감/Thorold Dickinson, 출/Anton Walbrook, Diana Wynyard, Frank Pettingell, Cathleen Cordell, Robert Newton, Jimmy Hanley

▌「개스등(Gaslight, 영국 제목 The Murder in Thornton Square, 1944, 미국, 84분)」, 감/George Cukor, 출/Ingrid Bergman, Charles Boyer, Joseph Cotton, Dame May Whitty, Angela Lansbury, Terry Moore(Judy Ford라는 이름으로)

▌「마드무아젤 퓌퓌(Mademoiselle Fifi, 1944, 미국, 69분)」, 감/Robert Wise, 출/Simone Simon, John Emery, Kurt Krueger, Alan Napier, Jason Robards, Sr., Helen Freeman

▌「장난은 끝났다(La Curée, 영어 제목 The Game Is Over, 1966, 프랑스, 96분)」, 감/Roger Vadim, 출/Jane Fonda, Peter McEnery, Michael Piccoli, Tina Marquand, Jacque Monod

▌「선언서(Manifesto, 1988, 미국-유고슬라비아, 96분)」, 감/Dusan Makavejev, 출/Camillia Søberg, Alfred Molina, Simon Callow, Eric Stoltz, Lindsay Duncan, Rade Serbedžija, Svetozar Svetkovic, Chris Haywood, Linda Marlowe

▌「사랑스러운 사기꾼(The Lovable Cheat, 1949, 미국, 75분)」, 감/Richard Oswald, 출/Charlie Ruggles, Peggy Ann Garner, Richard Ney, Alan Mowbray, Fritz Feld, Ludwig Donath, Buster Keaton, Curt Bois

▌「종매 베뜨(Cousin Bette, 1998, 미국, 108분)」, 감/Des McAnuff, 출/Jessica Lange, Bob Hoskins, Elisabeth Shue, Hugh Laurie, Aden Young, Geraldine Chaplin, Laura Fraser, Toby Stephens, Kelly Macdonald, Janie Hargreaves

▌「사막의 두 사람(Passion in the Desert, 1998, 영국, 93분)」, 감/Lavinia Currier, 출/Ben Daniels, Michel Piccoli, Paul Meston, Kenneth Collard, Nadi Odeh, Auda Mohammed Badoul

▌「떼레즈 데께이루(Thérèse Desqueyroux, 1962, 프랑스, 107분)」, 감/Georges Franju, 출/Emmanuele Riva, Philippe Noiret, Edith Scob, Sami Frey

▌「쌩떽쥐뻬리(Saint Ex, 1995, 미국, 86분)」, 감/Anand Tucker, 출/Bruno Ganz,

Miranda Richardson, Janet McTeer, Ken Scott, Brid Brennan, Eleanor Bron, Katrin Cartlidge, Anna Calder-Marshall
▋「내가 없어도 혁명은 시작하라(Start the Revolution Without Me, 1970, 미국, 91분)」, 감/Bud Yorkin, 출/Gene Wilder, Donald Sutherland, Hugh Griffith, Jack MacGowran, Billie Whitelaw, Victor Spinetti, Ewa Aulin, Orson Welles